JN171169

THE PRISON BOOK CLUB

プリズン・ブック・クラブ

コリンズ・ベイ刑務所読書会の一年

アン・ウォームズリー
ANN WALMSLEY

向井和美 訳

紀伊國屋書店

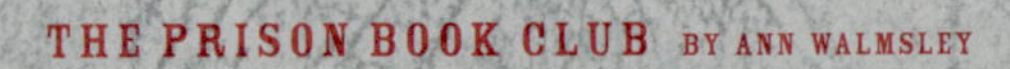
THE PRISON BOOK CLUB BY ANN WALMSLEY

ブルースに

読みかけの本を残して出所してはいけない。戻って続きを読みたくなるからだ。

——刑務所の言い伝え

はじめに

本書は、二〇一一年から一二年にかけて、二か所の刑務所読書会でボランティアをつとめたわたし自身の経験をもとに書いたものであり、〈刑務所読書会支援の会〉に属するほかのボランティアの経験や、彼らが果たした役割には言及していない。

受刑者や刑務所職員の名前については、プライバシーを考慮し、仮名を使用している。ボランティアおよびトロントの女性読書会メンバーも仮名だが、キャロルとわたしだけは本名をそのまま使った。受刑者の人生にかかわるエピソードに関しては、さらなるプライバシーが必要となるため、詳細にいくつか変更を加えている。

本書のために創作した人物はひとりもいない。

会話はほぼすべて、受刑者や刑務所当局をはじめとする人たちから許可を得て録音し、その内容にもとづいて構成した。
二、三の出来事については、読みやすさを優先し、起きた時期をずらしてひとつにまとめるなど、構成に多少の手を加えている。

はじめに　5

第1章　墓地でのウォーキング　14

第2章　約束は守られた　30
『スリー・カップス・オブ・ティー』

第3章　あなたは正常ですか？　55
『月で暮らす少年＊』『夜中に犬に起こった奇妙な事件』

第4章　Nで始まる差別語　75
『ニグロたちの名簿＊』

第5章　きれいな朝焼けは看守への警告　90
『かくも長き旅』
第6章　夏に読んだ本　111
第7章　読書会という隠れ蓑（みの）　132
『ガーンジー島の読書会』
第8章　グレアムとフランクの読書会　153
『サラエボのチェリスト』
第9章　この環境に慣らされてしまったのさ　171
『戦争*』
第10章　虐待かネグレクトか　184
『ガラスの城の子どもたち』
第11章　今日一日を生きなさい　204
『怒りの葡萄（ぶどう）』

第12章 刑務所のクリスマス 228
『賢者の贈り物』『警官と讃美歌』『賢者の旅*』
第13章 三人の読書会 248
『第三帝国の愛人』『天才！ 成功する人々の法則』
第14章 島の暮らし 266
『スモール・アイランド*』
第15章 もうひとりの囚われびと 285
『もう、服従しない』
第16章 傷を負った者 304
『ポーラ――ドアを開けた女』
第17章 容疑者たち 323
『ありふれた嵐*』『6人の容疑者』
第18章 善は悪より伝染しやすい 341
『ユダヤ人を救った動物園』

第19章　史実を再構成する　『またの名をグレイス』　363
第20章　最後の読書会　『またの名をグレイス』ふたたび　380
第21章　巣立っていったメンバーたち　397
エピローグ　424
謝辞　426
訳者あとがき　430
ブックリスト　445

＊は邦訳のない書籍を指す。
未邦訳の本について本文中では初出のみ原題の和訳の下に（　）で原題を加えた。

登場人物紹介

コリンズ・ベイ読書会

〈読書会大使〉

ドレッド
ジャマイカ出身。薬物がらみの事件で服役中。
カナダを代表する作家マーガレット・アトウッドを愛読

ベン
カナダ生まれ。ジャマイカ育ち。故殺により４年の刑。
『スモール・アイランド』をおもしろく読んだという

フランク
イタリア出身。発砲事件により10年の刑。
好きな本は『またの名をグレイス』

グレアム
「ヘルズ・エンジェルス」元メンバー。薬物売買と
恐喝により17年の刑。好きな本は『サラエボのチェリスト』

ガストン
連続銀行強盗により６年の刑。
好きな本は『ガーンジー島の読書会』

ピーター
コンビニ強盗により４年の刑。
好きな本は『怒りの葡萄』と『二都物語』

マイケル
トロントの南アジア人居住地出身。
麻薬密売により服役中

＊

マーレイ

〈栽培家〉

リック
ジョージ
シェイマス……清掃係
ホアン
スタン
ウィンストン
ハビエル
ジョアン……清掃係
オリバー
レニー
クインシー
デシャン
ロマン
コリン
ブラッド
フォード
アルバート
パルバット
トニー
ヴィンス……読書会卒業生

ビーバークリーク読書会

〈読書会大使〉
グレアム
フランク

＊

ダラス
アール
ブックマン……司書
ドク
トム
リチャード
ハル
バーン
ミッチェル
ジョーンズ
レイモンド……業務犯
ジェイソン
ピノ

読書会ボランティア

キャロル・フィンレイ……〈刑務所読書会支援の会〉代表
アン・ウォームズリー……ジャーナリスト
エドワード……元英文学教授
デレク……元ラジオ・パーソナリティ
トリスタン……元美術教師

刑務所スタッフ

ブレア……教誨師
クリーブ……図書館司書
ドナ……刑務官
フィービー……英語教師
メグ……更生プログラム担当
レナータ……社会復帰施設の読書会リーダー

トロント女性読書会

リリアン・ローズ
ベティ
デボラ
ルース
イヴリン

ブックデザイン
櫻井　久　中川あゆみ

装画
柳　智之

プリズン・ブック・クラブ

コリンズ・ベイ刑務所読書会の一年

第1章
墓地でのウォーキング

ある男子刑務所で月に一度開いている読書会に来てみないか、と友人のキャロル・フィンレイから誘われたとき、わたしのなかで「絶対に無理」という声が大きく響いた。その刑務所の読書会メンバーには、薬物売買や銀行強盗や殺人の罪で収監されている受刑者もいるという。キャロルの行動には敬意を表するけれど、わたしに同じことができるとはかぎらない。その八年前、わたしはイギリスで強盗に襲われ、命を落としかけた。ロンドンのハムステッド・ヒースに近い自宅脇の薄暗い路地で、ふたりの男に追いかけられ、腕で喉(のど)を締め上げられて意識を失い、男たちはわたしの携帯電話を奪って走り去った。あのときのトラウマを克服するには何か月もかかったし、夫の仕事でロンドンに駐在していたその後の三年間、夜は怖くてひとりでは歩けず、耳をつんざく音の出る防犯ベルや、ドーベルマンの鳴き声を模した警報音つきの超強力懐中電灯を持っていても安心できなかった。そういう過去があるせいで、もし刑務所に足を踏み入れればトラウマがよみがえるのではないかと不安だったのだ。とはいえ、強盗に襲われたあと警察から容疑者の面通しに呼ばれるまでの数週間、わたしは自分でも意外なほど母性的な気持ちになり、加害者の母親たちは道をはずれた息子のことでさぞ苦しんでいるだろう、と考えていたものだ。その気持ちをふと思い出した。そして、以前父に言われた言葉も心に浮かんできた。「人の善を信じれば、相手は必ず応えてくれるものだよ」――カナダ・オンタリオ州裁判所の判事だった父は、人の悪ばかりを見てきたはずなのに……。やがて薄皮一枚ぶん、わたしの好奇心が不安を上まわった。囚人たちが本を読んでどんなことを話し合うのか、自分の目で見てみたくなったのだ。

短く言えばそういうことだが、そもそもの始まりは墓地だった。

トロントのマウント・プレザント墓地はウォーキング・コースとして人気がある。曲がりくねった道のあちこちから一九世紀の記念塔や、悲しみをたたえた彫像があらわれ、周囲には希少種の樹木も植えられている。わたしは、ウォーキングに熱心なキャロルを誘って一緒に歩くことにした。歩きだす前に、わたしたちふたりはわが父の眠る墓所でたたずみ、しばしこうべをたれた。両側にモニュメントが立ち並ぶ芝の小道の、キササゲの木の下に父は埋葬されている。子どものころ、わたしはよくこのキササゲに登って遊んでいたので、カラマツやイチイやムラサキノナやモクレンが茂る墓地のなかで、たやすくその場所を見つけだすことができた。風が吹いてくると、ハート形をしたキササゲの葉っぱがなびき、細長いさやが揺れて音をたてる。わたしたちは、長方形の芝地が墓石を待つばかりのその場所で、静かに祈った。父の墓石は円形の黒御影石にしようと家族で決め、中央には、細長い草のあいだから鳥が飛びたつ浮き彫りをほどこしてもらうことにしていた。鳥の羽軸と草の葉軸が呼応し合い、毛細血管ともいうべき羽枝と葉脈が呼応し合う。生きとし生けるものはすべて、互いを模倣してひとつになる。自然を愛した父なら、その考えを気に入ってくれたにちがいない。

父の墓をあとにして、わたしたちは早いペースで歩きはじめ、墓石を左右に見ながら進み、墓所の区画を縫うように続く舗装道路へ出た。わたしとキャロルとは、知り合ってさほど間がないものの、まるで古くからの友人同士のように遠慮のない気さくな間柄だ。

「あなた、自分が前かがみで歩いているのに気づいてた？」

「いいえ、気づいてなかったわ」。なぜ、いままでだれも教えてくれなかったのだろう。わたしは意識して胸をそらし、お腹を突きだして姿勢をまっすぐにした。

横を歩くキャロルに目をやると、背筋がまっすぐに伸びている。キャロルの父親は軍人だったし、母親は私立学校の校長だった。「そのうえ、ふたりとも昔ながらの厳格なイギリス人だったのよ」。以前、彼女からそう聞いたことがある。キャロルはわたしより一〇歳年上だが、いまでも美しく、青い瞳は生き生きして、にっこり笑うと白い歯がのぞき、歯並びも完璧だ。頭の回転もおそろしく速い。この世界になんらかの足跡を残すべく全力で取り組んでいるのは、人生はさほど長くないという強い思いがあるからなのだろう。

墓地の管理事務所を通りすぎたとき、キャロルから、コリンズ・ベイ刑務所で始めた読書会にふさわしい本はないだろうか、と訊ねられた。男性ばかりを収容するその矯正施設は、トロントから車で東に二時間ほどのキングストンにある中警備の連邦刑務所だ［訳注・カナダの刑務所では、重警備から軽警備まで刑務所ごとに警備レベルが定められている］。キャロルが読書会を立ち上げてから一年がたち、みずから厳選した本は全部読み終えてしまったらしい。現在、図書選定委員を決めているところで、わたしにも加わってほしいというのだ。

そのプロジェクトについては、これまでもふたりで何度か話したことがあった。キャロルがおおいなる勇気と行動力を持ち合わせていることには胸を打たれる。聞くところによると、受刑者たちはすぐれた小説やノンフィクションの課題本を読み、月に一度集まって、その本について話し合うという。こうしたやりかたは、キャロルとわたしが参加している読書会と同じだが、違うのは、こちらはメンバーが女性ばかりで、刑務所のなかではないということだ。

「なぜわたしに？」

「なぜということはないけど……。ほら、あなた読書家だから」

もしかしたらキャロルは、このところわたしが少しばかり行きづまっているのを察していたのかもしれない。一年前、わたしは投資顧問会社の主任ライターという職を失った。当時、二三歳の娘の拒食症が命にかかわるほど重症化し、介護のために休職していた。そして、職場復帰する予定の二、三週間前、部内の人員整理で四分の一にあたる職員が解雇された。なんとなくいやな予感がしたのは、上司から前もってEメールが届き、職場復帰の日にはまず人事部に寄るよう伝えられたからだ。弁護士である夫は、それがなにを意味するか教えてくれた。つまり、クビになるのだ。

復帰第一日目に、上司は夫の予測どおりの言葉をそっくりそのまま言った。一言一句たがえずに！「知ってのとおり、うちの部では事業の再編成に取りかかっているので、気の毒だけどあなたには辞めてもらうことになります」

わたしは感情をおもてに出さないよう、冗談で切り返す対応をあらかじめ考えていたのだが、結局はただじっと座って平静を装うことしかできなかった。

解雇されたあとは、経験の長いフリーの雑誌記者に戻った。とはいえ、その間も治療を必要としている娘の世話や、アルツハイマー病を患う実母の介護に手がかかるようになっていた。わたしは五〇代なかばにして突然、ライターよりもむしろ介護人になってしまったのだ。そういう事情を知って、おそらくキャロルも思うところがあったのだろう。たしかに、わたしには気分転換が必要だった。

もちろん、コリンズ・ベイの受刑者に本を選ぶくらいならいくらでもお手伝いする、と即座に答えた。友人の手助けができるのだし、われわれ夫婦は、キャロルとその夫ブライアンともいろいろな面でいい関係ができていて、とりわけわたしたちがイギリスから戻ってきたとき、彼らはうちの娘を親身になって心配し、いい治療法がないか一緒に探してくれたりもしたのだ。

墓地の小道を歩きながら、わたしは受刑者たちの読解レベルや、これまで読んできた本のことをキャロルから聞いた。第一回目に読んだのは、『アンジェラの灰』。フランク・マコートがアイルランドで過ごした極貧の子ども時代を回想したこの作品は、生い立ちに恵まれなかっただろう受刑者たちにはうってつけに思える。文明崩壊後の世界を描いたコーマック・マッカーシーの小説『ザ・ロード』は大当たりだったらしい。その回は話が盛り上がって、キャロルが口をはさむ余地さえほとんどなかった。ほかにには、カナダの先住民族クリー族の猟師ふたりが、第一次世界大戦でカナダ軍に入隊を志願するジョゼフ・ボイデンの小説『三日間の旅路（*Three Day Road*）』や、バラク・オバマの回想録『マイ・ドリーム――バラク・オバマ自伝』も人気があったという。

ほかにどんなタイプの本なら楽しんでもらえるだろうか、と訊いてみた。

「そうね。あれこれ言っても実際、刑務所へ行って読書会に参加してみないと、どんな本が受け容れられるかわからないと思うわ」。その言葉を聞いたとたん、わたしは胸が苦しくなった。そして、足の下にぽっかりと穴が開いたような、このマウント・プレザント墓地に自分用の墓穴が用意されているような、そんな気分に襲われた。

あれは二〇〇二年、イギリスでのことだ。その二か月前に、わたしたち家族はアメリカのテキサス州ダラスからロンドンへ引っ越したばかりだった。九月初めの土曜日の夕方、当時一六歳だった娘が、転校先でできた友人の誕生パーティーに行くというので、セント・ジョンズ・ウッドまで車で送っていった。乗っていたのはメルセデス・ベンツのセダン。夫の社用車なので、傷つけないよう細心の注意を払っていた。左側通行には慣れつつあったが、わが家の横のキャノン・レーンと呼ばれる一車線の狭い路地で縦列駐車をするのはまだ苦手だった。路地のすぐ脇には、二メートル近いレンガ塀が、ハムステッドでわたしたちが借りた家のまわりを囲っている。わたしたちの小さな〝メゾネット〟は、「ザ・ログズ」と呼ばれるヴィクトリア朝ゴシック建築群の一角にあった。八〇年代のポップスター、ボーイ・ジョージが、その南側を占める豪華な屋敷に住んでいた。屋敷のレンガ塀に、ファンがチョークで「わたしを愛して」などという痛切なメッセージや電話番号を書いていく。わが家のある側は、路地を歩く人もほとんどいなかった。

その夜、わたしはいちばんわかりやすい道順で家の前の駐車スペースまで戻ってきた。サウス・エンド・グリーンからイースト・ヒース・ロードに入り、ハムステッド・ヒースの公園の暗がりを右手に見ながら車を走らせ、大砲の筒が歩道の車止めのように並ぶスクワイアーズ・マウントを左に折れ、塀に沿った一車線の狭い路地、キャノン・レーンを進んでいく。塀を覆うようにたれさがるジャスミンのエキゾチックな柑橘系(かんきつけい)の香りが、開いた窓から車内にも流れこんできた。通路に駐車された数台の車の横をじわじわと進み、指定の駐車スペースまで戻ると、脇をほかの車が通れるよう、できるだけ塀に近づけて停めるべく慎重にハンドルを操作した。バックして前に出し、バックして、バックして、心もち前に出して、ふたたびバックしてからハンドルを元に戻す。

車から出てドアを閉めたとたん、異常に長いコートとツイードの縁(ふち)なし帽を身につけた背の高い黒人の男ふたりが、歩いてくるのに気づいた。わたしをじっと見ている。どうしようか一瞬迷ったとき、ふたりはまっすぐこちらに向かって走りだした。それを見て、わたしも左膝(ひだりひざ)の関節炎を忘れて全力で駆けだし、庭に通じる門のベルをなんとか押した。この時間、夫は家にいてアメリカやイギリスの同僚と電話で打ち合わせをしているはずだからだ。そのとき、男のひとりに背後から口をふさがれ、首にまわした腕で体をぐいと持ち上げられた。

喉を絞められる感覚は、想像していたのとは違った。もちろん息は苦しいのだが、不思議と怖くはなかった。肺もまだ大丈夫だ。男の曲げた腕で宙づりにされ、自分の体重で喉が締めつけられていく。もうひとりの男がわたしの両足をつかんできたので、蹴り上げようともがいた。

ふと目を上げると、娘の寝室の灯りがついたままだ。なにごともなく部屋にいる夫と、なにごともなくカナダで大学に通っている息子……。「家族のためにも、死んではだめ」。頭のなかでだれかの声が響いた。

この男たちの望みは何なのだろう。ふたりとも、ひとことも発しない。黙って襲ってきたのだ。先ほど、追われながらわたしはとっさに、家の鍵が入った財布を塀の内側に投げ入れていた。左手には、携帯電話の画面と番号ボタンが暗闇のなかで薄緑色に光っている。右手には、車のキーがしっかりと握られている。わたしは両方の手を開いて、そのふたつを生贄(いけにえ)として差しだした。

しかし、ふたりは取ろうとしない。

　メルセデスも携帯電話もいらないなら、いったいなにが望みなのか。ほかにどんな可能性があるだろう。レイプか。それにしては、わたしはたぶん歳を取りすぎている。もう四六だ。それとも殺人か。まだ四六なのにここで死ぬのか。もみ合っているこの場所から一五メートルほどのところに、ハムステッド・ヒースの鬱蒼とした森がある。わたしをそこまで連れていくには、イースト・ヒース・ロードを渡らなければならない。とはいえ、夜間は車の通行も途絶えがちなので、だれにも見られず渡ることは可能だ。

　恐怖が押しよせてきた。パニックで胸がふさがり、心臓が胸郭を激しく打ちつける。もし喉を押さえられていなければ、吐いていただろう。肺が苦しくなっていく。わたしは携帯電話を落とし、喉を締め上げてくる男の腕を引っぱった。足で蹴ってもみたが、なんの効果もなかった。目を閉じると、娘の部屋の窓と、窓を縁取る赤紫色の蔦の映像がまぶたの裏に浮かんできた。

　男の腕をもう一度引っぱったとき、門のインターホンから夫の声が聞こえた。「アン、きみなのか?」しかし、答えるすべがない。もはやなんの考えも浮かばず、ここで死ぬのだという、どうしようもなくけだるい感覚が流れこんでくる。さながら、ひと仕事を終えたあと、なにを訊かれてもどうでもいいと感じてしまうように。やがて、わたしは意識を失った。

　そこまで話したとき、キャロルはウォーキングの足を止め、わたしのほうに向きなおって、手を口に当てた。「まあ、アン、それでどうなったの？　意識を失ったままでいたの？　それともだれかが助けてくれたの?」案じるように眉を寄せている。

そのあとのことは、いまもはっきりと思い出せる。気がつくと、わたしは暗い路地に横たわり、逃げていく男たちの足音を聞いていた。どうやら乱暴に投げ落とされたらしく、片方の肘(ひじ)がずきずき痛んだ。門の鍵は開いていた。夫が遠隔操作で鍵を開け、ふたりはその音に驚いて逃げたにちがいない。わたしは庭の砂利道をよろけながら歩いて、しゃがれ声で夫の名を呼んだ。「強盗に襲われた」。やっとのことで声を絞りだす。男たちのあとを追って走りだした夫を、わたしはとめた。「ふたりとも大男よ。殺されるわ。殺される」

夫は一瞬迷ったが、ありがたいことに戻ってきてくれた。それまで電話で仕事の打ち合わせをしていた夫の上司が、同じハムステッド在住とあって、五分もたたないうちに駆けつけてくれた。そのうえ警察も呼んでくれたようで、五分後には警官たちが到着し、わたしは引っ越しの段ボール箱が積み上がったままのリビングルームで、事情聴取を受けた。その夜、娘がパーティーからどうやって帰ってきたのかも、自分がどうやって病院へ行ったのかも覚えていない。

「最近はもう大丈夫よ」と、キャロルに言う。「ただ、コリンズ・ベイ刑務所に行ったら、当時の恐怖心が戻ってくるんじゃないかと思って」

「どんな状態だったの?」

事件後、精神的な打撃は非常に大きかったのだが、そのことを人に話すのは、ときとしてためらわれた。というのも、近所には同じようにメルセデスからひとりで降りたところを襲われた女性が何人かいたが、彼女たちはもっと毅然としていたからだ。聞いたところによると、あるアメリカ人女性などは、自宅から二、三ブロックの場所で、子どもたちと一緒にいたところを強盗に襲われ、首を絞められてエメラルドの指輪を盗られたという。わたしと同じように意識を失ったものの、彼女は目を開くと、立ち上がって洋服の埃を払い、こう言った。「さて、子どもたちをサッカー場まで送っていかなくちゃ」

それに比べて、わたしの後遺症は深刻だった。思いがけないときに涙がこぼれることが何度もあり、一週間は外にも出ず、ほとんどの時間をベッドで過ごした。その週、夫は休みを取ってそばにいてくれた。喉を絞められたせいで、わたしの声は言葉が聞きとれないほどかすれていた。襲われたあの夜、わたしはハムステッド・ロイヤル・フリー病院の救急外来で椅子に腰掛けていてもまだ涙があふれ、専門医に喉を診てもらうあいだだけはなんとか泣きやまなければならなかった。刑事がひとり来て、綿棒でわたしの口のなかからＤＮＡを採取し、着ていた服を証拠品として持ち帰った。容疑者の衣服に付着しているはずのＤＮＡがわたしのものと一致するかどうか確認するためだ。わたしの頭には、こんなことばかりが浮かんできた。「なぜ、あのときだれか親切な人が通りかかってくれなかったのだろう。あの道にだれかがいれば、追い払ってくれたはずなのに」

しばらくして、ようやくわたしは家から出てみる気になった。それでも、事件に遭った路地は、大通りのハムステッド・ハイ・ストリートに通じる道とはいえ、たとえ昼間でも歩けなかった。

そのため、もっと人通りの多い道を、夫が一緒に歩いてくれた。ハイ・ストリートに出ると、わたしは行きかう男性の顔をひとりひとり見て、やさしそうな表情を探し、そこに人間の悪ではなく善があらわれているのを確認せずにいられなかった。男たちはほとんどが無表情で忙しげだ。やがて、本を持った六〇代前半とおぼしき白髪まじりの男性が目に入った。細いメタルフレームの眼鏡をかけ、穏やかな目をしている。そのまなざしは知的でまっすぐだった。その男性が例の路地にいるところを思い浮かべると、気持ちが落ち着いて、財布を握りしめていた手を少しゆるめることができた。

夫とともにウェル・ロードを通って自宅近くまで戻ってきたとき、ふとキャノン・レーンの南の端に目を向けたわたしは、そこで足を止めた。忘れていたが、その狭い路地のレンガ塀の脇には、一七三〇年代につくられた小さな牢獄があった。もちろん現在は使用されていないが、頑丈な鉄格子の入った扇形の窓が当時のまま残っている。これは、キャノン・ホールと呼ばれる隣接した建物が裁判所庁舎として使われていたころ、教区の留置場として建てられたものだ。皮肉なことに、わたしは監獄のすぐ近くで襲われたわけだ。そしてこれも皮肉なことに、わが家には防犯カメラが設置されていて、犯行現場にまっすぐ向けられていたというのに、作動していなかったのである。

夜間に外を歩いたり、地下駐車場に車を停めたりすることもできなくなったため、夕方に開催される創作講座に参加するのが難しくなった。もっと近くの友人宅で開かれる読書会から、歩いてわが家に帰るのさえ身がすくむのだ。ハムステッド・ヒースには、ウォーキング仲間と一緒でないと足を踏み入れることができなかった。

その後、数週間のうちに、わたしはロンドン中心部のハーレー・ストリートにある耳鼻咽喉科で診察を受け、メリルボーン地区のウェルベック・ストリートで開業している臨床心理士を訪ねたほか、ハムステッドのアートセラピストにもカウンセリングを依頼した。耳鼻科医の診断によると、喉の組織に恒久的なダメージは受けていないようだ。とはいえ、いまだに声がかすれ、歌を歌うときにいつも出ていた高い音域が出ない。そのころ、同じように強盗に首を絞められたある被害者は、一生声が出ない状態になったとなにかで読んだのだが、医者の見立てによれば、わたしの場合は、少なくともそのうちまた出るようになるだろうという。臨床心理士はわたしの話を聞いたあと、その症状は心的外傷後ストレス障害（PTSD）であり、これから先何か月かは、ちょっとしたことにも過剰に反応するかもしれないと言った。たしかに、横からなにかが近づいてくるだけで、ぎくりとしてしまう。一度、庭の門を開けて路地に出ようとしたとき、ちょうど郵便配達人が一メートルほど右のところまで来ていた。わたしはとっさに叫び声を上げ、扉をばたんと閉めてしまった。相手はいったいどう思っただろう。アートセラピストはクレパスと紙をわが家に持参し、絵を描くことで感情をコントロールする方法を教えてくれた。

夫の上司は、イギリスに赴任したばかりの部下の家族が襲われたことに心を痛め、わたしに護身法を指南すべく、以前ロンドン警視庁にいたという社の警備部門の責任者をわが家に派遣した。

映画００７シリーズの初期作品の一場面みたいに、警備部長は防犯具がぎっしり詰まったブリーフケースを手にあらわれた。まずは、三〇センチもあるずっしりしたアルミニウムの懐中電灯を取りだす。護身用の武器としても警報器としても使えるもので、片方のボタンを押すとドーベルマンの咆哮（ほうこう）が、もう片方のボタンを押すとパトカーのサイレン音がする。その後何週間も、わたしはその懐中電灯を肌身離さず持っていた。財布やポケット用には、手榴弾式（しゅりゅうだんしき）に紐（ひも）を引っぱって鳴らす防犯ベルを渡された。引っぱると耳をつんざくような音が出る。しかし、紐がいろいろなものにすぐひっかかるため、そのたびにわたしはスイッチを切り、そのたびに周囲の人をぎょっとさせることになった。次に出てきたのはスプレー缶だ。催涙スプレーではなく、吹きかけても目に見えず、紫外線の光を当てると塗料が浮きだして見えるしくみで、警察はこれを目印に加害者を特定できるが、本人は塗料に気づきさえしない。

　警備部長は、もしあとをつけてくる車があったらナンバーを覚えておくことや、同じ車がいつまでもバックミラーに映っている場合は、いつものルートをはずして家に帰ることなどを教えてくれた。また、赤信号で停車するときには進路をふさがれないように注意すること、そして三車線の大通りでは真ん中の車線を避けるように、とも言った。どちらも子どもの誘拐を警戒する方法なのだという。友人からも護身術をいくつか伝授してもらった。たとえば、強盗に首を絞められたら、相手のすねを靴のかかとで思いきり蹴る方法など……。わたしは動物保護施設に出向いて、ベルジアン・シェパード［ベルギー原産の牧羊犬］がいないか探したりもした。この犬種は、塀を乗り越えて飼い主を助けにきてくれると聞いたことがあったからだ。わが家がロンドンに駐在していたその後の三年間、こうして、わたしは危険を回避するための道具を取りそろえ、つねに警戒しながら過ごした。

「それで、犯人は逮捕されたの？」

「そのことはまだ話す気になれないのよ」とわたしは答えた。いまでもまだ話すのがつらいのだ。実のところ、ひとりは逮捕されたもののもうひとりはまだ捕まっておらず、逮捕された男は、それまで何度も似たような強盗事件で訴えられ、わたしの件を含めて四、五件の罪状を認めた。ロンドンのミドルセックス・ギルドホールの裁判所で、男に八年半の刑を言い渡した判事は、一連の犯行を「きわめて残忍で無情なまでの効率性」をもって実行されたと断じ、被害女性たちのだれも命に別状がなかったのは幸いだと述べた。キャロルには言えなかったが、わたしは警察に呼ばれて容疑者の面通しに行ったり、被害者支援センターを訪れたりもした。当時のことを思い出すといまも胸が苦しくなるものの、長い年月のあいだに、あのときの記憶も、そして有罪判決を受けた男の名前さえも薄れつつあった。

「さぞ怖かったでしょうね」。キャロルの声には共感がこもっていた。わたしたちはしばらく黙って歩きながら、ときおりアオカケスやコウカンチョウを指さした。「事情は事情として、どうかしら。コリンズ・ベイに行って読書会を見てみる気にはならない？　かえって、いい効果があるかもしれないわよ」

「ちょっと考えさせて。そのあいだに、よさそうな本を何冊か挙げておくわ」。やがてわたしたちは、父の墓所にほど近い駐車場まで戻ってきた。わたしは、父が眠るその場所に目をやり、「お父さん、またね」と声をかけてから、キャロルのために車のドアを開けた。

第2章

約束は守られた

『スリー・カップス・オブ・ティー』

当時、キャロルと知り合ってからすでに一年以上たっていた。けれども、あれほどの情熱が彼女のどこから湧いてくるのか、わたしにはまだ知らないことがたくさんあった。カナダのオンタリオ湖に浮かぶアマースト島は、キングストンに近く、羊の放牧場や干し草畑のひなびた風景が広がる島だ。その島の別荘に、ご主人のブライアンともどもわたしたち夫婦を招待してくれたとき、彼女から話を聞いてはじめて、わたしはその情熱の源を知ることになった。キャロルは、これまでいくつもの仕事を手がけてきたが、そのひとつがカナダの先住民アートのアンティーク売買だ。一八三〇年代に石灰岩で建てられた夫婦の別荘には、さながらノアの箱舟のように、動物をモチーフにした彫刻がそこかしこに置いてあった。南側のサンルームには、実物大の素朴なダルメシアンや、丸々とした白い羊、それにコマドリやカラス。どれも、木彫りに色づけしたものだ。書斎にはさらに多くの鳥たちが高い棚いっぱいに飾られ、頭飾りをつけた背の高い先住民族ミクマク族の男性像は、洗濯室の入り口を守っている。窓枠に、緑色の目をした黒猫が陣取る食堂の一角には小さな礼拝室があった。

この礼拝室も、彼女の以前の活動を知る手がかりになる。高校で英語教員として働いたあと、キャロルは一九九〇年代に母親のあとを継いで英国国教会の司祭になり、トロントの西に、〝復活教会〟と呼ばれる教会を設立した。

「なんでもゼロから始めるのが好きなのよ」と語るキャロルによると、新しいことに取り組む意欲と、人の役に立ちたいという使命感は、祖父のそのまた祖父であるジョージ・ウィリアムズ卿から受け継いだらしい。ウィリアムズ卿は、ヴィクトリア朝のイギリスで布地の商売を手がけて成功するいっぽうで、YMCA（キリスト教青年会）の活動を立ち上げ、キャロルに言わせれば「若者を放蕩（ほうとう）から救いだした」人物だ。その気質は、人に尽くすことをよしとする家風と、商売を興し業績を上げる才知として、代々受け継がれてきた。なんでも、ウィリアムズ家の子孫には、ロンドン市長のボリス・ジョンソン［二〇一六年五月に退任］や、ロンドンを拠点としたチタン売買で大成功を収めたコリン・ウィリアムズがいるという。「ジョージ卿の亡霊は、子孫のだれかれに取りついてきたの。どうやら、わたしもその遺伝子を受け継いだようだわ」

夕食をとりながら話を聞いているうちに、キャロルがなぜ人助けの手段として書物を選んだのかもわかった。キャロルは一九四五年にイギリスのアシュバートンで生まれた。泥炭地と花崗岩の荒れ地にポニーや羊が放牧されているダートムーア国立公園の先端に位置する街がアシュバートンだ。キャロルの母パトリシア・ウィリアムズはイギリスの若き戦争花嫁で、上の子ふたりを連れてロンドン大空襲を逃れ、かの地に疎開した。父のデビッド・ウィルソン・ブライズは戦時中、英陸軍で爆撃の標的を選定する任務についていた。

キャロルが六歳のとき、一家はカナダに移住した。パトリシアは熱心な読書家で、六人の子どもたちがまとわりついてくると、「外へ行って遊びなさい」ではなく「あっちへ行って本を読みなさい」と諭したという。「長い長い夏休みに、わたしたちは湖のほとりで日光浴と読書ばかりしていたわ」。母親は、姉妹五人のうちキャロルを含む四人に、大学で英文学を学んで教員になることを勧めた。気質がキャロルに似ていた弟は、やがて次々と事業を手がけるようになったそうだ。もしかしたらキャロルがあれほど意欲的なのは、才能に秀でた家族のなかでなんとか頭角をあらわし、足跡を残したいという願望もあってのことではないだろうか。

その夜、わたしたちは遅くまでお喋りをして笑い合った。キャロルが母親のことを話し、ブライアンが大きな声で楽しそうに笑う。わたしは彼女の勇気がどこから湧いてくるのか理解できた気がした。今度はわたしが勇気を出す番だ。

そしてついに、刑務所へ足を踏み入れる決心をするときがきた。あれこれ思い悩みながらも、わたしは念のためボランティアとして刑務所を訪れる際に必要な身元調査票を、カナダ連邦矯正保護局に提出しておいた。許可が出るまでにはかなり時間がかかるらしいからだ。刑務所を管轄するその組織から許可をもらったとき、これはもう行くしかないと覚悟を決めた。これまで費やした労力を無駄にしたくなかったし、いまさらあと戻りもできない。とりあえず一度だけ行ってみよう、と自分に言い聞かせる。それならなんとかなるはずだ。

キャロルと一緒に刑務所へ行ってみてはじめて知ったのだが、体じゅうにタトゥーのある男たちが一八人ほど集まって読書会を開く場所は本館ではなく、同じ敷地内の別棟にあり、そこには看守もいないし、見たところ防犯カメラもない。メンバーが気楽に参加できるように、というのがキャロルの意図なのだ。唯一頼りになるのは教誨師〔受刑者の改悛を助け精神的安定に導く宗教者〕が身につけている小型の警報器で、これを鳴らせば本館にいる看守に知らせることができるものの、その本館はおよそ八〇メートルも先にある。上等だ。

周辺の住民は、コリンズ・ベイのことを、北米の格安ホテル・チェーンの名を借用して「レッド・ルーフ・イン」と呼ぶ。赤い合金製屋根とゴシック調の小塔が、この刑務所のもっとも目を引く特徴なのだ。一九三〇年代に地元の石灰岩で建てられた城のような本館を正面に据えて、背後の広大な敷地を石灰岩の塀が取り囲み、その四隅には赤い三角屋根の見張り塔が睨みをきかせている。子どものころ、目の検査を受けるため年に一度プリンスエドワード郡のわが家からキングストンまで、母の運転する車で通っていたのだが、この刑務所の前を通るとき、わたしはよく、これはディズニーランドなのか、跳ね橋やお堀はあるのか、と訊ねたものだ。

それを思うと、二〇一〇年一〇月、キャロルの主催する読書会に初めて参加するため、大人のわたしがついにこの建物を訪れることになったのは不思議な気がした。小春日和の暖かなそよ風が、周囲に広がる草原の丈（たけ）の高い草をなびかせ、ハゴロモガラスの鳴き声が湿地から聞こえてくる。湿地の向こうにはセントローレンス川が流れ、ちょうどこのあたりでオンタリオ湖にそそぎこんでいる。建物の背後にある刑務所付属の農場は、正面の入り口からはほとんど見えない。ちょうど二か月前、連邦政府の決定によって搾乳（さくにゅう）が中止され、三〇〇頭のホルスタイン牛が家畜用貨物列車で運ばれていった。この農場は四八年間、地元の刑務所に牛乳を供給し、受刑者に酪農技術を教える役目も果たしていた。わたしが子どものころから、この街では刑務所で作られた品物――車の販売店を飾る三角旗、さびれたショッピングモールで売られている、自動小銃AK-47を模した蛍光塗料入りのペイントボール銃などをいたるところで目にすることができた。

その日、わたしはキャロルの指示にしたがって、体の線が出ない服を選び、目につく宝石類は極力身につけないようにしていた。胸が目立たないスポーツブラ、タートルネック、きちんとボタンをとめた地味なツイードのパンツスーツ。エメラルドの婚約指輪はやめて、装飾品はゴールドの結婚指輪とパールのイヤリングだけにした。ひどく緊張していたため、受付で訪問者用ノートに名前を書くときには手が震えた。左側のマジックミラーを通して、看守たちの頭の輪郭だけが見える。彼らの操作で門が自動的に開き、わたしたちは刑務所に入っていった。

そのあとのことは、ごく短い印象の積み重ねとしてしか覚えていない。恐怖心が募って一種のショック状態になっていたのだ。視界から周囲の情景がそぎ落とされ、さながらズームレンズを通して見ているように、一点に焦点をあてた映像が次から次へと押しよせてくる。入り口に据えられた金属製の二重扉を押し開けると、なにかが発酵したようないやな臭いがした。なんの臭いかはわからないが、もしかしたら、長い歳月におよぶ苦痛と憎悪と後悔が壁に染みついていたのかもしれない。キャロルとともに読書会で進行役をつとめるエドワードと正面の廊下を歩いていく。エドワードは英文学教授を引退した男性で、英語のアクセントは上流階級に独特のものだ。読書会の開かれる別棟のチャペルまで教誨師のブレアがわたしたちを先導する。先を歩きながら、ブレアは施設の説明をしてくれた。診療所の前には、HIVと肝炎予防の啓発ポスターが貼ってあった。さらに進むと、白いワッフル織りの長袖シャツや青いTシャツにジーンズ姿の男たちがおおぜい、台車を押したりモップを運んだりしている。「なんとまあ、スタッフがたくさんいること」と思ったのを覚えている。

教誨師によると、本館は〝電柱〟のような構造になっており、〈大通り〉と呼ばれる広い通路の両側に、枝分かれするように監房が並んでいる。その建物からいったん外に出て、教誨師のあとから歩道を進んでいき、ふたつ目の建物に入ると、そこは集会堂のような場所だった。気がつくとわたしは木の椅子に座って読書会メンバーが集まるのを待ちながら、自分の名が「アン」だと全員に知らせることになる名札をつけるべきかどうか迷っていた。

ドアから入ってきた男たちは、先ほど〈大通り〉を自由に歩いていた人たち――わたしが清掃スタッフだと思いこんだ人たち――と同じ、白か青のシャツを着ている。どういうことだろう。彼らは受刑者だったのか。なぜあんなふうに自由に歩きまわっているのだろう。なぜ看守の立ち会いもなく、ただひとり警報器を持っている教誨師は部屋を出てしばらく戻ってこなかったりするのだろう。なにより、キャロルはなぜこんなにリラックスしているのか。やがて、ひとりの受刑者がわたしのほうに近づいてきて、腕を差しだし、にこやかに微笑んだ。「こんにちは。ようこそ」。わたしは立ち上がってその手を握り、お礼を言った。メンバーたちの多くが同じようにしてくれた。みな礼儀正しく、威嚇的なところはみじんもない。どういうわけか、黒人たちは輪の向こう側にかたまって座り、白人はわたしに近いほうに座った。

キャロルがわたしのことを刑務所読書会〈図書選定委員会〉の会長だと紹介し、受賞歴のある雑誌記者で、大学では英文学を専攻したと付け加えた。わたしはどんな本を選べば喜んでもらえるか、そのことだけに意識を向けていた。紹介が終わるとキャロルが、今回の課題本であるデイヴ・エガーズの秀逸なノンフィクション『ザイトゥーン(*Zeitoun*)』について話し合おうと促した。この本は、塗装会社を経営するシリア出身のザイトゥーンが、ハリケーン・カトリーナに襲われ浸水したニューオーリンズで、米国土安全保障省からの退避命令にそむいて救助活動を続けたため、テロリストと間違われて逮捕されてしまうというストーリーだ。わたしも以前読んだことがあり、大好きな本だったが、主人公の選択が正しかったかどうかや、あるいはほかの話題に関しても、メンバーたちがどんな意見を言ったのかまったく覚えていない。そのときわたしの頭のなかでは、ロンドンで教わった護身術の手順が再現されていた。いまからわたしたちは人質に取られるにちがいないという思いにとらわれていたからだ。ロンドンの警察署で面通しをしたとき以来、犯罪者とこれほど間近に接するのは初めてだった。

とまどっていたのは、どうやらメンバーたちも同じだったらしい。宗教的な理由もなく、報酬もないのに、わざわざ車でこんなに遠くまで来て、怖い思いをしながら受刑者と同席するとは……。話し合いのあと、ドレッドヘアにミラーサングラスをかけたメンバーが、黒人ふたりを従えてこちらへやってきた。「あんたのようなきちんとした人が、なんでおれたちみたいなリルと一緒にいたいんだ？」

きわめて的確な質問だと思ったが、ただこう答えておいた。「いい本を選びたいからよ」もうひとりのメンバーが近づいてきた。あとで知ったのだが、彼は人をひとり殺し、そのことを深く後悔していた。「女優のだれかに似てるとさっきから思ってたんだ。なんて名前だったっけ。ああ、ニコール・キッドマンだ。よく言われるだろ？」

それを聞いてちょっといやな気持ちになった。「一度もないわ」。その女優はわたしよりはるかに背が高いことも言いそえておいた。おそらく、カーリーヘアのせいで似ているように見えたのだろう。いずれにせよ、そんなところに注目してほしくはない。

トロントへの帰り道、今日の読書会に参加したことで、推薦すべき本に関して新たな視点がなにか得られただろうかと自問した。ほとんどなにも得られなかった。というのも、情けないほど怯えていたからだ。ノンフィクションに人気があるのはわかったし、キャロルが求めているのは、主人公の立場に自分を置くことができ、登場人物の行ないについて考えられる本だというのもわかった。それでも、彼らの読解レベルがどのくらいか、本のタイプによってどう反応が変わるのか、どんな語り口に魅力を感じるのかを本気で知りたいなら、毎月の読書会にあと四、五回は参加しなければならないだろう。二か月前、まだ刑務所に行ったこともないまま、仲間の選定委員たちと作った選書リストには、たとえばこんな本が挙げられている。小説ではマーガレット・アトウッドの『またの名をグレイス』や、マーク・ハッドンの『夜中に犬に起こった奇妙な事件』、ロディ・ドイルの『ポーラ――ドアを開けた女』、ノンフィクションではアレクサンドラ・フラーの『今夜は犬たちのところへ行きたくない (*Don't Let's Go to the Dogs Tonight*)』(これは、著者がローデシア［現ジンバブエ］でのつらい子ども時代を綴った回想録で、いわばアフリカ版『ガラスの城の子どもたち』だ)。どの本も、わたしが読んでおもしろいと思ったものだ。刑務所でじかに感じた恐怖心がいったん薄らぐと、今度はなにかに強く引きよせられるなじみの感覚が訪れた。好奇心だ。ドイルが生き生きと描きだす主人公ポーラ・スペンサー――アルコール依存症の女性で、夫から虐待されている――のことを、そして虐待する夫チャルロのことを、受刑者たちはどんなふうに話し合うのだろう。はたして、文学は受刑者の人生になんらかの変化をもたらすことができるのだろうか。

ただし、未知のものへの好奇心には往々にして恐怖心が伴う。定期的に刑務所を訪れ、受刑者たちと知り合うことで、どんな危険があるかよく考えなければならない。わが身の安全だけでなく、家族の安全も気にかかる。

幹線道路にプリンスエドワード郡への出口を示す標識が見えてきた。農場とオンタリオ湖の砂丘からなるこの美しい半島は、わたしが生まれ育った土地で、キングストンとトロントのほぼ中間に位置する。そこで過ごした子ども時代は幸福だった。父の面影が浮かんでくる。二〇〇〇年にミレニアムを記念して、わたしたちは父娘でカリフォルニアへ車で旅行に出かけた。あるパーキングエリアで、父は道を訊ねようとこわもての男たちに近づいていった。止めようとしたわたしを、そのとき父はこう言って安心させたのだ。「人の善を信じれば、相手は必ず応えてくれるものだよ」

恐怖心は偏見から生まれる。それはわかっている。社会に存在するひどい不公平の根源には、こうした恐怖心があるものだ。もし、受刑者たちがみずからの善をたずさえて読書会に参加し、たとえひとときにせよ、その時間だけは別の人生を生きようとしているのなら、キャロルにならってわたしも彼らの努力に敬意を表すべきだろう。いつまでもなにかに怯えて生きるのはやめ、キャロルの勇気を少しでも見習おうとわたしはこのとき覚悟を決めた。キャロルがコリンズ・ベイに通えるのなら、わたしにもできるにちがいない。人はときとして、だれかから勇気をお裾分（すそわ）けしてもらうものなのだ。

同時に、わたしにはもうひとつ勇気の源泉があった。創作への欲求だ。もともとわたしは毎日の日記を欠かさないし、なんでも書きとめるのを習慣にしている。刑務所で読書会を開くというキャロルのアイデアや、喪失、怒り、勇気、贖罪（しょくざい）といったテーマに対する受刑者たちの反応を文章にできたなら、自分自身の恐怖心を少しずつ克服していけるかもしれない。二〇一一年から一二年まで刑務所に通って読書会のことを本にまとめるにあたり、わたしはさまざまな許可を当局に願い出た。そして、次回からは図書選定委員として読書会に参加するだけでなく、キャロルがリードするこの会に作家の視点を持ちこんでみようと心に決めた。

二〇一一年三月にふたたびコリンズ・ベイを訪れたとき、読書会のようすにいくつか変化が見られた。以前集まりに使っていた別棟は取り壊し中で、いまは北東の見張り塔に近い、これといった特徴のない建物に場を移していた。その廊下には煙が漂っていて、あとで聞いたところによると、煙の出どころはアボリジニを対象としたプログラムが行なわれている部屋で、そこでは先住民族の受刑者が、邪気を祓（はら）う伝統的な儀式として、スイートグラスやセージを燃やすことを許されているのだという。刑務所で煙？　ハーブを燃やすための火を看守がどう管理しているのかは知らないが、それにしてもずいぶん進歩的な試みだ。

今度の場所は、前よりいくぶん安心できる。なんといっても二五メートルほど先の同じ建物内に看守がいるのだ。そのうえ教誨師が、電話のある事務室からわたしたちを見守ってくれている。ガラス張りのその部屋からは読書会が開かれている場所を見渡せるので、なにかあれば頼れるというわけだ。それにしても、この場所はちょっと気が滅入る。急ごしらえとあって、チャペルというより一九五〇年代の殺風景な教室みたいで、コンクリートブロックの壁の色は公共施設によくあるスカイブルーだ。といっても部屋の端には木製の十字架と祭壇が据えられ、反対側にはさまざまな宗教の聖典を並べた書棚がある。読書会がこの場所を使えるのは、あまたある宗教グループ、たとえばカトリック、英国国教会派、魔女崇拝（ウイッカ）、ユダヤ教、イスラーム教、ラスタファリ教［ジャマイカの労働者層から発生した宗教的社会運動］、救世軍などが集会に使用していないときだけだ。清掃は毎日行なわれているし、照明はまぶしいほどだが、これまでわたしが足を踏み入れた所内の施設と同じように、ここでも有機物の腐敗したようなすえた臭いがした。

わたしが入っていくと、メンバーたちは折りたたみ式の金属椅子を部屋の真ん中に丸く並べているところだった。やわらかい素材の家具は、禁制品を隠す可能性があるので好ましくない。昼食を終えたメンバーがひとりまたひとりと入ってきて、ドリップ式のコーヒーメーカーから各自コーヒーを入れ、キャロルが毎回買ってくるクッキーを目で探す。手作りの焼き菓子は、やすりやぎざぎざした金属片など武器になるものを隠せるため、持ちこみ禁止だ（この一年後、イギリス人シェフのゴードン・ラムゼイがイギリスのブリクストン王立刑務所内で料理講習会を開いたそうだ。目的は職業訓練と、外部の喫茶店に焼き菓子を提供することだが、余りは受刑者にもふるまわれた）。

ボランティアの顔ぶれも、前回わたしが訪れたときとは違っていた。エドワードに代わってキャロルとともに進行役をつとめていたのは、アマースト島のキャロルの隣人で、以前ＣＢＣラジオ（カナダ放送協会）でクラシック音楽番組のホストをしていたデレクだ。彼はメノー派［キリスト教プロテスタントの一派で、平和と社会正義を重んじる］の家庭に生まれ、メノー派中央委員会の社会奉仕活動の一環で刑務所を訪問している。なかなかのおしゃれで、垢ぬけた革のローファーに鼈甲フレームの眼鏡、デザイナーズブランドのジャケットというでたちだ。その姿には、おそらくメンバーたちも強い印象を受けたにちがいない。しかも、ラジオでならしたよく響く声は本の一節を読み上げるのにぴったりで、実際そんなふうにして毎回、次の課題本を紹介してくれるようになった。

今回はわたしも落ち着いて話し合いに集中することができた。取り上げられた本は『スリー・カップス・オブ・ティー――1杯目はよそ者、2杯目はお客、3杯目は家族』で、著者はグレッグ・モーテンソンとデイヴィッド・オリヴァー・レーリン。キャロルが選定した本だ。二〇〇六年に出版されたもので、ろくな財産もないアメリカ人の登山家グレッグ・モーテンソンが、みずから率いる慈善団体、中央アジア協会の寄付により、パキスタンとアフガニスタンに女子校を建設するという心温まるノンフィクションである。本書と、二〇〇九年に出版されたその続編『石から学校を造る――爆弾ではなく本でアフガニスタンとパキスタンに平和を（*Stones into Schools : Promoting Peace with Books, Not Bombs, in Afghanistan and Pakistan*）』は、ともに「ニューヨーク・タイムズ」紙のベストセラーリストに入り、われわれが『スリー・カップス・オブ・ティー』について話し合っていた二〇一一年三月にはすでに、著者のモーテンソンは人道主義者として祭り上げられていた。この本はアフガニスタンに派兵される米軍兵の必読書にもなり、アメリカ大統領バラク・オバマまでが、二〇〇九年に受賞したノーベル平和賞の賞金から一〇万ドルを著者の活動に寄付している。

本書の記述によると、モーテンソンはパキスタンと中国の国境に位置する、世界で二番目に高い山K2からの下山中、道に迷い、パキスタン北部のコルフェ村に行き着いて、村人の世話で元気を取り戻す。恩返しのため、彼はこの村に戻って女子のための学校を建てると約束する。男の子は教育を受けると給料のいい都会に移っていきがちだが、女の子は教育すれば村に残って知識を活用してくれると考えたのだ。アメリカに戻った彼は、一年間、車中で暮らして生活費を節約しながら、学校建設のための寄付金集めに奔走する。なんとしても人を助けようというその熱意に多くの読者が引きこまれ、わたしも心を打たれた。

前回見かけたメンバーが、この日も何人かいた。ドレッドは背が高く、カイゼルひげと顎ひげを生やし、黒いニット帽の下からはドレッドヘアの短い束が三つ突き出ている。ベンはゆっくりとした話しかたをするが、熱心な読書家で、たれ目にかぶさった重たげなまぶたが、どことなく悲しげな印象を与える。マーレイは、黒の長い十字架のネックレスをつけ、髪はコーンロウで、頭のてっぺんから編みこまれた三つ編みの先端が、ひとつひとつ小さなクリップでとめてある。もうひとり見覚えがあるのはフランクというイタリア出身の中年の男で、左頬に深いえくぼがあり、眼鏡をかけていて、話し合いでは中心的な役割を果たしていた。フランクに連れられてきた新しいメンバーはグレアムという名で、髪はブロンド、一九〇センチほどもあるがっしりした体格だ。やってくるなりくつろいだようすで椅子に深く背をあずけ、笑うときはそれが癖なのか、よく肘掛けを握った。〈栽培家〉と呼ばれているシャイな若者も新顔だ。筋肉質でサングラスをかけている彼は、どうやらマリファナ栽培の罪で服役しているらしい。サングラスの受刑者が多いのは、相手と目が合って衝突するのを避ける意味もあるようだ。〈栽培家〉の隣は上唇に傷跡のある男で、薬物売買で東南アジアの刑務所に入れられていた経験を話したがる。名札には「リック」とあった。

キャロルがまずは発言権をデレクに譲ると、デレクはこの本の中心人物であるモーテンソンについてどう思うか、全員に問いかけて話し合いを始めた。

最初に発言したのはドレッドだ。自分より他人を気づかい、多くの困難に耐えて女子校を建設したモーテンソンに感心したという。ほかにも何人かが、度重なる挫折にも負けない彼の忍耐力と決断力を称えた。モーテンソンは最初、学校建設用の資金を携えてパキスタンに赴いたが、現地で購入した資材の多くが消えてしまう。そして後日あらためてコルフェ村を訪れたときには、学校よりもまず橋を造りたいと村人たちに言われてしまうのだ。

とはいえ、メンバーたちは彼の弱点も指摘した。「おれに言わせれば、こいつはどうしようもないドジだよ」とフランク。

「フォレスト・ガンプみたいに、つまずいてばかりの人生だな」。東南アジアの刑務所にいた男が発言した。

デレクが賛成し、フォレスト・ガンプと同じで、彼もここぞという歴史的瞬間にうまくその場に居合わす、と言った。「タリバンとお茶を飲み、パキスタンの宗教指導者たちに会い、マザー・テレサの遺体に触れて敬意を伝えるんだから」

けれども、ドレッドはちょっと違う見かたをした。「ふつうなら、約束してもちゃんと守ることなんかないのに、こいつは守ったんだぜ」。約束はたいがい守られないものだ。ドレッドはそのことを指摘した。村人たちはモーテンソンが元気になるまで世話をしたものの、また村に戻ってくるとは思っていなかった。受刑者たちは、おそらくこれまでの人生で何度となく約束を破られてきただろうし、自分自身も破ったことがあるだろう。

わたしは、なぜモーテンソンが男子ではなく女子の教育にこだわったのかと問いかけてみた。「どんなコミュニティでも、女は影響力が大きいからな」とフランクが答える。「女は地元で指導的役割を果たすけど、男は教育を受けると村を離れちまうことが多いだろ」。フランクには、自分の帰りを待つ妻と子どもたちがいる。

そのあと、モーテンソンには別の動機もあったことを、ベンが思い出させてくれた。［山頂で神に捧げものをして］妹クリスタの冥福を祈るためだ。そもそもK2への登頂をめざしたのは、二三歳のときてんかんの発作で亡くなった妹のためだった。しかし、コルフェ村で一〇〇人近い子どもたちが、校舎も専任教師もないまま、むき出しの岩の上で勉強しているのを見て、もっと有意義な方法で妹を追悼しようと決心したのだった。

モーテンソンは英雄だと思う、とキャロルが言う。「実に献身的だわ。こういう英雄になるにはどうすればいいのかしら」。前回、わたしが読書会に参加したときもそうだったが、キャロルはメンバーの道徳心に強くはたらきかけ、主人公を手本として見てもらえそうかどうか、確かめようとしていた。すると、フランクがすばやくその意図に応え、モーテンソンはドジなところもあるが人道主義者で、ノーベル平和賞に名前が挙がってもいいくらいだと言った。実際、彼は二〇〇九年のノーベル平和賞候補に挙げられていた。

ところが、グレアムは相棒のフランクとは別の見かたをしたようだ。初めて発言するグレアムは、モーテンソンが妻の我慢強さに甘え、一回の旅に長いときは四か月もかけている、とその行動に疑問を呈した。「奥さんが我慢強いのはいいとしても、家族も自分の健康もないがしろにしてるし、慈善団体の理事たちとの信頼関係も損ねちまってる」。家族を置き去りにし、活動家としての責任も果たせていないと感じたわけだ。デレクが、モーテンソンの〔妻と〕娘も学校建設の旅に同行するようになったことに言及すると、グレアムは辛辣な答えを返した。「一緒にいたいからついていってるだけだろ？」

わたしは、グレアムの広い額に目をやった。モーテンソンの暮らしぶりや慈善団体の運営のしかたには、どこかおかしなところがあると彼は見抜いている。その鋭さにわたしは胸を衝かれ、言葉づかいの的確さや、初参加にもかかわらず堂々と反対意見を言うところにも感心した。読書会では、どんな発言にも読者自身の世界観がにじみ出るものだ。グレアムの言葉にも彼の世界観があらわれていたし、おそらくそこには家族に対する強い信念が含まれているにちがいない。もしかしたら、グレアムの父親も、モーテンソンのように家族をかえりみなかったのだろうか。何か月かあとに、わたしはその答えを知ることになる。

「モーテンソンの両親についてはどう思った?」とドレッドが問いかけた。「活動のきっかけになったのは両親だろ」。モーテンソンの両親はタンザニアでルター派の宣教師をつとめ、日曜学校でも教えていた。そしてその任務中、キリマンジャロのふもとに学校と病院を建設する。父親が中年で亡くなると、モーテンソンは長く患っていた妹まで失うのではないかと恐れ、なんとしても病気を治してやりたいと願うようになる。

ドレッドの問いかけに、グレアムはこう答えた。モーテンソンの両親であるデンプシーとジェリーンも息子に負けず劣らず猪突猛進型で、病院を建てるときもそうだった、と。その発言を聞いて、わたしは膝(ひざ)に置いた本に目をやり、両親について書かれた章を探した。たしかに、デンプシーは病院の建設資金や職員を集めるため、何か月も外国に出向くことが頻繁にあったため、モーテンソンが一家の大黒柱をつとめざるをえなかったとある。おそらくグレアムは、この父親が家族をなかば見捨てていたと言いたいのだろう。ますますグレアムに興味が湧いてきた。とはいえ、同じ章には、デンプシーが病院の外国人理事たちの意向に逆らって、裕福な階級の子弟よりも地元アフリカの学生に奨学金を提供したという記述もある。その心意気はまっとうなのだが、あまりに無鉄砲だとグレアムには思えたようだ。

　子どものころ、家族がボランティア活動をしていた人はいるか、とキャロルが訊ねる。手を挙げたのはある新入りメンバーだけだった。「おれの家族は、よく図書館の仕事を手伝ってたよ」と言ったあと、彼はひょんな流れから自分の祖父のことを話しはじめ、祖父は犯罪に巻きこまれて「殺されてしまった」と打ちあけた。ほかのメンバーの発言を待ったが、彼以外にはだれも語るべき経験がないようだった。わたし自身の子ども時代とはあまりにかけ離れた彼らの家庭環境を思うと、胸が痛んだ。

「なんとしても人を助けたいというモーテンソンの気持ちは見上げたものだと思うわ」とキャロル。「わたしにとっていちばん有意義なことは、ここでみんなと過ごす時間だわね。ここへ来たからこそマーレイとも会えた。それだけで嬉しいの」そう言ってマーレイのほうを見たキャロルに、マーレイも満面の笑みで頷き返した。「みんなには、ここを出たらぜひだれかの助けになってもらいたいの。面倒に巻きこまれそうな子どもがいたら、助言してやってほしいのよ」。一瞬、みながしんとした。

　やがてフランクが口を開いた。「おれたちはだれかを、たとえば物乞いを助けるのも怖いんだ。騙されるんじゃないかって」。しばらく全員がそのことを考えていた。わたしは、人の善を信じるよう教えてくれた父のことを話した。すると、フランクが思いついたようにマルコム・グラッドウェルの『急に売れ始めるにはワケがある――ネットワーク理論が明らかにする口コミの法則』

に紹介されている理論を口にした。廃屋の割れた窓を修理すると、その地域の犯罪率が下がるという。「窓を一枚取りかえるだけでも、なにかが変わるんだ」

グレアムはその話題については口をつぐんでいたが、モーテンソンのことでもうひとつ付け加えたいようだった。〝タリバン〟に誘拐された話はつじつまが合わないというのだ。モーテンソンによれば、自動小銃AK-47を手にしたワジール族［アフガニスタンと国境を接するパキスタン北西部ワジリスタンの部族］に数日間拘束されたあと、解放され、教育を受けていないワジール族の子どもたちに学校を建てたいと話すと、札束を押しつけられたという。モーテンソンの話が正しければ、暴漢に脅されてその村に学校を建てたことになってしまうとグレアムは言い、札束のくだりには、あきれたようにただ目をぐるりと回した。あとで知ったのだが、グレアムはこうしたことがらにはいくらか通じているらしい。以前ヘルズ・エンジェルス［バイクで非合法活動を行なうギャング集団］のメンバーだった彼は、薬物の密売と恐喝の罪で一七年の刑に服している。

読書会が終わると、マーレイが胸の十字架を揺らしながら近づいてきて、わたしの横に座った。「おれには神がすべてなんだ」。黒い瞳が輝く。「神を信じてる」。読書会はチャペルで開かれているので、どうやらわたしとも宗教観を共有できると考えたらしい。わたしは頷いて相手の信仰心に敬意を表し、自分自身は善意を信じていると伝えた。キャロルと違って、わたしは宗教心の薄い人間だ。

メンバーたちと別れの挨拶をかわしたあと、わたしは荷物をまとめた。今日の本は選定委員会が推薦したものではなかったが、みなで話し合うにはうってつけだった。

三人で通路を歩き、看守詰所の前を通ったとき、その日の「大通り当番」で、大通りの監視を担(にな)う刑務官が、自分も『スリー・カップス・オブ・ティー』を読んでいるところだ、と声をかけてきた。読書会メンバーからおもしろいと聞いたし、できれば会にも参加してみたいと言い、本気とも冗談ともつかない笑いかたをしてみせた。

自宅のあるトロントへ戻る車中、読書会を始めたいきさつをキャロルが話してくれた。二〇〇九年の夏、アマースト島の彼女の別荘の畑でルッコラの手入れをしていたとき、少し前にフランスのトロリー村を訪れたときのことを思い出したという。発達障害者と介護士がともに暮らす共同体〈ラルシュ〉をその地で設立したカナダ人の人道主義者、ジャン・バニエに会いにいったのだ。そのときバニエから、どこであれ初めての土地を訪れたら、ぜひとも精神科病院の入院患者と刑務所の受刑者に会ってみるよう助言された。彼らこそが、もっとも社会から疎外された孤独な存在だからだ。そのふたつの施設には社会の苦しみがあらわれている、とバニエは続けた。雑草を抜く手を止めてキャロルは座りこみ、湖の向こう側の街ミルヘイヴンを見やった。そこには重警備の刑務所がある。オンタリオ州の被疑者はすべてそこで起訴され、何割かはそのまま刑に服することになる。キャロルは考えた。「この州には、ほかにも一三の刑事収容施設がある［当時。現在は八か所］。そこにいる人たちのことを知らなければ」

そのとき六三歳だったキャロルは当初、受刑者たちをただ訪ねていくことしか想定していなかった。しかし、最初に呼びかけに応えてくれた教誨師のブレアと会ったとき、受刑者にすぐれた本を紹介して、読んだ本のことをみなで輪になって話し合ったらどうだろう、という言葉がなんとなく口をついて出た。実はそれまでも、地元の住民同士で読書会を立ち上げる手伝いは何度となく経験していたので、受刑者たちにも本を好きになってもらい、見習うべきヒーローやヒロインを見つけてもらえたら、とキャロルは思ったのだ。加えて、本人の言によれば、「読書によって彼らを中流階級に引き上げたい」とも願うようになった。その言葉は、受刑者にもっと幅広い文化を体験させたいというキャロルの願望を象徴するものであるとともに、文学的素養や共感や他者と触れ合うすべを身につけることが贖罪の一環だと示すための合言葉でもあった。ブレアは刑務所内の〈カトリック信仰の会〉を参観してみるようキャロルを誘い、その場で自分から読書会のアイデアを受刑者たちに伝えてくれた。すると、彼らはこう訊いてきた。「で、いつから始めるの?」

そういうわけで、コリンズ・ベイ読書会は、〈カトリック信仰の会〉のメンバーと、彼らが自分の監房と同じ〝並び〟［監房棟内の監房の列のこと］から勧誘してきた何人かが発足メンバーとなって始まった。もともと信仰の会だったとはいえ、読書会は徹底して無宗教だし、キャロルが自身の信仰心を持ちこむこともなく、わたしにとってはありがたかった。キャロルは夫とともにフランク・マコートの小説『アンジェラの灰』を二〇冊ほど購入し、二〇〇九年の八月に第一回の読書会を開いた。それ以来、ほかにも四つの連邦刑務所で読書会を立ち上げ、そのなかにはオンタリオ州唯一の連邦女子刑務所、グランド・バレーも含まれている。図書購入費は、その多くをフィンレイ社〔英国を拠点とする紅茶栽培業者〕からの寄付に助けてもらったという。

四輪駆動車を運転するキャロルの横顔に目をやる。頭がよく独創的で行動力のある彼女は、おそらく五か所の刑務所だけでは満足すまい。さまざまなことをうまく調整するのがいかに大変か、キャロルは愚痴をもらした。ゆがめた下唇を見れば、あらゆる過程にそうした不満がついてまわるのはあきらかだ。そして、愚痴だけではいよいよ耐えられない段階がくると、今度は自分から変化を起こしてしまう。現にその後の数か月で、わたしは数々の変化を目にすることになる。不向きとみなされたボランティアは能力をほかで活かすようやんわりと忠告され、電話を折り返さなかった刑務所職員は何度も電話を受けるはめになり、本の注文を間違えたアシスタントは担当をはずされた。変化はたいがい成功につながるものだ。キャロルは受刑者を恐れないし、変化も恐れない。彼女の内側にはふたつの深い川が流れている。持たざる者への共感と、ゆるぎなき闘志。クリスチャンでありながら、とびきり押しが強いのだ。モーテンソンと同じようにキャロルも自分自身との、そしてバニエとの約束を守り、疎外された孤独な人たちを助けようとしている。もしかしたら、母親や先祖ジョージ・ウィリアムズ卿との約束も含まれているのかもしれない。

その月の読書会には後日談がある。モーテンソンの話を疑問視していたグレアムの直感が、読書会からわずか六週間後の二〇一一年四月に、大手メディアでそのまま取り上げられたのだ。アメリカCBSテレビの報道番組「60ミニッツ」が、モーテンソンの慈善行為には誇張があり、作品には捏造が含まれていると指摘するドキュメンタリーを放映した。同じころ、ジャーナリストで作家のジョン・クラカワーが『三杯の嘘（*Three Cups of Deceit*）』と題した本を出版し、モーテンソンの捏造を詳細に検証している。たとえば、彼が建てたという学校のなかには、ほかの人の手になるものがあり、K2で道に迷ったというのは虚偽で、寄付金は流用しているし、ワジール族に誘拐された記述はでっちあげだ、と。

当時、われわれの読書会では知るよしもなかったものの、このドキュメンタリー番組は、その後二年におよぶモーテンソンの悲劇の始まりにすぎなかった。本来なら学校建設に使うべき資金を、旅行や本の出版関連費用にあてたとするモンタナ州司法長官の調査報告書にしたがい、モーテンソンは一〇〇万ドルをアジア中央協会に返金することになった。また、アメリカ人の読者四人がモーテンソンを詐欺罪で告訴し、読書会から約一三か月後、訴えは棄却された。その七か月後［二〇一二年二月］には、共著者のデイヴィッド・レーリンが貨物列車に飛びこんで自殺し、レーリンの家族は、著作権エージェントを通じて、本人が鬱病を患っていたことを公表した。

二〇一一年の春に問題が発覚したあとまもなく次の読書会が開かれたため、この件についてもメンバーたちと話し合う機会が持てた。フランクは疑惑の数々についてすでに知っていたが、それでもモーテンソンを擁護し、批判は「ちょっとしたやっかみ」からきていると思う、と言った。

「国がやれば三〇〇万ドルもかかるところを、モーテンソンは一万ドルでやっちまうんだから」

ベンは、『スリー・カップス・オブ・ティー』のなかで、モーテンソンが自分の都合で計画を「先延ばしにした」と認めていることを指摘した。前回の読書会でモーテンソンに辛口の意見を言っていたグレアムは、この件に関しては鷹揚な態度をみせた。「回想録を書くときになんの脚色もしないやつはいないし、事実をそっくりそのまま覚えてるやつもいない。ほかの人間からみれば、事実はまた変わってくるはずだろ?」いまや非難にさらされているモーテンソンに対して、だれもが寛容になったようだった。

第3章
あなたは正常ですか?

『月で暮らす少年*』『夜中に犬に起こった奇妙な事件』

二〇一一年四月、雨続きの晩春に開かれた読書会は、障害を扱った本二冊のうちの一冊目を読むことになっていた。毎月、キングストンへ来るときに渡るモイラ川は、川岸ぎりぎりまで増水し、水が黒く濁っていた。橋を渡りながらヴァージニア・ウルフのことが頭をよぎった。彼女はポケットに石を詰めこんで、イギリスのイースト・サセックスの川に入水したのだ。それを思い出したのは、今月の課題本が自殺のことに触れていたからだろう。二〇〇九年に出版されたイアン・ブラウンの回想録『月で暮らす少年――障害のある息子と父親との記録（*The Boy in the Moon : A Father's Search for His Disabled Son*）』である。

キングストンに近づくと、幹線道路の両脇に露出した石灰岩は、土よりも冷気がとどまりやすいとみえて、いまだ薄い氷に覆われていた。刑務所に到着して駐車場で車のドアを開けようとしたとき、湖のほうから吹いてくる冷たい風にドアを押し戻され、首に巻いたスカーフが乱れた。刑務所の職員が何人か、同じように押し戻されるドアと格闘して車から降り、わたしたちは一緒に刑務所の正門まで二〇〇メートルを歩いた。このときばかりは、わたしだけでなく全員が、こごえるような強風に逆らって、いくぶん前かがみになっていた。

コリンズ・ベイ読書会で顔を合わせているうちに、キャロルとデレクとわたしは、それぞれにふさわしい役割を見つけつつあった。キャロルは元教師、デレクは元ラジオ・パーソナリティの能力を活かして、進行役を交互につとめる。わたしは「刑務所通いのライター」として作家の文体について意見を述べたり、図書選定を念頭に話し合いのようすを観察したりする。わたしにはそれが向いている。もともとシャイだし、とりわけ男性ばかりのなかにいると、いちだんとその傾向が強くなってしまう。

チャペルに入ると、雰囲気がどことなくいつもと違っていた。メンバーがひとりも来ていないのだ。昼食の場でなにか起きたらしい。やがて、ドレッドが隔離されたことがわかった。ドレッドは一匹狼なので、そうなった事情についてはわからないようだ。わたしたちは座ったまま、監禁命令［刑務所内で問題が生じた際、受刑者を監房に閉じこめる処置］が下されないことを願いながら、待った。

わたしは、『月で暮らす少年』をパラパラと見直した。昨夜、読み返したばかりなので、内容がまだはっきり頭に残っている。この作品は、著者のブラウンが、息子ウォーカーの先天的な障害の原因を解明しようとする話で、のちに息子の病気は遺伝子のきわめてまれな変異によって生じる、CFC症候群と呼ばれる病気であることがわかる。ウォーカーの場合は話すこともトイレを使うこともできず、栄養はチューブで胃に流しこむ。自分で自分の頭を叩いてしまううえ、夜も寝てくれないため、二四時間の介護が必要だ。装具で頭部を保護し、肘（ひじ）を曲げられないよう両腕に筒をはめて頭を殴るのを防ぐ。ウォーカーを着替えさせ、入浴させるブラウンの奮闘ぶりは、壮絶でありながらどこか喜劇的に描かれている。息子が生まれてからの八年間、ともに著名なジャーナリストであるこの夫婦は、一日ずつ交代で夜通し介護していたため、二日続けて安眠したことがない。ブラウンはみずからの絶望感や疲労、罪悪感や息子への深い愛情を、ときにあからさまに、ときにユーモアを交えて巧みに描きだす。息子のあらゆる特異さを、決してしめっぽくならないやさしさと、けたはずれの好奇心をもって描いたこの作品が、わたしは大好きだった。息子がどんな遊びなら気に入るか、ブラウンは辛抱強く探っていく。サイダー缶のプルタブを詰めた袋を握る遊びか、それとも車の窓から物を放り投げる遊びなのか……。

　著者は、息子の病気を科学的に解明していく過程に、本書の多くのページを費やしているが、やがて病気を受け容れる段階にいたると、この先家族はどう対処すべきか、そしてウォーカーは自分になにを教えてくれているのかを知ろうとする。そうした試みの一環として、ブラウンはキャロルと同じように、ジャン・バニエの共同体〈ラルシュ〉を訪れる。そこでは成人の知的障害者たちが、介護人とともに家庭のような環境で暮らしており、そういう場にこそ、ゆくゆくは息子を預けたいと考えていたからだ。キャロル自身、フランスのトロリー村にバニエを訪れたことが、刑務所で読書会を開くきっかけになったことを思うと、これは喜ばしい偶然だ。ブラウンは指導者に助言を仰ぐように、バニエとじっくり哲学的な会話をかわした。バニエは社会的な弱者に光を当てることで、強者ばかりがもてはやされる傾向を正そうとする。その考えかたにわたしは共感したし、メンバーたちにもなにかを感じてほしいと願った。

この作品は有名な文学賞を三つも受賞し、キャロルもわたしも考えは同じだった。つまり、この本はメンバーの胸に強く響くはずであり、著者は男のなかの男だということ。実際、著者の前作のうち二冊は、男とはどうあるべきかを描いた作品だった。

ようやく、リノリウムの床をきしらせるスニーカーの音が廊下から聞こえてきた。男たちが入ってくる。フランク、グレアム、ベン、〈栽培家〉、そのほか二、三人。彼らの鋭い目つきを見れば、ぴりぴりしているのがわかる。わたしはキャロルと顔を見合わせた。なにが起きているにせよ、いっさい触れないほうがよさそうだ。すぐ本の話題に入ったほうがいい。

キャロルはあっさりと、『月で暮らす少年』を読んでみてどうだったかと質問した。

「悲しかったよ」フランクが答える。アルフレッド・ランシングの『エンデュアランス号漂流』でさえ、もう少し希望があったという。この本は南極大陸横断に挑んだ冒険家アーネスト・シャクルトンの遭難と奇跡的生還を描いたノンフィクションで、わたしが参加する前の読書会で取り上げられたものだ。「長いあいだ息子の症状の原因がわからなかったせいで、父親は途方に暮れてたんだもんな」

かつてギャング団にいたグレアムは先月、課題本の著者モーテンソンに対してきびしい発言をしていたが、今回のブラウンへの批判はさらに痛烈だった。著者は冷たい人間に思えるし、自分の息子のことを「あの子（ザ・ボーイ）」と表現するのもいやな感じがする、という。「年がら年中、痛みを抱えてるウォーカーのような人生に価値があるのかどうか、この本はそこを問題にしてるし、もうひとつ繰り返されるのは、ウォーカーのために周囲の人間がどれだけ犠牲になってるかってことだ。ブラウンにとっては、そうとう大きな負担なんだろ。『ぼくのキャリアがどれほど失われたことか』とか『ぼくの人生がどれほどだめになったことか』って言ってるんだから」

「あなたは著者がそう感じても仕方がないと思うの？　それとも利己的だと言いたいの？」とキャロルが訊ねた。

「自分の人生を犠牲にしていると感じるのは当然だ」とグレアムが答える。「でも、ふつうなら残酷と受けとられかねない言いかたをしてるだろ。著者がウォーカーを重荷に感じてることは、この本からどうしても伝わってきてしまうんだ」。先月もそうだったが、家族とはどうあるべきか、グレアムはみずからの道徳観を主張しているように思えた。

フランクも同意する。「著者は、ウォーカーのような息子を持ったことに怒りや恨みを感じてる。奥さんのほうが事実を受け容れてるよ」

ほかにも何人かが同じように感じていたようだ。ジョージという名の新入りメンバーはこう訴えた。著者は社会的地位が高く、知的でじゅうぶんな教育を受け、きちんとした職業についているのだから、息子の病気のせいで人生を犠牲にしたなどと不平を言うべきではない、と。ジョージの家族の友人は、知的障害のある娘の世話をしているらしい。「その娘は発達が遅くて、おしっこを漏らしたりするんだ。それでも、家族は人生に絶望してないし、自殺しようなんて思ってもいない」

その発言を機に、作品中に描かれる自殺への衝動をめぐる話題になった。著者のブラウンは、息子が二歳になるまで、自分の死やときには息子の死が頻繁に頭をよぎったと書いている。ウォーカーの世話に追われるせいで、妻への愛情が薄らぐのではないか、夫婦ともども病気になるのではないかと案じてもいる。いっそのこと息子を殺して自分も死のうと考えたことを、彼は率直に記していた。

息子を殺して自分も死のうと想像するくだりは、なぜだか少し喜劇的だ。ブラウンは冬山に登って凍死するのはどうかと思案する。けれども、息子の装具一式と自分のスキー用具一式を抱えて四苦八苦しながら飛行機に乗りこみ、山に登る場面を思い浮かべると、そんなことができるならなんでもできるはずだと思いいたり、自殺をやめることにするのだ。

メンバーのほとんどが、自殺を考える著者を非難し、「無責任」で「極端すぎる」と断じた。しかし、著者の打ちあける罪悪感については、理解したいと感じていたようだ。「ブラウンは自分が過去になにかをしでかしたと考えていて、おれはどうもそこに隠しごとがあるように思えたな」とグレアムが口にした。実は、話し合いを始める前に、わたしたちは著者がラジオのインタビューに答えている音源をメンバーたちに聞かせたのだが、グレアムはそのことに触れたのだ。インタビューのなかで、著者は障害児の両親ならだれもが罪悪感を抱いているはずだと話していた。というのも、子どもがそうした障害を負うのは、両親がなんらかの過ちを犯した証拠だという社会的偏見が、何千年も前からあるからだ。みずからの人生を恥じることに関しては、メンバーの多くがきわめて敏感に反応した。彼らは愛する人の人生を狂わせた自分を恥じ、コミュニティや社会に戻る際にも恥じるであろうことを自覚していた。

メンバーたちの手きびしい意見に、キャロルもわたしも当惑した。わたしたちは、著者のブラウンがフルタイムで働きながら、ひとりの親として奮闘していることに畏怖の念さえ抱いていたし、重い試練のせいで彼がどれほど老けたかも知っていたからだ。実をいうと、ブラウンはわたしの大学時代の知り合いで、一歳か二歳上だったのだが、いまでは実年齢より一〇歳は老けてみえる。けれども、著者に対するメンバーたちの反応は、われわれの予想より辛辣なものだった。

ただ、黒い目をした温厚なベンだけは別だ。彼は、息子に対するブラウンの態度についてはさほど気にとめず、むしろ本書の哲学的な問いに惹かれたらしい。「要するに、変化することと強さと弱さ。それがこの本から読みとれたことなんだ」

まるで俳句のような凝縮されたその言いかたに、聞いているほうはいったいなんのことかと首をひねるかもしれない。しかし、ベンが選んだその言葉は、著者がバニエの思想に触れた箇所からの引用だとわたしにはわかった。バニエは、人間の強さではなく弱さに光を当てよと訴えており、それこそわたしがメンバーたちに注目してほしい点だった。そして、バニエの言葉はわたしが若いころ学んだ愛情のありかたについても思い出させてくれた。つまり、相手の長所ではなく短所を愛しなさいということだ。

「もし自分だったらどうするかって考えたんだ」とベンが続ける。もしブラウンのような親の立場だったらどうかと想像しているのだ。「じんとくる場面が多かったな。体裁もなにもかもかなぐり捨ててるんだから、著者は強い人だと思う。いろんなことがありすぎて、もうボロボロだろ。かなり苦労したはずだよ」

フランクも同意する。「必死な感じが伝わってくるよな」

読書会メンバーからこれほど共感に満ちた言葉を聞いたことはなかった。これこそ、キャロルとわたしが予想していた反応であり、少なくともそういう反応を示してくれるのを望んでいた。登場人物の身になってみることで、他者に共感する気持ちが高まるのではないかと何度もふたりで話し合ってきたのだ。

さて、本をきちんと読み終えてきたメンバーはみな発言してしまった。ここからは、キャロルとデレクとわたしの腕次第で、ほかのメンバーを巻きこめるかどうかが決まる。

ブラウンは過酷な状況に置かれているが、それでもとことん自分の感情に正直だしユーモラスでもある、とデレクが話し、愉快なエピソードをいくつか話題にして、みんなを笑わせた。

デレクは七八ページの一節を声に出して読み上げた。病院の待合室で、お行儀のいい子どもたちに混じって、ウォーカーがわめき声を上げたり自分の頭を叩いたりする場面だ。全員で笑ったあと、キャロルがこう指摘した。ある意味、わたしたちはだれもが障害者なのだし、自分自身の愚かさや不完全さを恐れる必要はない。著者と息子のウォーカーはそう教えてくれているのではないか、と。

読書会が終わったとき、ちょうど今回の話題にふさわしく、メンバーのひとりがわたしのところに来て、自分は双極性障害なのだが、詩を三篇書いてみたので読んで感想を聞かせてほしいと声をかけてきた。そのなかの一篇は、欠点があるからこそ陰鬱な思いに打ち勝つ気になれる、と語る詩だ。わたしは、詩を預かって次回コメントをつけて返すと約束した。

読書会から一週間ほどたったころ、キャロルが電話してきて、『月で暮らす少年』に対するメンバーたちの言葉がまだ心に残っていると話してくれた。「ほんとうに考えさせられたわ。登場人物の身になってみるように促してきたけど、その人物はわたしやあなたと同じように教育を受けた社会的地位のある人でしょ。でも、逆境にいるのはだれかといえば、それは彼ら受刑者たちのほうなのよ。食事はきわめて質素だし、一日五回も〈点呼〉を受けて管理されている。外の樹木一本さえ見られない。面会者はごくわずか。尊厳も奪われる。好きでもない人間と一緒に狭い場所に詰めこまれる。わたしたちは、そういう世界から彼らを連れだそうとしているし、その結果として興味深い発言が出てくるのだと自覚しなくてはいけないわ」。彼女のいう〈点呼〉とは、毎日、何度か決められた時刻に職員が受刑者の数を確認することで、その時刻には監房へ戻っていなくてはならない。わたしはキャロルの性格を理解しつつあったので、この電話が単なるお喋りでないのはわかった。彼女は今回の本を選書の不手際と認め、次回からはそういうことがないようにしたかったのだ。

もうひとつ、キャロルの頭を悩ませていることがあった。渡された課題本を持ってはいくものの読書会にはあらわれなかったり、本を読み終えずに参加したりする受刑者が多いことである。ははあ、これはきっとなんらかの手段を講じるつもりだな、とわたしにはピンときた。はたして、キャロルには目論見があった。中核メンバー何人かを読書会の「大使（アンバサダー）」に任命し、新人を勧誘したり、いまいるメンバーに本を読み終えてくるよう促したりしてもらいたいという。これは、刑務所の中庭でよく見られるたぐいの勧誘や強要ではなく、あくまで善良な目的で行なうものだ。「任命するときは、わたしもぜひ立ち会いたいわ」と答えた。キャロルの心意気がどう決着するか知りたかったのだ。

次回の読書会は同じ月の下旬に予定されていたのだが、刑務所の水道管が破裂したため、五月に延期となった。トロントからはるばる二六〇キロも運転していったのに、水道管のせいで無駄になってしまうとは……。がっかりしながらも、トロントへ戻る前に、教誨師（きょうかいし）に冗談をいうくらいの余裕はあった。水道管に水が流れていないと、立派なトンネルとして使えますね、と。その週の初めに、〔アフガニスタンの〕カンダハルのサルボサ刑務所から五〇〇人ほどの囚人が脱走した事件のことはだれでも知っていた。囚人のほとんどがタリバンで、およそ三〇〇メートルのトンネルを這(は)い進んで近くの隠れ家に脱走したらしい。

五月の読書会で、キャロルは先月読んだ『月で暮らす少年』に少し触れ、メンバーたちの反応が自分たちの予想とは違うものだったと打ちあけた。「あなたたちにとって、著者のブラウンは乳母も雇えるし、あらゆる情報にアクセスもできる人物であって、勇敢な人というわたしたちの見かたとは違うとわかったの。つまり、この場所で毎日を乗り切り、外の人間にはわからない多くの試練に耐えているあなたたちの勇気にこそ、われわれは敬意を表すると言いたいのよ。この先の人生を考えて、希望の光を持ちつづけようとするのは、実に根性のいることだわ」。そうだ、そうだというような声が上がる。キャロルがメンバーたちの心をあらためてしっかりつかんだのがわたしにもわかった。

その月に読んだのは、障害を扱った本の二冊目だったが、今回はフィクションで、イギリスの作家マーク・ハッドンが書いた『夜中に犬に起こった奇妙な事件』である。この作品は、自閉症スペクトラム〔自閉症、アスペルガー症候群、そのほかの広汎性発達障害を含む障害〕とみられる一五歳の少年クリストファー・ブーンが、身のまわりで起きることを淡々と語っていく形式で、彼の心の内側を描いたものだ。クリストファーは人の表情を読みとったり、慣用句を理解したりするのが苦手だが、数学や科学の能力に秀で、感覚に過剰な負担がかからないよう、毎日、自分で作った時間表どおりに生活している。ところが、あるとき近所のプードルが干し草用の熊手で刺される事件が起きると、クリストファーは自分だけの世界から外に出て、以前読んだシャーロック・ホームズの探偵術を活かし、犬殺しの犯人をつきとめようとする。いろいろ調べていくうちに、父親や近所の大人たちの秘密が暴露されていき、母親が死んだというのは父親にそう信じこまされていただけだったこともわかる。事実をありのままにとらえる自閉症やアスペルガー症候群の人から見ると、大人の世界は欺瞞（ぎまん）や不合理に満ちているように感じられる。この作品が刑務所の読書会にふさわしいとわたしが思ったのは、周囲とは異なる仕方でこの社会にかかわっていることを自覚する人間の孤独感が、鋭く描かれているからだ。

　今回の読書会を先導するデレクが、自分はなかなかこの主人公を好きになれなかったと告白して、話し合いの口火を切った。

　グレアムが同意する。「この語り口にはまったくいらいらしたぜ。『それから（アンド）』があと一回出てきたらキレてたな」。たしかに、クリストファーの語りは「それからぼくがこう言い……それから彼がこう言い……それからぼくがこう言った」という具合に、大部分が息継ぎなしに続いていくのだが、これがいかにも少年の語りらしく聞こえる。

　本を読む際のいらだちに関して、キャロルはつねに共感を示す。「最初に読んだときはすごく気に入ったのよ。でも、二度目はわたしもいらいらした。たぶん、『それから』が何度も出てくるせいね」。そう言ってから、キャロルは自閉症について簡単に説明し、自閉症スペクトラム障害のある人は、すぐにかっとなったり、周囲の人とかかわりを持つのがきわめて困難だったりすることを伝えた。

「おれが気に入ったのは、クリストファーが警官を殴ったところだ」とフランクが言うと、全員がどっと笑った。その場面は物語の最初のほうにある。死んだ犬を抱えていた少年に、警官が次々と質問を浴びせた。感覚への過度な刺激に耐えられなくなった少年は、地面に横たわってうめきはじめる。そこで警官が腕をつかんで立ち上がらせようとすると、クリストファーは触られるのがいやで相手を殴ってしまったのだ。

著者が巧みなのは、その場面で笑わせておきながら、次の行では、この本はおもしろいものにはならないだろう、とクリストファーに語らせていることだ。

デレクがちょっと視点を変えて、われわれはある意味、だれもがクリストファーに似ているのではないかと指摘した。それはなにも、みなが自閉症だというのではなく、だれもがなんらかの意味で集団からはずれたり、人生に落ちこぼれたりしているということだ。

「そのとおりだよ」と答えたベンは、もう五月で暖かいのに、ニットの帽子をかぶっている。「とくに、ここにいる連中なら、だれでもときどきはクリストファーと同じ気分になるはずだと思うな」

その言葉を受けて、グレアムが続けた。クリストファーは自分だけの小さな世界で暮らしているが、受刑者も同じように「外の人間から切り離されて」自分たちだけの小さな世界に暮らしている、と。そして、コリンズ・ベイを離れて監視つきで病院に行ったり公判に出向いたりするときは、いつも場違いな感じがするという。「突然めまぐるしい状況におかれて、戻ってくるともうぐったりだ。とにかく疲れて、その日はばたんと寝ちまう」

キャロルは、ある意味だれもが紙一重のところにいるのだと言い、フランスでバニエの共同体を訪ねたときのことをみなに話した。そのとき、発達障害を持つ人にこう訊かれたという。「あなたは正常な人？」

キャロルの話に触発されて、フランクは毎年夏にこの刑務所が主催している障害者運動会のことを話しはじめた。知的障害者たちを招き、二日にわたって受刑者とゲームやスポーツを楽しむ催しだ。「そのなかのひとりが、ハグしてくれたんだ！」ほかにも何人かが運動会での楽しい思い出をひとしきり語ると、ある大柄なメンバーが眠そうな声で発言した。「おれたちはここに閉じこめられている。まわりは憎しみと主張ばっかりだ。みんながなにかを主張してる。でも、運動会に来る人たちは主張しない。すごくやさしくて気さくで、一緒にいるとほっとするんだ」

この小説で描かれる自閉症について、グレアムがもうひとつ意見を付け加えた。もしかしたら、自閉症は家族全員のコミュニケーション不全と、その結果もたらされた混乱や苦悩の比喩として使われているのではないか、というのだ。その解釈は、著者ハッドン自身がこの小説について語った言葉――この物語はだれにでも当てはまる――にきわめて近い。

作品への深い共感をにじませながら、みずからの経験を話しだしたのは、チャペルの清掃員として働くシェイマスだ。学校では特殊学級に入れられ、「よだれをたらしたりする」子どもたちと一緒に過ごしたという。本人によると、ADD〔注意欠如障害〕と診断され、勉強もほかの子より遅れていたらしい。

「いまはだいぶ落ち着いてるみたいじゃないか」。グレアムがからかう。

「昔は問題児だったの？」とデレクが訊ねた。

「いや。でも、ぼくはいつだって特殊学級に入れられたんだ」。シェイマスの無邪気なその言いかたが、いかにもいじらしい。われわれボランティアもアウトサイダーなのだということが、わたしにもようやくわかりはじめていた。シェイマスが学校で余計者扱いされ、グレアムが外部の病院を受診する際、場違いに感じるのと同じように、ボランティアもまた、刑務所という場ではアウトサイダーなのだ。

『夜中に犬に起こった奇妙な事件』を課題本として提案したとき、わたしにはわかっていなかったのだが、受刑者の多くは、ある種の精神疾患の受刑者とかかわることをいやがる。刑務所内のスラングでは、精神疾患のことを「虫（バグ）」という。中庭で虫を見かけると避けてしまうように、次の動きが読めないからだ。読書会メンバーたちは、ウォーカーを苦しめていたような重度の神経系の障害や、障害者運動会に来る子どもたちに対しては共感を示すが、精神疾患には共感を示さない。
読書会のあと、グレアムは刑務所での心の病についてエッセイを書いてきたと言って、キャロルとわたしに見せてくれた。「想像してみてほしい。いろんな精神病がはびこり、患者はろくな治療も受けられない、そんな世界で暮らすことを」という言葉で始まっている。「想像してみてほしい。なにがあってもこの世界から抜けだすことが許されないと。想像してみてほしい。暴力が日常茶飯事で、受刑者が突然増えたり減ったりする状況を。そんな世界がカナダのまさしくここに存在し、おれは来る日も来る日もそこで暮らしている」

エッセイにはそのあと、精神を病んださまざまな受刑者たちのことが綴られている。自分の尿を飲む、コーヒー粉を鼻から吸引する、頑としてシャワーを浴びない、幻聴を聞く……。そして、カナダでは国民全体の自殺率は一〇万人中一一・三人だが、連邦刑務所内では八四人にのぼる、とも記されていた。このデータには出典が書かれていなかったため、あとで調べてみたところ、グレアムの数字は正しかった。「矯正捜査局年次報告書」の二〇〇九―一〇年版にその数字があったのだ。

グレアムという人物が俄然、わたしにとってもっとも興味深い読書会メンバーのひとりになった。

数日後、キャロルのお伴をしてふたたびコリンズ・ベイを訪れ、四人のメンバーを読書会大使に任命する場に立ち会った。少しでも早く読書会を「軌道修正」しようというキャロルの意気ごみは、たとえれば、来るべき四半期の業績をなんとしても向上させようとする経営者のようだ。どうやら彼女の辞書に「あとまわし」という言葉はないらしい。

大使の役割は、あらかじめ課題本を読んで読書会にふさわしいかどうか確かめたり、本を読むようメンバーを励ましたり、だれかが抜けたときに新たなメンバーを勧誘してくること。つまりは、ほかのメンバーたちのお目付け役だ。

「だれを選んだの？」キングストン駅でわたしを拾ってくれたキャロルに訊いてみた。

「グレアム、フランク、ドレッド、ベンよ」。順当な人選だ。その四人はいつも本を読み終えてくるし、毎回なにかしら発言する。

四人と話してみると、全員が喜んで役目を引き受けると言い、困っている問題があることも率直に話してくれた。グレアムとフランクは、本を読んでこないメンバーへの不満を口にした。その不満は、わたし自身が所属する女性読書会でも、何度となく耳にしたことがある。みんながまだ若い母親の時分は、仕事と子育てで手いっぱいだったからだ。

課題本を持っていったまま読書会にあらわれない人がいるのはどういうわけか、とキャロルが訊ねる。すると、いくぶんは事務的な理由によるという答えが返ってきた。読書会に参加するには、前日に許可証をもらっておく必要がある。読書会はチャペルで開かれるため、許可証が出るかどうかは教誨師次第なのだ。そして当日、許可証を持っている受刑者に読書会の開催を放送で知らせるのは看守の役目だ。フランクが言うには、看守はたいてい「読書会」ではなく、集会場所である「チャペル」と告げる。看守が文字どおり場所を知らせているのか、あるいは信心深さをからかっているのかはわからないが、受刑者のなかには、堅物と見られるのがいやで、知らせに応じない者もいる。あるいは、それが読書会への呼びだしだとは気づかない者もいるのではないかという。

「教誨師が監房棟ごとに知らせてくれるといいんだけど」とグレアムが言った。

「本が難しすぎる場合もあるな」とドレッド。「あとは、本よりテレビに夢中になったり、運動したり、寝たりしてるやつもいる。でなきゃ、本を読まずに参加するとばかにみえるから来たくないんだろ」

本を持たずに手ぶらで読書会にやってくる理由も、キャロルは知りたがった。もしかしたら、薬物と交換してしまったのだろうか？

「だとしたら、とんでもなく安物のクスリだな」。ドレッドがひどくおかしそうに笑った。

大使としての活動歴は、受刑者の個人ファイルに加えてもらうつもりだと、キャロルは証明書の見本をメンバーたちに見せた。

「それなら、さかのぼって適用してもらいたいな」とドレッドが言うとおり、この何か月か、彼らは実質的に大使の役目を果たしていた。

読書会を立ち上げるにあたって力になってくれたのは教誨師だが、大使たちの訴えを考慮すると、読書会をチャペルで開くのはよしあしだとキャロルは考えた。宗教と読書は折り合わない場合もある。それから、読書会の協賛団体である〈カナダ・プリズン・フェローシップ〉［刑務所内の環境改善とキリスト教による更生をめざす非営利団体］に対しても、キャロルは似たような違和感を抱いていた。この団体は、それまでの数か月、キャロルから本の注文を受けて刑務所まで配送してくれたうえ、団体向けの割引率を読書会用の本にも適用してくれていた。キャロルとは旧知の仲でプリズン・フェローシップの窓口でもある人物は、現在の資金援助を今後も続けるかどうか明言しようとしない。どうやら、読書会立ち上げの時期を過ぎたいま、書籍購入の援助からは手を引きたいらしく、それでいてボランティアの人選や任期には口を出したいらしい。とりわけ、ボランティアは信仰心を持っている人が望ましいという。いっぽうキャロルにとって譲れないのは、読書会が無宗教であることと、本を愛する人にこそボランティアになってほしいということだ。そこで、いつもどおりすばやく行動を起こしたキャロルは、〈刑務所読書会支援の会〉を法人として立ち上げるための手続きを進めた。非営利活動法人なのだが、まずは慈善団体として登記し、資金調達はほかの手段を探す。どこかの組織にあれこれ指図を受けるのは避けたいのだ。

その日、わたしはキャロルの車に同乗してトロントに戻った。途中、彼女に疲れがみえたので、運転を交代すべきか迷った。睡眠障害で悩んでいるのを知っていたし、アマースト島の別荘に泊めてもらったとき、彼女が夜遅くまで起きている物音を聞いたこともある。夜明けとともに歌いだす鳥たちに起こされないよう、この季節は耳栓をして寝ているという。けれども、昨夜眠れなかったのは、どうやら別の理由によるらしい。ちょうど羊の出産シーズンで、別荘の隣にあるトプシー牧場から真夜中に電話があり、生まれたばかりの羊たちを助けてくれないかと頼まれたのだ。今年の春は記録的な雨続きで、牧場のあちこちに氷まじりの水たまりができ、母親のお腹から勢いよく出てきた羊たちの多くがそこに落ちて低体温症になっていた。キャロルは牧場の人たちと一緒に、子羊をタオルにくるんでキッチンへと運び、体温で温めた。やがて子羊たちが、まだへその緒をお腹に巻きつけたまま、体を震わせて目を開け、メーと鳴きはじめると、キャロルは母親の気分と、文字どおり羊飼いの気分とを同時に味わったという。

いまや、キャロルには刑務所の中にも外にも子どもたちがいて、そのどちらにも「監視」がついている。トプシー牧場で撮られた羊の写真はホームページで公開されており、なかでも人気なのが、何十頭かが揃ってカメラのほうを向いている一枚だ。ちょっと見にはわからないが、羊たちのなかに、色も大きさも羊そっくりの真っ白い牧羊犬、グレート・ピレニーズが監視役として混じっている。

第4章
Nで始まる差別語

『ニグロたちの名簿*』

コリンズ・ベイ読書会を外の世界で開かれる読書会に近づけようとするキャロルの試みは立ち上げてから数か月の時点で、すでに次の段階へと踏みだしていた。有名な作家を招き、著書に関するメンバーからの質問に答えてもらおうというのだ。最初の著者として目をつけたのが、ローレンス・ヒルだった。歴史小説『ニグロたちの名簿（*The Book of Negroes*）』が二〇〇七年に大ヒットし、二〇〇八年度のコモンウェルス作家賞［英連邦加盟国から毎年選ばれる文学賞］を受賞して、彼は世界的に知られるようになった。この本のタイトルは、アメリカ独立戦争中、イギリス忠誠派ゆえにアメリカを追われ、カナダのノバスコシア州に移住した黒人たちの名簿（ブック）にちなんだものである。著者のヒルは、ある主人公の目を通して、奴隷たちの物語を瑞々しく描いていく。その主人公は西アフリカ出身で、奴隷になっても凛とした威厳を失わないひとりの少女だ。彼女がたどってきた道のりは、受刑者たちと重なるところが多い。そのうえヒルは、出自からして読書会メンバーのさらなる信頼を得るのにとりわけふさわしい人物だ。というのも、黒人の父と白人の母を持ち、黒人の星ともいうべき成功を収めたのだから。

キャロルが最初に電話とEメールで招待したとき、ヒルからは丁重に断られた。執筆スケジュールが詰まっているし、刑務所まで車で三時間もかかる、というのが理由だった。その後もキャロルは何度か接触を試み、あの手この手で依頼したが、やはりだめだった。それなら、ということでとりあえず相手をコーヒーに誘いだした。ヒルは断るつもりであらわれたものの、結局はキャロルの粘り強さに根負けしてしまったのだ。

それが二〇一〇年のことで、わたしはまだ読書会に参加していなかった。フランクとベンとドレッドは、著者を交えた初めての読書会に参加していた。「これまでに招待されたなかで、こんなに打ちとけて、緻密にしかも熱心に本のことを話し合っていたグループはないと断言できるよ」。そのときの感想を、ヒルはのちにそう語った。「博士課程の学生や修士課程のゼミ生やなんかと比べてもだ。それほど、あの読書会メンバーはすばらしかった」。ヒルはその経験に得るものが多かったため、またぜひ来たいとキャロルに伝えていた。

そういうわけで、わたしがコリンズ・ベイ読書会に参加しはじめて五回目のその日、ヒルはふたたび話し合いの場に姿をあらわしてくれた。青いチェック柄のシャツと光沢のあるジャケットというヒルのいでたちは、読書会メンバーたちが着ている青や白の無地のシャツとは好対照だ。ヒルはある著書のなかで、白人と黒人ふたつのアイデンティティを持ち、肌の色の薄い黒人がどう生きてきたか、みずからの歩みを語っている。この日、メンバーたちの前にあらわれた彼は、ただの縮れ毛といっても通るくらい短く刈りこんだアフロヘアと、白でも黒でもない肌をしていた。

わたしがヒルの本に苦もなく没頭できたのは、一一歳の主人公アミナタ・ディアロの物語に魅了されたからだ。彼女は、一七〇〇年代に、生まれ故郷の西アフリカから奴隷商人の手で誘拐され、サウスカロライナ州のインディゴ農園に売り渡された。奴隷船に乗るため、港までの道のりを数珠つなぎで歩かされているあいだに、初めての生理が訪れる。その後、彼女は奴隷船の劣悪な環境にも、農場での労働にも耐え、生まれた子をふたりとも取り上げられるという、なによりつらいはずの仕打ちにも耐えながら生きていく。みずからの経験を語るその声は、あくまでひとりの若い女性のものだが、もしかしたら、ここにいる黒人受刑者の祖先にあたる女性たちの声だったかもしれない。やがて、アミナタはノバスコシアに移り住む「黒人奴隷名簿」にその名を記されることになった。そのときの名簿は現在、ロンドンのキューにあるイギリス国立公文書館に保管されている。とはいえ、アミナタの物語はノバスコシアで終わるわけではない。

読書会大使たちが著者の来訪をあらかじめ宣伝してくれていたおかげで、六月の暑いその日、三〇人ほどの受刑者が集まった。参加者数としては、わたしが来はじめてからもっとも多く、ふだんの倍くらいだ。新しい顔ぶれのほとんどが黒人で、びっしりとタトゥーのある腕が目立つ。わたしたちは急遽、予備の椅子を持ってきて並べた。

まず、ベンがヒルの著作について意見を述べた。「あなたの作品にはどれも、登場人物の気高さが描かれていますね」。ベンは、二〇一〇年にヒルを読書会に迎えて『ニグロたちの名簿』をめぐる初めての話し合いをしたときも参加しており、今回は著者のデビュー作である『すごいこと（*Some Great Thing*）』を読んできたという。

ヒルは驚いたように目を見開き、ベンに微笑みかけてこう答えた。勇気や気概、そんな尊ぶべき資質を登場人物に与えるのは、もし自分自身が過酷な状況におかれた場合、それほど勇敢でいられるかどうか自問したいからだ、と。「それを気高さと言ってもいいかもしれない。どれほど悲惨な環境にいても、威厳を持ちつづけられる人たちには敬うべきものがある。彼らは、どうしようもなくひどい状況にも耐えて尊厳を保ち、自分たちもみんなと同じ人間だということを忘れずにいるんだからね」。ヒルの言葉は、ベンへの答えであると同時に、刑務所という環境に耐えている受刑者ひとりひとりの勇気と人間性へのひそやかな賛辞でもあった。彼の言葉にわたしは力を感じたし、参加者たちも強い印象を受けたようだった。グレアムの頬（ほお）の筋肉がぴくりと動き、ベンもゆっくりと微笑みを浮かべる。参加者の多くが、ヒルの言葉にじっと聴き入っていた。

自分も小説を書いてみたいというファンは、これほど長い作品をどうやって仕上げるのか知りたがった。ホワイトソックスの黄色い野球帽とサングラスを身につけ、木製の大きな十字架を首からぶらさげたファンは、張りのある声で一音一音区切るような話しかたをする。

たいていは物語の中間あたりから書きはじめ、おもしろい展開が向こうからやってくるのを待つ、とヒルが答えた。「書くには強い信仰心が必要なんだ。わたし自身は宗教的な人間ではないが、自分なりの信仰心のようなものはあると思う。つまりそれは、宗教とは無関係の精神で、人に語るべき価値のある美しいなにかということだが、そういうものや、生まれついての威厳はだれもが持っていると思う。内面を掘り下げ、美しいものを見つけてきて、それをおもてに出すのさ。そこになにがあるか、はじめはわからなくてもかまわない。書くという行為は、自分でも知らない心の秘密を引っぱりだしてきて、それを紙の上にぶちまけることなんだ。地面を掘っていくようなものだな。蓋(ふた)を開けてみないとなにが出てくるか自分でもわからないというわけだ」

おそらく、ヒルはファンの胸の十字架に気づき、共有できる話題として宗教に言及したのだろう。けれども、その言葉に託された意味は、わたしたち全員の心に届いた。つまり、受刑者であろうと、自分のなかを掘り下げていけば美しいものが出てくるということだ。ヒルは、聴く者の胸に響く話しかたをする。

腕に太陽と月の絵柄を彫りこんだ体格のいい参加者が、創作の過程についてさらに訊ねた。「書くときは、登場人物たちを先に決めるんですか?」彼の名札には「スタン」と書かれている。

「きびしい状況に置かれた人物を思い浮かべるんだ」とヒル。「だれかになにかを強制されるところから物語が動きだし、その人物が不遇にどう立ち向かうかを観察していく。この作品でいえば、アフリカの村から誘拐されたひとりの少女のことをわたしは語っている。もし彼女が自分の娘だったら、と仮定してみる。わたし自身は、この作品を長い旅の物語ととらえているよ。少女はあちこちへ移動して生きていく。なにを願いながら生きているのだろう、と想像するんだ」。その言葉は、受刑者たちの琴線に触れたようだ。彼ら自身、道を踏みはずし、旅の行く末も定かではないのだから。参加者のひとりが隣の受刑者を肘（ひじ）でつつき、頷（うなず）きかけた。

　白人の住民が多いトロント郊外で育ったヒルは、子ども時代のことを自伝『ブラックベリー・スイートジュース（*Black Berry Sweet Juice*）』に綴っている。その本をあらかじめ読んできたドレッドが発言した。「子どものときの経験を読んで、すごく考えさせられたんだ。たとえば、どっちの側にも属せなかったこととか。黒人から完全に受け容れられたわけじゃないし、白人からは黒人として見られるし」

「とても簡潔にまとめてくれたね」とヒル。「白人優勢の社会で、自分本来のありかたを見つけなければならなかったし、黒人としての出自に触れるのは、アメリカの親族を訪ねるときだけだった。だから、本を読んだり、ものを書いたり、旅をしたりして自分の進む道を探していったんだ。黒人文学とか、両親の本棚にあった本をかたっぱしから読むようになったよ。それから、アフリカにも行った。知ってのとおり、アメリカで暮らしたこともある」

　キャロルは、『ニグロたちの名簿』のなかから、いくつか抜粋して読み上げてもらえないか、とヒルに頼んだ。ヒルが読んだのは、とくに印象的なふたつの場面だった。奴隷船から降りたばかりのアミナタが、朝の冷たい外気を吸って息が凍り、口から出てきた「煙」に面食らう場面と、天然痘予防のため、ほかの奴隷がアミナタの皮膚を切開して、患者の膿(うみ)を埋めこむ場面だ。

朗読が終わると、参加者たちは本にサインしてもらうことになった。熱心に前へ進み出てサインを求めるそのようすに、わたしは胸を打たれた。彼らにとってはまたとない貴重な機会なのだ。ふだんは威圧的な受刑者たちにも、このときばかりはヒルへの敬意がはっきりと見てとれた。それにしても、作品に対する彼らの意見が聞けなかったのは残念だ。とはいえ、それもしかたがない。わたしがロンドンで読書会に参加していたころ、同じように著者を招く会が開かれ、ウィリアム・ダルリンプル［イギリスの作家。著書に『精霊の街デリー』などがある］やエスター・フロイト［イギリスの小説家］に来てもらったのだが、読書会メンバーの関心はもっぱら創作過程のほうにあった。それに、本人を前にすると、作品自体に対するきびしい質問などはしづらくなるものだ。

わたしはヒルの隣に座っていたので、彼がサインしながらひとりひとりとかわす会話を聞くことができた。二番目に並んでいたドレッドは、妻と娘にあててサインしてくれるよう頼んでいた。娘の年齢をヒルが訊ねる。

「一〇歳です」。ドレッドは、サインしてもらった本を妻と娘に渡すつもりなのだろう。著者とのあいだに温かい雰囲気が生まれ、ドレッドはもっと話したそうに、次回作の内容を訊ねた。不法移民の話だとヒルが返すと、ドレッドはにっこりと微笑んで、さっとその場を離れた。歩いていく姿を見ながら、わたしは先ほどのヒルの話のどの部分に彼が強く心を動かされたのか知りたいと思った。

自分の番が来て前に進み出たベンは、読んできた『すごいこと』についてヒルと話していた。ヒルがウィニペグ［カナダのマユトバ州の都市］で新聞記者をしていたときのことを描いた小説だ。

「男が郵便ポストに掃除機のホースを突っこんで逮捕された場面は気に入ってくれたかい？　あのくだりは、すごく楽しんで書いたよ」

「彼のキャラクターは好きですよ」

「以前、掃除機を使ってポストから手紙を盗んだ男の裁判を傍聴したんだ。それをヒントにして、あの場面を書いたのさ」。執筆当時、ヒルは裁判を担当する記者だった。

グレアムは自分の番が来ると、本へのサインを依頼してから、来てくれたことへの感謝を口にした。参加者全員からの気持ちを伝えるような言いかただった。仮釈放の許可が出たら、グレアムは若者のいる職場で働きたいんですって、とキャロルがヒルに教える。その口ぶりは、まるでふたりの仲をとりなそうとしているみたいだった。

フアンは、ヒルがスペインに一年間住んでいたのを知っていて、スペイン語で話しかけた。

列に並ぶ人数が少しずつ減ってきたとき、椅子の上にオレンジ色の革の財布を置いたまま、キャロルが部屋を出ていったのに気づいた。受刑者をずいぶん信用しているのね、と言うと、「いままでなにも盗られたことはないわ」という答えが返ってきた。実のところ、規則では、財布や鍵や携帯電話などの貴重品は受付の金庫に預けることになっている。とはいえ、その日読書会が終わると、名札と並べてテーブルに置いてあった記名用の黒のマーカーがなくなっていた。すぐあとでわかったのだが、マーカーのインクがタトゥーを入れるのに重宝されているらしい。今後は、前もって名札を印刷してくることになった。

その一時間後、わたしはヒルとキングストンの中心街で昼食をとっていた。今回、参加者から向けられた質問のひとつに心を奪われた、とヒルは打ちあけた。「ベンから、気高さについて訊かれたでしょう。これまでそんなことを指摘した人はいなかった。自分の本の魅力を思い出させてもらえるとは、実に嬉しいことだったね。受刑者はほかの人たちよりずっと本から多くのことを学びとっている。時間とエネルギーがあるぶん本に集中できるし、学ぶ必要に迫られてもいるからだろうね」。人種差別によって恵まれない境遇で生きてきた人間に、自分はとりわけ共感を抱くし、これまで深く影響を受けた本には、刑務所での経験を描いたものがいくつかあったとヒルは話してくれた。多忙なスケジュールを縫ってでも読書会に来なければと感じた理由のひとつはそういうことだ。

実は数年前にも、ヒルは受刑者とかかわった経験があるらしい。オンタリオ州の少年院が、数人のグループに本を読ませようと取り組んでみたものの手こずり、指導を依頼してきたというのだ。少年たちは収容期間の長い一五歳から一七歳で、本を読めるのに読もうとしない。それまで、あらゆる試みが失敗に終わっていたが、ヒルは週に一度、少年院の図書室でランチをともにしながら語り合っただけで、本を読ませることに成功したという。

「いったいどうやって？」

「ひとりひとりに違う本を渡したんだ。何時間か話してみれば、相手がどんな本を好むかわかるからね」。少年院の図書室にある本は一度も選んだことがない。彼らにとってダサすぎるからだ。本はすべてヒル自身がそれぞれ選んで購入した。それは、父と息子の回想録だったり、名の知れた元受刑者が書いた話だったり、ヒルの自著だったりする。「わたしがどんなふうに世の中に自分の本を売りこむのか、彼らは興味津々だったし、自分で出版社を探すのかどうかも知りたがった。そういういきさつが、彼らにとってはおもしろくてしかたないんだ」。ときには、勧められた本がつまらなかったと不満を言われることもあった。「冒頭が気に入らないし、この登場人物がこんなことをしたのも、クライマックスでそいつがあんなことをしたのも気に入らないし、物語の終わりかたもいまひとつだ、とね」。要するに、最初から最後まで読みとおしたということだ。


二日後、〈刑務所読書会支援の会〉の資金集めの催しがアマースト島で開かれた。ヒルが特別ゲストとして登場し、わがボランティア仲間のデレクがインタビュー役をつとめた。聴衆は、ひとり二〇ドルを払って参加してくれた地元住民だ。催しが開かれた六月の初旬は、渡り鳥の立ち寄るこの小さな島が、一年でもっとも生命の華やぎを感じさせてくれるときだ。鳥たちは地面に近いあらゆるくぼみに巣を作り、頭をかしげるオニゲシの陰や、ライラックの咲く原生林や、群生するアイリスの根元にも巣をこしらえる。驚いたことに、キャロルが玄関のドアに吊していたリースのなかにまでコマドリが巣を作ったため、ドアを開けるたびに青い卵三つを刺激しないよう気をつけなければならなかった。ナゲキバトも庭の餌台に巣をこしらえ、すましたようすで鎮座していた。

ヒルは、『ニグロたちの名簿』というタイトルについて聴衆に話しはじめた。アメリカをはじめ英語圏の出版社のなかには、この本を『わが名を知る者（*Someone Knows My Name*）』というタイトルに変えたところもある。というのも、〝ニグロ〟という言葉に読者が嫌悪感を抱く恐れがあったからだ。タイトルを変えて出版することに最初は抵抗したものの、出版社の多くがなぜそれほど強く主張するのか理解できるようになった、とヒルは言う。「要するに、カナダで〝ニグロ〟という言葉を使ったとしても、一五年ほど新聞を読んでいないちょっと時流に遅れた人間とみなされる程度でしょうが、もしニューヨークのブルックリンでその言葉を口にしたら殴られてしまう。それほど深刻で挑発的な言葉だからこそ、アメリカの出版社はもとのタイトルだと読者が敬遠して手に取ってくれないんじゃないかと懸念したのです。いまでは、黒人としての自尊心に欠ける人物を、同じ黒人が侮蔑するのに使うほど、彼らの文化圏では切れ味の鋭い言葉なんです」

三週間後、キャロルとわたしはふたたびコリンズ・ベイを訪れ、次なる課題本『かくも長き旅』について話し合うことになっていたが、それより前に、『ニグロたちの名簿』というタイトルをめぐってやっかいな事件が起きていた。ヒルは、われわれの読書会を訪れる少し前、オランダで何度か講演を行なっていた。そのうちのひとつに参加していた人物が、オランダ語のタイトル『*Het Negerboek*』の〝ニグロ〟という言葉に抗議するため本を燃やすと、いまになって脅してきたのだ。読書会が開かれるちょうどその朝、「スリナム〔元オランダ領で、一九七五年に独立〕奴隷の名誉を回復する会」という名のオランダ人グループが、その脅しの言葉を一部実行に移し、本の表紙を燃やした。抗議にどう対応するつもりかとメディアに問われたヒルは、自分がこのタイトルをつけたのは、闇に埋もれた歴史上の記録に光を当てたかったからであり、本を燃やすのは、創作や読書の自由を重んじる人たちに対する脅迫行為だと返した。

キャロルもわたしも、読書会メンバーがこのタイトルをどう思ったか、なんとしても知りたかった。「みんなが言いにくいことを言ってしまうわね」とキャロルが口火を切った。「つまり人種のこと」。ここでも彼女は単刀直入だ。それでも、メンバーからは賛同の視線が向けられた。受刑者のうち黒人は何割くらいなのかとキャロルが訊ねると、黒人であるドレッドが、一割五分から二割くらいしかいないだろう、と答えた。白人のグレアムは、四割から五割くらいはいると言う。すると、全員がいっせいに自分の見立てを披露しはじめた。

けれどもキャロルが知りたかったのは、メンバーがこのタイトルを侮辱的と感じるかどうかだった。「たとえば、本屋の前を通りかかったとき、ショーウインドウに二〇冊の本が飾ってあって、その一冊が『ニグロたちの名簿』だったらどう感じる？」

「たいがいのやつは不快に思うだろうな」とドレッド。

いっぽう、同じジャマイカ出身のベンは「おれは読んでみたくなるかも」と応じ、それを聞いたドレッドはあきれたように上を向いた。

スタンによると、『ハックルベリー・フィンの冒険』の新版では、「Nで始まる言葉」〔ニガーやニグロを指す婉曲的表現〕がすべて「奴隷（スレイヴ）」に差しかえられ、それに関してメディアでもさまざまな意見が取りざたされていたらしい。「ハーバードかどこかを出た教養のある黒人が言ってたよ。この言葉を残しておいたほうがいいとね。どんな意味をもつ言葉だったのか子どもたちにもわかるように」

その後、話題はアイルランド人や先住民族やユダヤ人など、ほかにも不当な扱いを受けている人種や民族に移っていった。しかし、ドレッドはふたたび議論をもとに戻し、奴隷制度が四〇〇年以上も続いたせいで、黒人の家族構造は崩壊してしまった、と訴えた。「だから、ほかの人種差別より、ずっとずっと悪いんだ」。それを聞いて、わたしはヒルの著書の主人公アミナタが奴隷所有者に子どもたちを奪われる場面を思い浮かべた。

と、その場にいた白人メンバーの少なくともひとりが、わたしと同様、過去の奴隷制度に思いを馳せていたことにスタンの発言で気づいた。「たとえ何百年も前の出来事であろうと、当事者たちの怒りは世代を超えて受け継がれていくもんだ。ひとりの白人としては」と、スタンは自分自身を指さして続けた。「そういう制度を作っちまった側として考えなくちゃならない。いまいましいことさ」

「同感だわ、スタン」とキャロル。「『ニグロたちの名簿』を読んだとき、ああいうことをしでかしたのはわたしたち白人なんだ、という集団的責任を感じたの」

しかし、そのあと東南アジアの刑務所で服役していたリックが、そんなリベラルな白人の感傷に終止符を打った。「おれ自身はそうは感じないな。なんであれ、起こるべくして起こったんだ。そりゃ、おれだってつらいさ。でも、だからってなにができる？　白人というだけで、ほかのやつらの行為にまで責任を負わされたらたまらないぜ。おれは集団的責任は感じない」

ほかのメンバーたちが、奴隷制度はやはり間違っていたという意見を口にするなか、グレアムも声を上げた。「いったいなんだって、そんな権利があると思いこむんだろうな。船で海の向こう側まで行って、おおぜいの人間をつかまえて、奴隷にして連れてくるなんてよ」。そこでフランクが、アフリカでは、ある黒人部族が別の黒人部族を奴隷にしていたという事実を指摘した。

わたしは、部屋を見まわした。みんなでこんな会話ができているなんて、実にすばらしい。二か月前、グレアムはキャロルの勧めで手記を書いたのだが、そこにもこういう言葉があった。刑務所は受刑者同士が孤立している場所だというのに、この読書会でなら、人種や民族やギャング団の派閥の壁を「やすやすと越えられる」ことに驚く、と。

「みんなの言葉をラリーに伝えておくわ」。キャロルはいまではヒルのことを親しげに愛称で呼ぶ。「こう言っておきましょう。わたしたちは活気に満ちた話し合いをしました。そちらも信念を貫いてください、とね」

ヒルのほうはオランダでの事件と自身の対応について数か月後に講演し、現在は、その内容が三三ページの冊子――『拝啓、あなたの著書を燃やすつもりです――焚書についての考察（*Dear Sir, I Intend to Burn Your Book : An Anatomy of a Book Burning*）』――として出版されている。

最初は『スリー・カップス・オブ・ティー』が、そして今度は『ニグロたちの名簿』がニュースのネタになった。ニュースに取り上げられるような本を読んでいたおかげで、メンバーたちは、いま話題のことがらに関与している意識を持ってくれたようだった。今後、本を選ぶときはそういうことも考慮しよう、とわたしは心に刻んだ。

第5章
きれいな朝焼けは看守への警告

『かくも長き旅』

その夏、コリンズ・ベイの監房は猛烈な暑さで、受刑者のなかには寝台を逃れてひんやりとした床に直接寝る者もいたほどだ。エアコンはなく、小さな窓があるだけなので、監房内を循環するのは、ひたすら汗の臭いだけ。とはいえ、その年の六月、刑務所の空気を熱くしていたのは別の熱気だった。連邦政府が、もともとひとり用の監房にふたりを収容する新たな法案を提出したため、受刑者のストライキが勃発したのだ。受刑者たちは床のワックスがけも、食事作りも、浴室清掃も、「怒り抑制プログラム」への出席も拒否した。わたしは、この暑さのなか、監房にふたりが寝る図を思い描いてみた。ひとり用の監房の床に、ふたりがなんとか寝るスペースを確保しようとする。ひとりは、便器のそばに頭を置いて寝るはめになるかもしれない。ただ、ストが起きればもっと深刻な問題が出てくる。グレアムによると、受刑者たちが懸念するのはわが身の安全だ。収容人数が倍になると、監房やシャワーや洗濯機や電話機の使用をめぐって小競り合いが起きかねないし、更生プログラムの座席も奪い合いになるだろう。電話が許可されている時間帯は、いまでさえ希望者が殺到するのだ。

　ストが始まってわずか二四時間後の六月二九日、わたしは読書会大使の四人と初めて一対一で会う約束をしていた。矯正保護局からは、読書会で受刑者たちが意見をかわす「貴重な場面」を書きとめたり、さらには個別にゆっくり話したりする許可をもらっていた。四人と話すのを楽しみに向かうと、詰所でストが起きていることを、教誨師が教えてくれた。四人は来ないかもしれないというのだ。自分の監房を離れてわたしに会いにくるのは勇気がいる。〝お勤め中〟（作業時間中）に中庭を横切る者がいれば、仲間にスト破りとみなされかねないし、会う約束をしている場所が、〈ＣＯＲＣＡＮ〉〔連邦矯正保護局による職業訓練プログラム〕と呼ばれる作業所と同じ建物にあったからなおさらだ。

　受付の看守からは持っていったテープレコーダー――ソニーの小型ＩＣレコーダー――をいぶかしげに見られたものの、所長の許可が下りていることを教誨師が口添えしてくれ、あとはメンバーがあらわれるのを待つだけになった。

　しかし教誨師の予言どおり、ドレッドとベンは姿をあらわさなかった。周囲からのプレッシャーを考えれば、責めることはできない。グレアムとフランクには午後に面会する予定だったため、それまでの時間は、送られてきた読書会用の本の仕分け作業をしたり、前の週に開かれた読書会のようすを思い出したりして過ごした。その読書会が、夏休み前の最後の回だった。

読んだのは、カナダのインド系作家ロヒントン・ミストリーの華々しい長編デビュー作『かくも長き旅』。ムンバイの銀行に勤めるパールシー〔インドに住むゾロアスター教徒〕のグスタード・ノーブルが、知らず知らずのうちにマネーロンダリング計画に巻きこまれる小説である。ルピーの札束を預かってくれと頼まれたグスタードのおかれた状況が道徳的なジレンマを引き起こしていく話をもとに、おもしろい議論ができるのではないかとキャロルもわたしも踏んだのだ。ところどころにおかしなエピソードも出てくるので、笑えるだろうし、政情が不安定な一九七〇年代のインドへ旅をした気持ちにもなれる。刑務所の塀を越えて旅行気分を味わえる本は、塀のなかでは喜ばれるにちがいない。

だが読書会にあらわれたのは一二人だった。どうやら、「ローレンス・ヒル効果」は早くも消滅してしまったらしい。さもありなん、ハムステッドでわたしが参加していた「女性読書会」でも、著者を招いた回だけは決まって参加者が増えたものだ。わたしは部屋を見まわした。大使四人は来ている。グレアムとフランクとドレッドとベン。ドアのすぐそばに、新顔が三人座っていた。「イスラーム教徒なんだ」。グレアムがその黒人三人を指さして言った。「みんな、仲間だよ」。そのなかのウィンストンという受刑者は、はっとするほど瞳の色が濃い。部屋にはリックや、作家志望のファアン、ピンクのミラーサングラスをかけたマーレイもいた。マーレイがサングラスの奥でなにを考えているのか、わたしには見当もつかなかった。

わたしがひとりひとりと挨拶をかわしているとき、もうひとり参加者が入ってきた。頭は海兵隊ふうの角刈りで、姿勢のよさは軍人並みだ。『ニグロたちの名簿』の回でも見かけた顔で、あのときローレンス・ヒルからはスタインベックを読むよう勧められていた。「やあ」と言ってにっこり笑いながら、彼が手を差しだす。握手した手から、外界との接触に飢えているようすが伝わってきた。「ガストンだ」と自己紹介すると、彼は体格のいい白人ふたり、グレアムとスタンのあいだに腰を下ろした。

一九九一年に出版された『かくも長き旅』は、ブッカー賞の最終候補に挙げられたほか、ベテラン作家のマーガレット・アトウッドを抑えて、カナダ総督文学賞を受賞した。この新人作家に対する世間の評価はきわめて温かいものだった。ただし、刑務所の審査員たちの意見はもう少し手きびしいものとなる。

話し合いは、まず主人公のグスタードをめぐって、さまざまな意見がかわされるところから始まった。平凡な銀行員だったグスタードの穏やかな生活は少しずつゆがみはじめる。家庭では、成績優秀な息子のソーラブが父親の意向に逆らって名門インド工科大学への進学を拒否し、娘は病気になり、妻は迷信にのめりこむ。やがてグスタードは、ゲリラ組織で働くようになった旧友から頼まれ、よくわからないまま、ある包みを預かる。もともとは誠実さとゾロアスター教の信仰に裏打ちされた強い道徳心のあるグスタードだったが、それが行動の指針として働かなくなっていく。そのうえ、癖のある登場人物たちとかかわるにつれて、周囲にやっかいごとも増えていく。

「グスタードという人物は複雑ね」とキャロルが口を開いた。「好きになれる人もいるだろうけど、そうじゃない人もいるでしょう。もしかしたら、あらゆることに虚勢を張っているようにも思えたんじゃないかしら」。実をいうと、わたしも最初、グスタードがあまり好きになれなかった。芸術の道に進みたいという息子の希望を頑として聞き入れなかったからだ。まずは、そのあたりのことをみんなに問いかけてみた。

「最初は好きじゃなかったよ」とベン。「でも、信仰心の篤い人物だってことを知るにつれて、あれほど正直で我慢強くて従順で、子どもたちのことにも熱心なわけがわかったんだ」

この主人公が札束を持ち逃げしなかったのはあっぱれだ、と言うリックにフランクも同意した。「グスタードは律儀な男だと思うな。こいつが取引の相手なら、きっと信頼できる」

ガストンは、家に札束があるのに手を出そうとしないグスタードに心底驚いたらしい。あとで聞いたところによると、ガストンは連続銀行強盗をはたらいた罪で収監されたという。「人間ならだれしも魔がさすもんだろ。おれだったら、きっとくすねてたな」。それに、グスタードの場合、たとえカネに手を出しても許されるはずだとガストンは続けた。まっとうな勤め人でそのうえ、病気の娘がいる人物にカネが渡るほうが、悪党の懐に入るよりはいい。「グスタードならその気になれば手に入れられるし、まじめに働いているのはたしかなんだから」

うっかり「魔がさして」札束をちょうだいしてしまったガストン自身の過去を考えれば、おそらく彼はルピー紙幣の匂いを描写する一節で、はっとしたにちがいない。五ルピーと一〇ルピーでは匂いが違っていて、いちばんいい匂いがするのは一〇〇ルピー紙幣だ、とグスタードが語る場面である。

「グスタードは札束を［指示された口座には入れず］手元に置いておくべきだったというのね？」キャロルがガストンに訊ねる。

「そうさ。そうすれば、絵師に［無償ではなく］ちゃんとカネを払って、汚れてたアパートの壁をきれいにできただろ」

わたしには、道徳心の強いグスタードが金をくすねたとは思えないが、それでもここで絵師のことに触れたガストンが、本をすみずみまで読んでいることはよくわかった。その月の初めにヒルが言っていたとおりだ。ガストンは間違いなく本を最後まで読んでいるし、小説の中でその大道絵師に重要な意味が与えられていることにも気づいている。わたしは、著者のミストリーが、インドでの生の無常さを象徴する存在として大道絵師を登場させたとみていた。絵師はグスタードの要望に応え、数か月をかけて、共同住宅の壁にどぎついほど鮮やかな色で、あらゆる宗教の預言者やら神様やらを描き、そのおかげで、通行人が壁をトイレがわりに使うことはなくなった。のちにその壁は［公共事業のためだとして］解体業者にすっかり取り壊されてしまうものの、絵師は絶望するがすぐに立ちなおるのだった。

ドレッドは、まったく別の理由でグスタードに好意を持ったようだ。「両親を助けるために、自分で働いて学費を払っただろ。それに、ソーラブがタクシーにはねられそうになったとき、身を挺して息子を守ったのも気に入った。こいつはいいやつだよ」

グレアムだけは、グスタードのことをよく思っていないらしく、「ただコツコツやるだけの退屈な男だな」と切り捨てた。

この小説に入りこめなかったメンバーが多かったのは、写実的な文章を読みとるのが難しかったからでもあるだろう。そのいらだちはわたしにもある程度わかる。というのも、ヒンディー語やらなにやらが翻訳なしにそのまま使われている箇所がわかりづらく、ときおり自分がよそ者のような気にさせられたからだ。とはいえ、メンバーたちにとって、問題はもっと根本的なところにある。とにかく情景描写が多すぎて、展開がゆるすぎるのだ。

「ニワトリを描写するだけで、二〇ページとか五〇ページとか使ってるんだぜ」とグレアムが不満をもらした。

さすがにそれは誇張だが、キャロルにしてみればそういう意見を耳にすると身を乗りださずにはいられなくなる。さながら、ヘルズ・エンジェルスの一員が、ハーレーとステーションワゴンとの交換を持ちかけられでもしたかのように。情景描写は性的な体験と同じで、人を別世界へ連れていってくれるものだ。キャロルは熱をこめてそう訴えた。英文学の教師だったキャロルとしては、メンバーの心に火をつける機会があれば、逃すわけにはいかない。そこで、ムンバイのクローフォード市場に人がひしめきあう第二章の場面を朗読することにした。キャロルが読み進むにつれ、わたしたちは引きこまれていき、実際その場にいるような感覚にとらわれた。汚れて悪臭が漂う市場。床は動物の内臓から出た汁で滑りやすく、あたりにはハエが飛びまわり、肉屋は汗と血にまみれている。キャロルはこれでもかというほど声に抑揚(よくよう)をつけ、ジェスチャーも交えて読んだので、いまにも情景が立ち上がってくるようだった。

「こんなにハエがいるところで、肉を買いたいと思う？」キャロルが問いかける。「気分が悪くなりそう。臭いまで漂ってくるでしょう？　そういう並外れた描写力を味わってほしいわ。ものすごく想像をかきたてられるもの」

「情景が目に浮かぶよ」。だれかが口にした。

「たしかに、3Dみたいだ」とドレッド。

ベンも同意し、言葉を操るミストリーの手腕に舌を巻いた。

「感覚をもて遊ばれる感じね」。キャロルが言う。

けれども、スタンは反対のようだ。「おれには、作者のひとりよがりに思えるな。わざとそういう語り口をしてみせてるように」

真に迫った描きかたもたまにならいいが、この小説では多用しすぎていると思う。そう指摘したのは、読書会で初めて発言するウィンストンだ。「あらゆる出来事をいちいち説明してると、これぞという出来事の重みが失われてしまう気がする」。この意見は一般的には重要なのだが、この本の場合、わたしはそんなふうには感じなかった。

それに、なにを描写しているかにもよるのだ。ニワトリのページも、あとちょっと少なければ、グレアムだって嫌気がさすことはなかっただろうし、知的障害のあるタヘムルという近所の男が、娼婦から相手にされなかったため、グスタードの娘が大切にしていた人形に覆いかぶさってマスターベーションする場面も、あれほど赤裸々に描写しなくてもよかっただろう。この場面は、二ページにわたってきわめて詳細に描かれ、最後はタヘムルが勃起し、人形に精液がかかるところで終わる。

「なんで、そんな描写が必要なんだよ」とグレアム。「細かく書きすぎだ。人形が裸にされていた、とでも言えばじゅうぶん伝わるはずだろ」。何人かが、座ったままもぞもぞと体を動かしたが、だれもそれ以上の発言はしなかった。

「あからさまな表現を避けたがるカナダでは、違和感を持たれるかもしれないわね」とキャロル。

フランクは、インドが舞台の小説をこれまで二作読んだという。ミストリーの『絶妙なバランス（*A Fine Balance*）』とアラヴィンド・アディガの『グローバリズム出づる処の殺人者より』だ。フランクによれば、ミストリーは、風変わりでときにコミカルな脇役をうまく使うという。「この作者は、ありとあらゆるタイプの人物を登場させて、作品のすみずみで活躍させるんだ。娼婦にさえ、あとのほうでちゃんと役割を与えてる」

数年前、わたしは『絶妙なバランス』を兄からもらったものの、六五〇ページ近くもあるため読み終えられなかった。でも、フランクが読んだのなら、わたしも夏の読書リストに入れておこう。

読書会が終わり、去っていくメンバーたちを見送りながら、わたしはイギリスの刑務所を想像していた。わたしを襲った男がいまも収監されているその場所も、夏になれば監房の暑さは耐えがたいだろうか。イギリスの暑さや湿気は、オンタリオ州南部ほどではないにしろ、換気装置がなければどんな部屋でもむっとする。八年半の刑期が満了する日を、わたしはこれまで何度となく頭のなかで計算してきた。仮釈放ですでに出所しているのでなければ、その夏で服役期間が終わるはずだった。

本の仕分け作業を終え、最後のひと束にラベルを貼ってから、時計に目をやった。もうすぐ昼だが、グレアムとフランクがあらわれるまでには、まだ何時間かある。当然ながら刑務所内の食堂に入ることは許されないので、車で中心街まで行き、シェ・ピギーで昼食をとることにした。ウエーターに注文したあと、タータンチェックのサッチェルバッグ［イギリスの伝統的な学生カバンふうのバッグ］を開けて、キャロルから渡された手記を取りだす。翌年には仮釈放になることを期待しているグレアムが、キャロルに勧められて書いたもので、悩める若者の相談にのるボランティアを志願する内容だった。自分のことを知ってもらうため、わたしに見せるのも快諾してくれたそうだ。そこには、これまでの壮絶な体験の数々や、犯罪に手を染めるようになったいきさつが、こと細かに綴られていた。そうした体験は、その種のボランティアに応募する際の、いわば名刺のようなものだ。自分もつらい経験をしてきたからこそ、似た境遇の若者にかかわることができる、とグレアムは記していた。親族のうち二人が殺人罪を宣告され、家族には前科者が何人もいるという。

「父は慢性のアルコール依存症で、わたしは小さなころからずっと父の世話をしていました。ベッドに寝かせ、寝入ったのを見計らって、火のついたたばこを手から取り上げたり、酔いつぶれて歩けない父をバーまで迎えにいったりすることもしょっちゅうでした」

不安定な環境で育つのは、さぞ心のすさむ思いがしたことだろう。それに比べて、わたしは安心できる家庭で、愛情深い両親に育てられた感受性の強い人間だ。彼のような家庭環境にはとうてい耐えられないにちがいない。

グレアムの手記はさらに続く。子どものころ身近に接していた犯罪行為の多くは、自分自身が大人になってかかわった犯罪と、種類としてはなにも変わらないという。まずは窃盗や住居侵入やちょっとした薬物の取引に始まり、それが徐々にたばこの密輸、本格的な薬物売買、恐喝へとエスカレートしていった。やがてグレアムはストリートギャングに加わり、そのあとヘルズ・エンジェルスの一員となる。それは、少しずつ薬物に溺(おぼ)れていく人の話に似ていた。最初はマリファナに手をだし、さらなる高揚感を求めてヘロインに行き着く。ただ、グレアム自身は薬物にのめりこんだことはないという。もしかしたら、そのおかげで救われたのかもしれない。「こうしたさまざまな経験から、問題を抱えた若者を救うには、家族の存在がいかに大事かわかったのです」。手記にはそう書かれていた。わたしは手記を折りたたんでバッグに入れ、サラダに取りかかった。

昼食のあと、わたしはグレアムとフランクがあらわれるのを期待して、刑務所に戻った。だいぶ待ってあきらめかけたころ、廊下から重々しい足音が聞こえてきて、グレアムが姿をみせた。ストライキをものともせず会いにきてくれたのだ。すぐうしろにはフランクもいる。わたしとグレアムが話しているあいだ、彼にはチャペルで待っていてもらうことにした。

教誨師が気を使って、わたしとグレアムをチャペルの備品保管室に案内してくれた。読書会を開くチャペルに隣接する部屋だ。そこなら、ドアを閉めて存分に話すことができるし、讃美歌に邪魔されることもない。さあ、わたしの新たな挑戦が始まる。この部屋に防犯カメラはなく、看守がいる詰所もチャペルから二五メートルほど離れたところにあって、そこからわたしの姿は見えないし、助けを求める叫び声も聞こえない。いささか不安がよぎる。グレアムになにかされるとは思ってもいないが、少し慣れる必要があった。なんといっても、部屋で受刑者とふたりきりになるのはこれが初めてなのだから。

グレアムは、派手なオレンジ色をした、チクチクしそうな布張りの椅子に座った。それまで、刑務所でやわらかい素材の家具を見たことはなかった。わたしのほうは、折りたたみ式のパイプ椅子を開いてから、低いコーヒーテーブルの上に書棚から借りた聖書を何冊か積み重ね、そこに

ＩＣレコーダーを置いた。だれかがそのテーブルに華を添えようとしたらしく、赤いシフォンのテーブルクロスがかかっている。プラスチックでできた高さ一二〇センチほどの聖像がふたつ、こちらを見ていた。イエスとマリアで、胸元にはそれぞれ「チャペルのイエス」「チャペルのマリア」と所蔵場所を示す紙が貼ってある。もし行方不明になっても、しかるべき場所に戻せるようにしてあるのだろう。チャペルのイエスは片腕がもがれていた。チャペルのマリアのほうはやさしい顔だちで、ネックラインに沿って宝石の飾りがついている。部屋にはほかに、ギターや譜面台やキーボード、聖書やほかの聖典が何冊かずつ置いてあった。

　独居房にふたりを収容する計画にグレアムは怒っていて、まずはそのことを話したがった。「いまででさえ電話機の取り合いになってる。食堂の座席も限られてて、売店の品物も足りないし、更生プログラムを開くスペースも、授業を受けるスペースもじゅうぶんじゃない。ユニット〔監房が集まった一区画〕ごとに二〇人から二五人も収容人数を増やすというんだ。つまり、二五パーセントも人数が増えるってことさ」。グレアムは、禁制品を持ちこむ可能性のある受刑者や、刑務所内に宿敵がいるかもしれない受刑者と同房になるのは危険だと続けた。わたしなら、そんな環境では眠ることすら想像できない。

　中庭を通ってわたしに会いにくるのは不安だったでしょう、と訊いてみた。すると、グレアムはぽかんとした表情を浮かべた。これまでもっと大変な経験をしてきた、というのだ。「おれの手記を読んでくれたんだろ?」わたしが椅子に腰を下ろして頷（うなず）くと、グレアムは言葉を継いだ。

「それでもこうやってちゃんと生きてるよ」

手記を読んで、子ども時代のつらい経験に胸が痛んだことを伝えると「似たような体験をした人間はほかにもたくさんいるけど、そいつらはおれよりましな人生をちゃんと選択してる」との答えが返ってきて、わたしには、その言葉が潔いものに思えた。ボランティア志願の手記に書かれていた子ども時代のことを、グレアムは率直に語ろうとしてくれているのに、訊きだすわたしのほうにはためらいがあった。まだ早い。まずは相手のことをもっとよく知らなければ。

そこで、本に親しむようになった経緯を思い出してもらうことにした。グレアムによれば、両親が本を読んでくれた記憶はないらしい。なんて寂しいことだろう。わたしのほうは子どものころ、毎晩のように母親が添い寝をしながら、英語とフランス語の両方で童話を読んでくれたものだ。たとえば、ジャン・ド・ブリュノフの絵本『ババール』シリーズ、ルドウィッヒ・ベーメルマンスの絵本『マドレーヌ』シリーズ、ビアトリクス・ポターのシリーズ、トールキンの『ホビットの冒険』など。とはいえ、グレアムも公立学校に入ると、読書量を競うゲームに参加したことがあるという。ただ、本にのめりこむというほどではなく、野球やサッカーやビデオゲームのほうが好きだった。高校生のころ読んだもので印象に残っているのは、『動物農場』『ライ麦畑でつかまえて』『アラバマ物語』で、大人になり刑務所に入ってからは、ノンフィクションを好むようになった。歴史ものや伝記は楽しんで、法廷ものはじっくり身を入れて読む。刑務所図書館の司書クリーブとはいい関係ができている。そのクリーブに勧められたのが、フランスの哲学者ミシェル・フーコーの『監獄の誕生——監視と処罰』だ。学校と病院と刑務所は建物の構造が似ているという説に興味を持ったらしい。それでも読書会に入ってからはフィクションにも食指が動くようになり、いまはウィリアム・ゴールディングの『蝿の王』を寝台の脇に置いているそうだ。

グレアムの額に玉の汗が浮かんでいる。その日、外の気温は二四度しかなかったのに、部屋のなかは熱が壁に反射して、対流式オーブンのようだ。開いた窓も扇風機も役に立たず、まるでムンバイのような、『かくも長き旅』の舞台にいるような蒸し暑さだった。わたしのほうも、ウールのジャケットのボタンをいつもどおりきっちりとめていたため、背中に汗が流れるのを感じていた。

「インターネットでフランクやおれの情報を調べたことはあるの?」グレアムが額の汗をぬぐいながら訊いた。自分の犯罪歴をわたしが知っているかどうか、気になったのだろう。実は、以前に一度調べようとしたけれど、そのときはたいした情報が得られなかった、と答えた。その後、もう少し時間をかけて調べると、グレアムがカナダ西部出身のよく知られた犯罪者で、おとり捜査によって逮捕されたことがわかった。恐喝の相手が、実は盗聴マイクをつけた警官だったのだ。

「あなたが、薬物やヘルズ・エンジェルスや……恐喝にかかわっていたのは知っているわ」

「ヘルズ・エンジェルスのメンバーだったんだ。恐喝で有罪になったのもたしかだ。罪名にはこと欠かない」

「どれも正当な判決だったの？」

「もちろん。罪に見合った罰だ。罰を受けるだけのことをしたんだからな」

この人は誠実な人間だ、とわたしは感じた。犯罪を鼻にかけてもいない。むしろ、罪を洗いざらい喋って忘れたがっているようにも見える。そのときはグレアムが大きな声で笑ったので、こちらもつられて笑ったものの、刑務所に入ったのはこれが初めてかと訊いたときには、神妙な言葉が返ってきた。「この一〇年間でシャバにいたのは一八か月だけだと思う」

そのあと、キャロルとわたしの度胸にはちょっと畏れ入っている、とグレアムは続けた。

「笑っちゃう感じだよ。読書会メンバーには殺人犯もいるし、危ない犯罪者もいるのに、キャロルはそんなやつらをうまく取りしきってる。おれならとても無理だ。寒いときにも、わざわざこんなとこまで来て、読書会を開くのは大変なことだとみんな知ってるよ。その気持ちを、おれやフランキーみたいにちゃんと口に出せる人間ばかりじゃないけど、ほんとはみんな感謝してるんだ」

最近では読書会メンバーが刑務所内で顔を合わせると、読書の進み具合を訊ねあったりするようになったという。「夕方、通路を歩きながら本のことを話してるやつらの声も聞こえてくる。体重測定の場でメンバーに会うと、課題本について『よう、どう思った？』なんて聞くんだ」

それに、孤立した集団同士が交流するようにもなった。「ムショってとこは、グループできっぱり分断されてるんだ。ムスリムのグループ、ケルト人のグループ、先住民族のグループ、ヒスパニックのグループ、ＢＩＦＡのグループ、これは黒人受刑者友好協会（ブラック・インメイツ・フレンズ・アソシエーション）のことだ」。ふだん受刑者は仲間同士で固まって、ほかのグループとは接触しようとしない。しかし、読書会がそこに風穴を開けたというのだ。

読書会はほかのプログラムと比べてどうか、と訊ねてみた。刑務所では、一二学年「日本の高校三年生に該当」を修了していない受刑者は所内の学校に通う必要があるし、ほかにも行動の変化を促す各種更生プログラムが用意されている。「更生プログラムは、自分のなにが犯罪の引き金になるか自覚するには役に立つし、出所後の累犯率が下がるというデータもある」。その話しぶりは、犯罪者というより犯罪学者のようだ。「でも、参加者には反感を持ってるやつが多い。いやいや行ってるからさ。参加は強制で、しかも犯罪を匂わせることを口にしようものなら、精神分析医と面接させられるんだ。けど、読書会の場合は自分の意志で参加できる。あそこでなら、打ちとけてまわりの人間と話す方法を学べるだろ」

「避難場所みたいな感じ？」

「心が休まる場所だよ」

そのあと、グレアムは読書会大使としての提案をしてきた。今後はチャペル以外の場所で読書会を開くことを検討してほしい、というのだ。「受刑者はみんな虚勢を張ってるから、意地でもチャペルに行こうとしないやつもいるんだ」。それを知っているのは、グレアム自身がそうだったからで、軟弱と思われたくないばかりに、読書会に参加するまでに一年ほどためらっていたという。

グレアムに別れを告げる前に、わたしは文房具店で買ったハードカバーの日記帳を手渡した。読書会で読んだ本について、話せなかったことがあればここに書いておけるように。日記帳はすでにX線検査を通過し、教誨師による検分と許可を得ている。わたしが選んだのは、表紙がネイビーブルーの無地のものだ。花や地図やきらびやかな柄のものだと、男ばかりの監房棟では使いにくいと思ったからだ。日記を受けとったグレアムと握手をかわすと、わたしの小さな手がますます小さく見えた。

さっきまでグレアムが座っていたオレンジ色の椅子に今度はフランクが座り、これまでの人生を語りはじめた。両親はイタリアからの移民で、フランクが三歳のときカナダに移住し、フランクは弟や妹、異母兄弟ふたりとともに育てられた。本を読むのは子どものころから好きで、とりわけ有名な文学作品をマンガにした「イラストで読む古典」シリーズの『イリアス』や『バウンティ号の叛乱』を気に入っていたという。けれども、学校は好きではなかった。教室に座っているのが嫌いだったからだ。「じっと座ってるのがいやだったし、おふくろにいつも毛糸のズボン下をはかされてたから、ずっと掻きむしってたんだ。拷問の苦しみだったけど、おふくろはわかっちゃいなかっただろうな」

七年生か八年生ごろまでには、すでに学校を休みがちになっていて、両親も勉強より仕事をさせたがった。それでもなんとか頑張って高校は卒業した。一六歳のとき、本人によれば自分に非はないのに、ある暴行事件で有罪になり、成人刑務所で一〇日間過ごした。大学に入ったものの、薬学の課程に進むことができず退学。トラック運送会社で働いていた二〇代のときには窃盗罪で、三〇代には薬物所持罪で告訴され、しばらくはコカイン依存症になり、結婚もしたがその相手とはすぐに別れた。ハロルド・ロビンス〔一九六〇年代に活躍したアメリカの作家〕の『無頼の青春』が気に入り、その主人公と同じように、何年かボクシングをしていたこともある。いまは六〇代だ。

「なぜ『無頼の青春』が好きだったの?」

「おれはいつだって、お先真っ暗の負け犬に肩入れするんでね」。そう言って微笑んだフランクの左頰(ひだりほお)にえくぼができる。「ニューヨークのユダヤ人ボクサーの話なんだ。両親は早くに死んでしまう。一家の生活は苦しかった。やがて主人公はギャング団に入ることになるんだ」

もうしばらく話しているうちに〈点呼〉の時間がきて、切り上げざるをえなくなった。現在はどんな罪で刑務所にいるのか、フランク自身はなにも言わなかったが、あとで知ったところによると、トロントのリトル・イタリーにあるレストランで発砲事件を起こした罪で服役しているようだ。わたしが手渡した日記帳をフランクは喜んで受けとり、読んだ本の感想や季節の移ろいを書きとめておく、と言った。グレアムもフランクも、みずからの過去を隠さず語ってくれたことに、わたしは胸を打たれた。そういえば『かくも長き旅』についてもう少し訊きたいことがあった、と気づいたのはあとになってからだ。そして、このときはまだ知るよしもなかったが、わたしがコリンズ・ベイでグレアムとフランクに会うのは、その日が最後となった。

三週間後、受刑者のストが終わっていることを期待して、ドレッドとベンに会えないか、もう一度試みてみることにした。七月一九日、気温四〇度という暑さのなか、わたしはトロントを朝の五時四五分に出発してキングストンへ向かった。ここ数日は雨も降らず、暑さをやわらげるものがなにもない。幹線道路を走るわたしの正面に、淡い朱色の太陽が昇りはじめ、空が赤く染まっていく。五分もしないうちに、太陽はオレンジ色の火の玉になり、やがてまばゆい黄色になった。

二時間以上かかってようやく刑務所に着いたとき、車内のエアコンはぜいぜいあえいでいて、駐車場ではちょうど、救急救命士たちが担架を救急車に運び入れているところだった。車を降り、受付に向かうと、職員が脇によけるようわたしに告げた。恐怖心がかすかに伝わってくる。催涙スプレーとおぼしき缶を隠し持ち、警棒に手を置いた刑務官たちが汗を浮かべて立っていた。何人かは防弾チョッキをやや雑につけている。催涙スプレーを隠しているのは、受刑者に盗られるのを警戒してのことだろうか。本館の西棟から一列になって、首にびっしりタトゥーのある大男や、鼻のつぶれた巨漢たちが歩いて行く。読書会メンバーにはいないタイプで、見るからに狂暴そうだ。聞いたところによると、これは「薬の行進（ピル・パレード）」と呼ばれ、診療所でメタドン［おもにヘロイン中毒の治療薬］やインシュリン［糖尿病の治療薬］をもらうための行列だという。いっぽう、担架に載せられていたのは、どうやら看守のひとりらしい。看守を「叩きのめしたやつ」は無期刑囚だと職員が教えてくれた。背後からクリベッジ［二人用トランプゲーム］の木製ボードで殴りかかり、そのあと鉛筆で看守の首を突き刺したのだ。だいぶあとになって受刑者から聞いた話では、これは計画的な襲撃ではなかったようだ。職に就いてまもない看守が、その朝うかつにもひとりで監房に入ってしまった。そして、無期刑囚が大切にしていた鍋を手にした。それは一九七〇年代製の電気鍋で、当局はその種の製品を所内から一掃しようとしていたのだ。しかし、囚人はイスラーム教徒で、その鍋は戒律にのっとった食事作りに欠かせないものだった。事件が起きた監房はユニット4に属し、そこにはドレッドとベンの監房もある。こういう事件はだれにとっても気の毒というほかないし、わたしも、今日はとうていなかへ入れそうにない。トロントに帰るしかなさそうだ。

幹線道路を西へ向かいながら、道端に群生するチコリの青い花や、ノラニンジンの白い花を見ているうちに、わたしの頭には「朝焼けは船乗りへの警告」〔朝焼けがきれいだと雨になるという船乗りの言い伝え〕をもじって、「朝焼けは看守への警告」という言葉が浮かんできた。

だ」。ガストンは、ほかにもジョナサン・スウィフトの『ガリバー旅行記』を読んだという。「『ニグロたちの名簿』でアミナタが読んでた本なんだ。それがどんな話か知りたかったからね。巨人と小人が出てくるおとぎ話みたいな話だったな」。好奇心に導かれて本を選ぶのはうまいやりかただ。わたしも自分で読む本はそんなふうに選ぶことが多い。

「『ガリバー旅行記』は、なかなか手ごわい本よ」。キャロルが応した。

「たしかに。この本の意図するものはなんだろうって、それを気にしてると読めなくなる。ちょっと深く考えすぎたよ」

この暑いなか、ドレッドヘアにウール帽をかぶったドレッドは、ベストセラーとなったスティーグ・ラーソンのミステリー小説『ミレニアム1 ドラゴン・タトゥーの女』を挙げて絶賛した。

「とびきりの傑作だぜ。物語全体にすごくひねりが効いてるし、よく練られてる」

「リスベットは魅力的な人物だよね」。デレクが、本のタイトルになっている女性のことを口にした。

ウィンストンは読んだ本を二冊とも勧めた。マルコム・グラッドウェルの『第1感──「最初の2秒」の「なんとなく」が正しい』とスティーヴン・ギャロウェイの小説『サラエボのチェリスト』だ。「『サラエボのチェリスト』はとくによかったよ。ボスニア・ヘルツェゴビナ紛争のようすが四つか五つの視点で語られるんだけど、この著者の語り口はおれがこれまで読んだ本とはちょっと違う。複数の人物を同時に追ってくんだ」。ウィンストンは名札の名前が、前回使っていたミドルネームの「ドリアン」から変わっている。わたしにもようやくわかるようになったのだが、これは刑務所ではよくあることだ。受刑者は苗字や囚人番号で呼ばれるのが一般的だが、なかには、ファーストネームやミドルネーム、偽名や仲間内のニックネームを名乗る者もいる。本人を間違いなく見分けたいと思ったら、タトゥーがいちばんだ。

スタンは、ブレット・イーストン・エリスの小説『レス・ザン・ゼロ』を読んだと言って、こう評価を下した。「映画より凝ってたよ」

この日、ここに集まったメンバーたちは、自分が本を読んできたことを仲間に吹聴したかったわけではないし、寄贈された本を読むよう強制されていたわけでもない。なんとなれば、読書をサボって、空き時間には夏じゅうテレビを観ていることも、あるいはもっと低俗な読み物でお茶を濁すこともできただろう。それを思えば、良質な本を読みたいという欲求が彼らのあいだで高まってきたのはたしかなようだ。

読書会が終わると、何人かがわたしのところに来て握手をし、また来月、と挨拶してくれた。ドレッドにさよならを言い、手を差しだしたとき、こちらはふつうの握手をするつもりだったが、相手は満面の笑みを浮かべながら、手を斜めに組み合う念の入った「兄弟の握手」をしてきた。なんだか、仲間の輪に入れてもらえたようで嬉しくなる。ドレッドとは、翌日ふたりで話す約束をした。

その日フェリーでアマースト島へ向かいながら、キャロル、デレクとともに上甲板(じょうかんぱん)に席を見つけて座ると、暖かく乾いた風が吹いてきた。キャロルが口紅を取りだし、鏡も見ずに手早く塗る。その慣れた手つきにわたしは感心した。髪を日射しから守るため、キャロルは頭にスカーフをかぶっている。「こうしておけば、焼けないでしょ」。それにひきかえ、わたしの髪は夏のあいだに色が褪(あ)せていた。けれども、そんなことはたいして気にもならない。刑務所のむっとする空気に包まれてその日の話し合いを終えたいま、心を満たしているのは、こうして椅子に頭をもたせかけ、目を閉じ、風を頬(ほお)に受け、海の上にいる喜びであり、塀の外に出られるありがたさだった。

　しばらくすると、キャロルがハンドバッグを開いて、手紙を取りだした。コリンズ・ベイの教誨師を経由してキャロルあてに送られてきたもので、差出人はビーバークリーク刑務所にいるグレアムだった。グレアムとフランクは現在、そこで刑期の次なる段階を過ごしている。その手紙をキャロルが読み上げてくれた。いまいる刑務所には読書会がないので、立ち上げるのに力を貸してくれないか、とグレアムは書いていた。顔を上げたキャロルの目が輝いている。わたしは思わず歓喜の声を上げ、デレクとハイタッチをした。彼らが夢中になっているのは、もはや麻薬ではなく書物なのだ。これは、キャロルが始めたプロジェクトの、目に見える初の成果といっていいだろう。

　フェリーを降りると、デレクは車から手を振り、東に折れて島内の自宅へ帰っていった。キャロルとわたしは、それぞれの車でフェリーのスロープを下り、西に曲がってキャロルの別荘へと向かった。ひと休みしたあと、ちょっと泳がないかとキャロルが言うので、わたしたちはタオルと水着を抱え、島の西端めざして羊の牧草地を横切って歩いた。くるぶしに届くほど巨大な睾丸の牡羊たちが、羊の通り道を先導してくれた。その夜、わたしはキャロルの誕生日を祝って、ギネスビール入りのジンジャーケーキとともに、お気に入りの本をプレゼントした。トーベ・ヤンソンの『少女ソフィアの夏』という短編集で、好奇心旺盛な六歳の少女が、無愛想な祖母をはじめとする家族とともに、フィンランドの離れ小島で過ごす夏の日々を描いている。わたしはこれまでも、大切な友人何人かにこの本を贈ってきた。

キャロルは、これまで接してきた受刑者のことを話してくれた。刑務所暮らしにはさまざまな苦痛が伴うため、受刑者たちはだんだん捨て鉢になっていくという。以前、ある受刑者に法定代理人を紹介したのだが、その受刑者が今度はパイナップルジュースで再逮捕された。要するに、ジュースをビニール袋のなかで発酵させ、酒を密造していたのだ。やっとのことで公平な裁きが受けられる手はずを整えたとたん、みずからそれを台無しにする受刑者がいることを、キャロルはもどかしく感じていた。

今年の春は例年になく雨が多く、夏は異常に暑かったため、島で暮らす動物たちにもストレスがたまっているようだ。その夜ベッドで眠りに落ちる直前に、コヨーテの遠吠えと子羊の心細げな鳴き声が聞こえてきた。檻に入れられた家畜に、ほかの動物たちが目を血走らせて寄ってくるらしい。翌朝、車でフェリーまで向かう途中、キツネが二匹、小川のそばでくつろいでいるのを目にした。尾っぽの先が白く、脚は黒いストッキングをはいているようで、目は琥珀色。ふつうならすぐに逃げだすはずだが、二匹はじっとこちらを見ている。もしかしたら、朝からの強烈なこの暑さにぼうっとしていたのかもしれない。

アマースト島を離れていくフェリーから、海岸線に立ち並ぶヤナギの木を見ながら、わたしはこの島のとてつもなく豊穣な自然と、奔放に生きる動物たちに思いを馳せ、それが自分にとってなぜこんなに大切なのかを考えた。わたしは三人のきょうだいとともに、自然をじっくり観察することを教えられて育った。自然と触れ合っていれば、人間の行動を俯瞰的にとらえられるようになる、というのが両親の信念だった。ふたりは自然に対する驚きと好奇心を子どもたちの心に育み、いつどこに行けば野生のリュウキンカを、リンドウを、ケマンソウを、アツモリソウを見つけられるか、どうすれば鳴き声だけで鳥の種類を聞き分けられるかも教えてくれた。

受刑者と接するようになったわたしが、あらためて自然をこんなにもいとおしく心強く感じるのはなぜなのだろう。もしかしたら、自然はいまの自分と子ども時代の自分とをつなぐへその緒であり、毎年同じサイクルを繰り返すものだからかもしれない。春になると花々はいつも決まった順番で咲きはじめる。まずスノードロップやクロッカスのつぼみがほころび、レンギョウやモクレンが開花して、それから藍色のシラーも一面に花を咲かせる。毎年、大地から植物が顔を出すたびに、よくもまあ決められた形をきちんとわきまえ、すぐ隣の花とはまったく異なる姿になれるものだと感心してしまう。そして、鳥の渡りの時期も毎年同じだ。時期が来ると、ムラサキマシコやほかの鳥が鳴き声を上げながら、空を染めるようにして飛んでいく。

自然にさほど興味のない人でも、東西に二〇キロしかない平坦なこのアマースト島に来れば、野生動物の営みをいやでも間近で見ることになる。さまざまな動物が棲みつくのは、この島が昔から渡り鳥の飛行ルートになっているおかげでもある。あたりを悠然と闊歩するキツネは、島ではいちばんの新参者だ。めったに見られないホイッパーウィル［ヨタカの一種］も、わたしはここで初めて見た。極端に首の短いその鳥は、日没直後の夕方、砂利道の端をすまし顔で歩き、あどけない大きなその目が、車のヘッドライトで赤く光っていた。楽園さながらの自然を味わわせてくれるキャロルにわたしは心から感謝し、自然への熱い思いを受刑者にもできるかぎり伝えたいと強く感じた。

フェリーの降車場から刑務所まで、その日はたった一五分で到着した。六月も七月も面談がかなわなかったベンとドレッドに今日はようやく初めて一対一で向き合い、話を聞くことができる。わたしたちは、チャペルの備品保管室の椅子に腰を下ろした。部屋の向こう端では扇風機がブンブンうなって空気をかき混ぜ、開いた窓からかすかに風が入ってこないでもない。それでもなおあたりはむっとしている。窓の向こうから聞こえてくるスズメの甲高い鳴き声と、コオロギの低いコーラスに耳を傾けていると、突然、男たちの大きな叫び声が響いた。わたしはぎょっとして立ち上がったが、ベンは平気な顔をしている。

「いったいなんなの？」

「隔離されてるやつらさ。窓から叫んでるんだ」

「だれに叫んでいるの？」

「窓のそばを通っていくやつにだよ。たぶん作業所へ行くとこなんだろ。穴倉に知ったやつが入ってると、外から声をかけるんだ」

なるほど、あれが懲罰房か。別名、穴倉。つまり独房に監禁されているということだ。懲罰房は、〈大通り〉から枝分かれした旧棟のひとつにある。受刑者がそこに収容されるのは、身を守るためみずから希望する場合か、あるいは脱走したりほかの受刑者に危害を加えたりする恐れがあると刑務所長が判断した場合かのどちらかだ。当時、カナダの連邦刑務所では、本人の意志による隔離は二割以下だった。懲罰房に入れられると、一日のうち二三時間を独房で過ごし、外に出られるのは運動のための一時間だけだ。読書会メンバーにも、ときどきそこに入る者がいた。

わたしたちは備品保管室の窓のそばへ行き、受刑者同士のやりとりにしばらく耳を傾けた。「クソ野郎」という言葉だけがはっきり聞こえてきて、会話はすぐに終わった。通りかかった受刑者のほうは、作業所に行かなければならないのだ。わたしはベンともとの場所に戻って座った。

ベンの話は幼少時の教育事情から始まった。カナダで生まれたが、早期教育を受けるため、母親とともに両親の祖国ジャマイカへ移住した。「向こうじゃ、教育が第一って感じさ。教育を受けなきゃ何者にもなれやしない。競争がとんでもなくきびしいんだ。綴りかたコンテストに数学コンテストってね。校舎を歩きまわりながら、九九の歌を歌って暗記したもんさ」。叔母がその学校の校長だったので、手抜きは許されなかった。本は、家にあったものを読むようになったという。地理の本や辞典や、「エボニー」［アフリカ系アメリカ人向けの月刊誌］などだ。

カナダに戻って七年生に編入しようとすると、ジャマイカで飛び級の試験に合格したことを認めてもらえず、六年生に編入させられた。「がっかりしたよ。それに、カナダじゃ本質的なことは教えない。家庭科とかそういうつまらない勉強ばっかりで。生活のための技術みたいなのは知的な刺激がないんだ。それに、クラスじゅうのやつらがリコーダーを吹いてるもんで、気が散ってしょうがなかった」

高校生になると、本を読むのは宿題に必要なときだけになり、だんだん読むことに集中できなくなっていった。九年生のとき、友人たちがマリファナを吸ったり、ＬＳＤを試したりしはじめた。「おれは、あちこちでマリファナをちょっとずつ手に入れた。それでほかのやつらが、ランチタイムにおれたちから買うようになったんだ。そうすると、カネが入ってくるだろ。だからおもしろくなった。一〇年生になると、周囲に影響されて学校には行かなくなっちまって」

読書会でこれまでに読んだ本で、どれがいちばん好きだったか訊ねてみた。「どれが好きっていうのではなくて、本を一冊読むたびに、自分のなかの窓が開く感じなんだな。どの物語にも、それぞれきびしい状況が描かれてるから、それを読むと自分の人生が細かいところまではっきり見えてくる。そんなふうに、これまで読んだ本全部がいまの自分を作ってくれたし、人生の見かたも教えてくれたんだ」。ベンの回答がきわめて奥深く魅力的だったため、なんだかこちらの質問が単純すぎたように思えた。わたしは、グレアムやフランクに渡したのと同じようにベンにも日記帳を渡し、読んだ本の感想や刑務所での日々の思いを記しておくよう勧めた。ぜひそうする、という答えが返ってきて、わたしたちは握手をかわした。その日のうちに、ベンは日記に文章を書きはじめた。

わたしがベンと話しているあいだ、チャペルで待っていてくれたドレッドが部屋に入ってきた。足の運びがあまりにもしなやかで、大腿骨（だいたいこつ）の関節がはずれているのかと思えるほどだ。ドレッドは刑務所にいてもその苦労が表情にあらわれていないし、カナダにいてもジャマイカのアクセントがほとんど消えていない。一一歳で故国から移住してきたというのに……。ジャマイカにいたときは落ち着きがなさすぎて、本を読んだことはなく、自転車に乗ったり、ゴム銃でハトを撃ったり、スズキやフエダイを釣ったり、テレビを観たりして過ごしていた。収監されているいまは、受刑者同士でチェスを競ったり、ビジネスのアイデアを次々に考えだすことにエネルギーを使っているという。そうと聞けば、ここへ来る前に商売をしていたのかどうか訊ねるのは自然な流れだろう。

「ああ、してたよ」

「どんな？」

「ヤクを売ってた」。そう答えながらむせるように笑ったので、言葉の最後が途切れ途切れになった。

「ばかな質問だったわね」

「いや。でも、まともな仕事もしてたんだ。住宅を買いとって改修して売りだす仕事。けど、ほとんどはヤクの売買だったな」

ドレッドは、コカインに混ぜ物をしてかさ増しする「調理」方法をつぶさに語り、その流れで、「合法的な」食材を調理するのも好きだという話になった。ユニット4にはまともな炊事場がないため、苦肉の策として、ポップアップ式のトースターの上にアルミホイルを敷いて、フライドチキンを焼いているという。

実をいうとドレッドはメンバーのなかで唯一、刑務所に入る前から読書会というものにある程度、なじみがあった。ドレッドとのあいだにふたりの子をもうけた〝彼女〟が、女友だち数人と読書会を開いていたので、自宅で会を催すときには、ドレッドが食べ物や飲み物を用意していたそうだ。いま子どもたちに会えないのはひどくつらいが、読書会のおかげで「ちょっとした家族とちょっとした逃げ場」ができたという。ロヒントン・ミストリーの小説を読んだときには、語り口の力強さを力説したキャロルの言葉が腑に落ちて、本に対する認識が変わったと言い、本の味わいかたを学ぶのは、ワインについて学んで目利きになるのと似ている、とドレッドは続けた。「それまで持ってた薄っぺらな知識に疑問を抱く。すると、ほんものの文学とか、オークの木の重厚さとか、深い味わいとかを求めはじめるんだ。単なるワクワク感じゃなくて」。そのあとドレッドは、読書会でメンバーたちがときどき「アホな質問」をすると、思わず殴ってやりたくなると打ちあけた。でも、キャロルやわたしを見習って、ほかの人の意見にも耳を傾けるようにしているのだという。

別れの時間になると、わたしはドレッドにも日記帳を手渡し、本の感想を書くよう伝えた。

この数か月、わたしは刑務所内の図書室というのがどんなところで、読書会メンバーにどんな役割を果たしているのか、ずっと気になっていた。図書室は敷地内の別の建物にあるため、わたしのようなボランティアがひとりでぶらりと立ち寄ることはできない。司書であるクリーブの立ち会いが必要なのだ。そこで、夏の暑いさかりのある日、受刑者たちがいないときを見計らって、図書室を案内してもらうことにした。

金髪で、やわらかな声をしたクリーブは、かつて近くの書店で働きながら、映画製作の勉強をしていたという。わたしはクリーブとたちまち意気投合し、〔ボストンの刑務所で司書をしていた〕アヴィ・スタインバーグの愉快な回想録『刑務所図書館の人びと――ハーバードを出て司書になった男の日記』をぜひ読むよう勧めた。そのころちょうど、わが家のベッド脇のテーブルに置いていた本だ。図書室まで歩く道すがら、クリーブは三年前ここで働きはじめた当初の惨状を語ってくれた。当時、図書室は〈大通り〉から枝分かれしたボロボロの棟にあった。カーペットは黴だらけで、ヒーターは壊れていた。以前はクリーブの母親がここで司書をしていたのだが、教務係に担当替えされたため、しばらく司書が不在だったのだ。新しい司書が来るまでのあいだ、受刑者で図書係のグループを決め、それぞれ自分に割りあてられた分野を管理していたという。わたしは、屈強なギャングのひとりが「フィクション」の棚を、もうひとりが「ノンフィクション」の棚を整理している場面を思い浮かべた。

「それはいいわね。図書係が本をきちんと管理してくれるんでしょう?」

「いや、よくないんだ。図書室に入ろうとすると、カネを徴収するんだから」

「まあ」

クリーブの勤務初日、受刑者たちは監禁状態にあり、看守たちは図書室を捜索中だった。「ドアを開けると、一〇人ほどの看守が図書室を滅茶苦茶にしているところで、本を棚から抜きだしてはパラパラめくって調べ、でたらめな場所に戻していた。目もあてられなかったよ」。クリーブが看守のひとりと話していると、ほかの看守が大型本を棚から引きだした。すると、「本の背から大きな自家製の武器が、看守の足をかすめて滑り落ちて、ドンという音をさせて床に転がったんだ」。捜索が終了したときには、ジュースをアルコールにするための蒸留器まで発見されていた。その後、図書室の入っていた棟全体が封鎖され、棟の入り口にあった看守詰所――「金魚鉢」さながらオレンジ色の模様がほどこされたガラス張りの詰所――は使われなくなり、本もすべて新しい建物に移された。

その新しい図書室へ行くには、本館を出て、最近建てられたハブ・アンド・スポーク式［車輪のように中心軸から放射状に広がる方式］の監房棟ユニット7、8、9を通り、食堂の裏に回らなければならない。その時間、受刑者たちは全員が監房にいたが、窓の奥からたくさんの目がじっとこちらを見ていることは想像できた。途中、クリーブが草を積み上げた場所を指さし、あれは先住民族の受刑者がスウェット・ロッジ〔薬草の香りをつけた蒸気で身を清める儀式用の小屋〕を自分たちでこしらえたのだと教えてくれた。

図書室は、比較的新しい〈更生プログラム棟〉の一角を占め、エアコン設備も整っている。一見すると体育館のようで、天井までの高さは七メートルほどあり、高窓が天井ぎりぎりに並んでいる。奥にはガラス張りになった法律書専門の小さな部屋があり、施錠されていた。そこに収められているのは一八九〇年からの判例集で、希望すれば閲覧できる。たとえば、受刑者が国外追放されそうになると、「移民および難民保護法」を調べたりするのがこの部屋だ。そして、夏の読書会用の本をクリーブが一時的に保管してくれたのもここだった。二か月のあいだ、キャロルの友人たちから寄贈された本を借りられたのは読書会メンバーだけで、そんなふうに利用を限定したため、メンバーたちは特別扱いされているようで気分がよかったらしい。夏が終われば、クリーブはその本を書棚に移す予定でいる。

週に三日の通常の開館時間は館内が比較的静かで、その時間に利用するには許可証が必要だ。受刑者がやってくると、クリーブは彼らの学習や判例調べの手伝いをする。ただし週に二回、受刑者全員がレクリエーションの目的で〈更生プログラム棟〉にやってくる夕方の時間だけは、図書室を開放するので、いちどきに四〇人ほどがどやどやと入ってくることもあるという。

着任後、図書室にはきびしい規則が存在することを、クリーブは周知させた。禁制品の持ちこみは厳禁、凶器もアルコールも、「凧（カイト）」と呼ばれる手紙の持ちこみも禁じた。そうした手紙は、調達した薬物の価格などをこっそりやりとりする手段として、示し合わせた場所に隠されることがあるのだ。

　とはいえ、規則のうちどれを強制してどれを強制しないほうがいいか、クリーブはまもなく思い知ることになった。たとえば雑誌の貸しだしについては、三年におよぶ攻防戦を経て、最近あきらめたという。雑誌はだれでもその場で最新号を読めるよう、持ちだし禁止にしていた。しかし、バインダーにはさんで雑誌架に並べておいても、書庫の棚に鍵をかけてしまっておいても、いつのまにかなくなる。持ちだして監房で読むのか、洋服の下にテープで巻きつけて護身用に使うのかはわからない。「ひとりがこっちの注意をそらしているあいだに、もうひとりがさっとつかんで持っていくんだ」。そして、ついにクリーブはこう宣言した。

「わかったよ。雑誌に関してはもう勝手にすればいい。ただし、『メンズ・ヘルス』〔男性向けのライフスタイル誌〕の最新号が図書室になくても文句を言わないでくれ」

　一度に借りられる冊数は三冊までと決まっているが、それはあってないような規則だ。貸出期限の過ぎた本をこちらから各ユニットへ回収に出向くことはできない。刑務所の司書にできるのは、監禁や監房清掃のたびに、図書室の蔵書が大量に出てくるのを待つことだけ。懲罰房から戻ってきた本の表紙がはがされていても、もはや驚かなくなった。表紙は、たばこやらなにやらを吸うためのフィルターがわりに使われる。

ここのような中警備の刑務所ではどんな本がよく読まれるのか訊ねてみた。クリーブによると、コリンズ・ベイでもっとも人気があるのは、アメリカ人作家のロバート・グリーンによる『権力（パワー）に翻弄されないための48の法則』。これは、一九九八年のベストセラーで、人をうまく操る方法を指南する本だ。フィクションでよく読まれているのは、ジェイムズ・パタースンやトム・クランシー、シドニィ・シェルダン、ウィルバー・スミス、ジャッキー・コリンズといった作家の小説だという。

「ジャッキー・コリンズ？」

「そう、意外だけどロマンスものだね。ダニエル・スティールも書棚一段ぶんあるよ」。おそらく、彼らがロマンス小説を読むのは、妻やガールフレンドに勧められて、あるいは感性を豊かにしたいからだろうとわたしは想像した。ところが、クリーブが受刑者に訊いたところ、セックス描写があるからだ、と打ちあけられたらしい。

「わたしがぜひ知りたいのは、コリンズ・ベイ読書会がほかの受刑者にもいい影響を与えているかということなの」

「もちろん」とクリーブ。キャロルが毎月、読書会メンバーに渡している本は、メンバーがほかの刑務所に移る際、図書室に寄贈していくこともある。読書会で読まれた本は、書棚で埃（ほこり）をかぶることもなく、回転よく借りられるという。「たぶん、口コミのおかげだと思う。本を置いていったメンバーから、これはいい本だと聞いたと言って借りていくからね。それに、同じ本が何冊かあることも大きいよ」。実際、貸出カウンターに行ってみると、そこには『ザイトゥーン』が二冊、『アンジェラの灰』と『三日間の旅路』と『夜中に犬に起こった奇妙な事件』が四、五冊ずつあり、すべて積み上げられたまま分類されるのを待っていた。この図書室では、読書会で読んだ本以外に、同じ本が複数冊寄贈されることはめったにない。

こうして再利用される課題本のなかで、いちばん人気があるのはどの本だろう？ わたしの質問に、クリーブは迷うことなくこう答えた。「ローレンス・ヒルの本か、バラク・オバマの『マイ・ドリーム』だね。オバマの本はすごく分厚いんだけど、いまだによく読まれているよ」。わたしは、コリンズ・ベイ読書会からのおすすめ本コーナーを作ってはどうか、と提案した。

読書会が受刑者たちの目覚めを促していると確信したのはグレアムからの手紙に続き、この月になってすでに二度目だ。この先、どこまで行くのやら。

ふたりで図書室から出る前に、クリーブは韓国語やスペイン語、中国語、ロシア語など外国語の書名が並ぶ棚を誇らしげに指さした。そして、できれば蔵書の並べかたを書店のようにしたいとも語った。刑務所では、「デューイ十進分類法」にのっとって並べてもあまり意味がないからだという。わたしは頷くしかなかった。

こうして、ようやくわたしにも夏の読書休暇がやってきた。われわれ夫婦は、車で北へ向かい、コテージで夏を過ごすことにした。わたしは、読書会でフランクが挙げていた『絶妙なバランス』

を持っていったものの、まず手にしたのは、比較的薄いヘミングウェイの『移動祝祭日』だった。これは、ヘミングウェイがパリを舞台にみずからの執筆と飲酒の日々を描いた作品である。そのなかで、彼は「シェイクスピア・アンド・カンパニー」書店［アメリカ人女性シルヴィア・ビーチが一九一九年にパリに開いた書店で、本の貸しだしも行なっていた］で購入した書物をひとつひとつ紹介し、ツルゲーネフやゴーゴリやチェーホフやドストエフスキーからいかに影響を受けたかを語っている。その部分がとてもいい。いっぽう、夫のほうはコーマック・マッカーシーの『すべての美しい馬』をいたく気に入っていたので、夫が読み終えたあと、わたしも読んだ。この小説は選書リストに入れておくことにしよう。夏の暑さが心もちやわらぎ、岸辺ではカワセミがさえずっている。わたしは、読書会メンバーたちと同じ本を読める幸せを思った。

第7章

読書会という隠れ蓑（みの）

『ガーンジー島の読書会』

　夏も終わりに近いある朝、監房のベンは島のさえずりで目を覚ました。とはいえ、ベッドから起きだしたのは、本人の生理的な欲求にせかされてのことだ。書きはじめたばかりの日記に、ベンはそう綴っていた。青いペンの文字が続いていく。「おれの書く文章を待っててくれる人がいると思うと、感謝でいっぱいだ」。そして、キャロルとわたしが自分の行く末をも案じてくれていることを心強く感じる、とある。そこで、ベンの心に気がかりなことが浮かんできたようだ。ちょうど囚人のだれかが金属片をこっそり持ちこんで武器を作ろうとして、それを複数の看守に目撃されたため、監禁措置が取られていたのだ。「たしかに、自家製の武器――シャンク――はよく目にする。人を殺すことも、重傷を負わせることもできるようなやつだ。最近、この監房棟は空気がピリピリしている。おれは絶対かかわりたくない。あらゆることに首をつっこんでたら、そのうち終身刑をくらうはめになる」

今月の読書会で取り上げるのは、ユーモラスでほのぼのとした小説だ。その本に没頭することで、ベンがそうした現実から逃避できたらいいのだが。本のタイトルは『ガーンジー島の読書会』、著者はメアリー・アン・シェイファーとアニー・バロウズだ。わたしがこの本を推薦したのは、第二次世界大戦中、ドイツに占領されたガーンジー島を舞台にしていることが大きい。イギリス海峡のチャンネル諸島に位置するこの島が、戦時中まるで監獄のような状態だった事実は、これまであまり知られてこなかった。ドイツ軍が侵攻してくる前に、島民は子どもたち数千人をかろうじて疎開させたものの、島に残った住人には食料も物資も不足していた。もうひとつ、この小説を読んでもらいたかった理由は、占領下の登場人物たちの生きる糧となったのが、ある読書会だったからだ。

あるとき、島の住民グループが夜間外出禁止令に反して出歩き、ドイツ兵に見とがめられ、とっさに口実を考えだす。自分たちは「じゃがいもの皮のパイと文学を愛する会」の集まりに出席していただけだ、と。そして、その口実に真実味を持たせるため、全員が実際に本を読みはじめる。なかには、それまで本など手にしたことのない農民や漁師もいた。本を通して居場所を見つけた経験のある人ならだれでも、即座にこの状況を理解できるはずだ。本書は、「ニューヨーク・タイムズ」のベストセラーリストでしばらくトップを占めていたほか、書評サイト「グッドリーズ（goodreads）」では、わたしが最後に確認した時点で、五点満点の平均四・一という最高評価を獲得した図書のひとつに挙げられていた。これは、『百年の孤独』や『ライ麦畑でつかまえて』、ジェイン・オースティンの『エマ』や『ミレニアム1　ドラゴン・タトゥーの女』といった作品をしのぐ高評価だ。

キャロルは、わたしの選んだこの本が、文学好きの女性読者向けではないかと、少しばかり心配していた。一九四六年から始まる手紙のやりとりとして綴られるこの物語は、ロンドンに住むコラムニスト、三二歳の女性ジュリエットを中心に展開していく。ジュリエットは戦後まもなく、ガーンジー島に住むドージーという見知らぬ差出人から一通の手紙を受けとる。その手紙には、古書として入手したチャールズ・ラムの『エリア随筆』の表紙の内側にジュリエットの名前を見つけたことと、同じ著者の作品を注文したいのでロンドンの書店名を教えてほしい、という依頼が記されていた。それから、島に文学の会があることも……。好奇心に駆られたジュリエットは、その読書会のことを詳しく知りたくなり、ドージーやほかの島民たちと文通を始める。そして、島民たちひとりひとりの人生に触れるうち、実際に島を訪れたいと思うようになった。表向きの目的は、「タイムズ」紙に執筆中の「読書の哲学的意義」と題した連載記事に、ガーンジー島の読書会を取り上げることだ。ジュリエットは手紙のなかでドージーにこう語っている――これまでの経験でわかったのは、本があれば精神的におかしくならずにすむということです、と。

受刑者にはもってこいの本よ、とわたしはキャロルに請け合った。なんといっても、彼らは読書のおかげで「精神的におかしくならずに」すんでいるのだから。

読書会にはガストンがまっさきに姿をあらわし、キャロルとわたしのほうへ脇目もふらずに歩いてきた。〝ハイ・アンド・タイト〟と呼ばれる、両サイドを刈り上げたその髪型は、受刑者よりもむしろ警官を思わせる。「ちょっと考えてることがあるんだけど。おれの法定釈放［カナダの仮釈放制度のひとつで、法定期間の三分の二が経過すると自動的に仮釈放される］の日まで、ちょうどあと一年なんだ。それで、釈放されるときにはもっといい人間になっていられるように、丸一年かけてなにかしたいと思ってる」

キャロルとわたしは顔を見合わせた。「だったら、古典を読んでみたらどう？」キャロルが提案する。いったいキャロルはなにを考えているのだろう。ガストンはいまでもかなり本を読んでいるのに。

「そうだな」と答えて、彼は言いよどんだ。薄茶色の眉のあいだに刻まれた二本の皺（しわ）が深くなる。「でも、なにか自分の役に立つことをしたいんだ。暇をつぶすためじゃなくて」。これまでも、大学の通信講座でビジネスやカウンセリングを学んできたし、出所後は造園の仕事に戻るつもりなのでその技術も向上させたいという。

「たしかに読書は仕事のスキルを向上させるものではないわ、ガストン」とわたしは諭した。「人生を向上させるものなの。読んだ本の感想を毎日書けば、さらにいい効果があるはずよ」

「もし自分だったら、なにをする？」ガストンはキャロルにあらためて訊ねた。

「わたしならやっぱり、いわゆる〝名著〟を読むわね。今度、わが英文学の恩師、デニス・ダフィーの推薦図書から、あなたが読むべき本のリストを作ってくるわ」。これにて一件落着。キャロルは読書の価値をかたく信じている。

ガストンは、そこで新しいメンバーを勧誘してきたといって、ピーターを紹介してくれた。三〇代のやせ型で、わたしたち三人の親しげな会話を邪魔しないよう気づかっているのがわかる。やがて、ほかのメンバーもどやどやと入ってきた。読書会の開始時刻だ。キャロルが、夏の休暇でイタリアのトスカーナを訪れた際に買った革の栞を、全員にプレゼントした。ベンは、金色の模様とフリンジがついたものを選んだ。

おもな登場人物についてどう思ったか、キャロルとわたしが訊くと、たちまちみなが熱心に意見を言いはじめた。全員、本の内容も登場人物の詳細もすっかり頭に入っているらしく、印象的な場面をだれかが口にすると、打てば響くように笑いが起きた。ジュリエットは行動力のある女性だ、とベンが言う。戦争で爆撃を受けたロンドンのアパートを引きはらい、ドージーや島民たちとかわした手紙だけを頼りに、島を訪れる。その勇気に感じ入ったようだ。銀行強盗の罪で服役中のガストンは、ジュリエットが裕福なアメリカ人男性の求婚をはねつけたのが気に入ったという。「財産もなにもかも捧げると言われたのに、それでも断ったんだぜ」

いっぽう、ドレッドは別の登場人物を挙げた。夜間外出禁止令に違反した島民グループを、とっさの機転で救ったエリザベスだ。ドイツ兵たちから銃を向けられたとき、何食わぬ顔で「文学を愛する会」という言い訳をでっちあげた。ほんとうは、こっそり入手したブタの丸焼きをみんなで食べた帰りだった。食料が不足していた当時としては、めったにないごちそうだ。

名札に「ハビエル」とある新顔の参加者が、ドレッドに同意した。デレクよりもなお深みのある低音で話し、ハンサムで、片方の耳につけた海賊ふうの小さなイヤリングが、黒い肌に映えている。ドイツ兵から向けられた銃から目をそらさずに口実を考えだしたエリザベスは、勇敢で肝が据わっている、と。だが、ピーターは疑問があるようだ。というのも、銃を構えた兵士がにやりとして意味ありげにエリザベスを見たからだ。つまり、兵士たちは仲間の指揮官が彼女と通じているのをお見通しなのだ、とピーターは言いたいらしい。「要するに、大目にみたってことだ」。わたしは、該当するページをめくってみた。しかし、ドイツ兵がにこりと笑ったと書いてあるだけで、それ以上はなにもほのめかされていないし、みだらな意図はまったく感じられない。とはいえ、ピーターがその場面をそんなふうに読みとったのは興味深い。

「どっちにしろエリザベスはみんなに慕われていたから、彼女の運命をめぐって、小説は一気にクライマックスを迎えるだろ。〔のちにドイツ軍に囚われたエリザベスに〕生きててほしいと周囲の人たちは願ってたんだ」とドレッド。「だから、死んだとわかったときは、島民みんなが打ちひしがれた」

やがて、登場人物をめぐる議論が、ジュリエットの求婚者たちに移っていったところをみると、どうやらみんな恋愛話が好きらしい。まず俎上に載せられたのは、ロンドンの出版社で編集の仕事をしているシドニー。「シドニーはジュリエットにぞっこんだ」とハビエルが声を上げた。

隅のほうからだれかが反対の声を上げた。「シドニーはホモだぜ」

「つまり、同性愛者ということね」。キャロルが、同性愛への偏見をやんわりと正した。

「でも、はっきりそうだとは書いてない」とガストン。「シドニーの性的嗜好がわかるのは、あとになってからだ」

「そうね」とキャロルが答えた。「ジュリエットはきれいで魅力的な女性だと思った?」

「ああ、そう思ったよ」とハビエル。

「で、結局、彼女が選んだのは……」。キャロルが言葉を途切らせる。

「ドージー!」待ちきれないとばかりに、全員がいっせいに答えた。

ドージーは寡黙な男性だし、ガストンが言うように「下心を持って」ジュリエットに近づくようなことはしないが、そのやさしさに彼女のほうが惹かれていったのだ。

刑務所では、ジャッキー・コリンズやダニエル・スティールのような作家が人気だと聞いていたので、メンバーたちが作品中の恋愛に関心を寄せるのも不思議ではない。彼らにとって恋愛は、いつか刑務所を出てパートナーと晴れて人生をやりなおせるときまで、外の世界を忘れないでいるための支えなのだろう。

ジュリエットが島民や友人とかわす手紙で構成されているこの小説の形式をメンバーがどう感じたか、キャロルもわたしも知りたかった。わたし自身は、作品の最初のほうで、ジュリエットがシドニーや友人のソフィーとやりとりする手紙が、いかにも取りすました感じで鼻についた。

そのことを口にしてみたが、ピーターはそうは思わなかったらしい。「手紙をこっそり見せてもらってる気分だったな。自分も仲間になったような。信頼されて、親しい間柄にしかもらさない情報を教えてもらった感じだ」。ハビエルはこれまでにも書簡体の小説を読んだことがあり、それはある受刑者が家族にあてて、日々のようすや自分の気持ちを綴っていく作品だったらしい。そういえば、英語で書かれた書簡体小説の最初期の作品は、一六四〇年代にロンドンのフリート刑務所で、ジェームズ・ハウエルという受刑者が書いたものだった。

今回、課題本を読んで参加していた教誨師(きょうかいし)は、書簡形式の小説を読むと手紙を開くときの気持ちになると言い、自分あてに届いた手紙の封を切るときのわくわくする感じを語ってくれた。受刑者にとって、手紙はいわば命綱だ。ただし、刑務所では規則があるため、受刑者が手紙を受けとったときには、すでに封が開けられている。コリンズ・ベイをはじめ連邦刑務所では、届く手紙も出す手紙もすべて開封され、中身を検査される。もしなにか問題のあるものが入っていた場合は、当局の権限により、手紙の内容までチェックされてしまう。

この小説では、イギリスの郵便局がまるでEメールか宅配便みたいなスピードで手紙を届けているが、そんなことは信じがたい、とガストンが口にした。すると、戦後まもない時代にイギリスで育ったキャロルが、英国郵政公社は郵便の配達頻度とスピードを誇りにしていたと説明した。「いまでも覚えているけど、イギリスでは一日二回の配達をみんなが心待ちしていたし、スコットランドから午前中に投函すれば、その日の午後にはロンドンに着いたものよ。あのころの郵便システムは驚異的だったわね」。わたしがイギリスで暮らしていた当時、配達はすでに一日一回になっていたものの、土曜日にも郵便は届いた。

キャロルは、小説のなかでかわされる手紙が、ときどきちょっとわざとらしく感じなかったかと質問した。しかし、メンバーたちはそんなふうにとらなかったようだ。「手紙を通して登場人物たちの性格をわからせるのは、うまいやりかただ」とウィンストンも答えた。

もし「読書小説」というものがあるとしたら、この作品はまさにそれだ。ジュリエットは、アパートが爆撃されて蔵書を失ったあとでも、ロンドンの読書会に参加していたおかげでコラムを書く気になれたし、今度はガーンジー島の読書会にすっかり惚れこみ、読書の意義を題材に記事を書こうとしている。メンバーたちは、そのいきさつが気に入ったらしい。しかし、なにより彼らが称賛したのは、島の読書会が進化していったことだ。「最初は無理だと思ったよ」とハビエルが言う。「でも、メンバーたちは、自分たちとかかわりのある本をちゃんと見つけてくるだろ」。島には本が不足しているので、ガーンジー島の読書会では、全員が同じ本を読んで話し合うのではなく、各自が読んだ本のことを話題にしていく。先月のコリンズ・ベイ読書会で、夏に読んだ本をひとりずつ紹介したように。そして、コリンズ・ベイ読書会にもいそうな、読書に不慣れな島のメンバーが、『セネカ書簡集　ラテン語翻訳版一巻本・補遺付き』といった難解な書物と格闘し、そこからなにかしら学びとろうとする。この本を選んだ島民の場合は、ストア派の哲学者から品行について教えてもらった結果、飲酒を慎むようになった。島での読書会は、占領軍によるさまざまな束縛や夜間外出禁止令から逃れるための手段でもあった。同じことがコリンズ・ベイ読書会にも当てはまる。メンバーたちにとって読書会は、刑務所での退屈や孤独からつかのま逃れられる場なのだ。読書会メンバーという新たな身分に喜びを感じている彼らは、登場人物たちに自分の姿を重ね合わせたのではないだろうか。

「この本のテーマは、過酷な状況におかれた人間のやさしさだとわたしは思うのだけど、みんなはどうかしら」とキャロルが問いかけた。ドイツ軍の刑務所から逃げてきた強制労働者をかくまって、大陸の収容所に送られたエリザベスのことを、わたしは思い浮かべた。

ドレッドは、食料や薪が不足するなか、島民がブタの丸焼きを分け合い、何週間も石鹸を使えずにいる人のために石鹸を手作りしたエピソードを挙げた。「みんなで貸し借りしたり助け合ったりして元気を出していたんだと思う」

それを聞いて、ハビエルは自分が育ったモンテゴベイ［ジャマイカ北西部の港町］の貧しいコミュニティを思い出したようだ。「家にはトイレもなかったんだぜ。ひとつのベッドに五人が寝る。照明には石油ランプを使ってた。でも、貧しさと闘うことで、地域の住民が結束したんだ。すごくいい思い出だよ」

けれどもウィンストンは、ここにいるメンバーの大半が暮らしていた環境を考えれば、そうした相互援助がだれにでもできるとはかぎらない、と指摘した。「おれたちは大都市の出身だから、コミュニティっていう感覚がない。いい仲間とかかわった経験のないやつがほとんどだ。みんな、悪い仲間とつるんでた。おれだって、腰を落ちつけていろんな話し合いをしたこともないし、この本に出てくるようなつきあいをしたこともない」。それを聞いて、自分は大都市の出身だが住民同士のつながりがあった、と声を上げるメンバーはひとりもいなかった。

休憩時間になり、わたしがガストンやピーターとお喋りをしていると、そこへキャロルが加わり、「ねえ、読書会大使になってみる気はない？」とガストンに訊ねた。ガストンなら、ほかの刑務所に移ったグレアムとフランクの後任にふさわしいのではないかと、その日の彼を見ていてキャロルは考えたようだ。それに、ピーターを勧誘してきた手腕もある。

「いいよ」とガストン。

「新しいメンバーには、きちんと出席できて、本を最後まで読んでくる人を選んでね」

頷（うなず）いたガストンに、キャロルがささやいた。「今度、あなたに本を持ってくるわ。古典を」

取引成立だ。読書会の質を上げる手助けをしてくれたら、法定釈放の日までにガストンが「もっといい人間」になれるよう手を貸そうというわけだ。

読書会のあと、あらかじめ約束しておいたとおり、ガストンと一対一で話すことになった。こちらが気おくれすることを察して、彼は自分から隠しだてなく話そうとしてくれた。それによると、ガストンは以前、クラック・コカイン［粉末のコカインを塊にしたもの］の使用で逮捕されたことがあるが、今回逮捕される少し前まで、依存症は克服できていたという。薬物と手を切った状態が何年か続き、その間に人生を立てなおすことさえできた。四〇歳のときには妻と子ども三人がいて、家もあり、造園作業員として働いたほか、昼間は社会福祉団体で高齢者向け住居の管理をする仕事にも就いていた。ところが、仕事仲間に元薬物常習者が何人かいて、彼らはいつのまにか現役の常習者に戻ってしまった。勤務時間が終わるころ、常習者のたまり場に何度か誘われた。そしてある日、とうとうついていってしまった。「足を踏み入れちまったんだ。その結果、八日後には、ヤクに一万七〇〇〇ドルほども使ってた」。さきほど読書会でウィンストンが言っていたとおり、悪い仲間とつるむと、やはりろくなことにならない。

その間、ガストンの妻は夫の所在を知るよしもなかった。仕事は解雇されたが、それは八日も無断欠勤をしたせいだけでなく、就職の際、前科を隠していたのがばれたせいでもある。それまで、割のいい造園の仕事を回してくれていた恩人からは、仕事を取り上げられた。薬物にどっぷり浸かっていたあいだに、金を工面するため、九〇〇〇ドルで買ったトラックを一〇〇〇ドルで売ってしまっていたから、いずれにせよ、もはや仕事を続ける道具もなかった。「たまり場から出てきたときには、すべてを失ってた。ほとんどなにもかも。それまでに働いて得たもの全部だ」

それでも、半年後にはなんとか修理工の仕事にありつき、安いアパートに家族で移り住んだ。しかしなおも失った金のことが頭から離れず、ことに妻が四番目の子を妊娠して産休に入り、家にいるようになってからは、そのことばかり考えるようになった。「将来に備えなきゃと思って、ワルの仲間にどうやったら金ができるか相談したのさ。で、手っとりばやくいえば、銀行に押し入ったってわけだ」

銀行強盗に及んだのは、もとはといえば、銀行に長く勤めていた母親が一九九〇年代に勤め先の吸収合併で解雇されたときから、ずっと抱きつづけてきた恨みをはらすためでもあった。「おふくろが意気消沈してたのを覚えてる。ベテラン行員全員がその場で解雇を言い渡されて、まるで犯罪者みたいに銀行から追いだされたんだ。そのときから、おふくろは陰気で怒りっぽい人間になっちまった」。当時ガストンは一〇代だった。「だから、銀行には強い恨みを持ってた。行員を食い物にしやがったと思ったね」。ちょうどそのころ母親から、勤務先の支店に押し入った強盗の話を聞き、窓口の現金ではなく金庫を狙ったその手口に感心したという。ガストンの口調には棘（とげ）があり、いまだに怒りを抱いているのがわかった。「銀行に対する憎しみが募っていったんだと思う」。彼は窓の外に目をやり、わたしと視線を合わせないようにした。

「銀行強盗は一回やると、ヤクと同じでやみつきになるんだ。コカインをやったときのハイな感じに近い。ほかのどんなものより、アドレナリンが出まくる。カネをたんまり抱えて銀行から走りでて、車に乗りこんで、一気にスピードを上げる。『行け、行け、行け！』ひと月に一三の銀行でやったよ」。薬物で興奮状態になっていたこともたびたびだったらしい。

ガストンの場合、銀行で母親が目撃した強盗のように、金庫を狙ったわけではない。ほかの客と一緒に列に並ぶのだ。顎（あご）ひげをつけたり、ペンキ屋ふうの帽子をかぶったり、さまざまに変装して、金をよこせと書いた紙を窓口の女性行員に渡す。その際、ダイパック［銀行が札束に潜ませておく追跡用染料」は抜いておくよう伝えることも忘れない。金を受けとると、騒ぎを起こすこともなく静かに立ち去る。「騒ぎになったら大変だからな」と言って、ガストンは青い瞳でまっすぐわたしを見た。「まわりの客が怯えるだろ」

すべてが終わったのは、ある日、盗んだ紙幣をポケットに入れてたまり場に戻ったときのこと。本能的になにかが変だと感じた。その感じを追い払おうと、紙幣を取りだして戸棚の上に置いたとき、警官がなだれこんできて、逮捕されたのだ。「正直いうと、ほっとしたよ。これで終わりだと思うと嬉しかった」。警察は六件か七件の窃盗罪での立件を準備していたが、実際は一二件にのぼり、本人がそれを自白して有罪を認めたため、刑期は六年に短縮され、刑が確定するまでの勾留期間一日につき三日ぶんが刑期に組みこまれることになった［刑期は裁判で刑が確定した日から起算される］。

こんなことは、なにも自慢したくて話しているわけではない、とガストンは念を押した。「おれがしたことは、とんでもなく悪い。それに家族にも迷惑をかけた。うちの家族は救世軍の教会に通ってたんだ。月曜日の夜はいつも、〝聖書勉強会〟にも行ってさ」。ガストンはここでもわたしと目を合わせようとしない。

にわかに声が沈みこみ、彼は疲れきったようにため息をついた。話が途切れると、開いた窓からカモメの鳴き声と、懲罰房からの叫び声が聞こえてきた。〝穴倉〟の受刑者が仲間に叫ぶ言葉は、なぜいつもわたしには「クソ野郎」しか聞きとれないのだろう？　ドアの向こうのチャペルでは、受刑者たちが「アメイジング・グレイス」を歌っている。

ガストンの奥さんは許してくれたのだろうか。まだ一緒にいようという気持ちがあるのだろうか。わたしはそのことを訊ねてみた。

「許してくれてると思う。幸運だったのは、ヤクから遠ざかってた時期が長いことだ。まともに働いていた一〇年のあいだは、女房とけんかをした覚えもない。いまはおれを待ってくれてるが、今後のことはわからない。今度ヤクに手を出したら、もう我慢はしないと言ってる」。その一線を越えてしまうのを恐れるように、ガストンは両手を握り合わせ、声を詰まらせた。

読書会の前にガストンは、〝名著〟を読んでその感想も書くとキャロルに約束していたが、それは本気なのかどうか確かめてみた。ガストンのスケジュールはすでに詰まっている。昼間はフルタイムで作業所の仕事をしているため、自由な時間は夜と週末しかない。それでも予定を決めればきちんと守るつもりだし、前に収監されていたときも、読んだ本の感想を記していたという。どうやら本気のようだ。古典に関しては、「神のお導き」を感じたこともあるらしい。『ガーンジー島の読書会』に、ジョナサン・スウィフトの名前が出てきたからだ。わたしは、次回必ず日記帳を持ってくると約束した。

そういえばガストンは、『ニグロたちの名簿』のなかでアミナタが影響を受けた本だからというので、スウィフトの『ガリバー旅行記』を読んだのだ。九年生までの教育しか受けずに収監されたガストンにも古典が読めるなら、わたしも『ガーンジー島の読書会』で物語のきっかけとなった『エリア随筆』を読めるかもしれない。これまでラムを読んだことはないが、英詩人キーツと同時代の作家だということくらいは知っている。『エリア随筆』が地元の図書館にあるかどうか調べてみよう。

やがて、ガストンはふたたびアドレナリンが出てきたと見え、読書会のおかげで自分がいかに変わったかを滔々と語りはじめた。「読書会では本のなかの世界を追体験できるんだけど、それはほかのメンバーの目を通してなんだ。この読書会がすごくおもしろいのは、自分では気づきもしなかった点をほかのやつらが掘り起こしてくれるからさ。たとえばガーンジー島の話だと、おれは歴史とか恋愛とかに目がいってたけど、人のやさしさについては考えなかった」。読書会に来はじめてまだ四回目だというのに、「刑務所では他人にかかわるな」という自分で決めたルールをすでに破って、読書会の黒人メンバーたちと中庭で会うと、その月の課題本をめぐって話をするという。本の内容が自分たちからいかにかけ離れているか、あるいは主人公はなぜそういう行動をしたのか……。そして、わたしが嬉しく感じたのは、『かくも長き旅』の回で、キャロルが作者の写実的な語り口を熱心に擁護したのは印象的だった、と言ってくれたことだ。「その場しのぎの、ただおもしろいだけの小説にはもう興味がない。著者がなにを考えてるか、どんな言葉を使ってるか、どんな語り口で表現してるかを知りたいんだ。おれがこれまで読んだシドニィ・シェルダンとか、ファンタジーとか、おとぎ話とか、そういうふつうじゃない人間の話でなくてもいい。現実的な人生の話でいいんだ」

ガストンが廊下を歩いていって左に曲がり、作業所へ向かうのを見送ってから、わたしはサッチェルバッグに持ち物をしまい、刑務所を出た。

帰り道、車のなかで『ガーンジー島の読書会』から自分がなにを学びとったかを考えた。おそらく作者が言わんとしていたのは、だれでも、どんな状況でも、読む能力さえあれば、本を読み本について語り合うことで、コミュニティや、逃げ場や、人のやさしさや、自分の居場所を見つけだせる、ということではないだろうか。わたしは、イギリスにいたころハムステッドで参加していたふたつの読書会を思い出していた。ロンドンで暮らしはじめた当時、知り合いはほとんどおらず、引っ越しの荷物を整理したり、娘が新しい学校になじむのを見守ったり、左側通行に慣れたりするので手いっぱいだった。そんなとき、やさしくておおらかなキャロル・クラークというアメリカ人女性が、わが夫の上司の妻としてわたしに手を差しのべ、「文学を愛する女性の会」に誘ってくれたのだ。その会は人数が四〇人と異常に多かったため、広いリビングルームのあるメンバーの自宅でしか開けなかった。運営していたのは、アメリカから移住してきたスー・リーズという女性で、たしか当時は運営費をまかなうべく、読書会のたびにメンバーから二ポンドずつ徴収していた。毎月、話し合いを始める前に、ノートに細かい字で整然と書かれた著者のプロフィールを彼女が読み上げる。その情報をどこから仕入れたのか、本人は決して明かさなかったが、それほど詳しい著者の足跡は、ほかではちょっと知りえないくらいだった。

当時、この読書会で読むのはイギリス人の作品に限定されていた。外国人であるわたしたちが、いつまでロンドンにいられるかわからないからだ。毎年、春にはバス旅行を企画し、あるときはひとりの作家だけを、あるときは複数の作家をテーマに、作家の生涯やその周辺について、メンバーひとりひとりが興味を持った側面を掘り下げて調べる。ある年、わたしたちはバスをチャーターしてベルギーと北フランスを訪れ、第一次世界大戦を経験した詩人たちの足跡をたどった。たとえば、ウィルフレッド・オーエン［第一次世界大戦を題材とした詩で知られる］やジークフリード・サスーン［前線での体験をもとにした反戦詩が多い］といった詩人だ。メンバーのひとりが、ラドヤード・キプリングの一九一六年の詩「わが息子ジャック（My Boy Jack）」を朗読し、わたしたちの涙を誘ったときの情景は、いまも忘れることができない。フランスの「ルースの戦い」で消息不明になった息子を詠ったその詩は、こんな切ない一文で始まる――「わが息子ジャックの行方をだれか知らないか？」　ほかの年には、アーノルド・ベネット［二〇世紀初頭に活躍した小説家・劇作家・評論家］の小説に出てくる英シュロップシャー州の焼き物の町を散策したり、エリザベス・ギャスケル［一九世紀の小説家。中産階級の人間模様をユーモラスに描いた］にゆかりのあるチェシャー州のメリヤス工場を訪ねたりもした。

ロンドンでわたしが参加していたもうひとつの読書会は規模が小さく、メンバーは五、六人だった。たまたまそのメンバーのひとりに、大学時代の親友ジェーン・クリスピンがいたのだ。彼女がわが家からわずか二ブロック先に住んでいることが――またしてもキャロル・クラークのおかげで──わかった。ジェーンはわたしを読書会に誘ってくれたうえ、その月に読むウォーレス・ステグナー〔二〇世紀のアメリカの作家。米国西部を舞台にした作品が多い〕の『やすらぎのほうへ（*Crossing to Safety*）』を、もうひとりのメンバーと一緒に購入し、読書会まで数日しかないからといって、わざわざ家まで届けてくれた。この読書会ではこれといった制約もなくなんでも読んだし、わたしは少人数の打ちとけた雰囲気が気に入っていた。

ハムステッドに住んでいると、街角のいたるところで、著名人がかつて暮らした建物であることを示す「ブルー・プラーク」と呼ばれる青い銘板が目に入り、わたしの好きな作家たちがこの街にいたことを思い出させてくれた。ハムステッドはずっと昔から、ロンドンのなかの「文学と芸術の街」だったのだ。大学時代、つきあいはじめたばかりの夫がキーツの「美しいけれど無慈悲な乙女（La Belle Dame Sans Merci）」という詩を朗読してくれたことがあった。キーツはかつてイースト・ヒース・ロードのはずれで暮らし、その家に通じる小路は現在キーツ・グローブと呼ばれている。一〇代のころ夢中で読んだダフネ・デュ・モーリア〔『レベッカ』で知られる二〇世紀イギリスの女性作家〕は、わたしたちが住んでいた路地のつきあたりに建つ、かつての裁判所庁舎キャノン・ホールに住んでいた。子どものころ大好きで、いまでも読んでいるおとぎ話の短編集『ムギと王さま』の作者エリナー・ファージョンも、わが家からそう遠くないペリンズ・ウォーク二〇番地で長年暮らしていた。古びたその本はいまも持っているが、エドワード・アーディゾーニが描いたかわいらしいイラストの表紙は、だいぶ前になくしてしまった。小説家のデイヴィッド・コーンウェル（ジョン・ル・カレ）もまた、わが家の近所に住んでいて、夫が揃えていたル・カレのスパイ小説すべてにサインをしてくれた。わたしは「作家の楽園」に引っ越してきた、と感じたものだ。

トロントに着き、自宅の車回しまで来ると、ハムステッドでの思い出は遠ざかっていった。家に帰ってきたのだ。

『ガーンジー島の読書会』について話し合った翌日の午前中、わたしは急いで図書館に行った。小説に出てきた『エリア随筆』は見当たらず、トロントじゅうの公立図書館を検索しても、蔵書は二冊きりで、この本がいかに知られていないかがよくわかる。さいわい、その一冊が近くの分館にあった。〈ヘスペラス・クラシックス〉の一冊として二〇〇九年に刊行された真新しいペーパーバック版で、序文には一八二三年に初版が発行されたいきさつが記されている。ラムは、一八世紀終盤から一九世紀初頭にかけて活躍したイギリスの評論家兼エッセイストで、古典文学作品の普及にも力を尽くした。一時期、キーツとともにハムステッドで過ごしたこともある。仲間のロマン派詩人たちと同じように、ラムがよく主題に取り上げたのも、古きイギリスへの郷愁だった。序文によれば、『エリア随筆』はその後一〇〇年のあいだ、イギリスのどの家庭にもある本だったという。

ロンドンをなつかしみたい思いに駆られて表紙を開く。もしかしたら、ハムステッドのことがなにか書かれているかもしれない。かの地でイギリス人や外国人の仲間と過ごした心躍る日々を、もう一度心に描くことができたら、と……。読みはじめると、冒頭のエッセイにたちまち惹きこまれた。いまもロンドンのスレッドニードル街とビショップス・ゲートの交わる場所に建物が残っている、［一八世紀イギリスで設立され、奴隷貿易を独占的に行なった］旧南海会社のことを描いたエッセイだ。ラムは、南海会社で働くしみったれた事務員たちの姿を描写していく。ラム自身も勤めていたこの南海会社は、一八世紀に株の投機熱と暴落を引き起こした「南海泡沫（ほうまつ）事件」で知られている。彼の文章は真実味があるうえ遊び心にあふれていて、「チリチリ髪」をした南海会社の事務員が、「去勢された牡猫（おすねこ）のように、午前中ずっと帳場台でぼんやりしている」という一節などは、読んでいて思わずくすりと笑ってしまう。いかにもありそうな場面ではないか。

　年代ものの文学作品を読んだのはひさしぶりだ。言葉づかいは流麗で、意味を察しかねる古めかしい言いまわしもある。ガストンが『ガリバー旅行記』を読んで「深く考えすぎた」と言っていたので、わたしは『エリア随筆』を深く考えすぎないように、感性のまま受けとめるようにした。ガストンと話さなければ、ラムの著作を手に取ることはなかっただろう。

第8章 グレアムとフランクの読書会

『サラエボのチェリスト』

アマースト島へ渡るフェリーでキャロルがグレアムの手紙を読んでくれてから一週間もたたないうちに、わたしたちはグレアムとフランクに会って、読書会をどう立ち上げるか相談することになった。ビーバークリーク刑務所が、コリンズ・ベイとかなり違うらしいことはわたしも耳にしていた。受刑者たちは「合宿所」と呼んでいたし、どうやらオンタリオ州でいちばん居心地のいい軽警備施設のようなのだ。それでも、実際どんなふうに違うのか、わたしには想像できなかった。トロントから北へ車で二時間、深い湖と松林に囲まれて避暑用の別荘が立ち並ぶ区域に、ビーバークリーク刑務所はある。広い敷地内に建物がいくつも並び、周囲には塀も有刺鉄線も見当たらない。入所者たちは、監房ではなく二階建ての宿泊施設で暮らし、専用の調理設備も使える。逃げだそうと思えば逃げだせるし、実際そうした者もいるが、結果はより重警備の刑務所に送り返されるだけだ。家族が面会時に食料を差し入れることもできる。入所者のなかには、近隣の湿地でクランベリーを収穫するなど、臨時の仕事で施設の外へ出る者もいる。ビーバークリークという名称そのものが、家族用キャンプ場を指すもので、矯正施設を指すものではない。キャロルは、ピクニックふうのランチを持参しなかったことや、イタリア出身のフランクにオリーブオイルを持ってこなかったことを後悔していた。

役員会議室に案内されると、すぐにグレアムとフランクがにこやかな笑みを浮かべながら入ってきた。ハグをするのは規則違反なのだが、それでもふたりはわたしたちに腕をまわしてくれた。わたしにとっては人生初の、受刑者とのハグだ。一九〇センチを超す大男のグレアムに、一六〇センチそこそこのわたしはぎこちなく抱擁(ほうよう)された。頭がちょうど相手の胸のあたりにくる。「会えるのをすごく楽しみにしていたよ」とグレアム。ふたりとも気持ちが高ぶっているらしく、交互に休みなく喋りつづけた。キャロルは、グレアムがコリンズ・ベイにいたときより日焼けしてスリムになったのを指摘した。「フランキーがおれの食い物をほとんど取っちまうもんでね」と相方をからかう。「それに、ものすごく頑張って体を鍛えた。きついメニューをこいつに守らされてるんだ」

読書会の計画を立てる時間は、〈点呼〉までの一時間しかない。ふたりは、読書会に関心を示した九人をすでに勧誘していて、そのほとんどがきちんとした読み手だという。そして、所長も読書会にはきわめて協力的らしい。ただ、ひとつだけ問題があった。ふたりの窓口になってくれている女性刑務官のドナが読書会にいたく乗り気で、みずからも参加を希望し、受刑者に宣伝してまわっているのだ。「いちばん困るのは、どうせ所長の肝入りでやってるんだろ、と敬遠されることだ」。グレアムがそう打ちあけた。

そこで、ドナにも打ち合わせに参加してもらうことになった。キャロルの後ろ盾を得て、グレアムとフランクがていねいに説明していく。読書会を成功させるには、受刑者自身が運営する会だとわかってもらう必要があること、メンバーの勧誘はグレアムとフランクだけで行なうこと、ドナの参加は歓迎するが、万一メンバーの不満が募ってきたら遠慮してほしいこと。なんと、ドナは拍子抜けするほど素直にふたりの要望を受け容れたばかりか、月に一度の読書会に更生プログラム棟の会議室を提供してくれるという。願ってもない話だ。というのも、チャペルを使うとなると、宗教を毛嫌いする受刑者を勧誘しにくくなるからだ。グレアムが今度はキャロルに向きなおった。読書会で読む本をキャロルはその日ふたりに選ばせるつもりでいたのだが、グレアムはメンバーを集めて彼ら自身に決めさせたいという。ドナに続いてキャロルまであっさりその提案を了承したので、わたしはさらに驚いた。彼らがやり遂げようとしていることの重要さを、だれもが認めているように思えた。

そうはいっても、初回に読む本はその日のうちに決めてしまう必要があった。第一回の読書会まで六週間しかないからだ。「最初の本は、ほどほどの長さで、メンバー全員が興味を持てるような魅力のある本にしたい」とグレアムが言う。キャロルは、わが選定委員会のリストから、あらかじめ一〇冊ほど選んでいた。

「『サラエボのチェリスト』はどう?」とキャロル。フランクはコリンズ・ベイ読書会ですでに読んでいたが、グレアムは当時まだ参加していなかった。

「あれはいい本だったな。もう一度読んでもかまわないよ」とフランクが答えると、グレアムも賛成した。

じゃあ頑張ってね、とあわただしく別れの挨拶をかわし、そそくさと二度目のハグをして、ふたりは去っていった。その姿が見えなくなると、ボランティアと受刑者のハグは許可されていないことをドナが指摘した。それは承知しているので二度としません、とわたしたちは答えた。グレアムもフランクも、どうやらわたしたちに会ってちょっとはしゃいでいたようだ。

それから六週間後、グレアムとフランクが主催するビーバークリーク読書会の第一回目がいよいよ幕を開け、キャロルとわたしも参加した。会議室は、図書室や更生プログラム用の教室と同じ建物にある。長テーブルを囲んで、わたしたちはビロードの椅子に腰を下ろした。コリンズ・ベイで円形に並べるパイプ椅子より、はるかに座り心地がいい。周囲を見てすぐに気づいたのは、ここのメンバーがコリンズ・ベイ読書会のメンバーと種類が違うということだ。タトゥーはほとんど見当たらず、白人が目立ち、しかも皮肉なことにこちらのほうが無期刑囚が多いという。キャロルによれば、参加者のひとりは一〇代のときに両親ときょうだいを殺したらしいのだが、それがどのメンバーかわたしには見当もつかないし、彼らが今後、読書会でみずからの犯罪を語ることになるのかどうかもわからなかった。

「前から読書会ってもんに参加してみたかったけど、そういう連中とはつき合いがなかったんだ」。黒髪で、名札に「ダラス」と書かれた三〇代前半の参加者が言った。何人かが鼻で笑っている。

「いま、そういう連中のなかにいるじゃないか」。いらだちを含んだ声が、テーブルの向こう側から聞こえてきた。アールという名の中年男性だ。

一二歳で学校をやめたというある参加者は、一七歳のときに読んだ『ドン・キホーテ』がお気に入りだと話した。

「ロックン・ロール」と書かれたTシャツ姿のメンバーは、みずからブックマンと名乗り、この刑務所の図書室の司書だと自己紹介した。なんと、受刑者が司書とは。初めて収監されたときは眠れなかったが、本のおかげで眠れるようになったというブックマンは、これまでいちばんよかった本は「一九世紀にヴィクトル・ユーゴーが書いた『レ・ミゼラブル』だ」と断言した。

あとの参加者も、ひとりずつ自己紹介していった。ひときわ印象に残ったのはドクとトムで、ドクは赤毛でそばかすがあり、メタルフレームの眼鏡をかけている。Vネックのセーターを着たそのたたずまいは、カントリークラブ〔おもに米国の会員制のスポーツ施設〕の帰りに立ち寄ったみたいに見える。そして、ファンタジーとSFが好きだというトムは、肩まで髪を伸ばし、爪も尋常でなく長い。高校生のとき「創作の授業でオリジナルの物語を書いて」金を稼いでいたことをさぞ悪いことのように告白したが、連邦刑務所に入れられているからには、もっと悪いこともしたはずだ。

グレアムとフランクはすでに全員と顔見知りだったが、同じように自己紹介をした。ふたりが自分たちのことをほかのメンバーにどう伝えるのか、わたしには興味があった。フランクは、一九六五年から刑務所に出たり入ったりしていると打ちあけた。わたしは、このとき初めて、フランクの頭髪が数か月前よりだいぶ薄くなったことに気づいた。「本を大量に読むことで、刑務所暮らしに耐えてきたんだ」とフランクは言う。「でも、一緒に読んでくれる仲間がいないと、気力が出ない」。まったくそのとおり。

「前にいたコリンズ・ベイでは、フランキーに誘われて読書会に参加したんだ」とグレアムがあとに続いた。間違いなくこの部屋でいちばんの大男で、声もだれよりよく響く。「読書会はチャペルでやってたから、改宗させられると思っておれは行かないと抵抗したよ。けど、フランキーは冗談めかしてこう言ったんだ。まあ、少なくとも一回目で改宗させられることはないってね」

わたしの番になり、今日はグレアムとフランクがビーバークリークで読書会を始める日なので、見逃すわけにはいかなかったと伝え、もしみなさんがよければあと何回か参加したいのだけれど、と訊いてみた。だれも反対しない。おそらくグレアムとフランクが、わたしを守る形で自分たちのあいだに座らせていたからだろう。異議があるなら、グレアムに言うしかない。

この読書会にとっていちばんのリスクに思えたのは、刑務所の職員が参加していることだ。コリンズ・ベイでは、キャロル率いる読書会ボランティアが外部からやってくるが、ビーバークリークではボランティアの進行役を、非番の職員ふたりが担う。そのひとり、メインの進行役をつとめるフィービーは落ち着いた感じの若い女性で、矯正指導にはかかわっておらず、英語の授業を受け持ち、受刑者にも人気がある。ところが、もうひとりの進行役は更生プログラムを管轄する部署で働いている、まじめで神経質そうなメグという女性だ。更生にかかわる職員がそばにいると、報告されるのを恐れて、受刑者はたいがい口を閉ざしてしまう。そして、テーブルには刑務官のドナもいた。彼女は読書会の立ち上げに手を貸してくれたものの、先月わたしたちが目撃したとおり、規則にうるさい。やせ型で黒髪のドナは、つねに神経を張りつめて警戒を怠らず、わたしは心のなかを読まれている感じがして、自分がなにか悪事をはたらいたような気分になった。人間レーダーさながら受刑者の嘘や悪事を敏感に察知する。その目で見据えられるたびに、わたしは心のなかを読まれている感じがして、自分がなにか悪事をはたらいたような気分になった。

グレアムは読書会に先立ってドナと単刀直入に話し合い、もしメンバーのひとりでも彼女の参加に異を唱えたら、部屋から出てもらうことで合意していた。実際には、文句を言うメンバーはだれもいなかった。みな、〝ボランティアたち〟に一度はチャンスを与えるつもりらしい。

まじめな読み手が揃っていることを考慮して、キャロルは読書会運営に関するいつもの訓示を大幅に省いた。ていねいな言葉で喋れとか、発言を静かに聞けとかいう注意もなく、本を持たずに来るなという警告もない。「読書の楽しみの半分は、ひとりですること、つまり本を読むことよ」と秘密を打ちあけるような口調で語りかける。「あとの半分は、みんなで集まって話し合うこと。それによって内容を深く理解できるようになる。本が友だちになるの」

「もちろん、好きになれない本もあるでしょう」。この事実に臆（おく）せず向き合うことは、どんな読書会でも大事で、わたしの所属する女性読書会とて同じだ。「でも、わたしはこれまでいろんな読書会に参加してきて、好きになれない本でも頑張って最後まで読むようにしていたわ。話し合いに参加する一員として、その場を共有するのだから。それに、最後まで読み終えると、たいていは『やっぱり、この本から教わることはたくさんあった』と思えるの」。そのあと、キャロルはニンジンをぶらさげてみせた。「まじめに参加してくれた人には、証明書を発行して個人ファイルに加えてもらうつもりよ」。それを聞いて、何人かがにんまりとした。

参加者は全員、今月の課題本を持参している。スティーヴン・ギャロウェイの『サラエボのチェリスト』だ。舞台は、一九九二年から九六年まで包囲されていたボスニア・ヘルツェゴビナの首都サラエボ。物語は実話をもとにしている。パンを買うために並んでいた二二人の市民が迫撃砲弾で容赦なく殺されたことに抗議し、ヴェドラン・スマイロヴィッチというサラエボのチェリストが、毎日ひとりの犠牲者を追悼すべく、身の危険もかえりみず、廃墟となった街路で二二日間、胸を揺さぶるような「アルビノーニのアダージョ・ト短調」を演奏しつづける。実在の人物としても、小説の登場人物としても、このチェリストは希望と人間性と勇気の象徴だった。小説には、チェリストをボスニアのセルビア人狙撃兵から守る任務を負った、カウンタースナイパーの女性が登場する。コードネームはアロー。おもな登場人物はあとふたりいて、どちらも包囲された街で必死に生きのびようとしている市民――ケナンは子どもを抱えた一家の大黒柱で、ドラガンは製パン工場で働く初老の男性――だ。物語は、市民がスナイパーの銃弾をかわしながら街なかをこわごわ歩く、息づまるような場面と、アローが敵のスナイパーと心理的駆け引きをしながら罠をしかける場面とを交互に描いていく。ここには、話し合うべきテーマが山ほどある。アイデンティティ、勇気、倫理観、敵意や憎悪を超越する芸術の力。ある書評家が言っていたとおり、この小説は読書会には「おあつらえ向き」なのだ。だからこそ、キャロルは刑務所で読書会を立ち上げるとき、初回にこの本を選ぶことが多い。

物語の背景を浮かび上がらせるため、キャロルはスマイロヴィッチが街の廃墟でチェロを演奏する写真と、銃弾に怯えてかがみこむ市民の写真をみなに見せ、そのあとチェロの楽曲「アルビノーニのアダージョ」の録音を聴かせた。悲哀に満ちたその曲を聴くたびに、わたしは胸にぽっかりと穴が開いたような、むせび泣きたいような気持ちになる。全員がしんとして耳を傾けていた。わたしはこのとき初めて、旋律にワルツのリズムを聴きとった。さながら、死者を悼む葬送曲のようだ。その調べはメンバーたちの情感をも深くゆすぶったとみえ、何人かが目を閉じて聴いていた。ドクもそのひとりで、タクトで指揮をするように指を動かしていた。

音楽が終わると、キャロルは感動で声を詰まらせた。「心のこもった演奏だったわね。ほんとうに心がこもっていた」

口火を切ったトムは、物語のチェリストについて鋭い指摘をした。「このチェリストは、あまり重要な登場人物じゃない。第一章で人物像が描かれてる以外は、この男の視点では語られてないだろ」。言われてみれば、そのとおりだ。著者はなぜ、最初の章以降、チェリストの視点をあえてはずしたのだろう。トムの意見では、チェリストが「アダージョ」を演奏したのは、自分の内部から戦争を拭い去りたかったからでもある。発言を聞きながら、わたしはふたたびトムの指に目をやり、親指と人差し指の爪だけが鋭くとがっているのに気づいた。凶器として使えるほどの長さで、受刑者たちはそのために爪を研いでおくらしい。トムはどことなく謎めいている。知的で心なしか不気味な感じがするのだ。

「チェリストは、市民に人間性を取り戻させることで、非人間的な戦闘行為に抗議したんだと思う」とダラスが発言した。

「そうね」。キャロルとわたしが同時に答えた。

人間性というテーマでしばらく議論が続き、もうひとりの登場人物が俎上に載った。すでに死んでいるような、ひとり暮らしの偏屈な老女で、彼女は若くして夫を戦争〔第二次世界大戦〕で亡くしている。「この女は、周囲の人たちが自分の人間性を測る基準なんだ」とトム。

しかし、同じように自分が助かることしか考えていなかったドラガンが、スナイパーの狙う通りを渡って製パン工場へ向かう途中、人を助けたのは進歩だとキャロルが口にしたとき、賛同するメンバーはだれもいなかった。納得しかねている彼らに、キャロルはこんな場面を思い出させた。報道カメラマンに写真を撮るすきも与えず、ドラガンが危険を冒して、道路の真ん中に放置された死体を物陰へと引きずっていくくだりだ。わたしは記憶をたどりながらページをめくり、その一節を見つけた。母親の遺した薬を必要とする人に届けようとして撃たれた女友だちの献身的な行為に、ドラガンは触発されたのだ。キャロルの意見によれば、ドラガンは紛争以前のサラエボを、思いやりにあふれた街として記憶にとどめようとしていた。

「おれは全然違うと思うね」とトムが反論する。「ドラガンが、勇敢な人間になろうとしてみずから行動を起こしたなんて信じられない。この男は感情が麻痺してるんだ」。そして、紛争以前のサラエボは、登場人物たちにとってもっとやさしい場所だったというキャロルの意見にも反対した。かたくなに言い分を曲げないトムには、キャロルのいつものやりかたも通用しない。キャロルとしては、人を助けることの価値に目を向けさせたいのだ。

「この点で、ほかに意見のある人は？」キャロルが全員を見まわす。

ややあって、リチャードという中年のメンバーが口を開いた。黒いプラスチックフレームのぶ厚い眼鏡をかけ、マドラスチェックのシャツを着ている。自己紹介のとき、長い獄中生活で正気を保ってこられたのは読書のおかげだ、と言っていた彼は、人間性について新たな視点を示してみせた。昨晩、ＰＢＳニュースアワー〔アメリカの公共放送ネットワークの報道番組〕のドキュメンタリーを観なかったかと彼はまず訊ねた。サラエボが包囲されていたあいだ、女性たちが非道な仕打ちを受けたことや、数々の残虐行為が戦争犯罪として裁かれたことを報じていたという。「おまえらも見ろ、と叫びたかったぜ」とリチャード。「おもしろいと思ったのは、この小説にはイスラーム教徒とキリスト教徒の衝突がまったく描かれていないことだ。ゆうべの番組を観ると、最初は隣人や友人の関係が成り立っていて、異教徒同士の結婚さえあったのに、ほんの何週間かでお互いが不倶戴天の敵になってしまったんだ」。わたしはリチャードの顔をまじまじと見た。PBSの番組を観ていたことに興味を持ったからだ。これがコリンズ・ベイなら、受刑者が好んで観るのはリアリティ番組や映画専門チャンネルだろう。

著者がこの作品に「宗教色」を持ちこまなかったのは、物語を「政治的」にしすぎないためではないか、とダラスがリチャードに言った。「政治的になるのを避けて、人間性を主題にしたんだと思う」。何人かが頷き、自分たちも発言したいと申し出た。グレアムは彼らの名前をメモしていった。

自分はそのドキュメンタリーを観ていないが、と断ったうえで、グレアムはちょっとしたニュースを伝えた。ボスニアのセルビア人武装勢力の指導者、ラドヴァン・カラジッチとラトコ・ムラディッチは、著者のあとがきではまだ逃走中とされていたが、小説の出版後に逮捕されたというのだ。「おもしろいことに、いまはふたりとも身柄を拘束されてる」

サラエボ包囲にいたる複雑な地理的・政治的背景を読書会メンバーにわかりやすく説明したくて、グレアムは、かつて国連平和維持軍の一員としてキプロスに赴いた経験のあるアールに、簡単な資料を用意してくれるよう頼んであった。けれども、「アダージョ」を聴いている途中で、たぶん面会なのだろう、アールが退席を余儀なくされたため、代わりにグレアムが急遽、歴史の講義をすることになった。「ボスニア・ヘルツェゴビナが〔ユーゴスラビアから〕独立を宣言したとき、そこに住んでいたセルビア人が、たしかクロアチアのセルビア人仲間の支援を得て立ち上がり、独立に反対した。それから、おれの理解が正しければ、セルビア人勢力がサラエボの街を取り囲んで周囲の丘を陣取り、街を徹底的に砲撃したんだ。それが四年間続いた。そして街は破壊しつくされた。そのあと、たしか協定によって国はふたつに分割されたんだったよね」

「グレアム、すごいわ！」キャロルは、紛争のそもそもの原因を自分ではきちんと説明できないと白状した。「サラエボが包囲されていた期間は、近代史ではもっとも長かったのよ。第二次世界大戦中、ドイツ軍に包囲されて攻撃を受けたソ連のレニングラードやスターリングラードよりも」

グレアムが、リチャードにふたたび発言権を与えた。「おれは、パン屋のドラガンの言葉がこの作品のキモだと思って書きとめたんだ」。それは本の二三七ページだと言って、リチャードはその部分を読み上げた。サラエボの街は、住民たちが死を受け容れるまでは死なない、と書かれた一節だ。

包囲されることで人々がどんな気持ちになり、どう変わっていくのか、わたしは考えをめぐらせた。感情が麻痺する人もいれば、利己的になる人も、逆に周囲を気づかう人もいるだろう。それは、われわれが自分の人生をどう生きるかの選択なのだ。リチャードが挙げた一節には重要な意味がある。だれも直接は口にしないが、サラエボは包囲されていた四年間、いわば監獄だった。服役期間の長い受刑者にとって、この一節はどれほど意味深長なものだったか。自分たちも、受刑者という身分のみに規定されてはならない。自分は永遠に悪い人間なのではなく、「社会への債務」を支払っているだけであり、みずからを規定しなおすこともできるのだ。

「たしかに、この小説の核心ね」。わたしも同意した。

『サラエボのチェリスト』が読書会で頻繁に取り上げられるのは、多くの疑問が未解決のまま残されているからでもある。わたし自身、この作品を読むのは二回目だったが、いまだにわからないのは、カウンタースナイパーのアローが、敵のスナイパーがチェリストを狙っているときではなく、壁にもたれ、目を閉じて微笑みながら演奏を聴いているときに、あえて射殺したことである。スナイパーがただの人間に戻った瞬間に殺したのだ。著者はそのあたりの描写をあいまいにしているため、スナイパーを撃ったのがほんとうにアローだったかどうかもわたしには判然としない。キャロルもわからないという。メンバーの意見を訊く必要がありそうだ。

さらに、この小説が終盤に向かうあたりでは、いったいだれが善人でだれが悪人なのかわからなくなる。そのこともみんなで話し合いたい。メンバーたちは、無辜の市民を無差別に射殺せよという指揮官からの命令に、アローがしたがわなかったことを称賛した。グレアムがここで言ったように、アローは抵抗することでみずからの人間性を取り戻したのだ。とはいえ、命令にそむいたため味方の兵士たちに命を狙われたとき、射撃の名手でぬかりなく武装もしていたアローが、なぜ自分から武器を置いたのか、メンバーたちにも推測しかねるようだ。もしかしたら、リチャードが挙げた一節にもあったとおり、アローは戦うことに疲れ、死を甘んじて受け容れたのかもしれない。

「アローについてほかに意見はある？」とキャロルが問いかける。

司書のブックマンが答えた。「アローは、丘の上にいる敵のスナイパーたちも自分と同じ状況にあると知っている。鏡に映る自分の姿なのさ」

「そのたとえはうまいわね」と刑務所の英語教師フィービーが言った。フィービーのようにセンテンスの終わりに語尾を上げるのは、カナダ英語の特徴のひとつだ。「アローは自分と丘の上の人たちとをつねに比較して、街を守る側と攻撃する側をなんとか区別しようとしているでしょ。登場人物たちのなかには、こちらも敵側も、自分たちが思いこんでいるより、お互いかなり似ているんじゃないかと気づいた人もいるわね」

その言葉は、メンバーたちの胸に響いたようだ。戦争を生きのびなければならない状況では、だれがほんものの善人でだれが悪人かはあいまいになるし、それは刑務所でも同じだろう。物語の最後でみずから犠牲になったアローは臆病だというメンバーもいれば、あれはよい行ないだったというメンバーもいた。刑務所の会議室というこの場で、参加者ひとりひとりが人間の善について考えているようすを目の当たりにして、わたしは胸を打たれた。これまでの彼らにどんな悪い面があったにせよ、こうしてわずかな時間をともにしているかぎり、それは見えてこない。悪の一面を垣間見ることになるのは、もう少しあとで、彼らがみずからの犯罪行為を打ちあけてくれたときだ。

ブックマンは、犠牲というテーマについて語りたがった。「どの登場人物も、なにかを犠牲にしてると思う。〔水道が使えなくなったため〕家族のいるケナンは、妻子や近所の人に水を運ばなくてはいけないから、何日かおきに身の安全を犠牲にする。アローは理想を貫きたくて、みずからの命を犠牲にするんだ」

「つまりあなたは、人間性をあらわすもののひとつが犠牲だと考えているわけね」。キャロルは、先ほど言わんとしたことを、あえてもう一度口にした。「だれしも、心から相手を思えば、自分を捨てられるものでしょう？」

フランクが応じた。「アローは、最後にはなにもかもどうでもよくなったんだと思う。選択肢はあったのに、こんなふうに思ったんじゃないか。なんのために生きるのだろう。もうさよならしたい、とね。おれはそう感じたよ」

やがてドナが時計を指さし、メンバーたちは〈点呼〉の時間に気づいた。グレアムが話し合いを締めくくる。「次回の読書会は来月の第二水曜日だ」。グレアムのよく響く声は、私語でざわつくなかでもはっきりと聞きとれた。メンバーたちは、次回の課題本であるジャネット・ウォールズの回想録『ガラスの城の子どもたち』を受けとり、あわただしいながらも、部屋を出る前にわたしたちのところへ来て握手し、お礼を言ってくれた。キャロルは、実に興味深い発言ばかりだったので、毎月ここへ来られないのがとても残念だと伝えていた。

グレアムとフランクの初めての読書会は大成功だった。フランクは読書会に貢献してくれる頼もしい読み手を何人も見つけてきたし、グレアムは発言を希望するメンバー全員が意見を言えるよう、うまく取りしきっていた。収監前、ギャングが話し合う場で彼がその能力を活かしていたことは想像にかたくないし、出所後はまっとうなビジネスの場で手腕を発揮するにちがいない。〈点呼〉が終わるまで待っていてほしい、と言っていたふたりが、軽く息をはずませて戻ってきた。グレアムによれば、メンバーたちから提案があったという。全体で話し合う前に、できれば前もって少人数のグループで集まって、ポイントをいくつか議論しておいてはどうかというのだ。ああ、この読書会はうまくいく！　わたしたちは、ふたりにおめでとうと伝えた。ほかの進行役とともに建物を出るとき、フランクが、印字された紙の束を恥ずかしそうに差しだしてきた。刑務所で読んだ本の感想だという。どうやら、日記に手書きするよりタイプするほうがいいようだ。

キャロルの車で街へ戻る途中、わたしたちはいろいろな話をした。フランクが通信教育で不動産関係の資格を取ろうとしていること、キャロルが自分のきょうだいとの連絡をもっと密にしたがっていること、感謝祭用にごちそうを作ったこと。それから、軽警備の刑務所になぜ無期刑囚がいるのか……。ビーバークリークでは受刑者のおよそ四分の一が無期刑囚だ。彼らはほかの刑務所で長期間服役し、更生プログラムで一定の成果をあげて、軽警備の刑務所に移ってきたのだが、そこでもまた何年か過ごす場合があるという。読書会で、メンバーたちは人間性や思いやりの問題をみずからの人生に引き寄せて語ろうとしなかったが、それはなぜだろう。刑務官のドナがいるせいで用心しているのだろうか。それではまるでサラエボだ。監視下で自己防衛を強いられるなんて。

信頼関係を築くまではしばらく時間がかかるのよ、とキャロルが言った。ほかの読書会でも同じだったというのだ。もしかしたら、思いやりなど望むべくもなかった犯罪者の自分が、思いやりについて語るのは難しいと感じたメンバーもいるかもしれない。わたしはｉＰｈｏｎｅでグーグルの画面をいったん開いて閉じ、ふたたび開いた。彼らが犯した罪について、ほんとうに知りたいのかどうか、わからなくなるときがある。ためしにドクの名前を打ちこんでみると、一件ヒットした。ドク本人とおぼしきその男性は元開業医だ。わたしはｉＰｈｏｎｅをバッグに戻した。

キャロルが疲れていたため、運転を代わった。雨が激しく車を叩き、外は暗い。わたしは運転に集中していた。自分の車とはダッシュボードの勝手が違ううえ、ガソリンの残量まで気がまわらず、燃料計を確認しなかった。そのせいで、わが家まであと一〇ブロックもない街なかの交差点でガソリンが切れた。ロードサービスがすぐ来てくれるし、ここなら停めていても安全だからあなたは帰りなさい、とキャロルは言い張る。やむなくそうしたものの、ひとり置き去りにするのは気が引けた。タクシーで自宅に向かいながら、わたしは今回読んだ物語の前半でドラガンがそうだったように、自分がひとりよがりな人間に思えた。

第9章 この環境に慣らされてしまったのさ

『戦争*』

コリンズ・ベイでは、まだ一〇月初めだというのに、夜になると気温が五度まで下がるようになったため、ベンは監房の窓を閉め切っていた。「寝るときは、毛布三枚とシーツにくるまっている」。日記にはそう書いてあった。

このひと月、ベンにとっては浮き沈みが激しかったようだ。彼の文章は小説のように展開する。ハラハラさせたり、希望を持たせたり。次になにが起きるのか読まずにいられない。「だいぶ前から溶接のプログラムに申しこんでいて、ようやく面接の知らせを受けとった」。九月のある日の記述だ。「これは大事な一歩になる。出所したとき、手に職があれば生きていけるからだ」。その一二日後の日記には、ただひとことこうあった。「きのう、プログラムに参加できないことがわかった」。コリンズ・ベイを出る前の職業訓練としては、それが最後のチャンスだったのだが、ベンは腹を立ててさえいなかった。幸運を逃すことには慣れっこになっているのだ。

その夜、彼はだれかの世話になっている夢を見たという。「なんでもひとりでやるのに慣れてしまっているから、ほかの人間に頼るのは怖い」と日記で打ちあけている。「出所したら、うまくやっていけるのか不安になることがある。もちろん、学位はあるけど、給料の安い九時から五時までのよくある仕事にかじりつくのはいやだ」。それでも、希望は捨てていなかった。何日もたたないうちに、再生エネルギー関連の仕事について考えをめぐらせ、まもなく行なわれる地方選挙では、その種の雇用を促進する党を応援する気になっていた。そして、その月の書きこみが終わるころには、トラック運送の仕事をすることに決めたようだった。

日記のなかで、ベンはもっとも過酷な仕事に従事する男たち、つまり兵士にも思いを馳せている。読書会の今月の課題本は、セバスティアン・ジャンガーの『戦争(*War*)』。ジャーナリストである著者が、二〇〇七年から〇八年、東アフガニスタンの前哨(ぜんしょう)基地で米軍の小隊と一五か月にわたって行動をともにした記録だ。ベンと同じように、本書に出てくる兵士のなかにも、日常生活に戻ることを想像しにくくなった者たちがいる。ベンはこう記していた。

この本を読んでいると、自分も米軍と一緒にコレンガル渓谷で闘っているような気分になる。兵士たちの話を読み、戦争がいかに彼らの心にトラウマを植えつけたかを知って、おれはベッドでこう考えた。この環境に慣らされてしまったことを、＊おれたちが、いや少なくともおれが＊どれほど否定しようとしても、それが事実だと自分ではわかっている。四年も同じ場所にいれば、影響を受けないはずはない。

意味不明な箇所にアスタリスクのついたこの文章をベンが書いたのは、土曜日の朝だ。週末は、平日とは全然違う。「週末は、受刑者たちが朝っぱらから起きだしてこないので、ゆったりした気分になれる。刑務所の不文律のひとつがこれだ。『昼までは静かだが、やがてジャングルが目覚めると思え』」

一〇月中旬に開かれた読書会には一六人もの参加者が集まったものの、今回キャロルが来られないことを知ると、常連メンバーはがっかりしていた。今日の進行役はデレクだ。その意味を、わたしはあまり深く考えていなかった。しかし議論が始まってみると、前線での戦いを話題にする場では、男性の舵取り（かじとり）がふさわしいとわかった。メノー派の信者であるデレクは、平和主義、非暴力の教えを受けて育った。とはいえ、プロの司会者としてラジオ番組を仕切っていただけあって、戦争の話題については偏見なく語ることができる。

「米軍の第一七三空挺（くうてい）旅団がアフガニスタンに派遣され、その先遣隊として、バトル中隊がコレンガル渓谷に配備された。中隊はさらに四つの小隊に分かれていて、本書はその第二小隊の行動を記録したものだ」。全員が椅子にゆったり腰を下ろしたところで、デレクが話しはじめた。「アフガニスタンのコレンガル渓谷は、この本を読めばわかるとおり、パキスタンとの国境に近い、全長約一〇キロの渓谷だ。地球上でもっとも危険な場所のひとつといわれているこの狭い渓谷を通って、パキスタンからタリバンやアルカイダに資金と兵士が送りこまれている。米軍は部隊のうち三小隊を丘の上に配備した。一年以上にわたって、女性もなし、温かい食べ物もなし、水も外界とのコミュニケーションも、そしていっさいの娯楽もなし。ひどい話だ。この本を読んでわたしはいろいろなことを考えたし、みんなもきっと同じだろうと思う」

女性もなし。デレクは女性という言葉を、軍のなぐさみものという意味で使ったわけではない。当時、前線の部隊に女性兵士はいなかった、という著者の説明をそういう言いかたで伝えただけだ。

わたしはデレクに目をやった。読書会は緊張感のある場面から始まったが、どうやら本人は寝不足らしく、その目はこれまでにないほど落ちくぼんでいた。議論を取りしきるエネルギーがないと、話し合いは方向性を失いかねない。

ほどなく、事態はよろしくない展開をみせた。「この本は、先を読まずにいられないって感じではないね」とドレッドが言う。ラスタカラー〔緑、黄、赤、黒の配色。奴隷としてジャマイカに連れてこられた黒人のアフリカ回帰運動に由来する〕のニット帽の下から、以前会ったときよりドレッドヘアがたくさん突きでている。

〈栽培家〉が同意した。「おれは三章までしか読めなかったな」。読書会がこんなふうに始まった場合、たいていはかなり早い段階で話し合いが行きづまってしまう。

しかし、そのときレニーが議論のきっかけになる言葉を口にした。レニーは、その日初めて姿を見せた黒人四、五人のひとりだ。「戦争なんて、ほとんどの時間はなにもしないでぼっとしてるだけだぜ。敵と味方に分かれて憎み合ってるけど、実際に戦闘行為をやるのはごくたまにだ。そのうち、うんざりしてくる。『おお、カナダよ』なんて、だれも考えちゃいないさ」と、カナダ国歌の出だしを歌ってみせる。「実際はそんな勇ましいもんじゃない。たちまち『おお、くそったれよ』って感じになる」。レニーは、著者が描く小隊での長い無為な時間と突然の銃撃戦のようすを、はじけるような口調で語り、戦争とは「数か月におよぶ退屈に、ときおり恐怖が混じる」ものだという昔からの言いまわしを、自分自身の言葉に変えてしまった。書評家さながらに内容を理解しながら、ラッパーのように語ったのだ。

「戦争は悪だけど、いいことがないわけでもない」とデレクが指摘した。「本の一節にあった言葉を書きとめておいたよ。『人はなぜ戦うのか』。それは、生きる意味と行動の目的と、同胞との絆を与えてくれるからだ。民族や集団や仲間、なんであれ自分の属するものを守るため、というわけだ」

「たしかに兵士が仲間にどれほど忠実かはわかったし、仲間を助けるためなら、ためらいもなく自分の命を危険にさらすこともわかった」とドレッド。

　隊の兵士たちがいかに影響を受けやすいか、著者はきわめて興味深い報告をしている。一九五〇年代なかばの調査結果によれば、仲間同士の結びつきが強い隊に属する兵士は、それほどでもない隊に属する兵士より、輸送機から思いきりよく飛びおりたという。深い絆で結ばれた兵士は、おのれの安全よりも仲間の期待に応えられるかどうかを気にかけるのだ。

「その状況を刑務所と比べてみた」と話しはじめたガストンの短髪は、ブラシのように見える。「戦場じゃ女には会えないし、近くに家族もいない。なにもない。それに、戦闘がないときは、兵士同士もそれほど仲がいいってわけじゃない。みんなばらばらだ。そういうところは刑務所に似てる」。受刑者は兵士ほど結びつきが強くないけど、と彼は残念そうに続けた。「ここじゃ、囚人同士は結束するんじゃなくて、騙(だま)し合いになるだけさ」

　ガストンが先月勧誘してきたピーターも、自分の考えを口にしはじめた。「おれたちは囚人だから、自分がしょせんどんな人間かいやというほどわかってる。なんたって、こんな場所にいるんだからな。まともな人間にならなきゃいけないのもわかってるが、それでもやっぱりあれに戻っちまうかもしれない」。〝あれ〟とは、収監にいたった犯罪行為のことだ。

　彼らの話を聞いていると、ぬくぬくとしたこの読書会を一歩離れれば、刑務所という場所がいかに敵意に満ちているか、なんとなくわかる。けれども、そういう状況を具体的に想像できないわたしは、怖いとすら感じなかった。それどころか、メンバーたちがこの本をみずからの人生に引き寄せて考えていることや、刑務所にいても自分を向上させたいと思っていることに、感銘を受けていた。

しばし意見が途絶えたので、わたしは「恐怖心」を話題にしてみた。「恐怖を感じると心拍数が上がって判断力や反応が鈍る、と書いてあったのはすごく興味深かったわ。それについてどう思う？」

「心と体はつながってるんだよ」とベンが同意する。「銃撃が始まると、体が凍りついて反応が遅れてしまう」。いまもはっきり覚えているが、わたしは強盗に襲われたとき、最初の何秒かは恐怖すら感じなかった。

「いや、やつらに恐怖心なんかないはずだ」とドレッド。わたしの見たところ、この何か月か、彼は同じユニットのベンに対してけんか腰になることが多い。どうやら、ベンのことを、「先生に取り入る生徒」のように感じているらしい。「仲間のために命を投げだすやつらを、おれはこれまで何人も見てきた。そういう気持ちはだれでも持ってるもんだ。動物でなくても。隊の仲間への愛情があればそうするさ」

すると、デレクは著者が語っていた「愛情からくる勇気」に話を向けた。全員がそのことについて考えをめぐらせる。親がわが子を助けようと道路に飛びだすようなことだろ、とドレッドが答えた。たしか、本にはこんな記述もあった。兵士同士の忠誠心や絆が強いと、仲間を失ったとき、それが逆にトラウマにもなる、と。戦場では団結を生みだした忠誠心が、あとあと兵士を廃人同様にしてしまうのだ。ギャング団にいた受刑者のなかには、銃殺された仲間の名前を自分の体に彫りこんだ者がいる。これも似たような心理にちがいない。

デレクの言葉にハビエルが応じた。深みのあるその声は威厳すら感じさせる。彼が話すと全員が静かに聴き入るのは、声の響きに魅力があるからだろう。たとえば、次回読む本のなかから一節ずつメンバーが交代で朗読するときなど、ハビエルには多めに読んでもらいたいとだれもが思う。「軍隊に入るやつらは、居場所を求めてるように思えるな。入隊したときには、なんの身分もない。初めはおどおどして、それからいじめられて、次は殴られて、そのうちに殺し屋としての、なんというか本能みたいなものに目覚めていくわけだろ？　やつらは戦争の理由さえ知らずに、ただ仲間意識とか安心感とかを得るために行くだけだ。で、戦場に行くとすっかり変わっちまう」

「たしかにおもしろいと思ったのは」とデレク。「任務が終了して隊が解散するころになると、兵士のほとんどが帰りたがらないということだ」

その言葉に、ベンがすぐさま反応した。「帰る理由がないからさ。免疫ができたんだ」

「免疫ができた？」とデレクが訊く。

「ああ。ここにいるのと同じだ。環境に慣らされちまったのさ。『出たくない』って言うやつがいるだろ。同じ場所に四年も五年もいれば、いやでも順応してしまう。戦場でも似たようなもんだ。米軍の兵士たちは一五か月いただけなのに、離れたくなくなってる。離れれば、ふつうの生活に戻らなきゃいけないからだよ」。日記にも書いていたこの問題を、ベンは全員に問いかけようとしていた。

「それは作者も言ってたな」とハビエル。「長いこと服役してる囚人も同じだ。居場所は刑務所しかない。ここを出てもなにもない。安心できる場所は刑務所だけ。行き着く先はここしかないんだ」

そうはいっても、全員がベンやハビエルの説に同意したわけではない。

「おれは違うと思うな」。クインシーという名の参加者がベンをまっすぐに見据えた。声に興奮が混じり、四肢にぐっと力が入って、さあかかってこいといわんばかりだ。二〇代で、体格は標準的だが、黒人の新入りたちを束ねたがっているようにみえる。

みんなが同時に話しはじめ、デレクには収拾がつけられなくなった。「ちょっと待って」と制しても無視されてしまう。

ああ、キャロルがいてくれたら。

やがて、あるメンバーが大きな鼻声でほかの声をかき消した。レニーだ。彼は「順応してしまう」というベンの説に賛成してからこう言った。「刑務所でいえば、たとえば〝穴倉〟に入れられると、動物の暮らしに近づくんだ。守らなきゃいけない規則も減るから心配ごとも減る。意味わかるだろ」。レニーが言いたいのは、もしかしたらこういうことだろうか。穴倉、つまり懲罰房に入れられるとほっとするのは、いったんそこに入れば要求されることが極端に減るからだ。

レニーが続ける。「戦場で求められるのは、仲間の面倒をみることと、敵を殺すことだけだろ。それさえしてりゃ安心感が得られるというか、いや安心感じゃなくて……」。おそらく、彼が探しているのは〝帰属意識〟のような言葉だろうとわたしは思っていた。

ところが、デレクはそこに別の言葉を当てはめた。「高揚感じゃないかな？」著者によれば、戦争とは「正気ではいられないほど」ゾクゾクするものだという。

「ああ、それがぴったりだ」とレニーが答えた。「殴り合いの最中に、わくわくする感じを味わったことのないやつはいないだろ？　けんかが終わっても勝てばまだ興奮してるし、それがやみつきになる。この感覚は格別だ。そうだろ？」レニーは同意を求めるように、全員を見まわした。けれども、クインシーは「環境に慣らされる」という話題に戻りたいようだ。「ひとつ訊きたいんだが」と上体をひねって、ふたたびベンに向きなおる。「〝順応〟ってのはどういう意味で言ってるんだ？」そして、ベンに同意したメンバーたちにも目を向けた。「おまえらは〝順応〟がどういう意味だと思うんだ？」

「外の世界じゃ通用しない状態ってことさ」とハビエルが答えた。「一歩外に出ればやっていけないだろ」

クインシーはその言葉に取り合わず、挑発的で棘（とげ）のある視線をまたもベンに向けた。「ここに来てどれくらいになる？」

「四年ぐらいだ」

「で、順応しちまったっていうのか？」ドレッドが口をはさんだ。彼はやはりベンをやりこめたがっている。

「ああ、そうだ。毎朝、同じ時間に起きるし、それに……」

「そんなのはただの日課だ」。クインシーは、ベンの言葉が終わらないうちに言い返した。

「けど、気分的には面倒だろ」とベンが答える。「できれば、『ここにいるのはちょっとのあいだだけさ』と言いたいが、それでも、毎日毎日決められた日課にはしたがってる。だから、順応してしまったんだ。でもそれに逆らうつもりもない。現におれは順応してる。たとえば食堂で毎朝コーヒーを飲むのが日課になってるのに、ある日それがなかったら、たぶん、『おい、どうなってんだ？』ってブチ切れるだろうから」

「ここの日課も最初は面倒だったけど」と〈栽培家〉も同意した。「いまじゃなんとも思わない。それが順応ってことさ。日課をこなしてると、それが目的みたいになっちまうんだ」。そして、兵士たちは入隊するまで何者でもなかった、という著者の言葉を挙げてこう続けた。「軍をやめたら宿なしに戻ったやつもいる。だから、戦場にいること自体が目的みたいなもんだったのさ」

ふたたび、全員が一度に話しだした。もしかしたら、進行役のデレクにはメンバーの当事者意識を揺さぶる才覚があるのかもしれない。そのせいで、議論が紛糾してしまうとしても……。おそらく、だれにも監視されずに刑務所で議論をすれば、こんなふうになるほうが自然だろう。もしキャロルがこの場にいたら、飛びかう意見をうまく捌いてくれたにちがいない。けれども、わたしとしては、ベンが〝ジャングル〟と呼んでいた受刑者のありのままの姿を垣間見ることができて嬉しかった。

以前は、コリンズ・ベイ読書会もメンバーの手にゆだねられていたようだ。わたしが参加する前だが、文明崩壊後の世界を描いたコーマック・マッカーシーの小説『ザ・ロード』を取り上げた回では、議論の種が尽きるまでは口出しをしないよう、キャロルは釘を刺されたらしい。もちろん、意見のぶつかり合いが危険な事態に発展しそうな兆しは、ときおり見受けられる。『戦争』について話し合っているあいだ、わたし自身は恐ろしい思いをしなかったものの、ベンが攻撃されているように感じたし、クインシーがベンにたたみかける質問には、いまにも爆発しそうな怒りがほの見えた。

読書会のあと、新入りのひとりが自分も日記を書きたいと話しかけてきた。どうやら、読書日記のことが口コミで広がっているらしい。カリブ海諸島の出身とおぼしき二〇代のその青年は、そわそわしながらもひたむきな視線を向けてくる。両腕にはびっしりとタトゥーが入っていた。デシャンと名乗ってから、彼はこう続けた。「歌詞とか思いついたこととかを書くんだ」。本の感想も書いてねと言うと、そうすると返ってきた。わたしは、サッチェルバッグのなかにたまたま入れていた新しい日記帳を、教誨師に点検してもらった。X線検査は済んでいたため、すぐに承認が得られた。それをデシャンに手渡すと、彼はほっそりとした体を嬉しそうにはずませながら去っていった。

そのあと、ガストンと数分だけ話をした。もしかしたら、先月キャロルとわたしに宣言していた「自己改良計画」がすでにお手上げ状態なのではないかと心配だったのだ。キャロルからは、彼女の英文学の恩師デニス・ダフィー推薦のアメリカ古典文学をどっさり渡されていたし、それでなくても、ガストンには刑務所での作業や勉強や、翌月の読書会で読む本がある。そのうえ、今日はわたしがもうひとつ課題を与えようとしていた。日記だ。ガストンは日記帳を受けとると笑みを浮かべた、「わかった。書くよ」

翌日から、ガストンはさっそく日記を書きはじめた。そこには、お祈りをするときはひざまずくようにという覚え書きと、体重を二キロ減らす誓いと、『ハックルベリー・フィンの冒険』を読みはじめたことが書いてあった。

第10章　虐待かネグレクトか

『ガラスの城の子どもたち』

ビーバークリーク刑務所で、グレアムとフランクの読書会の第二回目が開かれたのは、さわやかな秋晴れの日だった。北へ向かって車を走らせていると、あたりの地形が徐々に変わっていくのがわかっておもしろい。最初はなだらかな起伏の丘が、続いて沼地を埋めたてた黒い地面が、最後には花崗岩(かこうがん)の露出した斜面があらわれる。丘陵(きゅうりょう)が波のように上下するお気に入りの場所まで来ると、わたしはいつものように速度を落とした。その月は、トウモロコシの切り株畑が、うねるようにはるか遠くまで続いて、さながら縞模様(しまもよう)のベッドカバーのようだった。

前日の夜、わたしはフランクの日記を読み返していた。ビーバークリークの図書室に備えつけられたパソコンで、きれいにタイプした文章だ。どうやら、フランクはこのところ刑務所での日々をほぼ読書に費やしているらしい。最近読んだのは、一九七四年に刊行されたドナルド・ゴダードの『ジョーイ（*Joey*）』。"クレイジー・ジョー"と呼ばれたニューヨークの殺し屋、ジョーイ・ギャロの伝記だ。いま読んでいるのは、実際の犯罪事件を集めた『全米犯罪事件選集２００９（*The Best American Crime Reporting 2009*）』という本。それから、一九七七年刊行の『マフィア・ワイフ』は夢中で読んだという。これは、薬物売買を生業（なりわい）とするマフィアの妻となったバーバラ・フカが、みずからの体験を記録した本［ロビン・ムーアとの共著］だ。どうやら、ビーバークリークの図書室は「３６４」の棚――「デューイ十進分類法」により、犯罪学および組織犯罪に関する書籍にはこの分類番号が与えられる――がことさら充実しているらしい。

フランクは、イタリアの小説『猟師のまなざし（*Lo Sguardo del Cacciatore*）』やエリザベス・ワーツェルの五編のエッセイからなる『あばずれ――わがまま女への賛辞（*Bitch: In Praise of Difficult Women*）』も読んでいた。コートニー・ラブ［アメリカのミュージシャン・女優。ニルヴァーナのカート・コバーンの妻］やジョーン・クロフォード［アメリカの女優。ダンサーからハリウッドのトップに昇りつめ一九三〇年代に活躍。四度結婚している］といった名うての悪女たちをじっくり品定めしていく『あばずれ』は、男性受刑者が選ぶ本としては異例なのではないだろうか。ほかにも、サイエンスライターのセス・ムヌーキンが書いた『パニック・ウイルス――ワクチン自閉症原因論争の裏側にある真実（*The Panic Virus: The True Story Behind the Vaccine-Autism Controversy*）』には惹きこまれたという。とはいえ、ワクチンは自閉症の原因ではないという著者の主張に、本人は納得していなかった。ワクチン接種は信用できないと考え、〝実験台〟になりたくないと言い張って、そのシーズンのインフルエンザの予防接種を拒んだらしい。

その日の午後、ビーバークリークに着くとちょうど面会時間で、受付ロビーには再会を喜び合う声や、相談しあうひそひそ声が飛びかっていた。差し入れに手作りのケーキを持ってきた女性は、看守を相手になにやら息巻いている。わたしは訪問記録ノートにサインし、読書会前に毎回グレアムやフランクと打ち合わせる許可を刑務所長からもらっていることを、刑務官に伝えた。刑務官のひとりが、もっと静かな場所で話せるよう、だれもいないチャペルに案内してくれた。コリンズ・ベイでも同じだが、ビーバークリークのチャペルはいちだんと公立学校の教室に似ていて、片側一面に窓が並び、教室でよく見るような机がいくつか置いてある。

入ってきたグレアムとフランクは、ワッフル織りの白い長袖シャツの上に、青い半袖のTシャツを重ね着していた。ここは軽警備の刑務所のはずだが、それでも受刑者たちの恰好はいかにも囚人らしい。フランクはアレルギーのせいで声がしゃがれ、顎(あご)には白髪まじりのひげが伸びている。ひげを伸ばすのは、「モーメンバー」というキャンペーンに協力したいからだという。これは、一一月(November)と口ひげ(moustache)をかけた造語で、一一月を世界中の男性がひげを伸ばす月間とし、前立腺がんをはじめ男性特有の疾病(しっぺい)に対する研究費への募金を呼びかける運動のことらしい。グレアムのほうは、いつもどおりきれいにひげを剃っていた。ギャング団の一員だったころでさえ、顎ひげも口ひげも伸ばしたことはないそうだ。咳きこむフランクのために、グレアムはわざわざ冷水を取りにいった。

三人で腰を下ろすが早いか、グレアムは、ビーバークリークの図書室にある蔵書を魅力的なものにすべく、蔵書改良計画を立てたと話しはじめた。図書室の本は、フランクによれば「古くさい」ものばかりだ。そこで、グレアムが考えだしたのは、トロントの女性読書会が読み終えた本を、ジョン・ハワード協会〔監獄改革運動家の名を冠し、一九世紀にイギリスで設立された団体で、刑務所の環境改善に取り組んでいる〕の地元支部を受けとりの代理機関として、ビーバークリークに寄贈してもらう案だった。寄贈本を刑務所のセキュリティ検査にかける方法も考えてある。まずX線検査をしてから、本を一冊ずつ床に広げ、薬物の混入がないか麻薬探知犬に嗅(か)がせるのだ。そのアイデアを所長に提案すると、立ち会いに協力する職員がひとりいれば問題ないという返事だった。わたしは、グレアムの率先的な取り組みを称賛した。

それればかりか、グレアムはコリンズ・ベイ読書会のことも気にかけ、毎回のように本を読んでこないメンバーへの対処法までアドバイスしてくれた。つまり、クッキーを配るのをやめることだ。グレアムによれば、クッキー目当ての参加者が何人かいるという。

グレアムもフランクもいまは軽警備の施設にいるとあって、刑務所の外の人生がすぐそこまで近づいてきている。フランクは不動産関係の資格取得に向けた勉強を始めていたし、グレアムは三日間の「職員による戒護(かいご)なしの一時帰休」を許可されたので、そのあいだに大学のキャンパスを訪れて、学位を取得しなおせないか相談してくるつもりだという。ふたりは、ヴィンスがどんな仕事を見つけたのか知りたがった。ヴィンスというのは、コリンズ・ベイ読書会の元メンバーで、キャロルの子分のような存在だったのだが、わたしが参加する数か月前に出所していた。彼はいま、家具の運搬をしているらしいと伝えると、ふたりともショックを受けていた。金融サービス業の経験があるヴィンスなら、少なくともセールスの仕事くらいはできるはずなのに、とグレアムが不思議がる。どうやら、グレアムは出所後の成功の見込みを、ヴィンスの現状をもとに考えようとしているらしい。彼は冗談めかしてこう続けた。「おれが穴倉にいた時間のほうが、ヴィンスがムショにいた時間より長いからな」

「なあフランキー、おれはどんな仕事をしたらいいと思う？」とグレアムが相棒に目を向け、どこにも就職できなかったら、おふくろの菓子屋でも手伝うかな、と言った。ふたりは笑い、フランクがむせたように咳きこんだ。

そのあともう数分、わたしたちは夕方の読書会で取り上げるネグレクトの問題について話し合った。ふたりは本を取りに戻って読書会の準備をしなければならない。読書会が始まる五時になる前から外はすでに暗く、わたしはひとりで刑務所の中庭を横切り、〈更生プログラム棟〉へ向かった。あたりは漆黒の闇で、九年前、強盗に襲われたハムステッドでのあの夜を彷彿(ほうふつ)とさせる。見たところ、周囲に看守の姿はない。

そういえば、フランクの日記にもこの刑務所に関する記述があった。受刑者が敷地から出ないよう見張る看守はいないし、全体的にとてもリラックスした雰囲気だという。受刑者に求められるのは、定められた境界線の内側にとどまることと、〈点呼〉の時間にはいるべき場所にきちんといることくらいだ。なんと自由な！

わたしは足を速めながら何度か振り返った。やっと目的の建物に到着し、部屋に入るとグレアムとフランクの姿があった。恐喝の罪で服役中の元ヘルズ・エンジェルスのメンバーと、レストランで発砲事件を起こした囚人の姿を見つけて胸をなでおろすとは、なんとも不思議なものだ。

その日は、ビーバークリーク読書会がキャロルなしの単独飛行に挑む初めての回だった。はたして、グレアムとフランクがおとなしく進行役フィービーの顔を立てることになるのかどうか、見ものだ。前回に続いてドナとメグの姿もある。どうやら、メンバーからの反対はなかったらしい。

今月の課題本は、ジャネット・ウォールズの『ガラスの城の子どもたち』。恵まれなかった子ども時代を著者が回想した本で、ベストセラーにもなった。冒頭に描かれるのは、ニューヨークでライター兼編集者として成功し、パーク・アベニューで暮らす著者が、タクシーの後部座席に座っている場面だ。タクシーの窓から、自分の母親がゴミ容器をあさっている姿を目にすると、彼女はシートに身を沈めた。幼少期の恥ずべき経験を、もうこれ以上隠しておくことはできない。ジャネットはすべてをさらけだす決心をする。父親がアルコール依存症で、職も安定せず炭鉱町を転々としたこと、母親が家族の食料よりも絵の道具にお金をつぎこんでいたこと。すさまじい貧困とネグレクトのなかで育つウォールズ家の子どもたち四人の物語は、読むのがつらくなる場面が何度もあり、両親の裏切り行為（子どもたちのお金を盗んだり、食べ物を子どもに分け与えなかったり）には背筋が寒くなるほどだ。読みながら何度も頭によみがえったのは、家族でドライブ中、車のドアが開いてジャネットが放りだされても、両親がしばらく戻ってこなかった場面や、レンタルしたトラックに家具を積みこんで走行中に、子どもたちの座る荷台の後部ドアがふたつとも開いてしまう場面である。父親のレックスはそうした出来事を〝レックス・ウォールズ流〟のイベントとして、おもしろおかしく語る。子どもたちは大きくなってようやく、レックス・ウォールズ流のやりかたは冒険などではなく虐待だったと気づくのだ。グレアムはキャロルにあてた手紙のなかで、この本は「すごくおもしろかった」し、どんどん先へ進んで三日か四日で読み終えたと伝えていた。そして、読書が苦手なメンバーでさえ「二日きっかりで読み終えたらしい。読書会のおかげで本が読めるようになったなんてすごいし、それこそおれたちが願っていたことだ！」とも書いていた。

グレアムは参加者の出欠をとることで、のっけから先導役をしっかり果たした。いわば読書会バージョンの〈点呼〉だ。グレアムに名前を呼ばれると、テーブルのまわりから「おう」とか「いるよ」と野太い声が応える。新顔がふたりいて、そのひとりはやせ型で温和な感じの三〇代とおぼしきハルだ。

フィービーが、いかにも英語教師らしい口調で、人はなぜ回想録を書くのでしょう、と問いかけ、話し合いを始めた。

「うしろめたさから逃れるため」。トムの言いかたは、意見というより事実の表明という印象だ。「悪魔祓(ばら)いのためだと思う」。アールは、ウォールズ家の子どもが、自分たちはなにかに取りつかれているせいでほかの家族と違うのだと感じていたことを指摘した。先月より口調がやわらかくなったアールは、白髪まじりのやぎひげをいじっている。

「読者を励ますためだ」と答えたのは、背が高く眼鏡をかけた中年男性で、名札には「バーン」とある。

「カネのためだよ」。テーブルの向こう端からだれかの声が飛ぶ。

その答えに全員が笑っていると、グレアムが言葉をはさんだ。「自分の見かたで出来事を語るためじゃないかな。たとえば、ブッシュとチェイニー〔ジョージ・W・ブッシュ政権時の副大統領〕は同じ出来事をめぐって別々の回想録を書いてるし、なにが起きたかについても、まったく異なる解釈をしてるだろ」

ただ、ウォールズが自分自身の回想録を書くことに決めた理由については、メンバーそれぞれで意見が微妙に違っていた。フランクが言う。「ジャネットの場合は仕事で成功してるし、親しく話す仲間もいるし、周囲からはそれなりの扱いも受けてるのに、この本じゃ、なにもかも洗いざらいぶちまけてる。おれにはできないな」

ドクが同意した。「両親を恥じることに、もううんざりしてしまったんだ。そのことに強い罪悪感もあって、自分をさらけだしたくなったんじゃないかな」

「自分の経験を紙に書きだすことが、すごく癒やしになるんだと思う」とリチャード。よく見ると、どうやら彼らはフランクと同じ六〇代のようだ。

「おれはもうちょっとシニカルな見かたをするね」とトムが口をはさんだ。「一歩踏みこんでいえば、著者は家族が耐えてきた貧困を売りものにしてる」。トムはウォールズについて調べてみたらしく、彼女のゴシップ記事を読んで嫌いになったと打ちあけた。「それに、おれは自分の育った家庭に誇りを持ってないやつは好きになれない。家族を憎むのはどうしようもなく弱い人間の証拠だ」

「じゃあ、書くことが救済になったとは思わないわけね」とフィービーが訊ねた。

「ああ、救済になったとは思わないね」。トムの声にはあざけりがにじみ出ている。先月、キャロルを相手に一歩も譲らなかったときと同じだ。

そのあとわたしたちは、ウォールズが成人してからひとりの大人として、ニューヨークにいる両親にじゅうぶん救いの手を差しのべたといえるかどうか、少し議論をした。メンバーたちがどうにも理解しかねたのは、子どもたちが幼くて空腹を訴えていたとき、両親は炊きだしに並ぶのを恥ずかしいといって拒んだのに、子どもが成長してしまうと、自分たちは炊きだしや無料食堂を頻繁に利用しながら、子どもからの援助は拒絶したということだ。

そのとき、グレアムが声を上げた。「これから話題に出ると思うけど、どうしても早く話し合いたい。おれが知りたいのは、子どもがこういう扱いを受けたのは、どっちの責任が大きいかってことだ。母親かそれとも父親か。この問題は、さっきおれとアンとフランキーとでちょっと話してたんだ」

「おれは母親だと思うね」と応じたのはミッチェル。この日の参加者では唯一の黒人だ。「ただ、この母親にはなにか精神的な疾患があったんじゃないかな」

そのとおりだ。精神疾患のあらゆる徴候があらわれている。たとえば、日がな一日眠っていて、子どもに起こされてもベッドから出られないとか。

「だけど、父親が〝レックス・ウォールズ流〟で夜逃げしようとしたとき、母親なら『わたしが子どもたちを連れて出ていくわ』くらい言う責任があるんじゃないか」とグレアムが主張する。「実際、ジャネットだって一度、母親に進言してる。『ねえ、パパと別れなさいよ』ってね」

「たしかに、母親には責任があったでしょうね」とドナ。「でも、はたしてその能力があったかしら」。ミッチェルと同じように、ドナも母親の精神疾患を疑って、境界性パーソナリティ障害という病名を挙げた。

「母親の態度は父親よりたちが悪いと思うわ」とわたしは言った。「本を読み終えたとき、ふたつのイメージが頭にこびりついて離れなかった。ひとつは、母親が毛布をかぶってチョコレートを食べていて、お腹をすかせた子どもたちにはひとかけらも与えなかった場面、もうひとつは一〇〇万ドルの土地を相続していたことが明るみに出る場面。それなのに自分たちの生活は愉快な冒険なんだと子どもには思わせていたでしょう」

「この問題は複雑だよ」とハル。「どっちもどっちだ。もたれ合ってるとでもいうか。父親のほうが悪いときもあるし、母親のほうが悪いときもある。こんな状況じゃ、なんとも言えないぜ」

両親にはどちらも同じくらい責任がある、とみたのはドクだ。「ひどいアルコール依存症の父親と共依存の母親、という典型的なケースだな」

「おれは違うと思う」とフランクが割って入った。「父親のレックスは、よくいるアル中とは違う。飲んでないときもあるだろ。必要となれば子どもたちの要求に応えて、食料も調達してくる。ほんもののアル中は『アンジェラの灰』の父親だ」。彼が挙げたのはフランク・マコートの回想録で、アイルランドのカトリック家庭での貧しい子ども時代を描いた人気の本だ。主人公の父親はいつも「給料を飲んで」しまう。「『アンジェラの灰』じゃ、父親は行き場がなくなったときだけ家族の前にあらわれるんだからな。正真正銘のアル中おやじだ」

リチャードが、六一ページの描写について考えてほしいと促した。ページをきちんと控えているメンバーがいると、わたしはつい感心してしまう。その一節は、ジャネットと弟のブライアンが、使われていない小屋を〝実験室〟にして化学実験をしていたところ、爆発が起きて火事になる場面だ。父親はふたりにこう言う。物理学では炎のてっぺんを乱流と秩序の境界線と呼ぶのだ、と。「この言葉は、レックスの人生を象徴してると思うんだ」とリチャード。

「乱流と秩序か」とバーンが応じた。「ジャネットがやけどの治療で入院していたことがあったろ。その期間はいわば秩序だな」。ホットドッグを作っていて火が洋服に燃えうつり、皮膚の移植手術を受けたあと、六週間、入院していたのだ。そのあいだ、おいしい食事が毎日三回出てくることや、看護師たちが心配し世話をしてくれることを、彼女がどれほど喜んでいたことか。「そのとき、病室に父親が入ってきて」とバーンが続ける。「さあ、レックス・ウォールズ流で退院するぞと宣言して、また乱流が始まっちまう」。結局、レックスは入院代を踏み倒す。

レックスのしでかした最低の行為にはほかにどんなものがあったか、フィービーが訊ねた。

「バーで娘を利用してカネを稼ぐのは、かなりヤバいぜ」とアール。

「それが最悪だとは思わないな」。ミッチェルはコーヒーメーカーからコーヒーをそそぎながら、最悪なのは娘を危ない目に遭わせたあとだと指摘した。いたずらされたと訴える娘を軽くいなし、ちょっと撫でられただけだろ、と言ってのけたのだ。

バーンにとって最悪に思えたのは、レックスが酔っ払って帰宅し、シェイクスピアの胸像の口を指でつぶしてしまったことだ。粘土製のその胸像は、長女のローリが芸術大学クーパー・ユニオンへの奨学金のために完成させたものだったからだ。「そんなことをするなんて、ひどすぎるぜ」。

「こいつの人生は、なにからなにまで言い訳ばっかりだ」とリチャード。「仕事が続かないのは、労働組合にマフィアがかかわってて、横槍を入れられるからだとさ」。いかにもそれらしいリチャードの言いかたに、全員がどっと笑った。

けれども、グレアムにとって最悪に思えたのは、一家がウェストバージニア州ウェルチにあるレックスの実家に居候していたとき、子どもたちが親戚から性的虐待を受けそうになったことだ。

「それまでも、車のなかや掃きだめみたいな場所で暮らしたり、ゴミ箱をあさったりしてたけど、このときは子どもが乱暴されそうな状況を見て見ぬふりしたんだぜ」。グレアムはそう言って身を乗りだし、テーブルをガツンと叩いた。彼は読書会前の打ち合わせでも、フランクとわたしにこう警告していた。レックスがその種の危険に子どもたちをさらす話題になったら、自分は感情を抑えられなくなるかもしれない、と。「そうなったら追いだしてくれ。すぐに出ていくから。たぶん切れちまうと思うんだ」。やはり家族のこととなると、グレアムは気持ちを抑えられないようだった。

ほかにも、読書会の前に三人で話したことがあった。自分の両親のこと、ウォールズ家の子どもたちと似た経験があるかどうか。フランクによれば、一九五〇年代には、走行中の車から子どもが落下するのはそう珍しいことではなかったし、とくに〝ポンコツ車〟ならありえたという。わたしも、シートベルト導入以前には、助手席の親の膝の上に座っていてダッシュボードに顎をぶつける子がたくさんいたものだといって、下唇の下にある傷を見せた。

「おれも頭をぶつけたよ」とフランク。

「なるほど、それで事情がわかった」グレアムが答えた。

いっぽうでレックスが子どもたちに地理を教えるくだりを読んだとき、わたしは父のことを思い出していた。廃鉱になった鉱山などへ、父はよく石拾いに連れていってくれたものだ。「たいてい寒くて雨に濡れたけれど、たくさんのことを学んだわ」。ただし、そこに描かれているのはあくまでレックスのよい一面であって、悪い面は枚挙にいとまがない。

「もしかして、おれも虐待されてたのかな」とフランクが考えこむ。「両親はずっと働いてたから、家にはいなかったんだ。おれはいつも家でひとりぼっちだった。まだ八歳か九歳だったけど、ひとりで学校に行って、帰ってくると自分で鍵を開けて家に入る。ときどきは、朝学校へ行かず公園に行って、勉強のことなんかすっかり忘れてたな」

「おれは一か所に一年以上住んでたことがない」。グレアムはそう言った。そんなに不安定な生活など、わたしには想像もできない。高校卒業までは絶対に引っ越さないと約束して、と両親に頼んだのをいまでも覚えている。

「何回くらい住まいが変わったの？」

「高校を終えるまでに、一七回か一八回は変わったな」と言って、グレアムはカナダの北オンタリオ地方の片田舎ふたつと南オンタリオ地方の都市ふたつの名を挙げた。「それから、ウィニペグ、カルガリー、レジャイナ、アメリカのジョージア州ブルーリッジ。ブルーリッジは田舎者ばっかりでダサいところだった。生まれたのはモントリオールだ。ケベックシティでも暮らした」。ほかには地方の街五か所と、ジョージアとテネシーの州境にある街が一か所。同じ市内で五回引っ越したこともあるという。たしかに、レックス・ウォールズ流に近い人生だ。

「でも、なぜ？」と訊いてみた。

「両親はいつもカネに困ってた。うちの家族は引っ越しばかりだ。おやじは大酒飲みだったけど、公平な目で見ればおふくろのほうはよく頑張って、子どもたちに不自由させないようにしてたと思う」

自分の家族がそんなふうに放浪していたからこそ、グレアムはウォールズ家の両親について、みなに質問を投げかけたのだ。両親のしたことはネグレクトか虐待かと。

すると、どういうわけか全員がドクに視線を向けて答えを待った。もしかしたら、医学的な定義を知りたかったのかもしれない。「ネグレクトというのは、なすべき行為をしないことだと思う」とドクが答えた。「で、虐待というのは、相手に害をおよぼす行為をすることだ。ネグレクトが何度も続くと、虐待になる」

「だとすると疑問が湧くな」とリチャード。「子どもをほったらかす無責任な親でも、わが子を愛していることはあるだろ?」

「そう、そのとおりだ。愛してはいるけど世話をせず、生きるのに必要なものを与えないことはありえるよ」。グレアムが応じた。

なかなか判別が難しい問題ではあるが、ウォールズの両親の愛情について話したがるメンバーも何人かいた。ジョーンズという参加者によれば、レックスは「怠け者で役立たずな男」だが、ある年のクリスマス、子どもたちへのプレゼントを買う金がなかったので、かわりに気の利いたプレゼントをして父親らしさを示している。砂漠での夜、子どもをひとりずつ外に連れだして一緒に星を見上げ、好きな星をひとつクリスマスのプレゼントとしておまえにやると言ったのだ。

ジャネットは父の言葉を疑いながらも、惑星をひとつ選ぶ。その夜、西の空でどの星よりも明るく輝いていた金星だ。「この父親にしては、なかなかしゃれてると思ったよ」

ブックマンとバーンが指摘したのは、両親が教育の面では愛情をそそいでいたことだ。レックスも母親のローズマリーも、図書館から借りた本を袋に詰めて持ち帰り、地元の学校よりもレベルの高い内容を、家で子どもたちに教えていた。

「教育を気にかけてたのはたしかだとしても、子どもに靴の一足も買ってやってない、そうだろ?」とグレアムが反論した。「それに、食べ物もだ」

両親がいかに利己的かということも話題になった。母親は食費を自分の画材に使ってしまうし、子どもたちが自宅の敷地内で見つけたダイヤの指輪を、売って食料に代えようともしないのだ。

グレアムは、夫と別れる気概のない母親のほうを、著者がより責めているように思う、と言った。そのあと、この本では事実にところどころ脚色が加えられていると思うか、とメンバーたちに訊ねた。そういえば、コリンズ・ベイで『スリー・カップス・オブ・ティー』について話し合ったときも、グレアムは同じような疑問を持っていた。その質問を聞いたトムが、先ほど挙げた道徳の問題をふたたび口にした。つまり、著者は家族の窮乏(きゅうぼう)を売りものにすべきだったか、ということだ。トムもほかのメンバーも、著者の恥の意識について問題にし、こんな環境でも成長できたことに本人は比較的満足しているように思えるし、社会的に成功してはじめて、恥をさらけだせたのではないかという意見だった。

グレアムは、読書会を堂々と切りまわしていた。意見を言いたそうな参加者がいればすぐに察知し、議論に入ってきやすいよう間をとった。語るべき要点を途中で忘れてしまったメンバーには、本人の意図するところを、驚くほど上手に思い出させた。フランクのほうは、本を深く読みこめる参加者を何人も勧誘してきた。そして、フィービーは、議論をてきぱきと整理する役目を果たした。細かな描写まで鮮やかに覚えていて、もしや前日の夜に本を最初から読み返したのではないかと思えるほどだった。どうやら、ビーバークリーク読書会はキャロルがいなくてもじゅうぶんやっていけそうだ。

読書会のあと、わたしは付き添いなしに受付まで戻らなければならなくなった。受刑者が暮らすユニットを通って、ひとりでたどり着くしかない。〈更生プログラム棟〉を出るときにちょっとためらっていると、わたしの不安を察したのか、フランクがさっとそばに来て「送っていくよ」と声をかけてくれた。フランクが一緒なら安心だ。いつだったか、わたしはグレアムにこう訊ねたことがある。自分がいたギャング団の元メンバーと刑務所で会うのが怖いか、と。すると、彼は冗談めかして、おれが怖いのはフランクだけだ、と答えたのだった。

ふたりともしばらく無言で歩いていると、フランクが頼みたいことがあると言ってきた。今度ヴィンスに会ったら、伝言してほしいというのだ。以前、ボランティア講習を受けた際、受刑者の頼みごとを聞いてはいけないと教わった気がする。お返しをしなくては、と思わせてしまうからだ。

「わたしにできることなら」

「ヴィンスに会ったら、〝物乞いの親分〟がよろしく言ってたと伝えてほしい」

「〝物乞いの親分〟がよろしく、ね」。相手の言葉を繰り返すと、ふいにわたしの声がフランクと同じようにかすれた。これはなにかの暗号なのだろうか。

受付のある建物で、わたしたちは別れた。

「じゃあ、おやすみなさい」

「おやすみ」

夜道を車で走りながら、わたしはフランクのメッセージにこめられた意味を考え、二日後にヴィンスと会う約束を思い出していた。キャロルの勧めにしたがって、初めて一緒にお茶を飲むことにしたのだ。ヴィンスはかつて薬物依存症で、その資金目当てで銀行に押し入ったのだが、いまは多くの支援があるので、問題は起こさないはずだとキャロルは信じている。それどころか、ヴィンスを誇りに思ってもいるようだ。コリンズ・ベイ読書会を卒業したいまでも、キャロルは読書会で読む本をヴィンスにも送り、本人は塀の外でメンバーたちと同時に読んでいるという。

フロントガラスのワイパーを作動させた。外は霧雨が降っている。はたして、受刑者のうちいったい何人が、ウォールズのように、劣悪な生育環境を乗り越えることができるのだろう。そして、子ども時代の苦しい経験に打ち勝つために、わたしたちの読書会はどこまで助けになれるのだろう。いくら考えてもよくわからない。その夜、わたしは家でさらにふたりのメンバーについて調べてみた。ハルは一〇代にして両親ときょうだいを殺害していたし、バーンと思われる男性は、妻を殺していた。

一一月一一日の第一次世界大戦の戦没者追悼記念日に、トロント大学のカフェテリアで待ち合わせをしたヴィンスを、わたしは難なく見つけることができた。刑務所ではこわもてを装うべくひげをたくわえる受刑者が多いのだが、ヴィンスはいまも長いやぎひげと口ひげを剃らないままだ。社会復帰施設にいても、こわもてに見せる必要があるのかもしれない。わたしたちはイチョウの木の下で、ラッパの響きに続いて、戦没兵への哀しげな追悼の言葉を聞いた。「われわれは年老いていきますが、彼らが年老いることはないのです」。式が終わると、わたしたちはカフェテリアに戻り、コーヒーを手に腰を下ろした。ヴィンスは大きな黒い目をした温和な男性だ。まばたきの少ないその目は、深い心の痛みをたたえている。子ども時代のつらい思い出も含めて、彼はみずからの経験を語ってくれた。わたしのほうは娘の病気について話すことで、ヴィンスと苦しみを分かち合った。

「そうそう、フランクから伝言を頼まれてるんだけど、伝えていいものかどうかわからないの」。わたしは、カップで両手を温めながらそう言った。

「なんなの?」

ややためらったが、しょせん深い意味はあるまいと判断した。「〝物乞いの親分〟がよろしくって」

するとヴィンスは腹を抱えて笑った。

「どういう意味なの?」

「〝物乞いの親分〟っていうのは、ロヒントン・ミストリーの『絶妙なバランス』に出てくる登場人物だよ。すごくいい小説だったからフランクに勧めたんだ」

わたしはほっとして笑顔になった。思ったとおり、なんとも他愛ない伝言だ。それにしても、こんなふうに本を愛する気風が刑務所に育まれつつあるのは、やはりキャロルの功績だろう。わたしもこの夏、『絶妙なバランス』を読んでおけばよかった。

「舞台はインドなんだ」とヴィンスが続ける。「で、〝物乞いの親分〟は、ポン引きの物乞いみたいな男で、そこらの物乞い仲間を子分にしてるのさ。フランクはいつも、自分のことをふざけて〝物乞いの親分〟って言ってたんだ。だから、伝言の意味はフランクがおれの親分だってこと。たぶん、出所したらおれに仕事を見つけてくれるんだろ」

それからしばらくたって『絶妙なバランス』を実際に読みはじめたわたしは、作中の物乞いたちが〝物乞いの親分〟にみかじめ料を支払っていることを知った。フランクがなぜそんな呼称を名乗ったのか、しばし考えこんだものの、しょせんは他愛ない冗談なのだろうと思うことにした。

第11章 今日一日を生きなさい

『怒りの葡萄（ぶどう）』

その年の一一月、トム・ジョードの亡霊があらゆる場所にあらわれた。足につけられた鎖（くさり）をガチャガチャいわせながら、亡霊は刑務所の敷地を歩きまわり、〝占拠運動（オキュパイ・ムーブメント）〟［二〇一一年九月にアメリカのウォール街で始まった経済や政治に対する抗議運動］のテントにも出没し、刑務所の定員オーバーに憤りの声を上げ、所内の人間ふたりが凶器で襲われるのもじっと見ていた。わたしがそんなふうに感じてしまったのは、このひと月のあいだ、スタインベックの『怒りの葡萄』に綴られるリズミカルで怒りのこもった文章を読んでいたからだ。その『怒りの葡萄』が、コリンズ・ベイ読書会の一一月の課題本だった。

わたしは、スタインベックが大恐慌時代［一九三〇年代］に書いた小説の主人公トム・ジョードに好意を抱くことはできなかったけれど、なにもかも灰色で寒々としたこの季節、ジョードの物語はあらゆる場所に見てとれたし、コリンズ・ベイではなおのこと色濃くあらわれていた。それこそ、時代を超えて読まれる小説のすばらしさというべきだろう。そんな話を女性教誨師にしていたら、彼女はかつてブルース・スプリングスティーンが、宿なし職なしの闘士トム・ジョードのバラードを作ったことを思い出させてくれた。「ザ・ゴースト・オブ・トム・ジョード」という歌だ。『怒りの葡萄』は、スタインベックがアメリカへの挽歌として描いたともいわれている。もしかしたら、仮釈放中のジョードはあらゆる人のそばにいるのかもしれない。

文学と日常のあいだに亀裂が入ったのは、読書会の前日に刑務所で事件が起きたからだ。コリンズ・ベイでは監禁措置がとられ、読書会は延期になった。再開まで少なくともあと二週間はかかるだろう。もしかしたら、読書会メンバーたちがわざといたずらを企てて、課題本を読み終えるための時間稼ぎをしたのではないか、とわたしはキャロルと冗談を言い合った。この本は四五五ページを超す長編なのだが、スタインベックはピューリッツァー賞を受賞した本書をたった一〇〇日で書き上げたという。物語があまりに荒涼としているため、わたしは一度に少しずつしか読めなかった。干ばつに見舞われた米オクラホマ州で小作農をしていたジョード一家は土地を追われ、果物摘みの仕事にありつくべく、おんぼろトラックに荷物を積んでカリフォルニアへ向かうが、そこで待っていたのは、飢餓と貧困に苦しむ移住労働者たちのテント村だった。この劣悪な境遇は、はたして監獄よりも上なのか下なのかと、スタインベックは問いかける。読書会メンバーたちの話から察するかぎりでは、どっちもどっちというところだろう。

ともあれ、コリンズ・ベイで読書会が延期になった理由はもっと深刻なものだった。「受刑者のひとりが目を突かれたんです」。ある職員がそう教えてくれた。「ユニット6の受刑者で、新入りだったんですけど、まったく藪から棒というやつで。刑務所で失明するなんて信じられますか？」

もしかしたら、その新入りは油断していたのかもしれない。わたしは『怒りの葡萄』に出てくる殺傷事件をふと思い浮かべた。トム・ジョードと相手の男がダンス場で酔っ払っている。そして男にナイフで刺された瞬間、ジョードの酔いがさめる。ナイフの男にふたたび襲われたジョードは、シャベルをつかみ、それで相手を殴り殺して、刑務所に送られる。

職員によると、今回の件は、ある受刑者がその新入りの入所を知り、狙いすまして犯行におよんだもので、以前、外で起きた銃撃事件となにか関係があるらしい。事件は看守の勤務交代中に起きたため、ひとつの監房棟だけ監禁すればいいというわけにはいかなくなった。看守たちは刑務所全体を捜索して、あらゆる凶器を探しださなければならないのだ。

ガストンの日記には、この一週間で二度も刺傷事件が起きたせいで、監禁期間が長くなりそうだとあった。監禁期間が延びると、〝夫婦面会〟の予約申請がまた延期されることになるという。妻がストレスで精神的にまいっているため、何週間か前から〝家族宿泊〟を申請しようとしていたのだ。これは、ツインベッド・ルームがある宿泊棟で夫婦が七二時間過ごせるシステムである。

もうひとつの刺傷事件というのは、その数日前、ベンのいるユニット4つまり、もっとも物騒といわれる棟で起きた。なにかよからぬことが起きそうな気配を感じて、ベンは日記にこう綴っていた。

起きて朝食に行こうとしていたとき、ゆうべ二回あった小競り合いの名残が、あたりに漂ってる感じがした。こぜりあいのうちのひとつがまだ決着していないみたいだった。おれは食堂に行って、日曜にいつも出るゆで卵を食べた。戻る途中で、ゆうべけんかしてたやつのひとりが、血まみれで歩いているのが見えた。これは確実に監禁だなと思った（やつは今朝眠ってるところを刺されたらしい）。どんなに屈強な男でも、こういう場合は眠っちゃいけない。起きて警戒していなかったのは本人の手抜かりだ。

朝、看守が監房の鍵を開けると、まだ眠っている受刑者は無防備な状態になる。ベンのユニットにいた被害者がそれを知らなかったらしいのは、刑務所スラングでいう〝フィッシュ〟、つまり新参者だったからだ。ベンによれば、この男は早くなじもうとしすぎて、少し前から同じユニットの受刑者たちに迷惑がられていたという。しかし、その運命が決定的になったのは、〝先輩〟受刑者にぶつかったときに謝らなかったからだ。ベンでさえ、その新入りにあまり同情的ではないらしい。もしかしたらそれは、かつてベン自身も警戒を怠ったせいで事件を起こし、コリンズ・ベイに収監されたという事情からきているのかもしれない。キャロルから聞いたところでは、武器を持った侵入者に驚いて、相手を射殺してしまったのだという。それ以上のことはよくわからないが、故殺〔計画性のない殺人〕の罪で服役しているからには、なにかしら情状酌量すべき状況があったのはたしかだろう。

血まみれの受刑者が足をふらつかせ、看守詰所で倒れこんでから二日後、ベンはこう書いていた。「ひとりは穴倉へ、ひとりは病院へ送られた」。刺傷事件のさなか、日記にはジョード一家の強さに慰められたことが一行だけ記されている。「この家族、とくに母親には、なにが起きても日々の暮らしを続けていく忍耐力があると思う」

以前、キングストン市内の刑務所から見つかった〝ジャンク〟と呼ばれる自家製の武器をいくつか見たことがある。歯ブラシやプラスチック製の三角定規を削ったもの、金属片をヤスリで磨いたもの、先の曲がったダガーナイフ、刃わたり三〇センチ近くもあるナイフの刃とハンマーを一体化させたものもあった。そのほとんどは粗雑な道具だが、切り裂いたり、突き刺したりするにはじゅうぶんだ。さぞかし殺傷力も高いだろうし、ことに目を狙えば致命的だろう。こうした凶器は握りやすくするため、拾ってきたクッション材が持ち手にあてがわれ、上から布製の粘着テープでぐるぐる巻きにされていた。そのやりかたをどこかで見たような気がしたのだが、はたと気づいたのはあとになってからだ。いかにもカナダらしい道具、つまりテープで柄の部分を巻いたアイスホッケーのスティックだった。

刑務所の雰囲気にはもうだいぶ慣れていたわたしも、刺傷事件が起きると、やはり動揺してしまう。読書会が開かれる場所までの道のりは、刑務所のなかでも監視の目が少ないように思える。〈大通り〉には入り口に大きな看守詰所と、途中にもうひとつ詰所がある。けれども、二番目の詰所のところで左に折れ、看守にドアを開けてもらって本館を出なければならない。そこからは長い歩道が続き、左手には金網のフェンスがあり、右手には刈りこまれた芝生が広がっている。一〇〇メートルほど歩くとようやくチャペルと作業所のある建物にたどり着く。そのあいだ、看守の常駐する場所はどこにもない。先月、作業所から出てきた受刑者たちのグループと、その道で鉢合わせになった。歩道はごく狭いため、互いに譲り合って一列で歩くしかない。彼らは読書会メンバーではなく、わたしの知らない受刑者たちだった。

こちらとしては、芝生に降りて道を譲ることもできたのだが、そんなふうによけるのは失礼な気がした。以前、ハムステッドでも同じことで迷い、とっさの判断ができなかったせいで、ふたりの男に襲われてしまった。相手の姿を目にしたとたんに駆けだすのは、侮辱することになるのでは、と思ったのだ。それに、もしクマに会ったら、逃げだす人はいないだろう。逃げだせば、追いかけてくださいというようなものだから。結局、わたしたちは一列になってなにごともなくすれちがった。

その週、トロントの女性読書会でキャロルに会ったとき、コリンズ・ベイでの事件を耳にしたせいで恐怖心がよみがえったことは言わずにおいた。余計な心配をさせたくなかったからだ。キャロルは、読書によって世界が広がることをコリンズ・ベイのメンバーに知ってほしいとつねに考えていた。今回その取り組みの一環で、女性読書会でもコリンズ・ベイと同じ時期に『怒りの葡萄』を読もうとキャロルは提案した。そして、こちらから本の感想とファーストネームだけを添えて届け、向こうのメンバーにも感想を書いてもらおうというのだ。刑務所の読書会と女性ばかりの読書会という「水と油」のグループ同士が、同時に同じ本を読むという初めての試みである。

わたしたちの所属する女性読書会は、結成して六年になる。メンバーはかなり裕福で教養のある人が多く、年齢はみな五〇代以上だ。そのなかのひとりかふたりは、受刑者と感想文を交換するのがいかにも不安そうだったし、そんな提案をするなんてキャロルはどうかしているのではないかと考えたメンバーもいた。そのくせ、だれもキャロルに反対はしなかった。結局、メンバーのひとりが「リリアン・ローズをただのリリアンに変えてもいいかしら」と、わが身を案じてファーストネームに手を加えはしたものの、きわめて異色なこのふたつの読書会はその後、三冊の本を一緒に読むことになった。『怒りの葡萄』の次は、虐待される女性を描いたロディ・ドイルの『ポーラ――ドアを開けた女』。それから、ダイアン・アッカーマンの『ユダヤ人を救った動物園――ヤンとアントニーナの物語』、これは、戦時中のポーランドで動物園の園長夫妻が空の檻にユダヤ人をかくまったノンフィクションだ。

監禁のせいで刑務所の読書会が延期されているあいだ、女性たちの読書会は、なにごともなくトロントで開かれた。都心の緑あふれる一角にあるリリアン・ローズの自宅は、レンガ造りの三階建てで、家のなかは美術品であふれている。集まったメンバーたちにふるまわれたのは、温かい洋梨とリンゴのクランブルケーキのバニラアイスクリーム添え、三種類のチーズを載せたクラッカー、ドライアプリコットとドライイチジク、ワインと紅茶。わたしたちはそれぞれの皿に好きなものを載せてリビングルームへ移り、座り心地のいいチェスターフィールド〔革張りのソファ〕やアームチェアに腰を下ろした。

ベティが読書会の口火を切り、この本にはとてつもない力強さを感じると言った。「ジョード一家が桃をバケツ一杯ぶん収穫しても二セント半にしかならないでしょ。その場面を読むと、労働者たちの絶望がいかに深かったか、身に染みてわかるわね。それに、いまの時代にもぴったりだわ。〝持てる者と持たざる者〟のことが描かれているから」

「一パーセントと九九パーセントね」とデボラ。彼女は七〇年代に、あるコミューンで暮らしていたらしい。

このころ盛り上がりをみせていた〝占拠運動〟と、急速に広がったスローガン「われわれは九九パーセントだ」が、その運動に共感するかどうかにかかわらず、メンバー全員の念頭にあった。その二か月前、〝ウォール街を占拠せよ〟を旗印に、運動家たちがマンハッタンのズコッティ公園を占拠して社会や経済の不平等に抗議し、社会の一パーセントにあたる富裕層の持つ権力に抵抗を示したのだ。わたしたちがこうしてリリアン・ローズの自宅で話し合っているあいだも、街の向こう側では〝トロントを占拠せよ〟運動の活動家たちが、退去通告の看板を燃やしているし、コリンズ・ベイ刑務所からさほど遠くない場所でも〝キングストンを占拠せよ〟の賛同者たちがテントを立てている。間違いなく、これはトム・ジョードの物語の再現だ。

デボラは、かつてセザール・チャベスと食事をともにしたことがあるという。チャベスは、メキシコ出身の農場労働者で、一九六八年、ブドウなどの不買運動を先導して、低賃金で働くカリフォルニアの農場労働者の地位向上をはかった人物だ。ジョード一家と同じように、チャベスの家族も農場を失い、大恐慌の時代に職を求めてカリフォルニアへ移住してきた。読書会の冒頭、わたしたちはしばらくそうした情報を交換しあった。社会の大きな変化、農業の近代化、アメリカにおける労働組合の歴史、ダストボウル［一九三〇年代にアメリカ中西部で多発した砂嵐］の原因など。やがて、この小説がどれほど重苦しく切ないかという話題になった。キャロルと、もうひとりルースも、読みながら泣いてしまったらしい。

ベンも書いていたとおり、ただひとつ読む者を力づけるのは、なにがあっても立ち直るというトム・ジョードの母親の哲学であり、これがあらゆる人を、ことに受刑者を励ますのは間違いないだろう。キャロルはその一節を見つけて読み上げた。飢えや病気に耐え、ともかくその日一日だけを生きようという強い思いが、母親の朴訥（ぼくとつ）としたオクラホマなまりで語られる場面だ。「うしろを振り向かず、将来のことも考えない」とキャロルが要約する。「とにかく今日一日を生きなさいということね」

本について語りつくしたあと外に出ると、もう夕方になっており、カエデの落ち葉の匂いが、すでに冬も近いことを思い出させてくれた。わたしたちは玄関を出てもまだ名残惜しげにあれこれうわさ話をし、車で送るわと声をかけ合い、笑ったりお喋りしたりしながら、別れの挨拶をかわした。〈点呼〉に遅れまいと参加者が一目散に駆けだす刑務所の読書会とは、なんという違いだろう。

リリアン・ローズの自宅で、わたしたちが洋梨とリンゴのクランブルケーキを味わっていたちょうどそのとき、コリンズ・ベイでは監禁と監房内の捜索の真っ最中だった。その日、ベンの監房も捜索されたのだが、日記が見つかって読まれたかどうか、本人は知るよしもない。「椅子や机についたブーツの土埃を払って、本をもとどおりに揃えて、また日々の暮らしを続けるだけだ」と、ベンはトム・ジョードの母親が口にする我慢強い言葉を、日記のなかでふたたび使っていた。

監房の捜索とはどんなものなのか、ベンは具体的には語っていない。そこで、ヴィンスに電話して実情を訊ねてみた。持ち物を徹底的に調べられるだけではない。まずは体を調べられる、とヴィンスは教えてくれた。

そのあとは言いしぶっている。「裸になるということ？」

「ああ」。看守の命令で服を脱ぎ、口を開けて舌を上げ、なにも隠していないのを見せてから、片足ずつ上げて靴底になにもはさんでいないことを示す。最後に、両手をついて前かがみの姿勢を取らされる。それがすむと、服を着て共有スペースに座り、刑務所用語でいう〝わが家〟、つまり監房を看守がしらみつぶしに探すのを待つことになる。看守はマットレスや枕に切り口がないかたんねんに調べ、洗面用具をあらため、服を一枚ずつ広げ、本を開いて逆さに振り、壁にかかった絵をはずす。冷蔵庫も壁から離してうしろを調べ、テレビは配線がいじられていないか確かめる。こうして、全員の身体検査と監房の捜索が終わると、受刑者は各監房に二四時間閉じこめられる。

もし、体のいずれかの穴に凶器か薬物を隠している疑いを持たれた場合は、医師による検査が実施される。凶器を体の穴に隠すなど想像しがたいけれど、ヴィンスは「セロファンに包んで突っこむんだよ」と言った。どこに突っこむかまでは言わなかったが――

思い浮かべるだけでぞっとしてしまうが、ともあれ捜索は終了したらしい。それに、ベンだってユニット4から凶器が一掃されれば安心するはずだ。

ようやくコリンズ・ベイ読書会が再開された一一月の最終日、ひと晩降りつづいた大雨は上がったものの、空はまだ灰色のままだった。刑務所から一ブロックほど西にある喫茶店で、わたしはキャロルと落ち合った。キャロルは、メンバーに配ろうと、透明のビニール袋に入ったチョコチップクッキーを何袋か買いこんでいた。手作りのクッキーは持ちこみ禁止だからだ。本を読んでこない参加者にはクッキーを配らないことにしてはどうか、というグレアムの提案を伝えると、今後はそうしようと賛成してくれた。受付でキャロルが買い物袋からクッキーの袋を取りだすと、看守は袋ごしに中身を点検し、X線にかけた。

〈大通り〉を歩いていって左に折れ、本館を出て読書会が開かれる棟へ向かいながら、わたしはまたも刺傷事件のことを考えていた。建物のあいだをつなぐ長い歩道を、見知らぬ受刑者たちや防刃ベストを着用した看守が通っていく。受刑者が雑誌を腹部にテープでとめ、鎧がわりにしている理由がやっとわかった。わたしも、『ニューヨーカー』の古い号を持ってくればよかった。この読書会に来はじめて一年近くになるというのに、いまになってまた、ハムステッドの強盗事件で陥った心的外傷の不安がぶり返しつつあった。


キャロルとともにドアの外に出て、狭い歩道へと踏みだす。わたしはサッチェルバッグをぐいと体に引きよせた。歩道のかたわらには高い金網のフェンスがそびえていて、ハムステッドの自宅脇のレンガの壁を思わせる。もしここで襲われたら、大事なICレコーダーやノートの入ったバッグはどうなるのだろう。フェンスの向こうにバッグを投げこむことが可能かどうか、目測してみる。あの日、黄色い財布を投げこんだことが、ふと心によみがえった。イギリスに引っ越した最初の夏、それまで使っていた茶色の財布が擦り切れたため、ロンドン中心部のハイゲートの小さな店で明るい黄色の財布を購入した。それ自体は高価ではなかったが、なかには家族のパスポートと身分証がわりのカード類、それに家の鍵も入っていた。あの日、強盗ふたりが近寄ってきたとき、わたしはとっさにこう考えたのだ。「追いかけられたら、庭に財布を投げ入れよう」と。

財布を投げたことが強盗を挑発する結果になるとは、思いもしなかった。それまで長いこと、財布やかばんをなくす夢を繰り返し見ていたため、無意識に体が動いてしまったようだ。しかしそのせいで、強盗のひとりに首を締められ、もうひとりに脚をつかまれたとき、差しだせるのは携帯電話と車のキーだけということになった。やがて意識が戻り、しゃがれ声で夫の名を呼びながらよろよろと庭に入っていくと、玄関に通じる砂利道に財布が落ちていた。それを見てはじめて、ほんとうに自分が投げ入れていたのだとわかった。ちょっとのあいだ、襲われたショックと命拾いした嬉しさが入り混じり、わたしは英雄的な気分になっていた。自分は一家の個人情報を守ったのだ。そして、家族も守ったのだ。

コリンズ・ベイの狭い歩道を、向こうから見知らぬ受刑者が三人歩いてくる。ひとりは、禿げ頭で、太い首にまでタトゥーがびっしり彫りこまれ、薬物のせいか目がどんよりしている。ほかのふたりには目を向けることもできず、わたしはじっと前だけを見て歩いた。やがて三人と行きちがい、わたしたちは建物に着いた。看守がふたり、詰所から手を振ってくれた。

部屋に入ると、参加者が何人かすでに来ていた。みな顔なじみのメンバーたちで、その姿を見るとわたしは安心した。彼らは、部屋の隅に置かれたコーヒーメーカーでコーヒーを淹れてから、円形に並んだ椅子に腰を下ろした。クッキーはひとりが四枚ずつほど取るので、またたく間に減っていく。刺傷事件や監禁についてはだれもなにも言わないため、こちらからも訊ねないほうがいい気がした。そのかわりに、わたしはオクラホマ州の土が地域によっては実際に赤いことや、隣のテキサス州に四年間住んでいたことなどを話した。

キャロルはまず、『怒りの葡萄（The Grapes of Wrath）』という大著にみなが取り組んでいることを褒めたり励ましたりして、読書会をスタートさせた。その際、「ラス（wrath）」をキャロルは「ロス（wroth）」と発音した。欽定訳［ジェームズ一世のもとで英訳された聖書。イギリスの近代散文に大きな影響を与えた］の旧約聖書になじんでいる彼女にとっては、そちらのほうが自然なのだろう。「読みとおすのは大変だったわよね。もし最後まで読めたなら感心だわ。たとえ途中まででも、この本の感触を得られたとすれば、それもまたよしよ」。参加者一五人のうち、四人が読了していることを確かめたところで、隅のほうで何人かが関係のないお喋りを始めたため、キャロルは即座にやめさせた。「ねえ、聞いてる?」とそちらを睨んだのだ。すると、たちどころにお喋りがやんだ。

静かになったところでキャロルは、今回初めて女性読書会でも同じ本を読んだことを告げ、メンバーの、イヴリンやリリアン・ローズたちから預かったコメントを読み上げるので、話し合いのきっかけにしてほしいと言った。

そのとき、ガストンが割って入った。角刈りの頭に、野球帽のつばを逆さにしてかぶっている。

「出所したら、その読書会に参加してもいいかな?」

「いいと思うけど」とキャロル。そんなことになったらリリアン・ローズが卒倒するだろうに、それを一瞬忘れていたらしい。リスクを回避するという考えが彼女にはもともとないのだ。それでも、わたしが非難めかして眉を上げてみせると、キャロルは前言をひるがえし、メンバーの出所後には、あらためて読書会を作ることにしましょうと巧みにかわした。

どうやら、参加者たちはみなトロントの女性読書会メンバーに興味があるようだ。ベンは、ひょろりとしたその体を椅子にあずけ、ドレッドヘアを手で梳きながら、若い女性も〝少しは〟いるのかと質問した。

「ええっと。赤毛のベティは二〇歳だわね」。キャロルはいくぶん決まりが悪そうな表情で、四〇歳もサバを読んだ。そのあと読み上げたベティの感想は、登場人物たちの八方ふさがりの境遇を嘆くものだった。

「ベティって人は、すごく知的だと思うな」とドレッド。こちらは金色のメタリック糸でおしゃれに編みこんだドレッドヘアを、ゆるい黒のニット帽に包んでいる。

ベティを若い女性だと紹介したことで、メンバーたちの気が散るのではないか心配だったが、ガストンはすぐさまベティの意見にかみついて、反対を表明した。「この本に出てくるやつらが、自分たちの状況にとことん絶望しているとは、おれにはどうしても思えない。だって、みんなちゃんと前に進んでるだろ」。だからこそ、彼らはトラックを見つけてきて修理し、はるばるカリフォルニアまで走りつづけたのだ、というガストンの言葉に、ほかのメンバーたちが頷いた。

ベンも同意した。ほかのどのメンバーよりも、ベンはジョード一家の決意をわがこととしてとらえていた。「人生がちょっとばかりつらくても、おれたちは日々の暮らしを続けるだけだ」。素朴な決定論を受け容れている彼は、刑務所での暮らしにも、もう不満は感じないと語った。「自分たちじゃなにができるわけでもないしな。だから、ただその日その日を生きるしかないんだよ」。

この本の言葉にベンがどれほど深く影響を受けたかを知って、わたしは驚かされた。

とはいえ、メンバーがなにより強く関心を示した話題は、トムが仮釈放中の遵守事項を無視して、家族と一緒に西へ向かったことだ。本来なら、オクラホマ州から出ることは許されていない。その行動が正しかったかどうか、キャロルが訊ねた。

「家族が第一さ」とデシャンが応じた。

わたしはデシャンに目をやった。ぴかぴかのバスケットシューズは、まるでプラスチック加工でもしてあるみたいだ。以前、本人から聞いたところによると、デシャンは強迫性障害を患い、故殺と暴行致傷と武器使用の罪で服役中だという。刑務所では、〔友人のためにみずからも思いを寄せる女性への手紙を代筆したフランスの劇作家〕シラノ・ド・ベルジュラックよろしく、ほかの受刑者のために、本人いわく〝甘ったるい〟詩を作っているそうだ。「ロマンチックな言葉で女の子を口説くのが苦手なやつのために、おれがちょっとした文章を書いてやるんだ。そいつはいかにも自分で書いたみたいに、その手紙を送るのさ」。デシャンは得意げに言い、サービス料はもらっていないと付け加えた。

ドレッドはデシャンに反対し、州を越えればトムは指名手配されるし、家族にも捜査がおよぶことになる、と指摘した。メンバーたちによると、カナダでは〈累犯者仮釈放監視班〉が、とくに初めての仮釈放者をきびしく監視し、わずかでも規則違反の兆候があると連行するのだという。その規則のことを、「超面倒な義務」と表現したのはピーターだ。なぜだか頬が赤らんでいる。

監視する警官隊のことを考えただけで、彼らは気持ちが高ぶってしまうのかもしれない。ドレッドがほかのメンバー何人かと話していたのは、仮釈放の遵守事項が現在と一九三〇年代とでどう違うかということだ。三〇年代のほうが規則はゆるかったというのが、おおかたの見かただ。キャロルが促さなくても、メンバーだけでしばらく議論が続いた。

やがて、ベンがジョード一家の人間性と善意に話を向けた。彼が例として挙げたのは、物語の最後に、ジョード家の娘ローズ・オブ・シャロンが母親に勧められ、もはや固形物が喉を通らなくなった餓死寸前の男に、自分の乳を飲ませる場面である。この娘は赤ん坊を死産したばかりで、おっぱいが張っていたのだ。

部屋じゅうが妙にしんとなった。どうやら、メンバーたちは娘が男にお乳を飲ませるようすを思い浮かべているらしい。みな、目を大きく見開いている。もしかしたら何人かは、ただおっぱいを思い浮かべていただけかもしれない。

「すげえな」とだれかが声をもらした。

「この娘はやるべきことをやったんだ」。やさしそうなたれ目で全員を見まわしながら、ベンが言った。

「いや、違うよ。待て、待て」。ドレッドは今回もベンに逆らおうとする。「なにも娘自身の考えでそうしたわけじゃないし、彼女が変態ってわけでもない。男は重体で、食べ物を飲みこめないから、栄養をとるにはお乳を飲むしかなかったんだ」

ベンもドレッドも結局は同じことを言っているのではないか、とキャロルに指摘されても、ドレッドはまだ納得がいかないようすだ。

ベンが作品から人間性と善意を汲み取ったことで、わたしはベン自身にも希望を感じた。読書会が始まる前に読ませてもらった彼の日記も、人間性が感じられるものだった。わたしが日記帳を開いたとき、ベンは秘密でもあるように照れ笑いを浮かべた。日記には、カードが一枚はさまれていた。その日の記述には、夏に女性読書会からコリンズ・ベイ読書会に寄贈された本の一冊に、バースデーカードがはさまっていたとあった。宛名が「アンへ」となっているそのカードには、友人とおぼしき相手からの心温まるメッセージが記されていたという。「アン」というのはわたしのことだろうと想定し、彼はこんなふうに続けていた。

おれは友だちについて考えはじめた。ほんものの友だちってなんだろうって。それは、おれのことを悪く思っていない人で、一緒にいると気が楽で、自由に話したり行動したり、自分を表現したりできる相手だ。とすると、アンはおれにとって「すごくいい友だち」だと思う。アンには感謝してる。

それを読んだとたんわたしは肩の力が抜け、ベンと笑い合った。いまの自分に必要なものは、こんなふうに心の底から安心できることだったのだ。わたしからの友情がベンの励みになっていることも嬉しかった。

ものは思いにふけっていたわたしに、キャロルの声が聞こえてきた。女性読書会では、ルースも自分も、登場人物たちがあまりにかわいそうで、本を読みながら泣いてしまったと話している。

「だって、これはほんとにあった話じゃないだろ」とドレッド。

「感動はするけど、泣きはしないな」。ベンも続いた。

「いや、泣いただろ」とドレッドがからかう。「泣いたって言ってたじゃないか」

全員がどっと笑い、さまざまな言葉が飛びかった。

そのあと、女性読書会のメンバーに向けて感想文を書くことになった。ピーターはただひとり、スタインベックの左翼的な思想に触れ、「この本は資本主義社会のモラルに疑問を投げかけていて、権力のある人間が労働者階級をどれほど冷酷に扱うかを訴えていると思う」と鉛筆でていねいに書いていた。仲間のガストンが取り組んでいる「古典を読むプロジェクト」にピーターも加わることにしたらしく、キャロルは恩師ダフィーの推薦図書をもうひとそろい注文した。

会がそろそろお開きになるころ、ガストンがわたしたちに訊ねた。「女性読書会のメンバーについてひとつ質問があるんだ。全員二〇代だって言ってたけど、どうも名前がおばさんっぽい気がする。ほんとなのかなと思って」。それを聞いて、キャロルもわたしも大笑いした。ああ、バレたか。

この日も、キャロルの別荘に泊めてもらった。翌朝、コリンズ・ベイに戻ってデシャンと白作の詩についてお喋りする予定だったからだ。スタインベックがみずからの著作をもって示したように、文学は怒りを表明する手段であり、もしかしたらデシャンの〝甘ったるい〟詩にも暗い側面があるかもしれない。あと少しでキャロルの家に到着するというとき、彼方に沈む夕陽が見えてきた。空に立ちこめる黒い雲の下に、燃えるようなオレンジ色の光が筋になって水平線を染めている。まるで、この世界が瞳を閉じようとしているようだ。

就寝時間になると、キャロルがサーモスタットの設定温度を一五度まで下げたので、わたしは仰天してしまった。たぶん、彼女にとってはそのほうがよく眠れるのだろう。前回ここに泊まったとき、暑かったせいか夜中に起きだしている気配がしたからだ。わたしは、部屋に予備の毛布があるのを見つけた。トプシー牧場の羊毛で作られたもので、まだ獣の臭いがする。ずらりと並んだブライアンの蔵書のなかから、チャーチルに関する本を手に取り、ベッドに潜りこんだ。

日の出までまだだいぶある時刻に、わたしは寒さに震えながらベッドから起きだした。夜明け前のフェリーに乗ろうと車まで歩いていると、日中にはときおりトプシー牧場の羊や羊そっくりの白い牧羊犬、グレート・ピレニーズの姿を見かける草原から、コヨーテの鳴き声が聞こえてきた。野火のようなオレンジ色の太陽が昇ると、東側の丘にある干し草用の荷車も、干し草の俵も、トラクターも納屋もすべてが黒いシルエットになった。この一年、アマースト島は雨が多く、オクラホマ州のダストボウルなどとは無縁だ。
　コリンズ・ベイに着き、教誨師と一緒に〈大通り〉を進んでいくと、すぐそばをふたりの受刑者が歩いていた。ひとりはジョアンという名の青い目をしたあどけない感じの青年で、チャペルの清掃係だ。ときどき読書会にも参加する。もうひとりは読書会のメンバーではなかった。狭い歩道に出ると、ふたりはわたしたちのうしろになった。大柄のほうが悪態をつきはじめ、最後にジョアンの後頭部をバシンと叩いて、作業所のほうへ去っていった。ジョアンはなにも言わなかったし、教誨師は気づいていなかったが、わたしは刑務所でのいじめを初めてちらりと目にした。やはり歩道は監視の目が行き届かない場所だったのだ。

　デシャンはわたしを待ってくれていた。日記をわたしに渡そうとして、下書きの束が落ちると、彼は急いで拾った。推敲前（すいこうまえ）のものを見られたくないからだという。下書きのひとつは教誨師のために書いた〝神聖な〟詩だと言っていた。二行だけ読み上げてくれたその詩は、なかなかのものだった。デルタ・ブルース［アメリカ南部で生まれた初期のブルース］やゴスペルに感じが似ていたものの、リズムはまるっきりラップだ。最後は、過去をとっとと忘れ去り、悪魔とは〝おさらば〟せよという言葉で締めくくっている。

　日記帳を開いてみた。最初の詩には「おまえしかいない」というタイトルがついていた。読み上げてもらうと、これもラップ調で、途中は早口で駆け抜け、文節の終わりはどすんと着地する印象だ。「もし愛が犯罪なら、おれはCマーダーと同じだけ服役しなきゃならない」と詠（うた）っている。

「Cマーダーって?」

「ほら、終身刑の。終身刑を食らったやつだよ」

わたしがその人物を知らなかったので、デシャンは驚いていた。Cマーダーというのは、アメリカ人ラッパーで、〔二〇〇二年に〕ルイジアナ州のナイトクラブで一六歳のファンを射殺し、終身刑を宣告された。信じがたいことに、このミュージシャンは獄中からアルバムをリリースしたという。彼が収監されているルイジアナ州の重警備刑務所「アンゴラ」は、受刑者のロデオ大会が行なわれることでも有名だ。それにしても、詩人が永遠の愛を詠うときに、比喩として終身刑を使うことはあまりない。はたして、こういう詩を受けとったガールフレンドはどんな気持ちになるのだろう。

「ムショに入るまで、自分にそんなのがあるなんて知らなかったんだ」。デシャンはみずからの文才についてそう言った。

わたしが詩集を何冊か持ってこようかと言うと、そういう「古くさい」詩には興味がないと即座に断られた。「おれが好きなのは、感情とか痛みとかを詠った、もっと愛のこもった詩なんだ。ホールマーク〔グリーティングカード専門店〕に行ってみればわかるけど、あそこにはあらゆる思いに対応したカードが揃ってる。そういうのが好きなんだよ」

ホールマークのカードを愛する相手にならず、犯罪歴を訊ねても心配はなさそうだ。

「自己防衛だ。刺されたんだからな。みんなからは、やりすぎだと言われた。こっちの武器は拳銃だった。相手はそれで撃たれたんだ」

たしか、トム・ジョードも同じような言葉を使っていた。デシャンはコリンズ・ベイに五年いたあと、もっと警備のゆるい刑務所に一年いたという。「で、またここに送り返されたんだ。なんというか、ちょっとした〝保安上の問題〟が生じて。研いだバターナイフが置かれてたもんでね」

研いだバターナイフが置かれてた。相手はそれで撃たれた。いつも受身形だ。受刑者は、みずからがかかわった犯罪を説明するとき、受身形を使うことが多い。まるで、あらがいようのない力に動かされただけだというように。わたしは、自分の行為をきちんと認めて後悔を口にしたときの彼らのほうが好きになれる。とはいえ、自己保身のため、とっさにそう言い訳してしまう気持ちはわからないでもない。

廊下から、「点呼」と叫ぶ教誨師の声が聞こえてきた。わたしは大急ぎで、『怒りの葡萄』について次回までに詩を書いてほしいと頼み、スタインベックの文章が独特のリズムで読む者の感情に訴えてくることを伝えるため、本の一節を読み上げた。カリフォルニアの労働者たちが飢えて商店を襲い、催涙ガスを浴びせられる部分だ。読み終えて顔を上げると、デシャンがいわくいいがたい表情を浮かべていた。あとで知ったことだが、デシャンは逮捕されたとき、警察犬を連れた警官に、ポーチの下の潜伏場所から催涙ガスでおびき出されたらしい。警察犬でも唐辛子スプレーでも降参しなかったからだ。

車でトロントに戻る途中、回り道をして〝キングストンを占拠せよ〟のテントを近くから見てみた。ベンが占拠者に敬意を表していたのを思い出したからだ。彼らは公園の野外音楽堂を本部にして防水シートのテントをいくつもこしらえ、中央にはモンゴルの移動式住居ゲルに似たテントを作り上げていた。ジョード一家がテントを張ってねぐらにしていた場面が思い浮かぶ。占拠者たちは五日後には立ち退かされることになるが、すでにその活動は拡がりを見せ、刑務所関連でも抗議グループふたつが立ち上がっていた。「刑務所・産業複合体をやめろ」〔受刑者が民間企業の労働力として搾取される体制に反対する運動〕と「刑務所農場を守れ」〔受刑者が農業実習を受ける場を閉鎖の危機から救う運動〕というグループだ。刑務所に流れつく者たちに、一パーセントの富裕層などまずいない。

あたりが暗くなっていくなか、幹線道路をトロントへと走りながら、わたしはスプリングスティーンの「ザ・ゴースト・オブ・トム・ジョード」を聴いた。通りすぎるこの景色を、もしスタインベックが目にしたらどう感じただろう。ロシアンオリーブの並木が、やせた土地に生命力を見せつけるかのように、しぶとくしがみついていた銀色の細長い葉を落としていく。スプリングスティーンの嘆きを耳にしながら、わたしは茶色に変色したウルシの実やスゲの穂に視線を向けた。枯れて茎が黄褐色になった野原の植物を見ていると、テキサス州やオクラホマ州の乾燥した大地を思わずにはいられなかった。

第12章 刑務所のクリスマス

『賢者の贈り物』『警官と讃美歌』『賢者の旅*』

刑務所のクリスマスは、訪問者がまばらな老人ホームの面会日に似ている。コリンズ・ベイでは、受刑者の多くが面会に訪れる人もないまま寂しくその日を過ごす。だれかが来てくれたとしても、愛するその相手が検査を無事に通過するとはかぎらない。面会者は両足を大きく広げて足型をとられているあいだ、禁制品を隠していないか看守にボディーチェックされ、警察犬に匂いを嗅(か)がれる。麻薬検知機は性能が高いので、紙幣に付着したかすかなコカインでも検出してしまうことがよくある。というのも、薬物常習者の使った紙幣に残留物が付着して、それが流通すれば、だれでも手にする可能性があるからで、家族にはそんなあらぬ疑いをかけられたくないと言っていた読書会メンバーも何人かいる。

子どもの父親であるメンバーにとって、この季節はなおさらつらい。一二月の初めにガストンと話したとき、「四人の子と過ごせないクリスマスは今年で三度目になる」と書かれた日記をわたしが読んでいるあいだに、彼は突然泣きだした。「息子は一一歳で、父親は仕事で不在だと思ってるもんだから、『パパはなぜクリスマスに帰ってこないの?』と訊くんだ」。日記を読み終えたわたしに、ガストンはうわずった声でそう言った。「下の子たちは、電話で『パパ』と呼んでくれるけど、おれがだれなのか、ほんとのところはわかっちゃいない。恐ろしいよ。正直、クリスマスは一年でいちばん嫌いだね」。これまでわたしの前で涙を見せた受刑者は、クラック・コカインに目がない連続銀行強盗犯［ガストンのこと］だけだ。ガストンの腕に手を置きたかったけれど、相手の尊厳を傷つけないよう、やめておいた。

ガストンが自責の念に駆られるのは、父親としてだけではなく息子としてもだ。両親はいつもクリスマスを一緒に過ごしてくれたのだから。それに、クリスマスの前後はひどく気が滅入るとみえて、この四、五日は妻とも話をしていなかった。日記によれば、妻は四人の子をひとりで養うためフルタイムで働かざるをえず、そのことにいらだっているらしい。ガストンにしてみれば、懲役を科されているのは妻のほうで、自分は無力な存在なのだ。ガストンは涙をぬぐった。泣いたことを気にしながら、そのうえ鼻にできた真っ赤なできもののことも気にしながら……。

家族からは、クリスマスカード一枚のほかプレゼントは来ないとわかっている。贈り物は、送るのももらうのも規則が細かすぎて、その気になれないのだ。クリスマスの三日後、一一〇ドルを妻に送る予定でいるが、これはプレゼントではなく作業所で働いて得た報奨金の仕送りにすぎない。あれこれ考えず、クリスマスまではとにかく読書に集中し、「古典を読むプロジェクト」の一冊として、スティーヴンソンの『宝島』、そして読書会の課題本であるアンドレア・レヴィの小説『スモール・アイランド（*Small Island*）』、それから、敬虔な気持ちになるため聖書も読むつもりだという。

とはいえ、この季節にお楽しみがないわけではなく、〝クリスマス・バッグ〟という催しがある。ガストンの説明によると、連邦刑務所ではクリスマスに特別の許可が与えられるらしい。受刑者が運営する売店で、扱う商品の種類をふだんより増やすことができ、受刑者は通常、二週間に九〇ドルまでしか使えないが、クリスマスの前後二週間は一七五ドルまで使える。売店の店長は、受刑者の希望リストも考慮に入れて商品を発注する。トレーニング効果を高めるビタミンのサプリメントやプロテインパウダーを希望する者もいるし、ベンをはじめジャマイカ人たちは、カイエンペッパーやアキーという果実や塩漬けのタラを注文して、監房棟の共用キッチンでジャマイカの郷土料理〈アキー・アンド・ソルトフィッシュ〉を作る。しかし、翌月わかったのだが、その年の〝クリスマス・バッグ〟では、ちょっとした問題が起きたようだ。

コリンズ・ベイでは人種ごとにグループができている。そのため、キャロルは読書会の場くらいはなんとかバランスのよい集まりにしたいと願っていたものの、一二月中旬の読書会に参加した一五人ほどのうち白人は三人だけで、しかも三人は固まって座っていた。ガストン、ピーター、

〈栽培家〉だ。グレアムとフランクが軽警備の施設に移ってから五か月になるが、ふたりの穴を埋める白人の参加者は、なかなか集まってこなかった。白人以外でその日参加していたのは、ベン、ドレッド、デシャンをはじめ、ほとんどがカリブ海諸島の出身者か、移民二世のカナダ人だ。部屋を見まわしたとき、名札に「ロマン」とある黒人に目がとまった。なんとなく影響力がありそうだ。彼に対するメンバーたちの態度には、どこかぎこちなさがある。もしかしたら、その存在に警戒心を抱いているだけかもしれないが。険悪な雰囲気というほどではないものの、危険な兆候を見逃すまいと、わたしはアンテナをピンと立てた。

　前回ここを訪れてから二週間しかたっていないが、恐怖心はいくらかやわらいでいた。ひとつには、人の善を信じよという父の教えを心のなかで反芻したからであり、もうひとつは、ガストンのような受刑者の脆弱さを目の当たりにしたからだ。恐怖心が湧きあがってくるたびに、「怖くない」と書かれたボタンを思い浮かべ、それを押せばコルチゾールとアドレナリンの奔流が抑えられるイメージを植えつけた。そして、これから話し合う本に意識を集中させ、自分にこう言い聞かせた。「オー・ヘンリーのことだけを考えるのよ！」

　この日、わたしたちがひそかに用意していたのは、二〇世紀初頭のこのアメリカ人短編作家が書いたクリスマスをめぐるユーモラスな短編ふたつだった。ほんとうなら『スモール・アイランド』について話し合うはずだったのだが、読む期間が二週間しかなかったため、ひと月延ばすことにしたのだ。頑張ってこの小説を読了した参加者がいれば、さぞがっかりするだろうと私もキャロルも案じていたものの、読み終えた人に手を上げてもらったところ、七人だけだった。それならばということで、キャロルがオー・ヘンリーの短編を朗読することになった。

キャロルはまず、オー・ヘンリーが刑務所に多少通じている作家であることを説明した。いまから一〇〇年以上前、彼は横領の疑いで起訴されて有罪となり、オハイオ州の刑務所で三年間ほど服役し、獄中からさまざまなペンネームで短編を投稿した。本名はウィリアム・シドニー・ポーターという。

キャロルが張りのある声で物語を朗読する。オー・ヘンリーの有名な『賢者の贈り物』だ。冒頭の数行で、みながたちまち物語に惹きこまれた。いつも壁を背にして座り、周囲に目を光らせているメンバーでさえ、キャロルの朗読にいざなわれるように目を閉じ、じっと聴き入っている。わたしは目を閉じそうになるのをこらえ、みんなの反応を観察した。キャロルの右側に座る男性は、椅子を逆向きにしてまたがり、腕に顎をのせている。その横は、ときどき参加して穏やかに話すオリバーという名のメンバーで、彼は第二級殺人罪で終身刑に服していた。オリバーもじっと座ってまぶたを閉じている。アフロヘアをゴムバンドでまとめて頭のてっぺんでおだんごにし、そこに歯の長い櫛が刺しこまれていた。彼も物語の世界に浸っているようだ。

キャロルはあまり抑揚をつけずに読み、声で登場人物を描きわけることもしなかった。細部は聴く人の想像にゆだねようとしたのだ。ただし、現代では使われなくなった物の名前や難しい言いまわしが出てきたときには、注釈を加えた。たとえば、「懐中時計用のチェーン」や「奇をてらった装飾」などという言葉だ。少ししてからわたしも目を閉じてみた。物語を朗読してもらうと、ひとつひとつの言葉が頭にすっと入ってくるのに気づく。字面を追っているときとは違い、うわっつらをたどる感じがまったくしないのだ。

『賢者の贈り物』はわたしにとってもクリスマスの定番といえる作品だ。若き妻のデラ・ディリンガム・ヤングは、クリスマスイヴに夫へのプレゼントを買おうとするが、持ち合わせは一ドル八七セントしかない。そこで、膝まで届く自慢の髪の毛を売って、プラチナの懐中時計用チェーンを買い、夫にプレゼントした。ところが、夫のジムのほうは金の懐中時計を売って、妻の髪に似合いそうな、宝石の縁飾りがある鼈甲の櫛をセットで買っていた。夫婦の愛はどこまでも深いが、互いの贈り物はもはや用をなさず、そのうえふたりとも自分のもっとも大切な物を売ってしまったのだ。

「皮肉だな」。ベンが眠そうな声をもらした。「妻は自分の髪を切って時計用のチェーンを買い、夫は自分の時計を売って妻に櫛を買う。どっちにとってもこれは皮肉な結末だよ」

「信じられないぜ」とガストンも口を開いた。「ふたりとも、いちばん大切なものを売ったんだろ」。その言葉を聞いて、わたしはふと思った。もしかしたら、この部屋にいるだれもが、不用意にも、なにかと引きかえにいちばん大切なもの、つまり自由を手放してしまったのではないだろうか。

おそらく読書会メンバーも、この小説の夫と同じように、質屋や〈キャッシュ・フォー・ゴールド〉〔宝石や貴金属を買いとるチェーン店〕の店舗に出向いてなにかを売ったことがあるにちがいない。

それでも、もし自分ならこの夫婦と同じことをするだろうか、とみなが思案していた。家じゅうでもっとも価値ある品を売って配偶者への贈り物を買うなんて……。ガストンがみんなに訊ねた。クリスマスにカネがないとしたら、車やテレビを売ってでも、〝ベターハーフ〟への贈り物を買うか、と。自分がそうするかどうかはわからないという。

やはりロレックスは手放しがたい、とベンが答えた。「こう考えたんだ。もしおれがロレックスを一万ドルで買って、それが全財産だとする。で、八〇〇〇ドルで売れるとしたら、売るだろうかってね」。そう言って首をひねる。「なにしろ、ロレックスは自分を主張するためのアイテムだからなあ」。博愛主義者であるベンがそんなことを言うなんて、とわたしは驚いた。『怒りの葡萄』の最後で、ローズ・オブ・シャロンが瀕死の男に母乳を飲ませる場面に人間性を見てとり、『戦争』をみなで読んだときには、この環境に自分は順応してしまったと打ちあけたベン。そのベンがいま、愛には限界があり、その限界が一個のロレックスだと認めている。少なくとも彼は正直者だ。

ガストンはベンの話に共感を示し、現代人といえどもオー・ヘンリーの登場人物たちに負けないくらいロマンチックではあるが、もはや時代が変わったのだと指摘した。いまは物質主義の時代なのだ。ドレッドも同意し、おおげさな愛情の示しかたは中世の騎士道じみているし、『賢者の贈り物』の夫婦は「自己犠牲がすぎる」と主張した。ドレッドはもともと博愛主義者ではない。しかし、デシャンは〝甘ったるい〟詩を書くだけあって、ふたりに反対し、ロマンチシズムはいまも健在で、だからこそだれもが「ふだんは買わないもの」をクリスマスには買うのだと言い張った。

そのあとのピーターの発言は、この作品を何度も読んだわたしにとっても、新たな光を当ててくれるものに思えた。もちろん、当然といえば当然の指摘なのだが。「作者が言いたかったのは、ほんとのところモノに価値はないってことだと思うな。価値があるのは、気持ちと愛情なんだ」。その言葉を聞いて、わたしはイアン・マキューアンが自著『土曜日』のなかで、モノに繰り返し焦点をあてていたのを思い出した。登場人物の女性がわが家に揃えた品物の数々が、本人の死後、関係を断たれた無意味な物体に変わってしまうのだ。

ピーターの言葉を念頭におきながら、わたしたちはオー・ヘンリーが物語の最後に加えたひとことについて話し合った。つまり、「この夫婦はお金の使いかたは愚かだったかもしれないが、愛情に関しては賢かった」といったような言葉だ。すると、愛情とお金とを取りちがえてしまった経験を何人かが話しはじめたが、おおぜいがいちどきに話すので、わたしにはよく聞きとれなかった。デシャンは「恋人のために連帯保証人になっちまうような、考えの浅いやつ」のことを話していた。それを聞くと、受刑者たちがいかに世間ずれしているようにみえても、実際はオー・ヘンリーの登場人物とさほど違わないのかもしれないと思えてくる。

驚くべきことに、二〇一一年現在のコリンズ・ベイでの金銭の価値は、ある意味、この作品の夫婦が一セント硬貨を数えていた一九〇〇年代初頭にきわめて近い。というのも、所内の作業所で働く受刑者の報奨金は、一日に平均三ドル、つまり一年で約七〇〇ドルにしかならず、これは二〇世紀初めの実質的な平均年収よりも低いのである。わたしが知るかぎり、コリンズ・ベイの作業所で、熟練作業員として人もうらやむ高収入(一日六ドル九〇セント)を得ていたのは、ただひとりガストンだけだ。その仕事で、彼は一律報奨金に加えて、〝特別手当〟として一時間につき一ドル二五セントから二ドル五〇セントもらっている。とはいえ、ガストンを含めて月に六九ドル以上稼ぐ受刑者は、収入の二五パーセントを部屋代と食費として州政府に納めなければならない。ガストンは報奨金をなるべく節約し、妻と四人の子に送っている。ディリンガム・ヤング家の収入と受刑者たちの収入の差はわずかなものなのだ。

キャロルがオー・ヘンリーの次の作品を読もうとしていると、教誨師(きょうかいし)が入ってきて窓を開け、暖まりすぎた空気を追いだしした。おれは絶対にいま風邪をひいたぞ、とデシャンが文句を言う。外は寒く刑務所のなかは暖かい。この状況は、オー・ヘンリーのこちらもよく知られた『警官と讃美歌』への導入にぴったりだ。主人公は、ニューヨークの街をうろつくソーピーという浮浪者で、冬になる前になんとか捕まって、刑務所で寒さをしのごうとたくらんでいる。しかし、けちな犯罪を何度か試みるも、刑務所行きはかなえられない。あるとき、教会のそばを通ると、なかからオルガン弾きの奏でる讃美歌が聞こえてきた。じっと耳を傾けているうち、その調べに心を打たれた彼は、まっとうな人間になって職探しをしようと決心する。ところが、なんとそのとき、不審者としてしょっぴかれてしまうのだ。いかにも時代遅れのどんでんがえしだが、わたしはこういう典型的なしかけに弱い。

「オー・ヘンリーは皮肉が好きだな」とベン。「心を入れかえていいことをしようと思ったとたん、ムショに送られたってわけだろ？」だれかがそう言った。

ほかのメンバーも同じ意見のようだ。

コリンズ・ベイ読書会では、環境への順応をテーマとした作品が、たまたま三回続いた。一回目は、兵士たちが戦場へ戻りたがる実態を描いたセバスティアン・ジャンガーの『戦争』、二回目は、仮釈放中の男が快適だった刑務所をなつかしむ『怒りの葡萄』。そして、今回はソーピーが暖かな刑務所に落ち着きたがる小説。とはいえ、参加者たちはこうした話題にいい加減飽きていたらしく、むしろ短編小説は最近また人気があるのかどうかを知りたがった。わたしは、このところ短編小説の人気はたしかに復活していると伝え、現代の売れっ子短編作家として、デイヴィッド・ベズモーズギス〔旧ソ連生まれでカナダに移住。邦訳に連作短編集『ナターシャ』がある〕などを挙げた。彼はカナダの作家で、『ニューヨーカー』では、〔二〇一〇年に〕四〇歳以下の有望な小説家二〇人のひとりに選ばれている。

休憩時間になると、わたしはデシャンをつかまえて、詩作が順調かどうか訊ねてみた。ボストン・セルティックス〔全米プロバスケットボールのチーム〕の帽子を持ち上げてから、角度を変えてかぶりなおした彼は、「うまくいってるよ」と答えた。けれども、はぐらかすようなその言いかたで、『怒りの葡萄』の内容を詩にするというわたしからの宿題は忘れていたか、興味がないので無視したかのどちらかだとわかった。

わたしの視線がデシャンの腕のタトゥーに落ちたのを、本人も気づいた。浅黒い肌に、黒いインクで彫られているせいで、なんの形なのかはっきりわからない。

「〝カネなしじゃ生きられない〟って書いてあるんだ」。なんとまあ、『賢者の贈り物』のメッセージとは好対照だ。「こっちはおれが前に住んでたような建物だよ」と高層住宅群を描いた大きなタトゥーを指さす。「で、これは中国語で、〝絶対にあきらめるな〟って書いてある」。その漢字は首の片側に彫ってあった。半袖シャツの首元からわずかに見えるのはイニシャルらしい。「おれの家族だ」。家、愛する家族、生きる指針となる言葉。デシャンはロマンチックな男性だが、金銭への愛も持ち合わせているようだ。

笑い顔と泣き顔を組み合わせたタトゥーは受刑者によく見られるが、デシャンも同じものを彫っていた。

「これは、喜劇と悲劇をあらわしているの？」

「とりあえず笑ってろ、泣くのはあとでってことさ」。なるほど、だからそのタトゥーを入れている受刑者が多いのか。要するに、「今日を生きよ。結果を思いわずらうのはあとでよい」という意味なのだ。

何人かがコーヒーを手に、わたしのまわりに集まってきた。夫のメルセデスのキーに目をとめたらしい。実をいうと、そのキーは受付の金庫に預けるのをうっかり忘れ、ペンを探しているとき、不用意にもバッグから取りだしてしまったのだ。その日の朝、夫が自分の社用車を使うよう強く勧めてきたのは、冬場になると、わたしの古いステーションワゴンがどうにも心もとないせいだ。男たちに取り囲まれて、わたしは首のうしろに熱い息がかかるのを感じた。彼らは、そのメルセデスがわたしの車かどうか知りたがった。性能のいい車を好んだり、物質的なステータスシンボルに魅かれたりするのはやむをえないだろう。服役中のいまは、そういうものを持てないのだから。それにしても、ついさっきオー・ヘンリーの物語に触れたばかりだというのに……。キーのロゴに目を輝かせた彼らのようすに、わたしは軽い動揺を覚えた。前回、手のなかのメルセデスのキーが犯罪者の目にとまったとき、喉を締められるはめになったからだ。

そのとき、キャロルがメンバーたちを輪に呼び戻したので、わたしはほっとした。その日は、文学の贈り物がもうひとつあった。T・S・エリオットの『賢者の旅（Journey of the Magi）』という詩で、これは彼がユニテリアン派［三位一体に異を唱えるキリスト教プロテスタントの一派］からアングロ・カトリックに改宗した一九二七年に、クリスマス用の詩として書き上げたものだ。この詩には、エリオット自身の改宗が隠喩として使われている。年老いた東方の三博士［新訳聖書に登場する人物。イエスの誕生時にやってきて、乳香と没薬と黄金を贈り物として捧げた］のひとりが、生まれたばかりのイエスを三人で訪ねた旅の思い出を語っていく。旅の途中、彼らはイエスが死ぬ予感と、みずからのゾロアスター教信仰［東方の三博士はゾロアスター教の聖職者だったともいわれる］が終わる予感に襲われる。この詩から伝わってくるのは、疎外感と、周囲の変化に取り残される寂しさだ。そうしたテーマは、おそらく受刑者の心にも響くにちがいない。彼らが服役しているあいだに、テクノロジーはとてつもない早さで進歩しているのだから。

キャロルが朗読を始める。途中で詩のなかの一行「わたしたちはかくも長き旅をした」が耳にとまり、夏にみなで読んだロヒントン・ミストリーの小説『かくも長き旅』のタイトルはここから採られたことがわかった。確認するようにベンを見ると、向こうもわたしを見ていた。キャロルは頭で考えずに想像力をはたらかせて聞くよう促してから、二回目をさらにゆっくり読み上げた。冒頭の一節で、三博士は乳香や没薬を届ける立派な賢者としてではなく、言うことを聞かないラクダと頼りにならないラクダ使いに難儀する冬の旅人として描かれている。なんとも現実的ですばらしい。

「エリオットは東方の三博士の話に人間味を加えようとしたのね」とキャロルが説明した。「ラクダ使いはどんなイメージだった？」

「あいつらは女と酒が欲しかったんだろ？」とロマンが答える。

驚いたことに、三博士が旅の途中で遭遇する一見ありふれた光景は、すべてなにかの象徴であることを、何人かのメンバーはすぐに感じとったようだ。聖書になじんでいるらしいピーター、ドレッド、ロマン、ガストンは、旅の終わり近くで三賢者が地平線に三本の木を見たり、男たちが銀貨を賭けたりするのは、この詩がキリストの磔刑（たっけい）を予言しているからだと理解していた。ロマンは、イスカリオテのユダが銀貨三〇枚でイエスを裏切ったことを、この銀貨が象徴していると指摘した。そして、ピーターはここに隠されたもうひとつのエピソードをみなに思い出させてくれた。ローマ兵たちがイエスの衣服を賭けて、くじを引いたということだ。

キャロルは、東方の三博士が経験した旅と、受刑者自身の旅との共通点を抜け目なく取り上げた。詩のなかで語り手は、贅沢な夏の宮殿で女たちがシャーベットを運んできたことを回想しており、これはエリオットが俗っぽい快楽を描いたともいえるが、同時に語り手は、そうした物質的価値に囚われたのは間違いだったかもしれないと気づいてもいるようだ。すると、ベンはキャロルの指摘を膨らませてこう言った。三博士は、以前とは異なる神を崇拝するようになった人々のもとで、もはや安らぎを感じられなくなったのだ、と。そのあと、彼らはそれぞれの王国に戻っても場違いな感じがしていた、と語る最後の数行を挙げてみせた。

「旅から戻ると、そういうことがよくあるわ」とキャロル。「それはしかたないわね。ところで、人は旅をすることで賢くなるのかしら」

旅、エリオット……。そのとき、わたしの脳裏にある記憶がよみがえった。それは、もうひとりの王、もうひとつの旅、そしてエリオットのもうひとつの詩――『四つの四重奏』に収められた「リトル・ギディング」――にまつわる記憶だ。思い出したとたん、胸が締めつけられそうになったのは、以前この詩に描かれたケンブリッジシャーの小さな教会と農場を父と旅したことがあったからだ。父は、ハムステッドで暮らすわたしを訪ねてきた折、一日割いてリトル・ギディング［ケンブリッジシャーにある小さな村で、一七世紀に英国国教会のコミュニティが作られた］へドライブしたいとというのだ。

言った。父はその地を一九五〇年に訪れたことがあり、今回は娘とともに昔の足跡をたどりたい

教会まであと少しというところで、父は車を路肩に停めさせた。かたわらでサンザシの生け垣が、ノイバラやブリオニアの勢いに負けて窮屈そうに枝を曲げている。車を停めた理由を、父はなにも言わなかった。樹木のもつれ合ったその生け垣のそばにしばらくたたずんだあと、わたしたちは車に戻った。数分後、目当ての教会に着いた。石造りのファサード（正面）は、教会というより納骨堂のように見える。エリオットが、そして父がなぜこの教会に心を奪われたのか、そのとき少しわかった気がした。

教会に足を踏みいれ、ふたりで詩を朗読していると、ところどころにはっとさせられる箇所があった。「生け垣が冬は雪で白くなり／五月にはサンザシの花で白くなる」という一節、そして「王〔チャールズ一世〕が戦に敗れた」という一節。しかし、なにより目を啓かされたのは、「きみはなんのためとは知らずに旅をし、〔リトル・ギディングを〕訪れた」と詠われる部分だった。エリオットは〝きみ〟という二人称を使うことで、読者ひとりひとりに強く訴えていたのだ。「なぜここに来たのかきみは知らない」とか「その理由はきみの想像を超えている」などという具合に。そして、「旅の目的が満たされ、なぜここに来たのかがわかったとき、その目的は変わってしまう」とエリオットは続けていた。

こうしてクリスマスをともに過ごすメンバーたちを見まわしていると、わたしたち自身もまた、同

じような旅の途中にあり、しかもなんのために来たのかわからずにいたことにふと気づいた。それは、単に本選びを手伝ったり、メンバーを励まして日記を書かせたり、書物について話し合い、それを本にしたりするためだけでなく、わたしたちの人生をつなぐ目に見えない糸に触れるためだったのだ。受刑者がわたしにつながり、わたしが父につながり、わたし自身のやわな勇気にもつながっている。メンバーたちが今後歩みだすその旅は、不安定でおそらくたくさんの勇気が必要になるだろう。この詩にはこんなふうな一節もある――「死者たちは炎の舌で語る／生前には語れなかったことを／死してはじめてきみに語ることができるのだ」。すえた臭いがこもる刑務所の一室で、わたしは父の存在を間近に感じ、自然や詩を通して、そしていまも熾しつづけてくれる勇気の残り火を通して、父が与えてくれたものすべてを思い返していた。

ふと顔を上げると、ガストンが挙手をし、人は旅をすると賢くなるのか、というキャロルの質問に答えようとしていた。「東方の三博士は、以前の生きかたがもう受け容れられないことを知ったんだよな」。その言葉を、全員が神妙な面持ちで受けとめた。なぜなら、それは受刑者への手きびしい教訓でもあったからだ。彼らにとっては、以前の生きかたこそが刑務所に入れられる要因だったのだから。

教誨師から〈点呼〉の声がかかりそうな時間がくると、キャロルはみんなにプレゼントがあることを告げた。友人たちには毎年クリスマスに手作りのフルーツケーキを配るキャロルだが、刑務所の規則ではそれが許されない。手作りがだめなら、なにか買って贈りたいと相談され、わたしはクリスマスツリーのオーナメントを勧めた。もちろん、実際にそれを監房に吊るせるかどうかわからないし、クリスチャンでないメンバーが気を悪くする懸念もあったが、それでもキャロルはオーナメントを買うことにした。トプシー牧場の羊の原毛でできた子羊の飾り物だ。「セキュリティ検査はすんでいるから」。訊かれてもいない問いに答えるかのように、キャロルが言う。いまは無理でも、いつかその子羊をツリーに飾ってくれればいいから、とわたしたちは伝えた。参加者全員の、そして読書会の思い出として……。

男たちが集まってくると、キャロルは子羊をひとつずつ手渡した。ふわふわとした羊毛を、みなそっとなでている。そんな贈り物はつまらないとか使い道がないなどと軽口をたたくメンバーは、少なくともわれわれの前ではひとりもいない。まるでクリスマスの朝に贈り物をもらう子どものように、だれもが傷つきやすい無垢な存在に見えた。

クリスマスという〝施しの季節〟に乗じて、キャロルは財布の紐がかたい人たちに、読書会への支援を熱心に訴えた。〈刑務所読書会支援の会〉への募金を集めるべく、まずは「牡蠣とシャンパンのゆうべ」と名づけたパーティーが、一一月下旬、トロントの彼女のマンションで開かれた。けれども、参加者の多くを占める法律家たちから集まったのは、小切手で総額一万四〇〇〇ドルだけだった。パーティーには、特別ゲストとして、カナダの連邦最高裁判所判事を引退したばかりのイアン・ビニーと、キャロルの読書会第一期卒業生のひとり、ヴィンスも招かれていたのだが……。この金額では、書籍購入に必要な四万ドルにとうていおよばない。キャロルはその時点ですでに八つも読書会を設立していたからだ。

キャロルは、慣習として収入の一割を寄付する家庭で育っただけに、ほかの人たちにもハードルを高く設定し、友人といえども手加減なく懐の広さを要求する。シャンパンと牡蠣を楽しんだパーティーからわずか六日後、募金申し込みカードを持ち帰った招待客のひとりに、キャロルは電話をした。「ね、ジョン、ジョン」とたたみかける。「マタイによる福音書第六章には、『地上に富を積んではならない』とあるわよ」。なんとしても募金を集めたいとき、キャロルはよく聖書を引用する。そして、辛辣にもなる。「寄付金を出すかわりに奥さんにボランティアをさせるなんて、ちょっとずるい策略だわね」。ジョンは笑って、しぶしぶ五〇〇〇ドルを寄付した。

五〇〇〇ドルあれば、ひとつの読書会で一年分の本がゆうに買える。それに見合う高額の寄付をしたことで、ジョンはある読書会の〝パトロン〟になり、受刑者たちから感謝の寄せ書きを贈られることになった。寄付金で購入する本はどれも新品だ。というのも、メンバー全員に同じ版を渡すことが、キャロルにとっては重要だからである。同じ版であれば、本の一節をだれかが話題にしたとき、ほかの参加者も該当箇所をすぐに見つけられる。それに、刑務所あてに発送する本もセキュリティ上の基準を満たしている必要があり、新品のセットであれば、はねつけられる心配が少ないのだ。

読書会の一一日後、コリンズ・ベイにクリスマスがやってきた。カリブ海諸島の出身者たちは、注文しておいたカイエンペッパーを手に入れた。そして、クリスマスから新年にかけての週に、ガストンは以前からの希望がかなって監房を移れることになった。今度の監房は前より狭くて寒いが、同じ並びには気楽に話せる受刑者がいるし、読書会メンバーもいる。お祝いに、ガストンはトレードマークのひとつである角刈りを整えてもらった。

トロントの自宅で、わたしも自分自身の希望をかなえていた。家族が揃うこと、それがなによりの贈り物だ。成人した子どもたちは、ジンジャーブレッドでマヤ遺跡を作り上げた。エンジニアをしている息子が図案を描いて型紙を作り、ガールフレンドとわが娘が生地を混ぜて焼いた。わが家では、クリスマスにジンジャーブレッド・ハウスを組み立てるのが長年の習慣になっており、毎年違った建築物をこしらえる。薪が燃える暖炉のかたわらで、わたしたちはローストチキンのかぼちゃと芽キャベツ添えを味わった。そのあと、ブランデーに火をつけてクリスマスプディングにそそぐ。このときあらためて気づいたのだが、わが家のクリスマスと塀のなかのクリスマスとは、なんという違いだろう。

食事がすむと、わたしたちはその日の朝クリスマスツリーの足元で見つけたプレゼントの本を手にして座り、それをそっと開いた。だれかがわたしに贈ってくれたのは、マルコム・グラッドウェルの『天才！　成功する人々の法則』という本だ。一月のビーバークリーク読書会に備えて読んでおけるようにという心づかいだろう。わたしはリビングルームの椅子にもたれてグラッドウェルの当を得た言葉を夢中でたどり、夫のほうはイギリスの歴史家イアン・カーショーの『終焉――ヒトラーのドイツその挑戦と破滅　一九四四―一九四五年（*The End: The Defiance and Destruction of Hitler's Germany, 1944-1945*）』にどっぷり浸っている。なんとも幸せなクリスマスだ。

その夜、お皿の片づけを終えたわたしは、暖炉のマントルピースに置かれたクリスマスカードに目をやった。クリスマス前にビーバークリークを訪れたとき、グレアムがくれたものだ。受刑者からクリスマスカードをもらったのは後にも先にもこのときだけだし、まして相手は薬物売買で有罪になったヘルズ・エンジェルスの元メンバーである。「アン、あなたからの友情と支援は、なによりも大切な贈り物です」。カードにはそう書かれている。「心から感謝しています。家族のみなさまとともに、どうか幸せなクリスマスと新年を迎えられますように」。サインの最後はきれいな飾り文字で、一〇センチほども伸びている。知り合ってから一〇か月にしかならないけれど、ベンと同じようにグレアムもまた、わたしを友人とみなしてくれたのだ。カードを読むたびに、わたしは胸が熱くなった。

あの日、なにも持たずにビーバークリークに行ったことを、わたしはいまでも心苦しく感じている。こちらからグレアムに贈るカードを持っていかなかったのだ。これでは、読書会でドレッドが言っていたことと同じではないか。もし、ディリンガム・ヤング夫妻のどちらかひとりだけが、自分を犠牲にして贈り物を買っていたらどうなっていただろうと――

第13章 三人の読書会

『第三帝国の愛人』『天才！ 成功する人々の法則』

ビーバークリーク刑務所のあるマスコーカ地域［オンタリオ州中央部に位置し、自然豊かな別荘地として知られる］の冬は、フランクが暮らしていたトロントよりも、積雪量がいちだんと多い。フランクは自分のユニット用に食料を調達してくる仕事を担（にな）っているので、所内の売店から食料の入った袋を運ぶとき、両側に雪が高く積み上げられた歩道を通ることになる。彼の日記には、一月初旬の記述にこんな観察記録が見られた。敷地内のリスが、一、二匹を除いてすべて姿を消した。まだ活動しているのは、たぶん今年の夏に生まれた子リスで、冬眠を学習していないのだろう、と。わたしは、日記を書いているメンバーたちに自然を観察するよう勧めていただけに、フランクがさっそく実行してくれたことを嬉しく思った。ビーバークリークでは、受刑者用の屋外スケートリンクを準備中で、フランクは一月後半に膝の手術をしなければならないため、できればその前にスケートをしておきたいらしい。スケートシーズンが終われば、おそらく職員はスケート靴のエッジが紛失していないか、念入りに数を数えることになるのだろう。

クリスマス期間、フランクは外泊許可を申請して妻やふたりの子どもに会いにいくつもりだったのだが、申請は却下されてしまった。以前、グレアムが外泊を許可されていたことを考えると、本人にすればこれはあまりにきびしすぎるように思えた。外泊許可（職員戒護なし一時帰休）の基準は厳格で、往々にして地域住民からの意見も考慮される。それにしても、近くの街で不動産関係の試験を受ける予定もこれでふいになってしまった。「グレアムには許可が出たのに、どうしておれはだめなんだ？」フランクはわたしに不平をもらした。「罪状はたぶんおれより重いはずなのに」。とはいえ、日記にはこうした失望もいくぶん達観したようすで綴られ、服役期間が終わりに近づいたいまとなっては、多少つまずいても気にせず、個人的なこととは考えないようにしよう、とあった。二月には仮釈放審査の公聴会が開かれる予定だが、その結果についてもすでに覚悟を決めているようだ。そんなふうに思うようになったのは、刑務所の図書室から借りた『シンシンの二万年（*Twenty Thousand Years in Sing Sing*）』という本を読んだからだという。この本は、ニューヨーク州の歴史あるシンシン刑務所の元所長、ルイス・E・ローズが一九三二年に書いたものだ。フランクによれば、ローズは二〇世紀初めの刑務所内の環境を批判しているのだが、ローズが提唱した改善策の多くは、いまだに実行されていない。そして、服役期間の長い受刑者はローズの時代もいまも相変わらず〝狡猾〟で、なんとか規則の裏をかこうとたくらんでいるらしい。

雪に閉じこめられて気が滅入りそうなこの時期、フランクの日記からは、次々と本を読了していくようすがうかがえ、一冊ごとに短い感想も記されている。そのなかの一冊が、ギャング団の一員ジョーイ・ギャロを描いた『ジョーイ』で、三〇年前に一度読んでいるが、映画スターとも交流のある派手なその人生に、今回は憧れを感じることもなく、それどころか彼の悪事の数々や女性の扱いかたに嫌悪感を抱いたという。そういえば、以前なにかで読んだところによると、皮肉なことに、ギャロは獄中でたいへんな読書家になり、ヴィクトル・ユーゴーやカミュについて議論していたそうだ。

フランクが最近読んで気に入った四冊は、すべて女性を主人公にした本だ。アヤーン・ヒルシ・アリの『ノマド（*Nomad*）』、そして『ガラスの城の子どもたち』『マフィア・ワイフ』、それにロディ・ドイルの『ポーラ――ドアを開けた女』。登場人物が女性の場合、フランクの意見はかなり的を射ている。どうやら、同じ男性作家でもドイルよりローレンス・ヒルのほうが女性の頭のなかに入りこむのがうまいという結論に達したらしい。それがわかるのは、『ポーラ』の主人公ポーラ・スペンサーがチャルロに欲望を抱く場面だという。あとでフランクはこう言っていた。

中庭を歩くチャルロを見て夢中になった、というのはわかる。「でも、ほかの箇所にあった、『ああ、彼のズボンを脱がせたい』なんてこと、女は考えないと思うな」

フランクが日記にこうした書きこみをした数日後、わたしはグレアムも交えて三人で話そうとビーバークリークへ向かった。人里離れた道路は、秋にも通ったことがあったものの、真冬には様相が一変し、曲がるべき道を見つけるのも難しいくらいだ。そのうえ、除雪車に巻き上げられた茶色い雪が、道路標識を隠すほど高く積もっていた。ひとつでも曲がり角を間違えると、林道に入りこんでしまいそうだ。そのとき、スマートフォンにGPS機能があることを思い出した。おかげですぐに現在地がわかり、刑務所にたどり着くことができた。

看守のチェックを受けたあと、チャペルでふたりに会った。グレアムは、自宅に帰る許可をもらえないフランクに同情していた。地元で犯罪行為におよんだ場合、一時帰休や仮釈放で自宅に戻る許可を得るのが難しくなるのだ。残念なことに、フランクが今回の〝お勤め〟にいたる事件を起こした場所は、自宅からさほど離れていなかった。本人は事件のことをあまり口にしないし、こちらも詮索したいとは思わない。わたしが知っているのは、新聞記事に「〝不届きにも〟真っ昼間にレストランを襲った発砲事件」と報じられていたことだけだ。

しかし、申請を却下されたせいか、フランクはその日、自分から事件のことを話したがった。もう一〇年以上前のことだ。当時、彼は五〇歳くらいだった。トロントにあるはやりのレストランに入っていき、知り合いのウェイトレスに挨拶しようとした。ある新聞記事には、営業時間前だったためオーナーに入店を拒まれ、いざこざが起きた、とあった。ところが、本人の弁によれば、それは事実と違っている。男性店員がそのウェイトレスと話させまいとして、フランクの胸ぐらをつかんだのだ。フランクは床に倒れこみ、スツールを抱えて身を守る態勢をとった。店員はスツールを奪ってかたわらに投げ、フランクを店の外に連れだして殴った。フランクはいったんその場を立ち去ったが、しばらくして40口径の半自動拳銃を携えて戻り、発砲しはじめた。店員も常連客たちも逃げまどい、銃弾が飛びかうなかで、一発がオーナーの背中に、もう一発がだれかの足に当たった。死者は出なかった。ほかの銃弾は店の壁や備品の表面をえぐった。フランクの話に、わたしはじっと耳を傾けていた。人を怯えさせるそんな行為をフランクがしたなんて、想像しがたい。わたしと会っているときはきわめて理性的なのに。

　フランクは六年のあいだ逃亡していた。といっても潜伏していたのは公共の場所、つまり図書館だ。日中はたいがい、広大なトロント中央図書館で過ごしていたという。六年の逃亡期間中には、カナダ・クライムストッパーズ［住民が匿名で警察に情報を提供するための組織］の最重要指名手配リストに挙げられていたこともある。裁判では、殺人未遂罪は免れたものの、加重暴行と武器使用の罪で八年半の刑を言い渡された（三年半の未決勾留期間を含む）。しかし、検察側の上告により、最終的に刑期は一〇年になった。

　そのあと三人で話した二時間は、わたしがそれまで刑務所読書会で経験してきたなかでも、ひときわ中身の濃いひとときだった。午後のその数時間は三人だけの読書会になり、外の世界ではたいがいの読書会がそうであるように、わたしたちはざっくばらんなお喋りをした。話はしょっちゅう脱線したが、どんな話題になっても、これまで読んできた本のどれかに結びついた。自分たちのなかにしっかりと根を下ろした本の数々が、まるで過去の経験のように、記憶として、あるいはものごとの判断基準として立ち上がってくるのだ。

まず、わたしがふたりに感想を訊ねたのは、エリック・ラーソンの『第三帝国の愛人――ヒトラーと対峙したアメリカ大使一家』だ。本書は、ナチス政権下にあった一九三〇年代のドイツを、おもにドイツ駐在のアメリカ大使ウィリアム・ドッドと、男性遍歴を重ねる天真爛漫な娘マーサの目を通して綴ったノンフィクションである。一二月のビーバークリーク読書会でこの本が取り上げられたとき、わたしはコリンズ・ベイのほうにいて参加できなかったため、みなでどんなことを話し合ったのか、知りたくてたまらなかった。この本は、トロントのわが女性読書会でもずいぶん話題になっていた。著者のラーソンはマーサを、第三帝国の高官たちに心を奪われ、ナチスの思想に傾倒していく女性として描いている。彼女はゲシュタポの長官ルドルフ・ディールスと情事を重ね、ヒトラーのお相手探しが始まったときには、このドイツ首相とも近づきになる。マーサの父ドッドは、ベルリンが不穏な事態に陥っている事実をワシントンになかなか伝えようとしない。〝褐色シャツ隊〟として知られる突撃隊（SA）がベルリンの街を統治し、アメリカ人やユダヤ人が迫害されるのを目にしてもなおドッドは動こうとせず、ベルリンに赴任して一年後、ヒトラーが突撃隊内部の宿敵たちを粛清した、おぞましい〝長いナイフの夜事件〟［一九三四年六月、ナチスの親衛隊（SS）と突撃隊との確執により、突撃隊内の反ナチ勢力が逮捕、処刑された事件］が起きてようやく、強い懸念をワシントンに伝える。

グレアムとフランクの話では、残念ながら、ビーバークリーク読書会のメンバーの大半がこの本を気に入らなかったらしい。フランクが言うには、たとえば大使公邸の四階にいたユダヤ人親子がその後どうなったのかわからないままだとか、尻切れトンボのエピソードが多すぎた。それでもたっぷり二時間、「実りある」話し合いをしたという。たとえ本の内容が気に入らなくても、話すべきことはいくらでもあるものだ。

「マーサについては、どんな意見があった?」と訊いてみた。

「そうだな、あの女は……」。フランクが言葉を探す。

「変なことを言うんじゃないぞ」。グレアムはコーヒーマシーンからコーヒーをそそぎながらフランクに釘を刺した。

「ふしだらだ」とフランク。

フランクによると、どうやら、彼女の身持ちの悪さをめぐる話だけで読書会が終わりそうになるほどだったようだ。とはいえ、フランク自身はマーサを評価する手段として、なんとマルコム・グラッドウェルの『天才! 成功する人々の法則』を挙げてみせた。機会を活かすことが成功につながると説くこの本を、翌週の読書会に備えて三人とも読み進めているところだった。「マーサを見てると、どうもあの本に当てはまりそうなんだ」とフランク。「彼女がいろんな相手に出会えたのは、運がよかったせいもあるだろ。父親が大使だから、その娘という立場を利用した。それを責めるつもりはないし、おれはこの女が嫌いではない。心根のやさしい人だと思うよ」

「話し合いがいちばん盛り上がったのは、ドッドのふるまいについてだな」とグレアムが教えてくれた。「ドッドは米国国務省のお偉方にも、ドイツ人にも無能と思われていた」。シカゴ大学の教授時代にアメリカ中西部の倹約志向が染みついていたドッドは、ワシントンの官僚や、贅沢に慣れた外交局職員とはそりが合わなかった。融通のきかない堅物（かたぶつ）とみなされていたのだ。わたしたちは、ドッドが浪費を嫌い、優雅な公用車ではなく古いシボレーでベルリンの街を走っていたことを話題にした。

「ドッドは贅沢をする大使館の職員たちに、嫌われるのを覚悟で目を光らせていたでしょ」とわたしが言った。「まるで会計士みたいに、細かいことを気にするのよね」。いちばんわかりやすい例として、グレアムが大使公邸のドイツ人執事フリッツの名を挙げた。ドッドはフリッツをスパイではないかと疑いながらも、そのことには正面切って触れず、ただ「フリッツ、ナイフとフォークの数を確かめなさい」と命令する。グレアムがその口調を真似ると、わたしたちは大笑いした。グレアムは椅子の背にのけぞり、手を叩いて自分のジョークをおかしがった。

そのあと、わたしたちの話題は、読書会で読んだ本に限らず、歴史と本とのあいだを行ったり来たりした。グレアムは、戦争の勝者が自分たちに都合のいい物語をこしらえるのだと、アル・ゴアの『理性の奪還――もうひとつの「不都合な真実」』という本を例に出した。国家はみずからを偽って開戦を正当化する、と訴える本だ。そして、第二次世界大戦中、北米の港では、ボートでやってくるユダヤ人難民を追い返していたことが話題にのぼると、わたしはその史実を取り上げたカナダ人作家アーヴィング・アベラの『ひとりたりとも入れない（*None is Too Many*）』を読むようふたりに勧めた。次に、わたしが熱を入れて語ったのが、一九四七年に刊行されたハンス・ファラダの『ベルリンに一人死す』だ。これはベルリンでごくふつうに暮らしていた夫婦が、ナチスへの抵抗運動に立ち上がる小説で、わたしは夫へのクリスマスプレゼントにこの本を買ったばかりだった。フランクもこの小説のことをよく知っていて、マイケル・ホフマンが英語に翻訳したのはごく最近なのに、もう読み終えたという。続けて、グレアムが当時のアメリカの孤立主義や、ソ連の領土拡大への野心について語りはじめると、話題は、最近ふたりが夢中で読んだというデイヴィッド・ベニオフの小説『卵をめぐる祖父の戦争』へと移っていった。

「ナチス包囲下のレニングラードで、ソ連軍の大佐の娘が結婚するっていうんで、ウェディングケーキを作るために卵を一ダース用意しなきゃいけなくなる話なんだ」とグレアムが説明してくれる。

「大佐に捕えられたふたりの青年が、解放してもらうのと引きかえに、卵を調達してくるよう命令されてさ」と、今度はフランクが続ける。「ふたりはパルチザン［外国軍などに対して自発的に戦う遊撃兵のこと］と行動をともにしながら、卵が見つかるまで、ありとあらゆる冒険をしていくんだ。この本、おれはひと晩で読んだよ。いや、一日半くらいかな」

「あれはおもしろい本だったよな」とグレアム。

ふたりが第二次世界大戦のことをよく知っているのには感心させられる。フランクは、［第一次世界大戦のあと］ドイツがヴェルサイユ条約で莫大な賠償金を課せられ、不満を抱いていた事情をきちんと理解していた。グレアムは、早い段階でヒトラーがイギリス遠征軍を壊滅させることもできたのに、なぜか〔フランスの〕ダンケルクでドイツ軍の進撃を停止させた一件を挙げ、さらに一九三〇年代のアメリカの孤立主義をみずから話題にした際にはこんなふうに表現した。アメリカは刑務所の囚人と同様、事なかれ主義を選んだのだ、と。「かかわる必要のないことにはかかわるな。知らん顔してろってことさ」

気づけば夕方近くになっていて、グレアムはあくびをし、フランクは鼻をぐずぐずいわせはじめた。ふたりと別れの挨拶をかわして建物を出ると、外は身を切るような寒さで、踏み固められた雪の上を歩くとき、ブーツがきゅっきゅっと音をたてた。

七日後、『天才！』を取り上げる一月の読書会に参加するため、ふたたびビーバークリークを訪れた。グレアムは外泊許可が下りて不在だったため、その日の話し合いを仕切ることができない。けれども、フランクのほうは準備万端だった。課題本だけでなく、同じくベストセラーになったグラッドウェルの『急に売れ始めるにはワケがある』と『第1感』をすでに読んでいた。コリンズ・ベイにいたとき、グラッドウェルの以前の作品をキャロルに勧められたのだ。

受付ロビーをふと見ると、カナダでよく知られたあるホワイトカラー犯罪者〔詐欺、横領、収賄など、みずからの社会的立場を利用して罪を犯した者〕が、面会に訪れた人たちと、なにやら話し合っていた。ブランドものの緑色のプルオーバーと、雪のように白いニューバランスのランニングシューズといういでたちは、いやでも人目を引き、クッキーモンスターのTシャツや野球帽姿の受刑者たちに混じると、場違いな感じがした。おそらくそういう格好のほうが新しい環境でも気分がいいし、昔の友人や仕事仲間と会うときにも対等な気持ちでいられるのだろう。

　読書会が始まるまでの三〇分、フランクとその日の課題本について話をした。冒頭のエピソードを読んで、彼はイタリアの生まれ故郷を思い出したという。著者が紹介しているのは、イタリアのロゼトという町から集団でアメリカのペンシルベニア州に移住した住民のことで、彼らの心臓病の罹患率（りかんりつ）がきわめて低いという事実に、疫学調査をした医師が驚いたのだ。フランクもイタリアの南のほう、ブーツにたとえればつま先に近い、カラブリア州のヴァッレロンガという小さな町で生まれた。ロゼトの住民と同じように、ヴァッレロンガでも自給自足が好まれ、フランクもそれが健康にはいちばんだと信じている。その街にいたのは三歳半までだが、故郷の記憶はかすかにあるという。「小さな広場があったのを覚えてる。荷車が馬に引かれてたのも覚えてる。それから、年寄りの女がおれの腹にでっかい鍵を突きたてて、へそを開く真似をしたことも」。フランクによると、一九五〇年代にその街の住民の九割が、家財道具を運びだして家に鍵をかけ、職を求めてトロントに移住したそうだ。

　フランクがロゼトのことを初めて耳にしたのは、ペンシルベニア出身の男がボクシングの相手になったときだ。フランクは、九歳から一九歳まで一〇年間ボクシングをしていた。そして、グラッドウェルのある著作を読んだときから、ボクシングで何度も顔面を殴打されたことが脳に影響し、判断力を失ったのではないかと考えるようになった。「くそっ、だからあんなことをやらかしちまったのかもしれないな、と思ったんだ。自分が悪いことをしてるのはわかってたけど、どうにも衝動を抑えられなかった」

読書会が始まるちょっと前、緑色のプルオーバーを着た例のホワイトカラー犯罪者と、ばったり顔を合わせた。彼はレイモンドという名で、読書会がどこで開かれるのかフランクに訊ねていた。「おれが誘ったんだ」。レイモンドが立ち去ると、フランクはそう言った。「あいつは、本を何冊か書いたこともあるらしい。読書会に来れば花形になるぞって伝えておいた。もちろん、問題があれば追いだすさ。ほかのやつらと同じだ」。読書会には無期刑囚も多いので、新しい参加者が入る余地はなかなか生じないという。以前とはだいぶ状況が変わったようだ。

『天才!』には、どんな受刑者でも励まされそうな言葉が並んでいる。著者の主張によれば、成功するかどうかは、知性や生まれつきの才能だけで決まるのではない。フランクも日記に要約していたのだが、大事なのはむしろ努力と運だ。もちろん、著者が書き加えているように、持って生まれた資質のようなものはだれにでもあるが……。いまは塀のなかにいる受刑者でも、いくらかの才能と努力する意志と多少の運があれば、成功するチャンスはあるというわけだ。

この本に取り上げられたふたつの主張は、時代に即した考えかたとして知られるようになった。ひとつは、能力のある個人が成功するには、運や機会の果たす役割が大きいということだ。グラッドウェルによると、第一線で活躍するアイスホッケー選手には一月や二月など、早い月に生まれた選手が多いという調査結果が出ている。カナダで年齢を区切る期日である一月一日のすぐあとに生まれた子は、同じ年のもっとあとに生まれた子よりもたいてい体が大きい［年齢別チームを作る場合、カナダでは一月から一二月生まれを同年齢とする］。たとえば五歳でホッケーを始めた当初は有利な点はわずかしかないが、体格のよさがコーチの目を引き、子ども時代から思春期にいたるまで、チャンスを与えられることが多くなるため、どんどん有利になっていくのだ。

もうひとつ、読者の関心を引く話題は、特定の分野で生来の才能を持った人が、一万時間を練習に当てれば、卓越した技能を身につけられる、というものだ。著者が例に挙げているビートルズは、一九六〇年から六二年にかけて、ドイツのハンブルクのストリップ劇場でひっきりなしに演奏していた。この〝いかした四人組〟は、その間に二七〇日ステージに立ち、長いときにはひと晩で八時間も演奏しつづけた。必要とされる一万時間のうち、この期間だけで合計二〇〇〇時間以上になる。それを考えると、たとえば五年の実刑判決を受けた受刑者なら、自動的に一万時間（空き時間を週に四〇時間として）が与えられるわけだから、ヨガでも小説の執筆でも外国語でも、習得するにはじゅうぶんなはずである。もし、その分野に生まれつきの才能もあったとすれば、成功することさえ夢ではない。

話し合いを始めるにあたって、わたしたちはまず一万時間のことを話題にした。長い髪がアウトドア用ジャケットの襟にかかっているトムは、父親とキャッチボールをしたり、母親に勧められたピアノを練習したりして時間を分散させなければ、好きだったピアノのほうに一万時間打ちこめたかもしれない、と話した。アールは、すぐれたアイスホッケー選手になるには、自分としても一万時間は妥当に思える、と言った。彼はアイスホッケーで有名なブラントフォード［カナダ・オンタリオ州南西部の都市］の出身だ。「物心ついたときから、氷が張ってるとこならどこででも、一日じゅう滑ってたよ。池でもホッケー、川でもホッケー、道路でもホッケー。駐車場でもだ！明るくなるとすぐ出かけていって、暗くなるまで帰らない。スケート靴を脱ぐと、自分の足じゃないみたいに感じたもんさ」。ブラントフォードは、プロアイスホッケー界の「ザ・グレート・ワン」として知られる名選手ウェイン・グレツキーを生んだ街だ。

ドクによれば、成功するには時間や才能だけでなく、グラッドウェルも指摘するとおり機会が与えられることも大事だ。「要所要所でチャンスを与えられること。それが飛躍の足がかりになる」

しかし、司書の仕事をしているブックマンはその意見に懐疑的だった。彼は大人になってからアルバータ州に引っ越したとき、そこでフリークライミング——ロープなどの道具に頼らないロッククライミング——の才能に目覚めたらしく、そのいきさつを語ってくれた。「そのときまでまったく経験はなかったし、教わる機会もなかった。自分からやろうと決めただけだ。それまで、おれにはなんの才能もないと思ってたのに、始めて半年で、長年やってたやつらと同じくらい上手になったんだ。自慢じゃないけど、おれは壁を登るのがすごくうまいんだぜ」。もしここが中警備の刑務所で、所長がそんな情報を聞きつけたとすれば、感心ばかりもしていられないだろう。

すると今度はダラスが、才能と努力を分けて考えない新たな切り口を示した。ダラスは背が高く黒髪で、おそらくこの場では一番か二番目の若さだ。「持って生まれたものがあるからこそ、一万時間も練習したいと思えるんじゃないかな」。なるほど、言われてみればそのとおりだ。持って生まれたものとは、もしかしたら情熱や興味や衝動的な欲求のことかもしれない。ダラスの言葉に、全員が考えこんだ。衝動的な欲求も才能に含まれるのだろうか？

話し合いの時間が半分ほど過ぎたころ、ようやくレイモンドが口を開いた。自分はまだビーバークリークに来たばかりなので、この本を読んでいないと断ったうえで、はたしてこれがすぐれた本なのかそれほどでもないのか、メンバーたちの評価が見えてこない、と言う。「読者の社会的・経済的レベルがここにいるメンバーくらいだと仮定すると、みんながこの本を一から一〇までで何点だと思うのか興味がある。それから、本書の宣伝文句に納得できるかどうかも、聞かせてもらえるとありがたい」。本の冒頭に紹介されている書評には、この本が〝爆発的〟におもしろく、〝目を見張る〟ような科学的情報と自己啓発の方法に満ちている、とある。これはアメリカの情報誌『エンターテインメント・ウィークリー』からの引用だ。

わたしは、ある意味レイモンドに敬意を表さざるをえないと感じた。なぜなら、彼の質問をきっかけとして、この日いちばんといえるほどの整然とした議論に移っていったからだ。メンバーたちがひとりずつ『天才！』への評価を下していき、たしかにおもしろくはあるが〝爆発的〟というほどでもない、ということで、結果は三点から八点までに分かれた。平均すると六点というところだ。フランクも、〝科学的でわかりやすい内容〟を評価して七点をつけたが、グラッドウェルのほかの著作と同じで、はっきりした解決策が示されていないのが難点だと口にした。社会学を専攻していたというリチャードは、グラッドウェルの統計の使いかたには感心しないと批判し、著者を〝出版界のマイケル・ムーア〟〔アメリカの映画監督。『華氏911』（二〇〇四年）など社会派の作品で知られ、世間を騒がせる過激な行動も多い〕と呼んだ。

自己啓発の面で学ぶところが多いとして、高得点をつけたメンバーも数人いる。彼らの切実な言葉は、わたしにとってこの日もっとも心に染みるものだった。ブックマンは、コミュニケーションのへたな仲間の受刑者に、「円滑な人間関係には実践的な知性が必要」と説く章を読ませてみたという。すると、自分を変える方法を考えるきっかけにしてもらえたというのだ。そして、アールも希望に満ちた表情でこう言った。「燃えるような情熱とか個性がなくても、スティーヴン・ホーキング博士みたいに知的でなくても、自分に合うものはだれにでもあるはずなんだ」と。

評価の点数はまあまあというところなのに、なぜこの本がベストセラーになり、メンバーたちも夢中で読んだのだろう、とレイモンドが問いを投げかけた。フランクは、この本が売れた理由は、著者の前々作『急に売れ始めるにはワケがある』を読めばわかると答えた。つまり、口コミ効果だ。とくに「ハッシュパピー」をめぐるエピソードにそれがよくあらわれているとフランクは続けた。一九九五年、マンハッタンのおしゃれな若者数人がなにげなくハッシュパピーの靴をはいていたところ、急激な拡がりをみせ、それまで売上が低迷していたゴム底（クレープソール）のやぼったいスエード靴が爆発的に売れはじめたというのだ。あるいは、ボランティアの進行役フィービーが言うように、この本はこれから一万時間をなににあてようかと考えるべき若者によく読まれているのかもしれない。いっぽう、ブックマンは冗談めかして、レイモンドの言葉どおり、おれたちはたしかにちょっと夢中になりすぎだと応じた。結局のところ、刑務所にいるからこそこの本に夢中になるのだ、と。

話し合いのあいだ、成功する要因は才能なのか環境なのか、という問題が幾度となく話題になった。そのなかで、バーンがこれまで自分のしてきた行動を、本書に挙げられた例に当てはめて考えていたのが、なによりおもしろく感じられた。命よりも尊厳を重んじる〝名誉の文化〟を持つ民族には内部抗争が起こりやすいことから、世代から世代へ受け継がれた文化的遺産は、遺伝的遺産に劣らないほど強力であることがわかると著者は言い、犯罪行為などはそうした民族的な要因が大きいと主張している。「おれは養子だけど、名誉の文化を持ってた実の親のほうに行動が似てしまうのかな。どうなんだろう」

この問題は、「名誉殺人」として注目を浴び、当時キングストンの裁判所で審理中だったある事件にも深く関係している。アフガニスタンからモントリオールに移住した、ある一家の両親（と息子）が、男性と交際したり伝統的衣装を拒んだりした一〇代の娘三人を殺害した罪で起訴されていたのだ。読書会のあと、被告人はその月のうちに有罪宣告を受けることになった。偶然にも、テーブルの真ん中に置いてある翌月の課題本は、アヤーン・ヒルシ・アリの回想録『もう、服従しない――イスラムに背いて、私は人生を自分の手に取り戻した』だ。この本は、遊牧の民ソマリ族として育った著者が少女時代を回想し、のちに政治家となったオランダで、強制的な服従に苦しむムスリム女性の解放を掲げ、イスラーム過激派に狙われたいきさつを描いたものである。

メンバーたちはめいめい新しい本を手にしたあと、わたしのところに来て握手したりちょっと言葉をかわしたりしてくれた。トムは、「前書きをクリストファー・ヒッチェンズ［イギリス出身の作家・ジャーナリスト。宗教の危険性を訴える著書が多い］が書いてるから、きっとこれはいい本だと思うよ」と声をかけてきた。フランクは、わたしに頼んだ伝言「〝物乞いの親分〟がよろしく」にヴィンスがどんな反応をしたか訊ねてきた。「あいつ、おれのことだとすぐわかったかい？」

「ええ。あなたが〝物乞いの親分〟になって仕事を紹介してくれるんだろう、と冗談を言ってたわ」

第14章 島の暮らし

『スモール・アイランド*』

ベンとガストンから聞いたところによると、〝クリスマス・バッグ〟を利用してカイエンペッパーを手に入れた受刑者は何人かいたが、その危険性に看守が気づいたのは、新年になってだいぶたってからだったらしい。カイエンペッパーに含まれるカプサイシンという成分は催涙スプレーの原料なのだ。カイエンペッパーにほんの少しのアルコールと、簡単に手に入る材料をひとつふたつ加えれば、受刑者にも同じようなものが作れてしまう。それを看守の目に吹きかければそうとうのダメージを与えられる。看守のほうは、前年からようやく護身用として催涙スプレーを携帯しはじめたばかりだった。カイエンペッパーの危険性に気づいたとたん、当局は八日間の監禁措置をとってスパイスを捜索することに決めたという。

赤レンガ色のそのスパイスを購入した者は全員、返却を求められた。何人かは返したが、なんと、返さない者もいたという。「強引なやりかたに、みんなかえって反発しちまったみたいなんだよ」とベン。「しまいこんだり、なにかに混ぜたり、どこかに隠したり」。ベン自身もふた袋を返さなかった。看守たちはベンの監房をくまなく探してその四五グラムぶんを見つけだし、刑務作業の収入二日分に近い五ドルを罰として徴収した。ガストンによると、看守たちは目を守るため、顔面防護用のヘルメットをかぶって捜索していたらしい。

カイエンペッパーを取り上げられたことで、ジャマイカをはじめカリブ海諸島の出身者たらは、意外なほどの落ちこみをみせた。なんといっても、彼らの郷土料理には欠かせないスパイスなのだ。とはいえ、今回の騒動は、その月の課題本『スモール・アイランド』の雰囲気にはぴったりだった。アンドレア・レヴィの手によるこのすぐれた小説は、第二次世界大戦後のイギリスで暮らすジャマイカ移民の話だ。舞台は戦争で著しく疲弊した一九四八年のロンドン。英連邦市民として戦った黒人のジャマイカ兵が、戦後イギリスで働いて生きていこうとしたとき、自分たちの〝母国〟がもはや暮らしやすい場所ではないことに気づかされる。おもな登場人物は、アールズ・コートの下宿屋で暮らす二組の夫婦――下宿屋を営む白人のイギリス人夫婦、クイーニーとバーナード、そして、そこに部屋を借りた黒人のジャマイカ人夫婦、ホーテンスとギルバートである。やがて、階級や人種の違いが原因で、彼らのあいだにさまざまな軋轢（あつれき）が生じはじめる。物語はこの四人が順々に語り手となって進行するのだが、ひとりひとりの言葉づかいや語り口が独特で、それぞれの人物像が浮かび上がってくる。読書会メンバーの少なくとも半数はカリブ海地域にルーツがあることを考慮すれば、五〇〇ページ超という大作ではあるが、やはりこの本を課題本リストに推薦したのはいい選択だったと思う。『スモール・アイランド』が多くの読者を獲得したのは、文壇での評価が高かったからでもあって、本書は二〇〇四年度のオレンジ小説賞［現ベイリーズ賞。英国で刊行された、女性が英語で書いた小説のなかから選ばれる］とウィットブレッド賞［現コスタ賞。英国で刊行された著作のなかから、小説など五部門で選ばれる］、そして二〇〇五年度のコモンウェルス作家賞［英連邦加盟国の作家から選ばれる］も受賞している。

　読書会の日は寒かったものの、雪は地面にうっすら積もる程度だった。分厚いコートを脱いだところでふと気づくと、キャロルもデレクもおしゃれな格好をしている。キャロルの新しい眼鏡は、ピンク色をした大きめのプラスチックフレームで、カーディガンは重量感のあるフェイクファーの襟飾りつきだ。デレクは、紫のストライプ模様のソックスをはいて、いつものプレッピースタイルに新味を加えている。わたしのほうはベージュのズボンに、ボタンをきっちりとめたグリーンのツイードジャケット、宝石類はなしという相変わらずの恰好だった。

　わたしはズボンの糸くずを払いながら、そろそろ〝刑務所用の制服〟を新調しなければ、と思った。そんなことを考えているうちに、ロンドンで襲われた夜に着ていた服のことが頭によみがえってきた。裁判が終わったとき、ロンドンのメルリボーン警察署から電話があり、繊維分析用に押収されていた服を返してもらいたいかどうか訊かれた。受けとりに行くと、服は封をした紙袋に入れられ、袋のおもてには大きな文字で〝証拠品〟と書いてあった。その袋を抱えてシーモア・ストリートに出ると、行きかう人たちは、二ブロック先のオックスフォード・ストリートにある百貨店セルフリッジズのおしゃれな買い物袋をぶらさげている。いうまでもなく、その紙袋のなかの洋服はシックな新品だろうが、わたしの抱えている服は繊維とＤＮＡを採取されたものだ。いずれにせよ、わたしはその服を二度と着なかった。いまも封をしたまま地下室に置いてある。

キャロルは、『スモール・アイランド』について話し合う今回、デレクがリードしてくれるようあらかじめ頼んでいた。その日はもうひとり、参加を検討中のボランティア候補が見学に来ていた。トリスタンという名の、美術教師を引退したアーティストの男性だ。「わかってる人もいると思うけど、ぼくは毎回参加できるわけじゃないんだ」とデレクがメンバーに説明する。「だから、もしこれからもトリスタンに来てもらいたいなら……」。つまり、行儀をわきまえなさい、ということだ。そこでデレクが意味ありげにドレッドのほうを見たのは、私語が多く、とりわけベンを標的にすることがよくあるからだ。今回は、読書会大使が新入りを何人か連れてきており、デレクはみなを温かく歓迎した。マイケルは、トロントの南アジア人居住区にいたらしく、ちょっと舌足らずな発音をする。ガストンとピーターが勧誘してきたのは白人三人で、マニトバ州の小さな街出身の青年コリンと、大西洋に面する州の出身で完全な禿げ頭のフォード、トロント出身で落ち着いた雰囲気のブラッドだ。ふだんなら、わたしは人種の違いにさほど関心を向けないのだが、なにしろ課題本がそういう内容なので、この日は全員が肌の色を気にしていた。ガストンが輪の反対側からわたしを見て手を振っている。手を振り返して微笑むと、向こうもにこりと笑った。心なしかいつもと違う感じがしたが、その理由はよくわからなかった。

「じゃあ、『スモール・アイランド』を始めよう」とデレクが読書会の開始を告げる。「ベン、読んでどう思った？」

「おれは両親がジャマイカ出身なんだ。この作者は、おれのお気に入りリストに入ったよ」。ベンはキャロルとわたしのために、あらかじめこの本を吟味してくれたうえ、キャロルからは同じ作者の『長い歌（*The Long Song*）』を渡され、こちらも読んでみるよう勧められていた。レヴィはベンのいう「ジャマイカのエッセンス」を完璧につかんでいるし、ことに『長い歌』のほうはベンの両親の故郷トレローニー教区〔ジャマイカの西に位置するコーンウォール郡の一教区〕が舞台となっているので、なおさらだという。

ジャマイカ生まれのハビエルはモンテゴ・ベイで幼少時を過ごし、ジャマイカの昔話を聞いて育ったから、作者がジャマイカのパトワ語〔ジャマイカ・クレオール語とも呼ばれ、アフリカの言語と英語を基盤とした現地語。ジャマイカの公用語は英語〕を身につけているのがわかるという。彼がよく聞いたのは、アナンシというういたずら者が出てくる昔話で、もともとはアフリカの民話に登場する蜘蛛（くも）のアナンシが形を変えてジャマイカに伝わったものだ。

「すごくいい本だと思うよ」とピーター。白人メンバーのなかでは、この日初めての発言者だ。「でも、どうしたって最後は人種の話になってしまう気がするんだ。で、おれは作者の言ってることをふたつほど書きだしてみた」。ピーターが読み上げたのはどちらも、イギリス国民がそれぞれ自分の属性を守るために戦ったという文章だった。「だから、これは憎しみの話じゃない。区別があるってだけのことだ。それを人種主義（レイシズム）だと片づけてしまうのは、偏った見かただと思うな」

その点をさらに強調するため、ピーターは著者が階級の違いにも焦点をあてていることを指摘し、それがわかる場面を示してくれた。労働者階級のイギリス人女性がロンドンのハマースミス地区の下宿を空襲で焼けだされ、上流階級の暮らす地域で暮らしはじめると、近隣住民から煙たがられたとある箇所だ。「自分の領域から一歩外に出たとたん、はみだし者にされてしまう。それは、人種とは関係のないことさ」

ある意味、ピーターの言わんとすることは正しい。というのも、著者は、肌の色の違いだけでなく、人々のあいだに亀裂を生みだすちょっとした見栄や優越感をひとつひとつ検証しているからだ。たとえば、この本に登場するジャマイカ人兵士たちは、カリブ海のもっと小さな島出身の兵士より自分たちのほうが上だと思っている。そして、教員の資格を持つジャマイカ人のホーテンスは夫のギルバートよりも、ベンいわく、〝えらそうに〟ふるまっている。とはいえ、わたしはピーターが引用した「属性を守りたがっているイギリス国民」というのが実際は、人種主義者である白人の登場人物、つまりバーナードのことを指していると気づいていた。クイーニーの夫バーナードは、物語のなかでもっとも鼻持ちならない人物だ。それに比べてクイーニーは人種に無頓着のようにみえる。ピーターの言葉にわたしはうっすらと不安を覚え、黒人メンバーから強い反論がきそうだと感じた。

「じゃあ、こいつらは人種主義者じゃないっていうのか?」 やはりというべきかドレッドが挑発するように言った。だぼっとしたラスタカラーのニット帽が、ここぞとばかりにジャマイカを主張している。ただし、服は規則にしたがって、みなと同じ半袖の青いシャツだ。

「読んでいて、腹が立つ箇所はいくつもあったよ」とハビエル。その低い声には説得力があり、耳元にはイヤリングがちらちら光っている。「でも、この本のおかげで、当時の状況がどんなだったか、いろいろわかった。たとえば人種が違っても戦争には行かされるけど、同じシャワールームを使っちゃいけないとか」

そのあいだ、ベンのほうはピーターが話題にした「差別と区別の違い」についてずっと考えていたらしく、それを取り上げた。「おれがどこかに住んでいるとして、もし隣に貧乏なやつが越してきたらいやだな。家の資産価値が下がっちまう」

その言葉に全員が吹きだし、大声で笑ったが、本人はきょとんとしている。

ドレッドは、ことさら気分を害した場面があるという。それは、ホーテンスが教員採用に応募したとき、ジャマイカでの教員免許は無効だと教育局からはねつけられるくだりだ。「面接に出向いたのに、相手からはとんでもないという目で見られただろ」。その場面には、わたしも腹が立った。応対にあたった教育局の職員は、ホーテンスの持参した推薦書を封も切らずに突き返し、すぐさま自分の仕事に戻ったのである。きわめて横柄な態度だ。「あの場面はひどい」とデレクも同意した。「まるでクズみたいな扱われかただ。胸が痛くなるよ」

そのうえ、作者はホーテンスにさらなる屈辱を味わわせる。わたしはその一節を挙げた。面接の部屋から出るときに、出口と間違えてクローゼットのドアを開けてしまうのだ。この場面にジャマイカ出身のメンバーがどんな気持ちになるか、いつもながら敏感に察したキャロルはこう言った。ジャマイカの教育レベルが高いことは前からよく知っているし、ジャマイカ出身の読書会メンバーには有能な読み手が多いことからもそれはあきらかだ、と。そして、デレクやわたしに続いて、ホーテンスへの態度は言語道断だとする意見に加わった。

ハビエルは、ホーテンスが自分のいとこの女性を思い出させると話した。ジャマイカの学校で複数の学位を得ていたのに、カナダに移住してくると職にありつけなかったというのだ。「学歴がありすぎると言われたらしい。で、とうとう希望を失っちまった。気力がなくなったんだ」

デレクは、ジャマイカ出身のメンバーに問いかけた。カナダは多文化社会を誇りとする国だが、それでもカナダに来てから自分や家族が差別されたり拒絶されたりした経験があるか、と。一四歳のときに移住してきたハビエルは、カナダも差別的な国だが、アメリカみたいに「バリバリの差別主義」ではないと答えた。

アルバートというアメリカ人の参加者も、アメリカはカナダよりひどいと請け合い、ニューヨーク州とオクラホマ州で幼少期を過ごした当時、「近所で見かける警官や郵便配達人はみんな白人だったな」と振り返った。そして、カナダは「おれにはそれほど差別的とは思えない」と付け加えた。

もうひとり、ジャマイカ生まれで、口ごもるような喋りかたをする新入りメンバーが発言した。「人種差別をいちばん感じるのは警官と接するときだ、だろ？　おれが面倒を起こすたびに、送還するぞと脅してくる。おれたちがこの国を荒らしてるっていうのがやつらの言い分なのさ、だろ？」

ジャマイカ人であれば「黒人で、乱暴で、盗人ってことになっちまうんだ」とドレッド。

わたしは刑務所内での人種差別について訊いてみたかったが、その必要はなくなった。こちらもカリブ海諸島出身の新顔がその問題を取り上げてくれたのだ。「この刑務所でも人種差別は日常茶飯事だ。黒人というだけで、いろんなチャンスが少なくなる。たとえば、作業所で働いてる黒人が何人いる？　ほんの少しだろ」。そういえば、ベンも作業所で溶接のプログラムに参加できず、がっかりしていたことがある。

「おれは作業所で働いてるけど」。マニトバ州から来た新入りのコリンが口を開いた。「たしかに作業所には白人が多い。黒人は六人だ。残念だけど、あそこじゃ専門的な技術を求められるからなあ。でも、もっと黒人受刑者を雇えないかといえば、そんなことはない。雇えるはずだよ」

「おれは一九九六年から収監されてるんだ」とコリンが続ける。すでに一、五年だ。あとで本人に罪状を聞いたところ、窃盗目的で侵入した家で、年配の女性をひとり殺害したらしい。「みんなが言ってるようなことは、これまでずいぶん見てきたけど、それは白人が黒人にちょっかいを出したんじゃない。黒人が白人にちょっかいを出したのがきっかけだ。このコリンズ・ベイに来たとき、おれはユニット4のBに入れられて、周囲の黒人からは『おい、ホワイト・ボーイ』と呼ばれた。だからこっちも『おい、ブラック・ボーイ』と言い返すようになったんだ」。とはいえ、黒人受刑者にとってはそれが打ちとけるためのやりかたなのだと、コリンはすぐに察した。「いまじゃ、お互いに冗談を言い合って、たまには差別的な言葉も使っちまうけど、ムショじゃそれが親しみのあらわれなのさ」

司会のデレクが読書会の締めくくりとして、みんなが正直に話してくれたことや、互いの話をよく聞いてくれたことに感謝の言葉を述べた。キャロルとわたしにはこのあと行くところがあるため、ゆっくりしている余裕がなかった。キャロルが主催する初めての〈ボランティア感謝の夕べ〉が、キングストンの市民会館で開かれるのだ。オンタリオ州では六か所の連邦刑務所に読書会ができており、何時間も無報酬で進行役をつとめてくれるボランティアたちにキャロルは感謝の気持ちを伝えたいと考えていた。感謝会には一六人のボランティアが出席した。みな本を愛し、キャロルと同じように気概のある人たちだ。そのなかには、元図書館長や弁護士もいた。キャロルがふるまったディナーは、ポーチドサーモンのマンゴーサルサ添え、そしてチキンの生ハム包み。チキンのディップソースには、キャロルが旅行先のイタリアで買ってきたエメラルドグリーンの低温圧搾オリーブオイルが使われている。キャロルは細かいところにまで気を配り、フォークとナイフがきちんと揃っているか、ペーパーナプキンで包んであるかをひとつひとつ確認した。その夜、アマースト島へ戻ったわたしたちは、ディナーの残りを冷蔵庫に入れ、それぞれの寝室へ引き上げた。フル回転の一日だったし、わたしはその翌日には早起きをして、コリンズ・ベイ読書会のメンバー何人かと会うことになっていた。

キャロルの別荘を出たとき、外はまだ暗かった。地平線がかすかに赤くなってきたのを見ながら、キャリーバッグを引いて石灰岩の敷石を横切り、砂利道の車回しに停めてある車へと向かう。トランクを開けたとき、だれかがそばにいるような強い感覚に襲われた。キャロルはまだ寝ているし、近所の農家にも灯りはついておらず、あたりは静かだ。それなのに、だれかに見られているような、落ち着かない気分になった。わたしはバッグをトランクに放りこみ、急いで運転席に体を入れ、即座にドアを閉めてロックした。気持ちがざわついていたので、長い車回しからバックで出る際、車体が斜めになって、車輪が一瞬、芝生に乗りあげてしまった。陽が昇れば、キャロルは芝生にタイヤのあとがついているのを見つけるにちがいない。

あたりにはだれもいない。車道に出て、フェリーの乗り場まで一〇キロの道のりを走りだしたとき、ようやく緊張が解けてきた。と、そのときなにかがあらわれた。そこは、キャロルの家の車回しから三〇〇メートルほどの場所で、車道の両側にはトプシー牧場の羊の放牧場が広がっている。大型の野ウサギみたいな動きをする動物が、右手のフェンスを跳び越え、ヘッドライトの光に照らされて道路を横切り、左手のフェンスを越えて放牧場に跳びおりた。わたしはとっさにブレーキを踏んだ。すると、その動物はくるりと向きを変え、ふたたびフェンスを越えてこちらに近づき、立ち止まってじっとわたしを見つめた。ウサギのような長い耳がぴたりと合わさって、その内側の白い毛をのぞかせている。しかし、ウサギではない。茶褐色の長い毛並みを持つコヨーテだ。栄養状態はよさそうに見える。「こんにちは」と窓を開けて声をかけてみた。コヨーテはさらに近寄ってきて足を止め、耳をぴったり合わせたまま、じっとこちらを見ている。夜のあいだにトプシー牧場の子羊に忍び寄っていた生き物が、いまわたしの匂いを嗅ぎ、声を聞いているのだ。コヨーテは五秒ほどじっとしていた。そのあと、またウサギのような身のこなしで車を大きく回りこみ、車体のうしろを通って右手の放牧場に跳びこんだと思うと、ふたたび向きを変えて走りだし、車のヘッドライトのなかに戻ってきた。ライトに照らされ赤く光った目でこちらを見てから、ようやく気がすんだのか、放牧場に戻ると、池のそばの盛り土を登っていった。わたしは、コヨーテの茶目っ気としなやかな美しさに崇高なものを感じた。もしかしたら、さっきどこかからわたしを見ていたのは、あの目だったのだろうか？　わたしは笑みを浮かべながら車を走らせ、キャロルの小さな島から本土へと運んでくれるフェリー乗り場へ向かった。

その日は、読書会大使のドレッド、ベン、ガストンと個別に面談できることになっていたし、ピーターとも初めてふたりきりで話せる予定だった。一対一で話せば、おおぜいで議論するときより興味深い意見が今回も聞けるにちがいない。

ドレッドは腰を下ろすとすぐに不満を打ちあけた。読書会では全然話し足りなかったし、デレクもキャロルも、ほかのメンバーに対してはおだてるように喋らせるのに、おれにはそうしてくれない、というのだ。「気づいてたんだ。おれはよく観察してあれこれ考えるほうだから」

それなら、今回の本について話したかったことを全部聞かせてほしいと頼むと、ドレッドは喋りはじめた。妻のホーテンスを大事にしているギルバートを自分は尊敬するし、ホーテンスをロンドンに呼びよせてしばらくは体を求めなかったのもやさしさだと感じた。それに、ホーテンスの貯金がなかったら、ギルバートは戦後ロンドンに来ることすらできなかったのだから、読書会でだれかが言っていたように、夫が妻を「食べさせてやっている」わけではない。それから、クイーニーは年老いた義父アーサーの面倒をよくみて、心根のやさしい人だと思う。そして、ギルバートはだめな男なんかではない。「いい仕事を見つけようとしているけど、ギルバートはどんなに頑張っても運転手の仕事にしか就けないんだ」。ドレッドの意見はどれも正しかったし、わたしたちはそれを裏づける箇所をすべて挙げることができた。たしかなことがひとつある。それはドレッドがこの本を隅から隅まできちんと読んだということだ。

ドレッドが部屋を出ていくと、かわりにガストンが入ってきた。読書会のときに感じた見た目の違和感がなんなのか、わたしにはまだわかっていなかった。心なしか以前よりすっきりとした印象なのだ。「もしかしたら、おれ、喋りかたがちょっと変かもしれない。実は、差し歯を入れたんだ」。なるほど。前から歯が二本欠けていたのだが、ようやく口を開いて笑えるようになったそうだ。鼻のできものも治り、赤みや腫（は）れも引いている。

ガストンの日記には、『スモール・アイランド』を読んで、刑務所で出会うジャマイカ人たちへの見かたが変わった、と書いてあった。この本を読むまで、ジャマイカ人は〝怠け者〟だと決めつけていたらしいのだ。しかし、わたしから見ると、彼が考えを変えたようには思えなかった。というのも、読書会でジャマイカ人メンバーが、黒人受刑者は作業所でチャンスを与えてもらえない、と不満をもらしたことについて、ガストンはこう言ったのだ。「作業所に人種差別なんかありゃしないさ。おれは一年半あそこで働いてる。ジャマイカ人も雇われてるし、チャンスも与えられてる。けど、あいつらはズボンを腰までずり下げて、靴ひもも結ばないし、手を汚すのも嫌がるんだ。なかには、働いた経験が一度もないやつもいる」

ガストンにとって規律は重要であり、日々の祈りではなおさら規律を重んじなければならない。日記に繰り返し出てくるのが、ひざまずいて祈ることの大切さだ。最近は、膝（ひざ）の痛みを緩和する道具を売りだしたいと考えているらしい。「〝お祈り用マット〟ってのを思いついたんだ」。イスラーム教徒が祈りの際に使う敷物をヒントに、キリスト教徒用のマットの試作品をデザインしたという。マットには聖書を差しこめる切りこみがあって、持ち手もついている。どんな色が好まれるかマーケットリサーチもしたし、宣伝文句を決めるため、こんなアンケートにも答えてもらった。「あなたが神をひとことであらわすとしたら、それはどんな言葉ですか？」そんな発明をしたのなら、ＣＢＣで新しく始まったリアリティ番組「再出発（Redemption Inc.）」に出てはどうかと提案してみた。出所まもない元囚人を対象にした番組で、起業のアイデアを思いついた元囚人たちが仕事の能力を競いあい、優勝者には事業を始める元手として一〇万ドルが贈られる。

それにしても、ガストンにとってなぜそれほど祈りが大事なのだろう。「おれはもう昔の自分じゃない。変われたのは祈りがあったからだ。以前のおれは、どうしようもなく自己中心的で自分勝手でわがままで、無知で女たらしで、アル中でヤク中で、カネに飢えた強欲な人間だった」。若き日の自分を罵る言葉が、これでもかというほど口をついて出てくる。「もし昔のおれの姿を見たら、目を疑うだろうな。最低だった。クズ中のクズだ。簡易宿泊所を渡りあるいて、家もない、なにもない。食べ物もない。何人もとけんか別れしたし、嘘をついたり盗んだり騙したりもしてたから、だれにも相手にされなくなった。まったく、ゴミだぜ。よく考えてたよ。今日こそ自殺しようか、それとももう一回やりなおそうかってね」

実際に自殺を企てて死にかけたこともある。線路に入っていって、電車が来るのを待ったのだ。線路から出るよう叫ぶ警官の声がしたが、動こうとしなかった。応援の警官が駆けつけたとき、電車が近づいてきたため、警官は催涙スプレーを使って無理やり線路から連れだした。そのあとの三日間は精神病棟にいたという。「もともと体は丈夫なんだ」とやわらかな口調で言う。「せっかく健康に育ったのに、ヤクと酒のせいで心臓もセメントみたいに固くなっちまった」

「ずいぶん自己嫌悪が激しいのね」。わたしは彼の気持ちに寄りそえるように言った。拒食症のわが娘もときおりひどい自己否定に陥るので、事情はよくわかっている。

ガストンが宗教に目覚めたのは、その自殺未遂からまもなくのことだ。あるとき、排水溝に横たわって死にそうになっていたところを、通行人に発見された。両足首が折れ、肋骨にひびが入った状態だった。歯が二本折れたのも同じころだという。ゴルフクラブで顔を殴られたのだ。当時、彼は詐欺まがいのバイクの売買をしては女の子たちと遊びまくっていたのだが、その彼氏がどうやらギャングとかかわっていたらしい。やがて、だれかがナイアガラの滝の近くにあるワード・オブ・ライフ［アメリカに本部を置くキリスト教の宣教団体］の教会に連れていってくれて、ガストンはそこで神の声を聞いた。「ひざまずいていると、どうしようもなく泣けてきて、神秘体験でもしたみたいに、わけのわからない言葉があふれてきたんだ。次の週には、信者たちの前で水槽に入って洗礼を受けたよ」

宗教のおかげで、現在の妻とめぐり会うこともできた。出会ったころ、彼女は未婚のまま子どもを身ごもったせいで、もともと所属していた再洗礼派［急進派プロテスタントの一派。幼児洗礼を否定し、自覚的信仰に基づく成人の洗礼のみを認める］の教会をすでに破門になっていた。ふたりとも新しい教会を見つけたというわけだ。

ガストンは、信者らしい〝温厚〟さを保つため、『スモール・アイランド』の読書会では言い争いになるのを避けたものの、人種差別のことをほかのメンバーが話しているのを聞くと、いらいらしてしまったという。作業所の件で何人かの発言に違和感を持ったのはもちろんだが、ほかにも以前、黒人受刑者が八人か九人束になって年配の受刑者に殴りかかっているのを見たことがあるらしい。『スモール・アイランド』について話し合ったことで、刑務所内に存在する人種間の溝がいくらかおもてにあらわれたようだ。ガストンは深くため息をついてうつむいたあと、落ち着きを取り戻したようすでこちらに目を向けた。「おれが学んだのは、敵を愛し、敵に衣服と食べものを与え、許さなければいけないということだ」

「ところで、〝お祈り用マット〟について、また意見を聞かせてもらえるかな」。別れぎわ、握手をしながらガストンはそう言った。

「もちろん」

ベンがドアの隙間から顔をのぞかせた。ベンの場合、ガストンが例に挙げた黒人たちとは正反対のタイプだろう。このところ、自由時間にはずっと『語れなかった物語——ある家族のイラン現代史』を読んでいたらしい。イラン生まれの女性作家で、『テヘランでロリータを読む』の著者でもあるアーザル・ナフィーシーの回想録だ。著者の父親が投獄された際、彼女が味わった苦しみに心を動かされた、とベンは日記に書いていた。彼にとってその場面は、自分への叱責(しっせき)と感じられたのかもしれない。ベンはそのアーザル・ナフィーシーが引用していたという本のタイトルを挙げた。「『ジェーン・エア』とかいったな。彼女はフェミニストに近いんだって」。ベンが言わんとしたのは「フェミニスト寄り」ということなのだろうが、彼の言いかたも嫌いではない。

たしかに、作中でジェーンは一度か二度、怖いもの知らずの発言をしてはいるが、わたしからみれば、この作品はフェミニズムというより階級の違いを扱ったものだ。「そう、『ジェーン・エア』よ。ヴィクトリア朝のイギリスが舞台の小説なの。孤児として育ったジェーンが成人して、あるお屋敷の家庭教師として雇われる。やがてお屋敷の主人が彼女に惹かれていくのよ」。ベンはふっと笑いをもらした。一瞬にして作品世界に入りこんでしまった、とでも言いたげな笑いだ。物語が持つ魔法の力の、なんとすばやいことか。耳から入ってくるお話には、だれしも心をつかまれずにはいられない。

「でも、あまり詳しく話すと読書の楽しみが台無しでしょ。とてもいい作品だから、きっとおもしろく読めると思うわ」

最後にあらわれたのはピーターだ。わたしたちは、『スモール・アイランド』の構成について実りのある話し合いをした。わたしのほうは、作品の最後になってバーナードの長い語りがあらわれたことにとまどったと打ちあけた。おもな登場人物のひとりであるバーナードについて、いまさら掘り下げる心の準備ができていなかったのだ。それに、時系列に沿って語られないことにももどかしさを覚えた。ところが、ピーターはそんなことは気にならなかったらしい。「読書会に参加するようになって、物語の味わいかたをいろいろ学んだんだ。たとえば、時間を追って展開するんじゃなくて、進んだり戻ったりするやりかたもあるってね」

もしさしつかえなければ、コリンズ・ベイに来た理由を教えてくれないか、と訊いてみた。「全然かまわない。強盗だよ」。毎週タバコを買う近所のコンビニに押し入ったのだという。「そのときのことはよく覚えていないんだ。店員に頭をバットでじかに殴られて、腕も折られたもんでね。でも、これくらいのちっちゃなポケットナイフを持ってたから、それで、たしか相手の足を刺したんだ。あとで思い出したんだけど、逃げるときにフェンスを跳び越えようとしても、腕が痛くて跳べなかった」

　ピーターには薬物使用の経験もある。集中して使ったときには、一回で総額三万ドルも費やし、そういうやりかたのせいで、脳に一生消えない影響を受けたはずだという。「なにかを判断するときの、思考回路がやられちまうんだ」。一二月にわたしも気づいていたのだが、顔が赤いのは乾癬のせいだと彼は言った。

　わたしはピーターに日記帳を渡し、読書会の本やダフィー教授の推薦図書を読んだら、感想を記録しておくよう勧めた。翌日の一月二七日、彼はさっそく書きはじめ、まずは、わたしにどこまでさらけだすべきか案じていた。「アンを信用していいのだろうか？　もっと大事なのは、彼女の求めに応じるべきなのかということだが……まあ、鉛筆と紙があって、書くのを阻むものはないんだから、答えはイエスだろう。自分がどこまで書けるか見てみたいし、楽しみだ」。最後はサインで締めくくってあった。

　自宅への道を車で走りながら、わたしはピーターがきわめて論理的に、自分の意見をはっきり言うようすを思い返していた。これから彼がどんなことを書いてくれるのか、わたしも楽しみだった。

第15章 もうひとりの囚われびと

『もう、服従しない』

サルマン・ラシュディ〔インド出身の作家。一九八八年発表の『悪魔の詩』が、ムスリムへの冒涜だとして、イランのホメイニ師から死刑宣告を受け、イギリスに亡命した〕がそうであったように、アヤーン・ヒルシ・アリもまた、イスラーム原理主義者から命を狙われ、隠れるように暮らしていた時期があった。ヒルシ・アリ脚本の短編映画『サブミッション』(服従)パート1』(二〇〇四年)を制作した映画監督のテオ・ファン・ゴッホ〔テレビ・プロデューサーや作家として活動。曾祖父は画家ゴッホの弟テオ〕が、二〇〇四年一一月、モロッコ系オランダ人の青年に殺害されたのだが、犯人はアムステルダム東地区の区役所前の自転車専用レーンで白昼堂々ファン・ゴッホを射殺し、胸を刺して喉を切り裂いたあと、死体にメモを残しており、そこにヒルシ・アリへの脅迫文が記されていたのだ。ヒルシ・アリは、二〇〇七年に出版した回想録『もう、服従しない――イスラムに背いて、私は人生を自分の手に取り戻した』で自身の半生を描いた。ソマリアのムスリム家庭に生まれ、女性器切除や家族による激しい鞭打ちを経験し、親が決めた結婚相手から逃れてオランダの保護施設で暮らし、その地で女性解放運動家として、また国会議員としての活動を始める。そして、イスラーム教の女性抑圧を糾弾するとともに、第二の祖国オランダにおける多文化主義への取り組みかたをも批判してきた。ヒルシ・アリからみれば、ムスリムの女性は檻に囚われているが、殺害を予告され、隠れて生きることを余儀なくされた彼女自身もまた、監獄に囚われているも同然なのだ。

たえず脅迫に怯えていなければならないこの著者の感覚が、わたしには即座に理解できた。ロンドンで強盗に襲われたあと、わたしは数か月ずっとびくびくしていた。パーキングビルなどは、とりわけ恐ろしかった。しばらく車内で待って、女性かカップルの姿を見つけたら、一緒にエレベーターに乗りこむようにしていた。家では、窓の防犯用の面格子を昼も夜も締めっぱなしにし、日が暮れる前に家じゅうのカーテンを閉めて、路地からのぞかれないようにした。このときの感覚は、ヒルシ・アリの恐怖感に似ていたと思う。『もう、服従しない』を読むと、著者はドイツ・フランクフルトのホテルに潜伏していたとき、フロント係に素性を気づかれたと感じるや、ドアの内側に家具やスーツケースを積みかさねた。もちろん、わたしの場合は、大半が心的外傷のストレスによって引き起こされた妄想上の強迫観念だったが、著者が突きつけられた脅迫は、はるかに現実的で、果てのない死の宣告に等しかった。とはいえ、ロンドンではいまも、女性の首を絞めて襲う強盗事件が頻発していることを考えると、わたしの恐怖感もあながち観念的なものばかりだったとはいえないだろう。

グレアムとフランクのビーバークリーク読書会に『もう、服従しない』を推薦したのは、おそらくキャロルだったと思われる。わたしはこの本を読んだことがなかったからだ。トロントの北に位置するビーバークリークでメンバーたちがこの本を読んでいるころ、わたしもベッドのなかで、枕に背をあずけて同じ本を読んでいた。ベッドサイドの照明を、夫を起こさない程度のやわらかな光にして……。やがて本を閉じ、灯りを消したあとも、生々しい場面がよみがえってきて、なかなか寝つけなかった。たとえば、ある場面で著者は抵抗もせず自分から体を差しだし、母親に鞭打たれていた。

二月の読書会の日、ビーバークリークの受付で手続きをしていると、フロントのうしろに〝携帯用防犯ブザー〟がいくつか掛かっているのに気づいた。夕方、施設内をひとりで歩くときには身につけたほうがいいだろうか、と看守に訊ねてみた。キャロルによれば、防犯ブザーは不安感のあらわれと受刑者に受けとられかねない。だから、わたしもこれまでは使ったことがなかった。看守はわたしの質問には答えず、黙って防犯ブザーを渡してくれた。それなら、受けとっておくのが無難だろう。ロンドンで身につけていた小型の防犯ベルよりずっと大きく、一五センチほどのプラスチックの箱にボタンがついていて、それを押すとただちに看守が駆けつけてくれるしくみだ。わたしはそれをズボンのウエストに引っかけて、ジャケットで隠した。しかし、あまりいい気分ではない。皮肉なことに、防犯ブザーを持つことで、かえって周囲に危険が潜んでいるような気になった。

グレアムとフランクと三人で読書会前の打ち合わせをしたとき、わたしはまず防犯ブザーを見せた。ふたりを怖がっていると思われると侮辱することになりそうで、それはわたしの望むところではないからだ。事実わたしは彼らを怖がってはいない。しかし、ふたりとも気にすらとめなかった。「鳴らせば、おまわりが来るよ」。グレアムがただひとことそう言った。

グレアムは、だいぶひどく鼻をすすっていて、フランクに命令されシャツなしで外を歩いたせいで風邪をひいた、と冗談を口にした。グレアムは、フランクをボス扱いしてからかうのが好きなのだ。体格ではグレアムのほうがまさっているのだが、彼の冗談を聞いていると、どうやら刑務所ではフランクが権威のようなものを持っているらしく、そのあたりの事情はわたしにはよくわからない。

フランクは膝（ひざ）の軟骨（なんこつ）がすり減って手術を受けたため、脚を引きずっていた。施設内のアイスリンクでスケートをするのは、しばらくお預けだろう。それでも、手術前にはアイスリンクのでこぼこした氷で一度は滑ることができたらしい。スケート靴はサイズが八［約二六センチ］で自分の足には小さすぎたが、刃がよく滑るので驚いたという。アイスホッケーの試合を楽しんだ受刑者もいるらしい。しかし、グレアムは参加しなかったようだ。「刑務所でホッケーをするときは、刑務所のルールでやらなきゃならない。そんなのおもしろくないし、どっちみちおれはスティックで殴られたくないからな」。ヘルズ・エンジェルスの元団員はそう言った。

そのあと、わたしたちは読書会メンバーの雰囲気が微妙に変わったことを話し合った。先月、『天才！　成功する人々の法則』を取り上げた回にレイモンドが初めて参加したとき、グレアムはその場にいなかったものの、順番待ちリストに四、五人いるのに、なぜレイモンドはあっさり入れたのか、という不満の声をあとで聞いたという。

「気をつけてくれよ、フランキー。順番を待ってるやつらがいるのに、そいつらを飛ばしてレイモンドを入れると、気分を害するやつがいるかもしれないだろ」

「でも、そいつらはリストのことなんか知らねえよ。おまえが持ってるんだから」

「いや、知ってる。おれのとこへ来て文句をつけたんだ。おい、仲間が順番待ちリストに入ってるのに、レイモンドが列をすっ飛ばして、いつのまにかちゃっかり参加してるじゃねえか、って」

「なんでそうしたかわかるか？　やつなら読書会を盛り上げてくれると思ったからだ。いろんな経験をしてるから」

「たしかに、やつがいれば盛り上がるだろうよ。だけど……」。先月の読書会で、レイモンドが大きな顔をしていた、と愚痴をもらすメンバーが何人かいたというのだ。

わたしには、レイモンドがそんな態度をとっていたようには思えなかった。フランクも同意し、レイモンドはなかなかいい発言をする、と続けた。「だけど、もし態度が悪いということになったら」。フランクの口調が険しくなった。「おれたちが尻拭いする必要なんてないぜ」。ふだんの温かい雰囲気が、その一瞬だけ消えていた。フランクらしくもない。とはいえ、新しいメンバーの勧誘は、どこの読書会でもいざこざが起きやすい問題なのだ。

レイモンドに関してきびしい発言をしたフランクだったが、自分たちがいま読んでいる本の話題に移ったときにはやさしい表情になったし、とりわけグレアムが国際政治や地域紛争の話をしたときには、静かに耳を傾けていた。グレアムはクリントン政権で副大統領をつとめたアル・ゴアが二〇〇七年に書いた『理性の奪還』をしばらくずっと読んでいたらしく、イランの当時の大統領マフムード・アフマディネジャドによる核開発の脅威を話題にした。「つまり、この本は、いまイランで起きていること全部につながってるんだ」。アフマディネジャドが挑発ともいえる反イスラエル的発言をしたことを考えると、イスラエルから先制攻撃を示唆されてもやむをえないと思う、とグレアムは続けた。

「考えてもみろよ、フランキー。わが家の隣に住んでる男がこう脅してきたとする。銃を手に入れたから、月曜の朝、弾が準備でき次第、そっちへ行っておまえを撃つ、と。おまえなら、月曜の朝、相手が弾を手に入れるまで待ってるか?」

「いや」

「おれもだ。アフマディネジャドは銃を手に入れた。弾さえ揃えば、攻撃してくるんだからな」

けれども、フランクに言わせれば、そういう問題は「環境汚染のような、ほんとうに大事な問題から目をそらせてしまう」ものだ。「おれたちは地球を汚してる。その問題こそ国家間で論争すべきなんだ」。他国を爆撃するカネがあるなら、もっとまともなリサイクル施設を作るべきだ、とフランクは主張する。「イラクじゃ、才能のある人間がいったい何人殺されたことか」

そのあと話題は移っていき、わたしたちはいつのまにかまたフランクのレストラン発砲事件のことを話していた。

わたしは、フランクと重傷を負った被害者とのあいだで、修復的司法の試みがあったのかどうか訊ねてみた。修復的司法とは、加害者の逮捕後、被害者と加害者とが話し合いの場を持ち、被害者には事件でどれほど苦痛を被ったかを説明する機会を、そして加害者には罪を償う機会を与えるというものだ。フランクは、自身が逃走していた六年のあいだに、おそらく知り合いなのだろう、〝ある人〟がレストランのオーナーと接触してくれたという。「面倒はごめんだ、というのがオーナーの答えさ」

その接触がどんなものだったか想像していると、ふいにグレアムが椅子のアームをつかんで、はじかれたように笑いだした。「ほんとかよ。そんなものが……ほんとに……修復的司法のプロセスといえるのか……そんなのでいいのかよ」。痙攣的な笑いにあえぎながら喋るせいで、グレアムの目から涙がこぼれ、わたしもつられて笑った。「そんなやりかた、本来の趣旨とは違うだろ。『ええ、面倒はごめんだと相手が言ったんです』。それで一件落着。意味がわかんねえ」。グレアムはヒステリックになり、大きな両手で自分の胸を押さえていた。もちろん、彼が言いたいのは、フランクのためにオーナーと話した人間がだれであれ、相手はそれを脅迫と感じたにちがいない、ということだ。

どうにも収まらないグレアムの笑いはわたしにも伝染し、ますます笑いがこみあげてきた。笑いながらも、いったいフランクはどう感じているのか、そして撃たれた相手は結局なにを思ったのかを考えずにはいられなかった。フランクは笑みをもらしはしたが、声を出して笑うことはなかった。そのとき、教誨師（きょうかいし）が事務室のドアを開けて咎（とが）めるようにこちらを見た。「すまない、ちょっと騒ぎすぎたよ」とフランクがおとなしく謝る。

メンバーたちが読書会に集まってきた。レイモンドの姿もある。こぎれいな身なりで、〝ルーツ・カナダ〟［カナダで有名なアウトドアブランド。ビーバーのロゴで知られる］のトレーナーにしゃれたスカーフを巻いている。ふたたび参加するということは、前回の話し合いがおもしろかったのだろう。読書会に先立ってグレアムは、各自で推薦したい本があれば、わたしの〈図書選定委員会〉とキャロルに提出する、と全員に伝えるとともに、新入りメンバーに向けて、自分は読書会の調整役だと説明し、「みんなが意見を言えるようにしたいので、ひとりで喋りすぎないように」と釘を刺した。フランクとわたしは、わざと目を合わせないようにしていた。新入りメンバーに該当するのはレイモンドしかいない。

英語教師のフィービーが口火を切り、キャロルのやりかたにならって、ふだん見て見ぬふりをしている問題に焦点をあてた。「『もう、服従しない』のテーマは非常に繊細ね。政治も宗教もつねに対立を生むものだけど、ここにはその両方がある。そういったことがらを話すときには、お互い敬意を払うようにしましょう。ちょっとした言葉で人は傷つくものだから」。このグループのなかにムスリムがいるのかどうか、わたしにはわからなかった。フィービーは、微妙な話題に入る前に、ヒルシ・アリの家族を順番に見ていってはどうかと提案した。これは、フィクションについて話し合う際、キャロルがフィービーに勧めていたアプローチ法だ。しかし、回想録というノンフィクションで試みるのは、わたしにとって初めての経験だった。

最初に取り上げる登場人物は、ヒルシ・アリをいじめる兄のマハドだ。ふたりの妹、アヤーンとハウェヤが母親のきびしい監督のもとで家事をさせられているあいだ、マハドは男子としての特権と自由を享受している。フィービーが指名する必要もないほど、マハドの人物像が矢継ぎ早に挙げられていく。父親が不在のあいだ、女たちのしつけ係になるやつだ、とフランクが答える。ヒルシ・アリにとっては軽蔑の対象だ、とレイモンド。たいしたことのない男だ、と評したのはトムとグレアムだった。仲間からの圧力にやすやすと屈するガキ、と断じたのはバーン。母親のカネをくすねる泥棒だ、とドクは指摘する。一度だけ、ヒルシ・アリへの鞭打ちをやめるよう母親に進言したことを別にすれば、マハドはたいして目立たないし、家庭での地位に甘やかされて育った人物だ、という見かたに全員が賛成した。

「男がすべてなんだ」。アールは、この本に描かれるソマリアのムスリム家庭をそう表現した。

「男の子は大きくなっても雑用はいっさいしなくていいし、〝男〟であること以外、なんの責任もない。だから、威張りちらすようになっちまうんだ。そういう習慣ができてる。兄弟だろうが叔父だろうが他人だろうが、男なら同じだ」

そして、やはりというべきか、レイモンドがこんな発言をした。「考えなきゃいけないのは、イスラーム文化にどっぷり浸かってる男たちを目覚めさせ、差別に目を向けさせるにはどうすればいいかということだ。男は女を差別することで既得権益を得てるんだから」。レイモンドは、まるで詩や音楽のように、ところどころ音節を強調すべく指で机を叩いたので、その言葉は初めから終わりまでリズミカルだった。

ヒルシ・アリの妹ハウェヤの場合、人物評価はもっと複雑だ。ハウェヤは姉のあとを追ってオランダに渡るが、姉と同じように溶けこむことはできなかった。意欲をなくして抑鬱状態に陥り、幻聴を聞くようになる。ケニアの首都ナイロビでふたたび母親と暮らしはじめてしばらくは体調が改善したかにみえたが、やがて精神疾患が再発し、発作を起こして流産したあと、死んでしまう。作品で語られるエピソードにはいくつもの空白があり、いったいこの家族にはどれほどの隠しごとがあるのだろう、と読者はいやでも考えさせられる。

アールは、ハウェヤが精神を病んだのは女性器切除のせいだ、と主張した。「押さえつけられて切除されて、そのあと鬱状態になっていっただろ」。彼の口調からは、そんなひどい目に遭えばだれでも気が変になる、という含みが感じられた。その仕打ちが女性にとってどれほど恐ろしいものか理解しようとしているアールに、わたしは敬意を抱いた。

ここでもまた、ひとりひとりがみずからの見解を披露していった。バーンはハウェヤが二度中絶したあと、自分自身を余計者のように思ってしまったのではないかと言い、フィービーはそうした出来事を経てハウェヤが罪悪感を抱くようになったのがわかる場面を挙げた。わたしは、化学的不均衡［脳内の神経伝達物質が不均衡になること。精神障害の原因だとする仮説がある］が精神を病んだ原因かもしれないとみていたが、ダラスとレイモンドは双極性障害か統合失調症ではないかという見かたをした。ハウェヤが危険な性行為を繰り返していたことを考えると、双極性障害が当てはまりそうだ、とトムは言う。理由がどうあれ、姉妹の明暗を分けることになったのは、ふたりのおかれた状況の違いだ、とドクが指摘した。ヒルシ・アリは一〇代のころイスラーム教を篤く信仰していたが、大人になるとその教えと決別する。いっぽうハウェヤのほうは、一〇代のときからイスラーム教には熱心でなかったため、姉のように劇的な転身を果たせず、もとの信仰に戻ることも、ほかの宗教に頼ることもできないまま、精神障害に陥ってしまったというのだ。

レイモンドは、精神を病んだ妹をヒルシ・アリが最後に見放してしまったのは「とんでもなく利己的」に思えたという。「そっちのほうが、この本でははるかに大きな問題だよ。読み物としては好奇心をそそられるし、おもしろいんだけど。なにしろ、この女には感情の深みが感じられない」。これほど知的な女性でありながら、妹が危険な状態であることにも気づかず、自分もまた、長く帰依してきた宗教と決別したことが〝トラウマ〟となっているのに、その自覚もないというのは信じられない、とレイモンドは話した。「人を愛するというのがどういうことかわかってないんじゃないかな。いろんな感情がごっそり欠けてるような気がするんだ」

メンバーたちが一様に驚いていたのは、女性器切除が詳しく語られる場面だ。ヒルシ・アリによれば、この習慣はイスラーム教信仰以前からあり、ソマリアのソマリランドでは少女のほぼ全員が強制されていた。著者は五歳でこの残酷な手術を経験した。割礼をほどこす人物が家に来て、クリトリスをつまみ、小陰唇（しょういんしん）ごと切り落とすのだ。まるで、肉屋がばっさりと肉を切るように。そのあと、縫い針を大陰唇に刺して、切り取られた肉を覆うように縫い合わせていき、尿と月経のための穴だけを残して陰部を閉じてしまう。同じ処置がハウェヤにもほどこされ、マハドも割礼を受けた。

「縫い合わせてしまうとは知らなかったな」とトム。

フィービーはこの儀式の場面を、躊躇（ちゅうちょ）なく口にした。「目的は性欲を取りのぞくことね。でも、それは無理というものだわ」。ヒルシ・アリも、切除によって性的快感が完全に奪われることはないが、わずかなその快感には激しい痛みが伴う、と記している。性欲が話題になったところで、アールとフランクが、この本では男性の欲望がおもしろおかしく語られていることを指摘し、女性が肌をあらわにすると、その美しさに男たちの「目がくらんで」交通渋滞が起きてしまう、とヒルシ・アリが年長者から教えられる場面を挙げた。

そのあと、わたしたちは彼女の両親について話し合った。ヒルシ・アリは強制結婚を拒んでオランダの保護施設に入ったあと、父親とはしばらく疎遠になってしまう。父親は、娘がイスラーム教を拒絶したことよりも、結婚を拒んだことを激しく責めたが、それはなぜだろう、とフィービーが疑問を投げかけた。「この結婚は、父親にとってはカネを手に入れるための取り引きなんだ」とフランクが答える。「娘が逃げちまったら、結婚相手に借金を負うことになるだろ」。父親は面目をつぶされたというわけだ。フランクの深い読みは、毎回わたしたちに気づきを与えてくれる。

そしていよいよ、もっとも議論を呼びそうな問題を取り上げるときがきた。ヒルシ・アリがイスラーム教の抑圧から逃れることができたのは、ブックマンによれば、彼女自身もかつては熱心な信者であり、大切な問いへの答えをイスラーム教のなかに求めていたからではないか、という。「なぜその答えを見つけられなかったのかが問題なんだ」

ユダヤ教に詳しいレイモンドが、またしても有益な発言をしてくれた。「この本ではコーランの〝教え〟を拒絶しているけど、イスラーム教の本質を拒絶しているわけじゃない。コーランの教えには反アメリカ、反ユダヤの傾向があると考えている著者にとってはそれが大きな問題なんだ」。彼女は自分を無神論者だと語っているが、実はいまでも神を信仰していると思う、とレイモンドは続けた。

フランクもこれに同意した。「ほんとに無神論者なのかどうか、もしいま本人に訊ねたら、きっと違うと答えるだろうな。彼女は、人間がこしらえた戒律にはいっさいしたがいたくないだけなんだ。正直に言うと、おれはこれを読んで、カトリック教徒として育ったことにちょっと疑問を感じそうになったよ」。型どおりの祈りや儀式を何度も繰り返すことに意味があるのかどうか、わからなくなったというのだ。

「すごくいい一節があったんだ」とレイモンド。「どこだったか見つからないけど、ヒルシ・アリがはっきり宣言してた。自分は誠実な女性でいたい。もともとイスラーム教が持っている多様性のすばらしさは受け容れるが、そのために厳格な戒律を押しつけられるのはいやだ、とね」

「二八一ページだ」とバーンが教えてくれた。みながページをめくる音。バーンはその一節を読み上げた。自分の内なる規範を見つけたいまとなっては、もうコーランに教えてもらわなくても、なにが正しくてなにが間違いか、なにが善でなにが悪かは自分で決める、と著者は語っている。バーンが読んだその一節は、美徳や思いやりについてわたしが信じていることすべてに通じるものであり、それはこの日のメンバーたちの発言にもあらわれていた。先ほどヒルシ・アリの家族ひとりひとりに判断を下した彼らもまた、自分自身の道徳規範に照らしてそうしたのであり、みずからの常識にしたがって正しいか正しくないかを決めたのだ。グレアムはわたしにこう言った。「もし自分の娘や妻がブルカを身につけることを選んで、それが信仰の一部ならおれはなんとも思わないけど、だれかに強制されてそうするのは問題だと思うな」。その言葉には、人間にもともと備わった深い倫理観と、女性の権利を尊重しようとするごく自然な感情がこもっていた。

話し合いの時間が残り一五分になったとき、どんな読書会でも意見が百出しそうな質問をフィービーが投げかけた。ヒルシ・アリがイスラーム教に背を向けることになったのは、少女時代に読んだ西洋の小説に影響を受けたからではないだろうか、と。

少女のころに読んだ本はあまり関係がない、とトムが答えた。ヒルシ・アリはハーレクインのロマンス小説を友だちと一緒に読んでくすくす笑っていたが、そういった本はただのお手軽なファンタジーだ、と。しかし、レイモンドはその意見に疑問を呈し、情熱的な恋愛小説を読んでいたからこそ、親の決めた結婚を受け容れるのではなく、愛のある結婚を望むようになったのではないか、と言った。

その考えにフィービーも賛成し、著者にとって西洋の小説が重要な役割を果したとわかる描写が二か所あるといって、九四ページを挙げた。ヒルシ・アリがロマンス小説のおかげで服従から逃れられたと語る一節だ。何人かのメンバーの本には、そのページにすでに付箋(ふせん)が貼ってあった。ブックマンが、九四ページのもっと上のほうから読み上げてほしい、とフィービーに頼んだ。ロマンス小説を読むことで情熱的で自由な気分になり、性的欲望を呼び覚まされた、と著者が告白する場面だ。もう一か所フィービーが指摘したのは一一八ページ。ドクはすでにそのページを開いていて、読みはじめるべき行をフィービーに教えた。それはまさしくフィービーが探していた箇所で、著者は西洋の小説に出てくる登場人物が、倫理的な選択を迫られる場面に心を奪われたと書いている。たとえば、『ジキル博士とハイド氏』を読んで、ひとりの人間のなかに善と悪が共存しうることがわかったというのだ。

「六九ページなんだけど」とブックマンが言うと、またも全員がページをめくる音がした。彼が読み上げたのは、たとえつまらない本でも、人種や男女の違いにかかわらず人間は自由で平等なのだという新鮮な考えかたを教えてくれた、とある一節だ。本のおかげでヒルシ・アリは多くを学んだにちがいない。人生をみずからの意志で築いていく登場人物たちに自分を置きかえることで、現実の生活では望むべくもない自由や道徳的な選択を疑似体験できたのだから。

著者がナイロビのムスリム女子中等学校時代に読んだ本の数々を、わたしは思い返していた。『嵐が丘』『ハックルベリー・フィンの冒険』『一九八四年』、そしてジェイン・オースティンやダフネ・デュ・モーリアの作品。

「そういう本が、服従に抵抗するための種を蒔いたんだろうな」とグレアム。

教育を受けるべき時期に家族でケニアにいたのは、著者にとって幸運だった。母親が見つけてきた学校ではよい本に出会えたし、英語を学ぶこともできたからだ。おそらく、トムも同じことを考えていたとみえて、同じ学校にいたほかの少女たちは、なぜ彼女のような行動に出なかったのだろう、と疑問を口にした。

「おれたちだって同じ本を読んでるけど、そこから感じることはみんな違うだろ」とグレアムが答えた。

この日のメンバーたちの言葉に、わたしがどれほど胸を打たれたか、説明するのももどかしいほどだ。わたし自身は気づきもしなかった視点から、彼らはこの本の味わいかたを教えてくれた。そのうえ、グレアムは口数の少ないメンバーに何度も水を向けて発言させていたし、レイモンドが発言を〝ひとり占め〟することもなかった。実際、グレアムはレイモンドの意見に何度となく頷(うなず)いていた。この新入りは、どうやら立派に役目を果たしてくれそうだ。

　読書会のあと、グレアムが話しかけてきて、メンバーからもっといろいろなジャンルの本、とくにSFを読みたいという要望があったと伝えてくれた。

「おれはあんまりSFは読まない」とフランク。

「おれもだ。でも、みんなが読みたいって言うなら、おれも読むよ」。グレアムが冷静な口調でそう言い、ここでも読書会のリーダーらしさを示した。

　ふたりとも、フィクションよりはノンフィクションのほうが好きで、SFとなると、ふつうの小説の五倍くらい作り物っぽく感じてしまうらしい。「ノンフィクションはフィクションより先が見えにくいからいいんだ」。フィクションの作品と違って、きちんと決着がつかないところが好きなのだとフランクは言い、たとえば、『もう、服従しない』やヒルシ・アリのもうひとつの回想録『ノマド』を読むと、続きが気になるという。「彼女の人生がどうなっていくのか知りたくなる。これから先もずっと追っていきたくなるんだ」

　そう言ってから、フランクはわたしに向きなおった。「トロントの読書会じゃ、どうやって読む本を決めてるの?」

「たいがい、ひとつのテーマに沿って選んでるわ。ある年はインド人の作品ばかり読んだし、わたしが参加する前には、一年間アフリカの作家ばかり読んだこともあるみたい。最近は、コリンズ・ベイ読書会と並行して読んでいる三冊もあるし、まあいろいろね」

わたしは、ふたりが最近、読書会以外ではどんな本を読んでいるのか訊いてみた。フランクが最近読んだのは、コニー・ライス〔アメリカの人権活動家で弁護士〕の『権力はなにひとつ譲歩しない(*Power Concedes Nothing*)』、ジュンパ・ラヒリの小説『その名にちなんで』。そしていまは、ミュリエル・バルベリのベストセラー小説『優雅なハリネズミ』を読みはじめたという。グレアムのほうは二冊同時に読んでいる。エリック・ラーソンによるノンフィクション『悪魔と博覧会』と、ヤン・マーテルの小説『パイの物語』だ。一冊は午前中、トレーニング用のエクササイズ・バイクをこぎながら、もう一冊は夜に読むという。ずいぶんな読書量だ。

フィービーと一緒に受付まで戻るとき、歩くたびに携帯用防犯ブザーが太ももに当たるのを感じた。今度からはもう身につけるのをやめておこう。


その夜、わたしはフランクの日記帳を開いた。そこには、ヒルシ・アリを称賛する言葉が並んでいた。あれだけの偉業を成しとげ、しかも、みずからの身を危険にさらしてまでも、ムスリムの少女たちの現状に光を当てたのはすばらしい、と。ほかに書いてあったのは、五月の仮釈放〝予定日〟よりもなんとか早く家に帰りたい、ということだ。そして、数日後に仮釈放の公聴会が開かれるにあたって、いまだについてまわる昔の警察調書はいったん棚上げしてくれるよう、保護観察官に頼みこんだことも……。

わたしは老眼鏡をはずし、フランクの日記帳を脇のテーブルに置いた。この世界には、なんとさまざまな囚われびとがいることだろう。監獄の囚人、宗教の囚人、暴力の囚人。かつてのわたしのような恐怖の囚人もいる。ただし、読書会への参加を重ねるたびに、その恐怖からも徐々に解放されてきた。

その夜、思いついたことがあった。ヒルシ・アリが道徳の規範をみずから決めたように、わたしも〝意見表明の規範〟を自分で決めることにしたのだ。わたしはもともと、道徳に関してはゆるぎない基準を持っていたものの、自分の意見を強く主張する人間ではなかった。どちらかいっぽうの見かたに固執するよりは、両方の側から議論を深めていくほうが好きなのだ。そういう傾向は、わたしの育った家庭環境に起因するところもある。夕食の席で、わたしたち家族はみずからの考えを強く主張したり、政治的な話をしたりすることはまずなかった。父は判事だったが、家庭ではものごとを決めつけるようなことはいっさいなかったと思う。そのうえ、わたし自身もニュース雑誌の記者として訓練を受けてきたため、個人的な見解をはさまず事実だけを伝えることに慣れてしまっていた。けれども、読書会でメンバーたちがそれぞれ自分の考えを口にし、互いの意見を聞いて、ときには見かたを変えていくのを目の当たりにするうち、いつのまにか、わたし自身もみずからの考えを突きつめて、意見として表明できるようになりつつあった。そして、そんな自分が嫌いではなかった。

第16章

傷を負った者

『ポーラ――ドアを開けた女』

この年、テレビの映画専門チャンネル〈ターナー・クラシック・ムービーズ〉で、囚人がペットを飼う映画を何本か放映していた。わたしはその機会に、『終身犯』〔一九六二年のアメリカ映画。終身刑を宣告された囚人が獄中で鳥の研究を続け、鳥類学の権威となった実話を描いている〕を初めて観たし、女子刑務所を舞台にした『女囚の掟（おきて）』も観た。こちらの映画には受刑者が子猫をペットにするエピソードがあり、一九五〇年代にオスカー候補にも挙げられている。できることなら、ビーバークリークやコリンズ・ベイでも、受刑者がペットを飼えるようにしたらどうだろう。聞いたところによると、コリンズ・ベイの二〇キロほど西にある中警備のバス刑務所やワークワース刑務所では、施設内の庭を野良猫がうろついているらしい。アメリカの刑務所には、保護された動物を受刑者がしつけることで、みずからも社会性を身につけていくユニークな更生プログラムを採りいれているところもある。二〇一二年二月、読書会が始まるまでの時間に、そういう話をベンにしてみたところ、これまでコリンズ・ベイにまぎれこんできた動物は鳥だけだという。アマースト島と同じように、ここも渡り鳥の飛行ルートになっているので、それは驚くに当たらない。以前、ベンはフクロウが飛んできて、中庭のベンチに舞い降りたのを見たそうだ。そのフクロウは「でかくて、茶色で腹の部分が白くて」顔は青みがかっていたというから、おそらくコミミズクだろう。「なんだか怖い感じがしたよ」とベン。「あいつは獲物を襲うほう？　それとも襲われるほう？」「襲うほうよ」。わたしは、フクロウが鋭い爪ですばやく獲物を捕るようすを説明し、両手を広げて真似てみせた。そして、その日の読書会のあと、キャロルとアマースト島でフクロウを観察する予定があることを話した。

二月の読書会までの数週間、ピーターは詳細な日記をつけていた。そこには、いま読んでいる本の感想や、「文学は自分の内側にあるものを高めてくれる」といった発見が記してあった。こんな感想もある。エドガー・アラン・ポーは登場人物を効果的に造形しており、「まずはどこにでもありそうな話に思わせて、そのあと徐々に不安をかきたてていく」。鉛筆書きのやや傾いた字がきれいに並ぶなかには、刑務所での日々を綴った文章もあった。この一年ほど、総合格闘技のプロだという受刑者から、けんかのしかたを習っているらしい。だからいつも「おれは向こうずねにあざがあって、目のまわりが黒い」。修復的司法のプログラムに参加してみたものの、途中でやめてしまった。いいプログラムだとは思うが、自分にはもう人を許す能力がない、という。そのあとの感情の麻痺について書かれた箇所には、胸を衝かれるような一文があった。「昔、悲しい思いをしたことや、なぜ悲しかったかは覚えているけど、それがどんな感覚だったかはもう思い出せない。悲しみというのは深くて、とてもつらくて、こらえようとしても涙が出るものだと説明することはできても、それを感じることはどうしてもできない」。そういえば、以前ピーターから、高校生のころ一時期住む家さえなかったと聞いたことがあった。日記にはそのほか、変わりばえのしない食堂のメニューを嘆く一文もあった。たとえば、火曜日の夕食は毎週、鳥も肉のソテーだし、焼きかたも毎回同じ。日曜日のデザートは毎回ケーキひと切れ（クリームなし）だ。オレオのようにクリームがはさまったクッキーのクリームだけを取っておいて、日曜日の夜、ケーキのトッピングとして使ったこともあるという。

読書会が近づいてきた日、ガストンの日記には、今月の課題本を読み終えられないかもしれない、と書かれていた。そんなことはガストンにとって初めてだが、原因のいくつかは環境的なものらしい。ひとつは、社会復帰施設へ移るための公聴会が近々開かれ、その準備をしなければならないこと。ふたつ目は、読書会の六日前に、週末の「家族宿泊」制度を利用して妻と過ごしたこと。けれども、いちばんの原因は、アルコール依存症と家庭内暴力を描いた物語を読むのがつらい、ということだった。

その月の課題本は、ブッカー賞受賞歴のあるアイルランドの作家ロディ・ドイルの五作目の小説『ポーラ――ドアを開けた女』で、キャロルの計らいにより、読書会メンバーからの質問すべてに、ドイル本人がEメールで答えてくれることになっていた。そして今回ふたたび、キャロルとわたしが所属するトロントの女性読書会でも同じ本を読み、感想をやりとりすることにもなっていた。二月下旬の読書会にメンバーたちが集まってきたとき、活発な話し合いになりそうな予感がわたしにはあった。その日はボランティアの進行役デレクが欠席で、かわりにトリスタンが来ていた。

ひと月前に課題本をメンバーに配ったとき、キャロルはこの本もローレンス・ヒルの『ニグロたちの名簿』と同じように、男性の作者が女性の立場になって書いたものだ、と説明していた。『ポーラ』の場合、主人公はポーラ・スペンサーというアイルランド人女性で、その夫は地元のならず者チャルロ。チャルロはポーラに暴力を振るい罵倒するが、ポーラ自身もアルコール依存症なので話がややこしくなる。ポーラは病院で、体にあざがあるほんとうの理由を看護師に話そうとするのだが、夫がカーテンの向こう側にいて会話を聞いているため、打ちあけることができない。キャロルはこの小説が明るいタッチで描かれていることを伝え、「なにもかもうまくいかない気の毒なアイルランド人女性の話なんだけど、彼女は勇敢だし、感性が鋭いことも読めばわかるはずよ」と話していた。

わたしはイギリスにいたとき参加していた読書会のひとつで、この本を読んだことがあった。

物語の後半は、たしかにガストンの言うとおり読むのがつらいのだが、最初のほうは、一〇代の女の子が男子に胸をときめかせるようすや、若い娘が恋に落ちてとまどう心理が手に取るようにわかって、好感が持てる。前回の読書会の折、本の世界に入りこむきっかけとして、キャロルは前半の場面を、メンバーたちにひとりずつ朗読させていった。女性の言葉として読んでいたポーラの言葉が、男性の口から聞こえてくるのは、なんとなく妙な感じだった。最初に朗読したのはガストンで、読みはじめたのは第二章。ポーラがチャルロに初めて会ったとき、膝（ひざ）の力が抜け、息苦しくなったと語る場面だ。ガストンのあとを引きついだコリンは、チャルロが勢いよくタバコの煙を吐きだすようすや、ふたりが「瞳の面影」〔一九六〇年代以降に活躍したアメリカのポップ・シンガー、フランキー・ヴァリのヒット曲〕で踊る場面を読み上げた。ガストンもコリンも年齢からして、チャルロが身につけていた一九六〇年代のぴっちりしたジーンズやローファーをなつかしく思うことはなかっただろう。しかし、わたしはポーラとだいたい同年代なので、当時の流行がまざまざと目に浮かんだ。

ひと月前、トロントの女性読書会でこの小説を読んだとき、はたしてこれを受刑者に推薦したのがよかったのかどうか、疑問視する意見が何人かから出た。こういう本をわざわざ挙げたのはだれなのか、とリリアン・ローズからはずばり訊かれた。もしコリンズ・ベイの読書会メンバーに家庭内暴力の当事者がいたら、この本が刺激になって取り乱したり興奮したりするのではないか、というのだ。ルースからはこう言われた。本のせいで、だれかが未知の感覚を呼び覚まされた場合、心理学者でもセラピストでもないキャロルやわたしがどう対処するのか、と。わたしとキャロルはそれに反論し、以前にも虐待やネグレクトを扱った『ガラスの城の子どもたち』のような本を読んできたけれど、メンバーはうまく消化してくれた、と答えた。実際、どこの刑務所読書会でも、『ガラスの城の子どもたち』は大人気だったとキャロルが言う。「メンバーのほとんどが『怒り抑制プログラム』を受けているから、わたしの知り合いの九五パーセントより、自分自身のことをよくわかっているわ。正真正銘の悪を白日のもとにさらして、みんなで率直に話し合うのもひとつの手なのよ」

ドイルの本を取り上げた今回の読書会は、わたしがコリンズ・ベイ読書会に参加しはじめて以来、もっとも長く密度の濃いものになった。まず初めに、チャルロの人物像をみなで分析していった。驚いたことに、メンバーたちはこの男をそれほど悪く思っていないらしい。ガストンに言わせれば、チャルロはいい父親だし、子どもたちに対しては暴力を振るわない。ベンは、チャルロがふだんはワルを気取っていて、失業したり仕事が見つからなかったりしたときに「いらいらして不機嫌になる」だけだと指摘した。しかし、チャルロはむら気なだけだというベンのその意見に、ドレッドが異を唱えた。チャルロの暴力は「DNAに刻みこまれてる」のであり、ベンは小説の登場人物と昔の自分自身とを　緒くたにしているのではないか、と。ドレッドの軽口をめぐって、ちょっとのあいだふたりは言い合いになった。

「要するに」ドレッドは少し間をおいてから「こんなふうに怒りっぽいってことさ」とまたしても、暗にベンを非難した。「言ってること、わかるだろ?」全員が笑う。

「虐待される気分がわかった?」とキャロルが冗談めかして言った。ユーモアのセンスがある彼女のひとことで、会話はたいがい軌道修正される。

「ちょっとね」。ドレッドが傷ついた表情をしてみせた。

遅れて姿をあらわしたピーターは、中庭を小走りに横切ってきたらしく、わずかに息を切らせていた。チャルロを徹底的にこきおろしたのは、そのピーターだけだ。「家庭内暴力もここまでくると、そんなやわな言葉じゃ収まらないと思うな。こういうのをなんて呼ぶのか知らないけど。でも、暴力の原因はたぶんチャルロ自身の劣等感にあると思うんだ。鏡を見て言うだろ。おれはたいした男じゃないって。妻を殴れば自分が大きくなったように感じるんだけど、殴るたびに落ちこんで悪循環に陥ってしまう。それが際立ってあらわれるのは、最後の場面だ。娘が自立して強い人間になったのを知ったときだよ」。実に明晰で鋭い読みだ。こんな洞察力はいったいどこからくるのだろう。

「それはとても重要な指摘ね」とキャロルが応じた。「チャルロもポーラも、ふたりとも自己評価が低いというのは、だれもが同意することだと思うわ」。ポーラのほうはどうだろう、とキャロルが訊ねる。ポーラの育った家庭環境はどうだったのか。

コリンは自分の考えをこんなふうにまとめた。ポーラの家族はすごく結びつきが強いけれど、暮らしは貧しいほうだし、プライバシーがないのも悩みの種だった、と。

キャロルがさらに掘り下げる。「ポーラの両親について、なにかわかったことはある？」

あまり多くは語られていないが、それとなくほのめかされていることはある、とピーターが答えた。それを、「ちょっとゆがんだ愛情だな」と表現したベンに、ドレッドはそんな生やさしいものではないと反論する。ほのめかされているのは性的虐待なのだ。「作者ははっきりとは書いてないよ。かすかなヒントを与えて、それっきりだ」。ドレッドは本をよく読みこんでいたし、それはアルバートも同じだ。ポーラとほかのきょうだいが、父親の膝に座ってゲームをしているときにいたずらされた場面を、彼ははっきり覚えていた。

「そうね」とキャロル。ポーラの父親は長女のカーメルをベルトで叩いてもいた。それなのにポーラは、あのころの父親はみなきびしく、あれは子どものためを思っての行為だったと信じこんでいる。

「そもそも、生まれたときからポーラは環境に恵まれてなかった」とピーター。「彼女はチャルロの犠牲者だっただけじゃなくて、人生の犠牲者でもあったんだ。生まれ育った家庭が家庭だから、チャルロに出会う前から、選択肢なんてほとんどなかっただろ。自分のことをばかだと言ったり、田舎者だと言ったり。そのうち、自分は貧乏だと気づくんだ」

なにをもって犠牲というのか、という問題は、おそらくこの日もっとも活発に議論された点だったように思う。ポーラは自分自身を犠牲者だと思っていないのだから見上げたものだ、とキャロルが言う。最後には仕返しもしたのだから。ところが、ドレッドはその意見に強く反対し、もし自分を犠牲者だと思っていないなら、あざがあるほんとうの理由を、なぜ病院のスタッフに訊ねてもらいたがったのか、と疑問を口にした。そしてその疑問が、問題の核心へとつながっていった。つまり、自分を犠牲者だと認めないかぎり、なにが正しくてなにが間違いかを正確に見きわめることも、暴力を振るう相手を非難することもできないのではないか、ということだ。この問題はなかなか難しい。というのも、物語の後半、アルコールとおそらくは頭部打撲のせいで、ポーラの思考はひどくあいまいになり、記憶もかなり支離滅裂になっていくため、読者ははたしてポーラが事実そのままを語っているのかどうか判別しにくいからだ。そういえば、女性読書会でこの本について話し合ったとき、デボラがこう言っていた。記憶があちこちに飛ぶポーラの語りは、虐待されて〝外傷性記憶〟を持つにいたった女性が時系列を無視して話すようすそのものだし、作者はそういう状態を医学的にきちんと描きだしている、と。

キャロルが、まだ一度も発言していないトリスタンに目をやった。「なにか意見はある？　トリスタン」

「いや」

「そう。でも、どこかで会話に入ってきてね」。ボランティアのトリスタンは、今日でまだ二回目なので遠慮があるようだったが、キャロルに促されて意見を言った。ポーラがあんな状況に陥ったのは彼女自身にも責任があるが、チャルロを告発するのは難しかったのではないか、と。

ピーターはここで、なぜ虐待が始まったのかポーラが思い出そうとする場面を話題にした。「いちばん初めは夕食の席だった。チャルロが家に帰ってきて、食事の支度ができてないじゃないかと言うと、ポーラが昨日の晩は帰ってこなかったでしょ、と言い返す。せめてお茶くらい淹れろと責められて、自分でやれば、とポーラが答える。そのとき、チャルロに殴りとばされて、気がつくとチャルロの顔が上のほうに見えて、おまえは倒れたんだと言われる場面につながる」。そうして、ポーラの思考が何度も何度もその夜へ戻っていくようすを、ピーターは語った。もし自分があのとき夫の言葉にしたがってお茶を淹れていれば、あんな暴力は始まらなかったのではないか、とポーラは自問するのだ。

「それでも彼女は勇敢だと感じる人はいる?」とキャロルが質問した。「なかなかの人物だという印象は?」たしかに、チャルロを最後に家から追いだした場面には胸がすく。

子どもたちには手を上げさせなかったことを思えば、たぶん勇敢だったのだろうとドレッドが応じた。自分自身が酒に溺れながらも、ポーラは家族のことを気づかっていたのだから。ところで、ドレッドは話し合いの最初のほうからずっと作者の文体について話したがっていて、自分に発言権があるいま、その話題を取り上げることにしたようだ。「同じ文章が繰り返し出てくるから、最初は読みにくい感じだった」。時間が交錯したような描きかたをすることで、作者はなにを表現しようとしたのかしら、とキャロルに訊ねられ、ドレッドはこう返した。暴力を受けつづけ、酒に溺れる人間の心理状態をなぞっているのではないだろうか。

そういう意見が出たのなら、トロントの女性読書会から寄せられた感想を読み上げるのはいまがいちばんいいように思え、わたしは感想の書かれた紙をキャロルに手渡した。まずはデボラの感想。彼女はたまたま、虐待を受けた女性や加害男性からの相談を受けるセラピストとして働いていた経験がある。虐待された女性たちは、なぜそんな関係をいつまでも続けてしまうのか、とデボラは考えていた。「そういう女性は往々にして、子どものころ虐待やネグレクトを経験しているため、結婚後も同じような関係を続けてしまいます。とくに子どもがいる場合は、離婚したくても自立のしかたがわからないので、関係を断ち切ることができないのです」。トロントの読書会で話し合った際、デボラから聞いた被害女性のイメージが、いまもわたしの頭に焼きついて離れない。その女性たちは「歯が抜け落ちていたり、顔の半分が陥没していたり、片目を失明していたり、あるいは髪の毛が抜けて二度と生えてこず、かつらを買うお金もなかった」という。どう考えても、自力で立ち上がれる女性の姿ではない。

デボラの問いかけに、ドレッドは別の角度から答えた。「そういう仕打ちをずっと受けつづけてるから、虐待を自分のなかに抱えこんで、自分を責める。相手が悪いときでも、自分がもっとうまくやればよかったんじゃないかと考えちまうんだ」。ドレッドは、割りこまれまいとするかのように、抑揚のないせかせかした口調で一気に話した。

「そのとおりだよ」とコリンが受けた。「おれの両親も似たようなもんだった。おふくろは、おやじからひどい扱いを受けても、それで満足してるみたいに見えたんだ。なにごともなかったふりをしたり、話題を変えてほかの用事をしたりしてたよ。おやじとおふくろの関係は、ポーラとチャルロの関係に似た部分がたくさんある」

「現実から目をそらしていたということね」とキャロル。「ところで、自分の家族でも知り合いの家族でもいいけど、家庭内暴力を見聞きしたことがない人はこのなかにいる?」反応がないところをみると、たいがいは家庭内暴力を経験しているらしい。

「おれは小さいころから虐待を受けてきた」と発言したのは、長髪でまぶたが重たげなパルバットという名の新入りだ。「だれかと関係を築いたり親になったりしたときのために、自分がなにをすべきでなにをすべきでないか、本を読んで勉強してるところなんだ」。人とのかかわりかたをみずから学んでいるというわけだ。あとでわかったのだが、彼が経験してきたむごい仕打ちを思えば、そういう努力はやはり必要だったのだろう。本人の話によると、幼いころ、パルバットが母親を殴らせまいとして盾になると、父親に両足をつかまれ、ベランダからぶらさげられたそうだ。家庭内暴力の被害者を保護するシェルターで、母親としばらく暮らしていたこともあるという。

「偉かったわね、パルバット」。人間関係を自分で勉強してきたパルバットを、キャロルが母親のような口調で褒めた。

刑務所で家庭内暴力の更生プログラムに参加した経験のあるピーターによれば、カナダでは九人に一人の女性が暴力を受けているらしい。ピーターはプログラムの場に身をおくのがつらく、双極性障害の配偶者に物を投げつけられたことや、家の外から警察に電話したことなどを話すのも気が進まなかったという。プログラムでは、けんかになったときに怒鳴り返すのも、その場から立ち去るのも虐待の一種だと教えられたものの、本人はいまひとつ納得できていないようだ。それでも、家庭内暴力を防止する方法については、もっと知りたがっていた。「虐待というのは、ほとんどが親から学習するものだと思う。その連鎖を断ちきることさえできればいいんだけど」。メンバーからは、臨床心理士や精神科医をもっと利用すべきだという声が上がった。

「あなたたちが、自分の過去をきちんと分析して、前へ進もうとしているのはほんとうに立派だと思うわ」とキャロルが全員に伝えた。女性読書会のリリアン・ローズやルースは、この本を受刑者に読ませることに懐疑的だったが、もしふたりがこの場にいてくれたら、微妙な話題を彼らがどれほど慎重に扱っているか、わかってくれただろうに。

この本を推薦したとき、わたしはセックス描写がこれほど多いことをすっかり忘れていた。ポーラが初体験を思い出す場面を始め、いたるところに出てくる。カナダ連邦矯正保護局は、刑務所にポルノを持ちこむことを禁止しているが、性的描写のある作品は禁止していない。たとえば、スティーグ・ラーソンの小説なども性暴力を扱っているものの、検閲に引っかかることはない。だから『ポーラ――ドアを開けた女』ももちろん規則の範囲内だ。とはいえ、読書会のあいだ、わたしはおおぜいの男性受刑者とセックスの話をするよりは、まだ暴力の話をするほうが気持ちが楽だということに気づいた。

話し合いが終わりに近づいたころ、ベンが性的な描写についてひとつ質問した。「チャルロが、ポーラのパンツからフライドポテトを食った、と話す場面があるんだけど……」。ためらいつつ、解説を聞きたそうな顔をする。

ドレッドがベンに言った。「おまえ、なんでそんな場面を覚えてんだよ」。そしてキャロルに目をやる。「こいつ、どうしようもないぜ」

全員がどっと笑った。

最後にドレッドはこう言い放った。「今日からおまえのあだ名はパンツポテトだ」

休憩時間になると、メンバーたちは女性読書会メンバーにあてて返事を書いた。もっとも核心を突くコメントを書いたのは、麻薬密売にかかわった罪で服役中のマイケルだ。「この作品は、暴力を受けてなにも感じなくなった女性の姿をよくとらえていると思う」。筆記体ではなく、ブロック体の丸っこい文字だ。「つねに痛みを味わっているせいで、ポーラは感情のないゾンビみたいになってしまった。けれども、子どもを守ろうとする母性本能のおかげで、彼女自身も救われた」。これは、ポーラが最後に勇気を出してチャルロを追いだした場面を指している。その勇気を与えたのは、夫が今度は娘に手を出すのではないかという母親としての懸念だったのだ。

次に、全員でドイルへの質問を書きだしていった。「なぜこの小説を書いたのですか?」「子どものころ、こういう状況を経験したことがあるのですか?」「虐待は親から学習し、世代から世代へ受けつがれていくものだと思いますか？」「本のなかで虐待の場面がなかなかあらわれないのは、インパクトをできるだけ大きくするためですか？」（物語の前半はポーラの思春期やチャルロとの出会いを回想する場面に費やされ、虐待やアルコール依存症の描写が出てくるのは、後半になってからなのだ）。

読書会のあと、パルバットがわたしのところに来た。女性とのかかわりかたを伝授する本を読んでいて、その話を聞いてもらいたかったようだ。「『愛を伝える5つの方法』っていう本なんだ」。あとでその本を読んでみると、愛情を伝えるために著者が勧めている五つの方法とは、贈り物をすること、充実した時間を過ごすこと、体で触れ合うこと、相手のためになる行為をすること、肯定的な言葉をかけることだ。たしかに、どれも関係の悪化を未然に防ぐにはいい方法だろう。それにしても、これを読んではっと気づいたのは、体の触れ合いを除けばすべて、キャロルがメンバーたちと接するときの態度と重なるということだ。なるほど、彼らがキャロルに敬意を抱く理由がわかった。

その日の夕方、高い波に揺られながらフェリーでアマースト島へ渡り、キャロルとフクロウを見にいった。この島にはほぼ毎年、冬になるとシロフクロウがハタネズミを捕獲しにやってくる。雪のように白い体と、神秘的な黄色い目を持つその優雅な姿を、わたしはまだ見たことがなかった。島の南岸へと車を走らせていると、その途中さまざまな動物が姿をあらわした。氷のない湖の浅瀬では、白黒模様のヒメハジロ［小型の潜水ガモ］の群れが、水面にひょこひょこ頭を出していたし、ユキホオジロの群れにも遭遇した。しばらくして、電柱の先を見上げると、そこにマシュマロを大きくしたような鳥が一羽とまっていた。目はマイヤーレモン［レモンの一種で、オレンジとレモンを交配させてできた品種］の色で、頭が丸い。シロフクロウだ。しばらくこちらをじっと見おろしていたシロフクロウは、やがて勢いよく翼を広げ、毛に覆われた猛獣みたいな足で電柱を蹴って飛びあがった。そして、バレリーナのようにゆっくりと羽を動かしながら空を舞い、体を傾(かし)がせて森へ消えていった。わたしたちはそれぞれの車でいったんキャロルの家へ戻り、日が暮れるころ、今度はわたしひとりで脇道を進んでいった。すると、野原に数羽のコミミズクがばさりと降りたった。円盤のように丸く、青みをおびたその頭は、まるで体に縫いつけられているようだ。動物たちの姿を見ていると、アマースト島というところはもともと野生の楽園なのであって、人間は新参者にすぎないのだと思えてくる。この日、目についたのは、ほかの獣に襲われるよりも襲う動物のほうが多かったようだ。

　夕食にはわたしが鶏肉料理を作り、キャロルがサラダを添えた。その日の午前中、キャロルは「灰の水曜日」［カトリック教会の儀式で、懺悔(ざんげ)の象徴として額に灰で十字架のしるしをつける］のミサに出席していたので、額にまだ灰がついていた。それを教えると、キャロルは額を指でこすった。その夜、キャロルから聞いたところによると、寄付金集めのパーティーで協力を約束してくれた人たちから寄付金が集まりはじめているという。これでひと安心。来年度の読書会で読む本を購入できそうだ。

翌朝、わたしは早くにキャロルの家をあとにし、ベンに会いに刑務所へ向かった。その朝は、いつになく太陽の昇りかたが早いように思えた。まるで、学芸会の舞台で道具係が照明の動かしかたを間違えてしまったみたいだ。

ベンにとって、読書会は今月が最後になる。彼がいなくなるのはたまらなく寂しい。ベンの日記には、『ポーラ』のなかで、チャルロがポーラを洗脳する場面が数ページにわたって書き写してあった。その一節をベンが読み上げた。おまえはアル中でばかだから子どもの面倒をみる柄じゃない、とチャルロに言われたのをポーラが思い出す場面だ。「チャルロがポーラをだめにしちまったんだ」。ベンはそう言って顔を上げ、わたしを見た。

それからもう一か所、ポーラが夫から逃げだして自分の力で人生をやりなおすことを想像する場面。ベンが胸を打たれたのは、ポーラが夢のなかで逃げだすことも息をすることも動くこともできずにもがく描写だ。「この描きかた、すごいよ。まるでなにかと闘ってるみたいだ。ぐっすり眠ろうとするんだ。夢に巻きこまれまいと抵抗するんだけど、どうにもできないんだよな」

「自分でどうにもできない感じは、ここで服役している人の感覚ともちょっと似ているんじゃないかしら」

「ひどいもんだよ。中庭には出られても、また監房へ戻ってこなきゃならない。そうするしかないんだ。考えるのも恐ろしい。だから、考えないようにしてるよ」

あと一五日で、ベンは自由をいくらか取り戻すことになる。家族がコリンズ・ベイ刑務所の正門まで迎えにきて、社会復帰施設へ送り届けてくれる予定なのだ。本人は、叔母の家に近いトロントの社会復帰施設でのデイ・パロール［仮釈放の一形態。昼間は社会で活動し、夜は施設に帰ることが条件となる］を希望している。ガールフレンドがトロント市内に住んでいて、市の北側に建設中のロフト・アパートメントを賃貸契約し、すでに手付金も払ったという。今回は資産報告書を作成して保護観察官に提出する期限を、前回のように七二時間ではなく、ひと月まるまる当局から与えられている。

わたしはふたたびベンの日記に視線を落とした。一月五日の書きこみには、「周囲からの評判は大事だ」とある。刑務所でのベンの評判は、おとなしくて人あたりがよくだれとでも仲良くなれる人物、なのだという。たしかに、読書会でドレッドからけんかを売られてもベンはめったに怒りをあらわにしない。そういえば以前、『戦争』を読んだときにも、「刑務所に順応してしまう」という話題で、メンバーが寄ってたかって彼に意見をぶつけたことがあったが、そのときにも色をなすことさえなかった。なぜ我慢できるのだろう。「いや、おれは負けを認めてるわけじゃない。でも、ここにいるあいだはけんかできないしな。自分の気持ちは口に出しちゃいけない。ほんとは感情を抑えてるんだけど、なにも感じてないふりをしてるんだ」

そのとき、教誨師（きょうかいし）が「点呼」と叫ぶ声が聞こえてきて、ベンは立ち上がった。出所しても、キャロルの読書会組織とは連絡を取り合うつもりだという。そして、ここを去るときには読書会で読んだ本を全部持っていくことにする、とベンは言った。

「外に出たら、電子書籍を使ってみたいと思う?」読書会でも、電子書籍に興味を持っているメンバーがいるのだ。

「考えてみるよ。けど、おれは本の匂いとかページをめくる感じとかが好きなんだ。自分だけのちっちゃな図書館を作っていけたらいいなと思ってる」

「すばらしいわ、ベン。ほんとうにそうね」。握手をかわしたあと、ベンはドアのほうへ歩いていった。

女性読書会のような、外の世界の集まりの場合、メンバーのだれかが去っていくとなれば、おそらく送別会くらいは開くだろう。シャンペンはともかく、カードや本のプレゼントは間違いなくする。けれども、コリンズ・ベイでは、読書会からメンバーが突然いなくなり、二度と姿をあらわさない。軽警備の刑務所へ移る場合は、たいがい本人が教えてくれる。そのほかは、ただふっと消えてしまう。強制送還されたり、しばらく独房に入っていたり。なかには、ヘロインの過剰摂取で死にかけていたケースもあったらしい。

出所したら、今度は自分で読書会を作ってくれるかもしれない。日記を抱えて歩いていくベンを見ながら、わたしはそう思った。

第17章 容疑者たち

『ありふれた嵐*』『6人の容疑者』

三月一四日、わたしは月明かりで目覚めた。夜明け前、寝室の窓のシャッターのすきまから、月の光が差しこんでいたのだ。月の光で目を覚ますなんて、まるで地球の地軸がずれてしまったみたいだ。ベッドに身を起こした拍子(ひょうし)に、ウィリアム・ボイドの『ありふれた嵐(*Ordinary Thunderstorms*)』がばさりと床に落ちた。そうだ、今日はビーバークリーク読書会の日だった。ようやく太陽が姿をあらわすと、三月としては記録的な熱波の兆(きざ)しが早くも感じられた。もしかしたら熱波のせいで、トロントやビーバークリーク南部が雹(ひょう)や、それこそ嵐に襲われないともかぎらない。

ふだん、ビーバークリーク読書会にキャロルは同行しないのだが、今回は近隣の中警備の矯正施設、フェンブルック刑務所［二〇一四年にビーバークリークと合併］で職員と会い、読書会を立ち上げる件で話し合う予定があった。その打ち合わせをビーバークリーク読書会の日に合わせたというわけだ。わたしの車の助手席でEメールの返事を打ちこんでいたキャロルに、電話がかかってきた。相手は、ケベック州イースタンタウンシップス地区のカウアンズビル刑務所で働く英国国教会派の教誨師だった。刑務所読書会のことを耳にして、ぜひうちでも始めたいと言ってきたのだ。［ケベック州はカナダ国内で唯一フランス語を公用語に定めているが］受刑者の二割は英語しか話せないため、読書会は英語で行ないたいという。キャロルはわたしのほうに向きなおってにっこり微笑み、オンタリオ州以外の連邦刑務所から読書会開設の要望が寄せられたのは、今週になってこれで二件目だと教えてくれた。最初の一件は連邦矯正保護局の元職員からで、ストーニー・マウンテン刑務所で読書会を始めたいと連絡してきたそうだ。ここはマニトバ州にある男子刑務所で、グレアムもそこにしばらくいたことがある。キャロル自身は読書会を次々に立ち上げたい思いが強いものの、彼女の主宰する非営利団体では、州外にまで手を広げるのは寄付金がじゅうぶん集まるまで待つべきだという慎重な意見が多いらしい。

二時間後、ビーバークリークの施設内に車を乗り入れると、キャロルはポーチから口紅を取りだし、今回も慣れた手つきで、鏡も見ずにさっと塗った。手品のようなその動作を見ると、わたしはいつも笑ってしまう。

ビーバークリーク読書会では、今回から二回にわたってイギリスとインドの犯罪ミステリーを取り上げる。今回読むウィリアム・ボイドの『ありふれた嵐』は二〇〇〇年代のロンドンが舞台だ。次回の課題本ヴィカース・スワループの『6人の容疑者』のほうはアガサ・クリスティーふうのミステリーで、舞台は同時期のニューデリー。どちらも劇的などんでん返しが用意され、階級とはなにか、犯罪とはなにかを根本から問いなおす作品といえる。

『ありふれた嵐』は『アイスクリーム戦争』でブッカー賞候補となったボイドの最新作〔当時〕で、大手製薬会社の汚職を扱いながら、定石をくつがえすわくわくするような展開をみせる小説だ。主人公のアダム・キンドレッドは、あるとき偶然に死体を見つけてしまい、そのあとの不用意な行動のせいで、気づいたときには追われる身となり、家にも帰れずテムズ川の岸辺で暮らすことになる。そもそもの始まりは、アメリカでの結婚生活に終止符を打ち、気候学者としての職も失ったアダムが、仕事の面接でロンドンにやってきたことだ。面接のあとレストランで昼食をとっているると、近くのテーブルで食事をしていた男性が、ファイルを置いたまま立ち去った。ファイルには目につくところに名刺がはさまっていたので、持ち主に届けようとスローン・アベニューの住所をアダムが訪れたところ、男性は胸にナイフの刺さった状態で倒れていた。ナイフを抜いてくれと頼まれ、アダムはそうする。その軽はずみな行為のせいで彼は重要参考人となり、無実にもかかわらず、チェルシー橋のたもとで潜伏生活を送るはめになる。法をかいくぐって暮らすうち、宿なしの物乞い生活から抜けだせなくなって、ついには驚くような犯罪に手を染め、読者が知るそれまでのアダム像は一変してしまうことになる。

男を助けたくて胸に刺さったナイフを抜いたアダムの行為に、メンバーはもどかしさを抑えきれないようすだった。「ムショにいたことのあるやつなら、殺人現場の凶器に触れちゃいけないことくらい、だれでも知ってるのにな」とグレアム。「凶器に触れずその場を立ち去れ、だろ? 両手を上げてあとずさりで部屋を出るのが鉄則だ」

「前科者かどうか、それでわかるよな」とアールが同意する。「おれたちなら間違いなく、そのまま部屋を出ていく。ナイフに触るなんて、とんでもねえよ」

それに対してキャロルは、自分なら頼まれればナイフを抜くこともじゅうぶんありえる、と応じた。なんといっても、キャロルが刑務所にいるのは受刑者としてではないのだ。

暴力犯ではなく、刑務所用語でいう〝業務犯(コマーシャル・クリミナル)〟で服役中のレイモンドは、むしろナイフを抜いたあとのアダムの行動を問題にした。レイモンドからみれば、主人公の行動ひとつひとつがあまりにも軽率なのだ。「かつてのアダムは優秀な専門家で、きちんとした倫理観を持っていたし、立派な学歴もあった。それなのに、いつのまにか裏世界にどっぷり浸かって抜けられなくなり、最底辺にまで落ちてしまった」。思わず引きこまれる張りのある声や、噛んで含めるような口調からして、おそらくレイモンドは人前で話すことに慣れているのだろう。詐欺罪の判決を受けるまで、彼は大手上場企業の創業者だったのだから。

この小説のターニングポイントだ、とだれかが指摘した箇所がある。アダムがいったんはベルグレービア警察署に出向き、自首して捜査に協力しようとしたものの、情況証拠があまりにも自分に不利だと考えて決断をくつがえす場面だ。レイモンドがふたたびこう主張する。「この男にはしかるべき自衛手段があるはずだし、まずは弁護士に電話すべきだったな」。それを聞いてわたしがとっさに思い出したのは、刑事事件を専門とする辣腕弁護士の名前だった。レイモンドは、裁判に備えてその弁護士に電話をしたのだ。

けれども、ほかのメンバーたちの境遇はレイモンドからはほど遠く、彼らには優秀な弁護士を雇う余裕などなかった。「おれが暮らしてた地域なんてひどいもんだ。現場に居合わせたっていうだけで、警察になにを話したって取り合ってなんかもらえないさ」とグレアム。

アールも同意する。「うまくすれば事情を聞いてもらえるかもしれない。でも、たいがいその前に手錠をはめられて連行され、新聞に顔写真を載せられて、いろんなことが決められちまう。場合によっちゃ、あとで事情を説明して釈放されることもあるけど、たぶんそれは無理だろうな」。その言葉にトムが頷き、自分もアダムと同じ選択をした人たちを知っていると言った。

それでも、レイモンドはいっこうに動じるようすもなく批判を続け、この小説の登場人物たちは「下劣」だし、筋だては「先が読めてしまう」し、アダムの変わりようは「真実味がなさすぎる」と断じた。

ところが、そのあとグレアムが二〇代の新入りメンバー、ジェイソンに発言権を与えると、少し流れが変わった。ジェイソンは、作品のあら探しばかりしていないで、これを一種の寓話としてとらえてはどうか、と提案したのだ。「アダムがすっかり変わっちまったことは、この小説の大きなテーマに結びついてるんじゃないかと思うんだ。つまり、社会的身分とはなにか、ということと、だれもがどこかでつながってるってこと。人間はみんな、それほど違っちゃいない。だれでも、立場がぽんと入れかわってしまうことはあるだろ、こんなふうに」とジェイソンは指をぱちんとはじき、最終章を見てみるよう促した。知らないあいだにふたつの人生が交差することもあるのだ、とアダムが考える場面である。人と人とは目に見えない糸でかすかに触れ合っている、という一節をジェイソンが読み上げた。わたし自身にはそういう経験はないが、この小説に出てくる大手製薬会社の役員とショーディッチの裏通りに立つ売春婦、そして警官と犯罪者が細い糸で結ばれているのを想像することはできる。集合を複数の円の交わりであらわす「ベン図」のように、犯罪は底辺にいる人間と特権を与えられた人間とが交わる部分で起きるのだ。「どっちの意見も正しいと思うな」とグレアムが言い、レイモンドにこう伝えた。たしかに、ひとつひとつの出来事は嘘っぽいけれど、恵まれた人物がひどい間違いを犯してみずから姿を消すような状況には見覚えがある、と。

とはいえ、バーンの指摘によれば、複数の人生が交差したとしても、この小説の登場人物たちはだれも相手のことを気にかけていないようにもみえる。「会社のお偉方から街の浮浪者にいたるまで、こいつらは互いを屁とも思ってないんじゃないかな」とバーンは言ったのだ。トムとグレアムとリチャードが、その見かたを裏づける場面をいくつか挙げてみせた。キャロルの意見にしたがえば、作者はそうしたすれちがいを描くことで、この世界の寄る辺なさを表現しているのかもしれない。

そのあと、全体の雰囲気ががらりと変わることになったのはドクのおかげだ。ドクは遅れて入ってきて、話し合いの前半に参加できなかったことを詫びた。奥さんが面会に来ていたらしい。彼はこの小説をまったく異なる角度からとらえたとみえて、『ロック、ストック&トゥー・スモーキング・バレルズ』(一九九八年)や『スナッチ』(二〇〇〇年)といったガイ・リッチー[イギリスの映画監督・脚本家]の犯罪コメディ映画を思い出したというのだ。「イギリスのドタバタコメディによくあるだろ。いろんな登場人物が次から次へ出てきて、絡み合った関係が最後に明かされるというやつだ」。著者は、そのドタバタコメディに推理小説の衣をまとわせることで、読者を煙に巻く。ドクによれば、ここで重層的に描かれているのは、イギリスの貧困層に染みついた「諦念(ていねん)」なのだ。

この作品は作者がわざと喜劇的に仕立てたのではないか、とドクが指摘したとたん、不可解な場面の数々もなるほどと思えてきた。そのひとつは、いつだったかフランクも日記に挙げていたことがある。橋のたもとで寝起きするアダムがカモメを殺して食べたあと、テムズ川の向こう岸にきらめく灯りを見て、「クリスマスみたいだ」と思う箇所である。フランクは「ばかげてる」と日記に書いていた。グレアムが胡散(うさん)くさく感じたのは、当初その殺人事件の捜査に当たっていた女性警官が、容疑者だと気づかずアダムとつきあいはじめる場面、そして殺人現場から逃げだしたあと、アダムがすぐ居眠りをする場面だ。「アダムが草むらに入っていって寝ちまったのを、だれか覚えてないか?」とグレアム。「人殺しに間違われて逃げてるのに、『さて、ちょっと昼寝でもするかな』なんて、おかしいだろ」

居眠りについては、全員が違和感を抱いていた。フランクもあとでこんな感想をもらした。「自分の経験から言うと、追われてるときには、とうていそんな気分になれない。おれは事件のあと三日間眠れなかったもんな」。フランクの場合はこんな具合だったらしい。「それまでは機嫌よく過ごしてたのに、次の瞬間にはおたずね者になってた。どうやら殺人未遂で指名手配されてるらしいとわかったんだが、自首はしなかった。眠れなかったよ。眠ろうとするんだけど、起き上がってテレビのニュースを見ちまう。眠るなんてとんでもない」。妻が妊娠していたため、街から出ていくことはなかったが、アダムと同じように、逮捕までにはかなりの時間があったという。

その日、読書会のあいだフランクはちょっと落ちこんでいるようにみえた。仮釈放委員会からデイ・パロールの認可が下りず、五月の仮釈放後は昼間も社会復帰施設で暮らすよう言い渡されたのだ。その施設が、家族のいるトロントになるかどうかはまだわからないという。

鋭い視点を持ったひとりの人物が読書会の流れを一気に変えてしまうことがあるが、この日、その役割を担(にな)ったのはドクだった。

キャロルと車でトロントへ戻る途中、あたりが暗くなるとすぐ、西の空に隣り合ってきらめく大きな光がふたつあらわれた。まるで車のヘッドライトか、二重星のようだ。実際に見えていたのは木星と金星で、そのふたつは異様なほど接近し、いまにも衝突しそうに思えた。ふたつの交わりをあらわすベン図がここにもあった。

三週間後、キャロルが代表をつとめる団体〈刑務所読書会支援の会〉の理事会が、理事のひとりで、カナダのトップ刑事弁護士であるブライアン・グリーンスパンの法律事務所で開かれた。その日は、「職員戒護（かいご）なし一時帰休」制度で外泊中のグレアムを招いて、話をしてもらうことになっていた。キャロルは、グレアムを読書会運営のアドバイザーとして、そのうえ可能なら理事としても指名したいと考えていたのだ。会議室の窓からわたしがたまたま外を見ていたとき、グレアムがこちらに向かって歩いてきた。街なかを歩くその姿は、刑務所で見るよりずっと大きく感じられたし、エンブレムのついたこぎれいなポロシャツの私服姿も、見慣れないため違和感があった。彼はおみやげとして、母親の経営する菓子店のファッジ［キャンディの一種］をギフトボックスに入れて持ってきていた。テーブルにつくと、理事のひとりがグレアムに説明しておきたいことがあると申し出て、自分の腰のあたりに見えているのは、ホルター心電計のコードで、〝有刺鉄線〟のワイヤーではないから、と言った。その言葉に全員が笑った。それから一時間、グレアムは統計を駆使して刑務所の実情を伝えたり、受刑者を悩ませている数々の問題を話したりして、理事たちを感心させた。そして、マニトバ州のストーニー・マウンテン刑務所で新たに読書会を立ち上げるにあたり、みずからその施設にいた経験もふまえて、運営方法を提案した。唯一の問題は、受刑者が非営利団体の理事になれるかどうかだ。

グレアムが薬物の密売と恐喝の容疑で逮捕されたのは、もう何年も前の、ある冬の朝だった。その日、彼は自宅の地下室にいた。家には、四つ角のそれぞれに全方位監視カメラが設置してあり、その映像が寝室と地下室のモニターに映し出される。本人いわく〝要塞〟のように、あらゆる角度から敵の侵入を察知できるというわけだ。最初に気づいたのは、黒い服の人物が画面を小走りに横切る姿で、そのあと画面は別のカメラからの複数の映像に切りかわった。家の前に、市のゴミ収集車に似たトラックが停まっている。固定電話が鳴ったが無視した。続いて携帯電話が鳴り、妻が出た。妻はグレアムを呼び、電話はカナダ騎馬警察からで、逮捕状を持って外にいるらしいと伝えた。「『自分から出てくるつもりはあるか?』と訊かれたんで、『はい、行きますからちょっと待ってください』と答えた。『なんの罪で逮捕するんですか?』と訊ねたら『外に出てくるまでは教えられない』って言われたんだ」。グレアムはドアを開け、両手を上げて外に出た。騎馬警察の特殊部隊が銃でグレアムの胸に狙いを定めている。レーザーの赤い点々を浴びながら、グレアムは警官に導かれて車に乗りこんだ。「制服を着た隊員がおおぜい、車のうしろやらいろんなところに身を潜めてたよ。でも、連行するときはみんな親切だったし、妻にもていねいだった」。グレアムは一緒に暮らしていた相手のことを、いつも〝妻〟と言った。逮捕された二か月後に結婚式を挙げる予定だったからだ。恐喝の相手がおとり捜査中の警官だったという事実は、おそらくだいぶたってから聞かされたにちがいない。

わたしがロンドンで襲われたあと、警察は犯人をどんなふうに逮捕したのだろう。事件を担当した刑事は、裁判でわたしが証言を求められる可能性を考慮に入れ、捜査の詳細を教えようとしなかった。情報を知りすぎていると、証言に影響が出かねないからだ。ただ、事件当日の夜遅く、男のひとりが武器使用の容疑で逮捕されたことだけは教えてくれた。

しばらくしてその刑事から連絡があり、容疑者を並ばせて犯人を確認してみる気はあるか、と訊かれた。いわゆる〝面通し〟だ。そんなことをすれば、最悪の事態になる。心の痛みがぶり返すばかりでなく、責任の重さも並大抵ではない。結果次第で、だれかの人生を左右してしまうかもしれないのだから。それでも、自分が役に立てるなら、と承諾することにした。後日、わたしはテムズ川南岸にあるサザーク警察署の小さな別棟にいた。待合室にはほかに何人かの姿があった。みな、互いをもの珍しそうに見ている。その人たちが目撃者なのか、あるいは平服の警官なのか、被告人の弁護士なのか、見分けがつかなかった。わたしは夫の腕に手を回した。少し気分が悪い。もし、一列に並ぶ容疑者を立たせたければそうしてもかまいませんよ、と女性警官が教えてくれた。

わたしの番がきて、細長い部屋へひとりで入っていくと、そこには黒人男性が一列に並んでいた。全員がこちらを見つめているように思える。マジックミラーで仕切られているので、もちろん向こうからわたしの姿は見えないのだが、それでもこちら側にいると、自分が見られているように感じてしまう。映画では容疑者たちが立っているが、実際は座っていたため、背の高さがわからなかった。体格や背の高さに気を取られず、ひとりひとりの顔に注意を向けられるよう、わざとそうするらしい。わたしは、ひとりずつゆっくり確かめながら通路を歩いていった。なかのひとりは、一九七〇年代に流行ったようなしわ加工のシャツをセーターの上から着ている。その隣の男には、体の痙攣と顔のひきつりが見られたが、はたしてそれがトゥレット症候群のようなチック症状なのか、あるいはふざけているだけなのかわからなかった。わたしは、列のなかのふたりを立たせてくれるよう頼んだ。座ったままで確認できないか、と案内役の警官に言われたため、こう答えた。「立たせてもかまわないと言われました」。襲われた夜のことを思い出せるよう、じっくり時間をかけて観察していく。それから、もう一度列の最初に戻り、ひとりひとりの顔を二回、三回と確かめていった。そして、案内役のほうを振り向いて小声で話したあと、待合室に戻った。担当の刑事から帰ってよいと告げられ、警官が運転する車で家に向かうあいだ、襲われたときのことが何度も心によみがえった。列に並んでいた男たちの目が頭から離れず、彼らの母親はどんな気持ちだろう、という思いがまたも浮かんできた。罪を犯した男たちと、家族の一員としての姿を切り離すことが、わたしにはどうしてもできなかった。

ビーバークリーク読書会が次に開かれた四月一一日、車を北へ走らせながら、またしても容疑者の列を思い出してしまったのは、その月の課題本が容疑者だらけの小説だったからだ。作者はヴィカース・スワループで、タイトルは『6人の容疑者』。席についてメンバーたちを見まわしたとき、ひとりひとりの容貌の細かな部分にあらためて目がいき、その特徴を覚えておこうとい

う意識がはたらいた。リチャードはここでは年かさのほうで、グレーの髪を短く刈り、口ひげと顎ひげを生やし、黒縁の老眼鏡の奥から青い瞳がのぞいていて、顔だちは知的だった。比較的新しいメンバーのピノは背中が丸まっていて、鼻は細長く、顎に斜めの傷跡があり、年齢はおそらく七〇代。背が高くやせ型のバーンは、グレーの短髪で、メタルフレームの眼鏡をかけ、頭をかく癖と爪を嚙む癖がある。トムはたれさがった口ひげを生やし、くすんだブロンドの髪を肩まで伸ばし、目は茶色で爪は長くとがっている。アールはグレーのやぎひげをたくわえ、目は青く、ナイキの野球帽をかぶっている。レイモンドは退屈そうな表情をしていて、高価そうな腕時計をはめ、髪が長く、グレーのソックスには折り返し部分に赤いストライプが入っている。ドクはそばかすがあり、鮮やかなストライプが入ったニットの縁なし帽をかぶっていた。フランクは片頰に深いえくぼができ、頭はほぼ禿げていて、トレーナーは濃いグレー。グレアムは大柄で、青い瞳はときどきグレーを帯びて見え、短く刈りこまれた髪はブロンド。ハルは声が高く、目は薄茶色でチャックのついたグレーのパーカーを着ている。

そもそも『6人の容疑者』を推薦したのはベンだった。前年の八月、コリンズ・ベイで夏に読んだ本の感想をひとりずつ言い合ったとき、ベンはこの本を挙げていた。ベンが褒めていたので、わたしもあのあと購入したのだが、今回ようやく、かつては容疑者だったメンバーたちと、この本について話し合う機会が持てたわけだ。著者のスワループを有名にしたのは『ぼくと1ルピーの神様』で、この作品はダニー・ボイル監督により、『スラムドッグ$ミリオネア』(二〇〇九年)

という映画にもなった。そのスワループの第二作『6人の容疑者』は社会に対する風刺に満ち満ちた推理小説で、扱っているテーマはインドの貧困と富と汚職だ。あるとき、道楽者の実業家ヴィッキー・ラーイが、パーティーで酒の提供を拒んだ女性バーテンダーに腹を立てて殺してしまうが、裁判では無罪を勝ちとった。ところが、勝訴を祝って開いたパーティーの場で射殺されてしまう。この事件には容疑者が六人いた。ボリウッド［ボンベイとハリウッドの合成語で、インドの映画界を指す］女優、携帯電話泥棒、アメリカ人観光客、元官僚、政治家、インド領アンダマン諸島のオンゲ族の男。六人ともパーティーに居合わせ、それぞれラーイに恨みがあり、全員が銃を所持していた。物語の設定はおもしろいのだが、結末の謎解きに関しては、メンバー全員があまり納得できなかったようだった。とくにグレアムとフランクは、伏線がいくつか結末につながらないまま終わるのには、肩すかしを食った気分になったという。

インドの読者がこの作品を読めば、一九九九年に人々の耳目を集めた殺人事件を思いおこすのはまず間違いないだろう。ニューデリーでモデルをしていたジェシカ・ラールが、パーティーでインドの大物政治家の息子に酒を出すのを拒んで撃たれたとされる事件である。ラール事件の場合、当初は容疑者が一二人いたものの、裁判では全員が無罪となった。ところが、メディアや民衆の声に押されて再審が始まり、国会議員の息子で実行犯と目されるマヌ・シャルマーをはじめ三人が有罪判決を受けた。作者のスワループは意図的にこの事件を物語の下書きにし、インドでは司法手続きにおいて有力者に手心が加えられていること、つまり、だれも手出しできない領域

が存在する実情を暴きだしたのだ。

　メンバーたちがまず話したがったのは、複数の語り口を使いわける著者の試みだ。ボリウッド女優の心の内は日記の形態で、政治家の思いは電話のやりとりを通して、観光客と携帯電話泥棒は一人称で、そのほかの容疑者は三人称で描かれる。それに加え、著者は狂言回しの役割をある調査ジャーナリストに担わせている。この人物は電話に盗聴器をしかけるのだが、おそらくこれは、二〇〇六年ごろからイギリスで話題になりはじめていた電話盗聴スキャンダル〔タブロイド紙が王室や政治家やセレブの電話を盗聴してネタを集めていたとされるスキャンダル〕をほのめかしているのだろう。フランクもトムも、語りの手法が気に入ったらしく、フィービーは『サラエボのチェリスト』を思い出すが、あちらのほうがこの手法がうまく活かされている、と言った。リチャードによれば、こういう描きかたはポール・ハギス監督の映画『クラッシュ』（二〇〇五年）を思わせるという。それまで接点のなかった複数の人生が、ある交通事故をきっかけに交錯していくストーリーだ。レイモンドは、『私に近い6人の他人』〔フレッド・スケピシ監督による一九九三年のアメリカ映画。さまざまな人物のかかわり合いを描きつつ、上流階級の偽善をあぶりだしていくコメディ〕を思い出したらしい。

　それまで進行役に徹して発言を控えていたフィービーが、この本のテーマに関するおもしろい文章をたまたま見つけたと話しはじめた。それによれば、本書のテーマのひとつに、二重人格と人格の混乱があるという。たとえば、ボリウッド女優に生き写しの貧しい女性が女優本人に成りかわったり、汚職まみれの元官僚モーハン・クマールがガンディーふうの丸眼鏡をかけ、ガンデ

ィー・バーバーとして有名になっていくうちに、自分でもガンディーの霊が乗りうつったと思いこんだりする。「そういう、いかにもありそうな説はたいがいつまらないんだ」とレイモンドがぞんざいな口調で切り捨てた。

けれども、この作品にあらわれる二重性に興味を持ったメンバーも何人かいる。「とびきり貧乏な男が、ブリーフケースを拾ってとんでもない金持ちになっただろ」とアールがそのテーマに引きよせて言った。「それから、さっきのボリウッド女優が貧しい娘を優雅な女性に仕立てあげるエピソードもそうだ。インドの文化じゃ、両極のあいだでバランスをとることも大事なんだと思う」。しかし、リチャードによると、女優は自分にそっくりなその女性を利用しているだけで、手を差しのべようとはしていない。

「通底しているテーマは、あらゆる階層に汚職が行きわたってるってことだな」とドク。「みんな、カネのためならなんだってする」

グレアムの見かたによれば、作者は社会の悪に染まっていない数少ない人物、たとえば容疑者のひとりオンゲ族のエケティに悲惨な結末を用意している。「この男が最後にどうなったか知ってるだろ。拷問されて、殴られて、殺されちまうんだ」

新入りのピノは、この本のいちばん大きなテーマは小説の終わり近くにあらわれていると主張した。みながページをめくって最終章を開くのを待ってから、ピノはある一節を読み上げた。中

流階級というのは、上流階級や下流階級の過ちを正す良心でなくてはいけない、と調査ジャーナリストが語る部分だ。しかし、皮肉にもそのジャーナリストは、正義のためと称してみずから、ある私的制裁を加えていた。

ここで「じゃあ、この本を一点から一〇点まで順番に評価していこう」とレイモンドが提案した。

「だめだ」とグレアムがうなった。「点数をつけるなんて」

「いいから、数字を言えよ！」レイモンドが言い張り、この小説が好きではなかったらしくみずから三点をつけた。

フランクは八点、グレアムは六・五点、ドクも写実的なインドの描写を楽しめたので八点をつけた。「レイモンドが嫌がりそうな、高い点をつけておいたよ」とドク。どうやら、彼はレイモンドの押しの強さにうんざりしはじめているらしい。

話し合いのあと、グレアムとフランクが冗談まじりに、もうひとつおもしろい分析をしてみせた。この小説には人の死が何度も出てくるが、インド人にとってはさほど不快感はないのではないか。なぜならヒンドゥー教徒は輪廻転生を信じているからだ、とフランクは言う。「だから、気にならないんだと思う」

「おまえはいつもそういう能天気な見かたをするもんな」とグレアムが笑った。

「ああ、おれはカルマを信じてるから。悪い行ないをしたら、いずれはそれが自分に返ってくる。

ムショに入れられるとかそういうことじゃないぜ。自分の人生に返ってくるんだ。なにかしでかして罪悪感を抱いたとしたら、それはすでに報いを受けてるってことさ」

「いつもそんなふうに考えてるわけだ」とグレアム。

「ああ、おれにとっちゃいちばん大事なことだから」

第18章 善は悪より伝染しやすい

『ユダヤ人を救った動物園』

「プレキシガラスの監禁」とわたしが呼ぶあの何日かがもしなければ、パルバットはコリンズ・ベイ読書会の三月の課題本、ダイアン・アッカーマンの『ユダヤ人を救った動物園――ヤンとアントニーナの物語』を読みきれなかったかもしれない。作業所からプレキシガラスのかけらが紛失したのは、三月初旬のことだ。アクリル樹脂を成分とするプレキシガラスは、金属探知機にはひっかからないうえ、小さく砕けば見つかりにくく、しかも致命的な武器になりうる。ユニット7にいるピーターも、この時間を読書にあてたらしい。彼は監禁に備えてつねに準備を怠らず、シャワーや売店を使えないときのために、必要な道具を非常用袋に入れていた。袋には、監房の洗面台で体を洗うためのスポンジや、食事の時間までの腹の足しにするおやつなどが入っている。すぐにお腹がすいてしまうので、オートミールや砂糖、リンゴ、ピーナッツバター、クリームチーズ、クラッカーなどは必需品なのだ。

とはいえ、監禁中でも刑務所から出してもらうことはできる。三月七日、ベンはコリンズ・ベイでの最後の日記にこう書いていた。「明日ここを出ていく。叔母が迎えにきてくれる予定だ。どの施設に行くことになるのかは、まだわからない」

その月の下旬、コリンズ・ベイ読書会にメンバーたちが集まってきたとき、興味深い話し合いになりそうな予感がわたしにはあった。『ユダヤ人を救った動物園』は、ワルシャワの動物園長ヤン・ジャビンスキとその妻アントニーナの勇敢な行動を描いた実話だ。第二次世界大戦中、ナチス・ドイツ占領下のポーランドで、夫婦は身の危険をかえりみず、動物園の空の檻や、園内にある自宅のクローゼットや地下室に、三〇〇人以上のユダヤ人をかくまった。

動物園で飼育していた動物たちは、三段階にわたっていなくなっていく。一度目はドイツ軍の爆撃で園の囲いが破壊され、パニックを起こした動物がワルシャワの道路を逃走していったとき。二度目はライオンやトラなどの危険な動物が逃げださないよう、ポーランド兵が射殺したとき。三度目はベルリン動物園の園長が動物を略奪していき、そのあと射撃パーティーを開いて、まだ檻のなかにいた残りの動物を撃ち殺してしまったときである。

ユダヤ人たちがワルシャワのゲットーから動物園に逃げてこられたのは、ヤンがポーランドの地下組織で活動していたからだが、そのあと彼らを無事にかくまえたのは、アントニーナが勇気を出し、機転をきかせてドイツ軍の目をうまく欺いたからだ。気がかりは、夫婦の八歳になる息子リスが、定期的に見まわりにくるドイツ兵になんの気なく秘密をもらしかねないこと。もし口を滑らせれば、全員が死刑になる。それを見越して、夫婦はかくまったユダヤ人たちに動物の名前をつけた。これなら、万一息子がしくじっても、ドイツ兵は動物のことだと思ってくれる。

一九三九年当時、ワルシャワに三五万人以上いたユダヤ人は、終戦時にはわずか一万人に減っていた。そのうち三〇〇人を救ったジャビンスキ夫妻の尽力はイスラエルによって正式に認められ、「諸国民の中の正義の人」〔ヤド・バシェム賞〕のリストに夫妻の名も入れられた。これは、無関心を装う者が多いなか、ホロコーストからユダヤ人を救った人々に贈られた称号である。

ジャビンスキ夫妻の物語は、ナチスへの抵抗運動としてはあまり知られていないが、わたしはメンバーたちが園長夫妻の勇気に共感してくれることを願って、この本を推薦した。それだけではなく、作者が見事に描きだす園庭の鮮やかさもまた、刑務所の閉ざされた世界から一瞬なりとも彼らを解き放ってくれるのではないかと感じたのだ。行間から漂ってくるライラックやンナノキの花の香りに、わたしはうっとりと酔いしれた。もしかしたら、自然を愛する著者には、動物並みの嗅覚とそれを伝える詩的な力が備わっているのかもしれない。

「ピーター、この本を読んでどう思った？」今月の進行役をキャロルから任されたデレクが訊ねた。

「おもしろかったよ」。ピーターはそう答えながらノートに目をやった。「作者が言おうとしてるのは、動物園自体がもともと善良な場所だってことじゃないかな。生命や自然を体現する場だから」。その対極にあるのがナチスの残虐な行為だ、とピーターは断じた。ときとして、途方もない悪が途方もない善を生みだす。いっぽうに立ちむかうには、もういっぽうが必要なのだ。「もともと善良な場所」というピーターの言葉に、わたしも共感を覚えた。動物園という施設は、多様性に満ちた生命を寿ぐ場なのだ。野生動物の場合、生きるためにほかの動物を殺すことはあっても、憎しみやイデオロギーのために殺すことはない。それをするのは人間だけではないだろうか。そういえば、カナダの写実画家アレックス・コルヴィルが、自身の描く動物のことを語った際、こんなふうに言っていた。動物に邪悪さや悪意があるとは自分にはどうしても思えない、と。

パルバットが長い髪を耳のうしろに払ってから、ピーターの意見を敷衍し、ジャビンスキ夫妻に思いやりの心があったのは、自然と触れ合う環境にいたからではないか、と言った。「ためらいもなく人の世話ができたのは、動物の世話に慣れていたからじゃないかな」。パルバットの口調には、どことなく眠たげながらも教養を感じさせる落ち着きがあった。アントニーナは、ただ動物を世話していただけではない。夫ヤンの言葉を借りれば、彼女には不思議な第六感があり、動物がなにを考えているか、直感で言いあてることができた。オオヤマネコの子どもたちは人間が指を動かすと怯えるのを知っていたし、アナグマの赤ん坊は人なつっこく、散歩をさせると喜ぶことも心得ていた。

メンバーたちが興味を持ったのは、ナチスの優生政策が人間だけでなく動物にもおよんでいたことだ。ナチスは、純血種から〝退化した〟動物を見下し、絶滅した野生のヨーロッパバイソン〔ウシ科の大型動物〕やオーロックス〔家畜牛の原種〕やターパン〔野生馬の一種〕など、彼らが高貴で純粋とみなす動物を交配によってよみがえらせようとした。ジャビンスキ夫妻の動物園からも、あきらかに希少種の繁殖目的で、オオヤマネコやバイソンなどが連れ去られている。「ちょっと陰湿だな」。ガストンが渇いた口調でぼそりとつぶやいた。

いっぽう、ピーターはさらに驚くべき描写にみなの目を向けさせた。彼が指摘したのは、ユダヤ人たちがナチスの目を逃れるため、体の一部に細工をする場面だ。「たとえば、皮膚の再生だよ。割礼で失った陰茎(いんけい)の包皮を手術で修復するとか」。戦争を扱った本を読むとき、読者はこうした細かな描写にあまり目を向けない。ピーターは、ナチスが反ユダヤ的な児童文学を創作させていたことにも触れた。「こういう小さなことでも、大きなことと同じくらい残酷だと思うな」

ナチスの親衛隊（SS）が動物園の周囲を嗅(か)ぎまわっていたとき、アントニーナは何度となくその場をうまく収めるのだが、そんな力がいったいどこから湧いてくるのか、メンバーたちはそのことについても不思議がった。「親衛隊の連中と話をつけて、引き上げさせたからね」とデレク。「この人の強さははんぱじゃない」。わたしが思い出したのは、ドイツ軍の倉庫のあたりから火の手が上がったとき、ドイツ兵がアントニーナを問いつめる場面だ。彼女はその追及をさらりとかわし、倉庫脇に積まれた干し草の上でドイツ兵がガールフレンドといちゃついたりタバコを吸ったりしていることを指摘する。この場面を読んで頭に浮かんだのは、『ガーンジー島の読書会』でパトロール中のドイツ兵から不審の目を向けられたとき、エリザベスがとっさに言い訳を考えだす場面だ。

ピーターの意見では、アントニーナがこんなにも堂々としていられるのは、動物に対するのと同じように、人間に対しても、相手の心を読みとる才能があったからかもしれない。〔清掃係の〕ジョアンが挙げたのは、彼女がアーリア人ふうの容貌だったことも一役買っている、という著者の言葉だ。しかし、パルバットは違う見かたをした。「女の人にはある種のパワーがあるんだよ。とくに魅力的な女にはね」。その意見にドレッドは反対し、アントニーナの威厳は性差とは関係がない、と言った。わたしが思うに、どんなときも彼女が凛としていたのは、日々を楽しもうという決意のもと、自宅にも庭にもたくさんの動物を飼っていたことと関係があるのではないだろうか。ウサギ、アナグマ、マスクラット、犬、ハムスター、ブタ、子ギツネ、そして子ギツネたちの世話をする猫。情勢が不安定さを増していくなか、正気を保つためにも動物たちは欠かせない存在だったのだ。

メンバーたちの意見にキャロルが割って入った。ピンクの大きな眼鏡と、モーブ色の長いスカーフがとびきり陽気な印象を与えている。「ひとつの考えかたとして言うだけなんだけど、この本のテーマは、自分と周囲の安全を犠牲にしてでも人を助けるということじゃないかしら」。毎回、必ずといっていいほど人助けのテーマを持ちだすキャロルは、実に愛すべき人だ。

ピーターはキャロルの考えをさらに押しすすめ、ジャビンスキ夫妻の勇気は自分たちの身を危険にさらす以上の、もっと複雑な賭けなのではないか、と指摘した。「責任は周囲にもおよんだと著者が説明してるだろ」。つまり、ポーランド市民がユダヤ人をかくまったことが明るみに出ると、本人だけでなく家族や動物園の従業員や隣人までが、ただちに処刑されることになるのだ。ユダヤ人をかくまった場合、ドイツ占領下のほかの国では刑務所送りになるのに比べて、これは極端に重い罰である。「ほかのこととはわけが違うんだ」

「まわりの人すべてを危険にさらすとなると、これは大変なことよね」とキャロルが応じた。

そのとき、はっとするような言葉をピーターが口にした。「危険にさらされてる周囲の人も、夫婦の行動をみならうようになったんだと思う。善は悪より伝染しやすい。だから、『たしかにここは危ない状況だけど、自分たちも人を助けなきゃいけない』という思いがどんどん広がっていくんだ」。その言葉にこめられた人間愛と、本来だれもが持つ良心を思って、わたしは胸が熱くなった。

マイケルが指摘したように、アントニーナは戦争がもうすぐ終わると期待したものの、結局それよりはいくぶん長く持ちこたえなければならなかった。

「わたしはアントニーナほど勇敢になれるかどうか自信がないわ」とキャロル。「もしかしたら……いいえ、たぶん無理だろうという気がする」

「おれなら自分の家族を危険な目には遭わせない」。ドレッドが断言した。キャロルのようなためらいはいっさいない。彼にはふたりの子どもがいる。「勇敢な行為だとは思うけど、おれはごめんだ」

「でも、困ってる人を追い払うのは難しいんじゃないかな」とピーターが言うと、ほかにも何人かが「そうだ」と同意した。

「けど、いまの時代、そんなことをするやつはいないぜ」と声を上げたのは新入りメンバーだ。名札に「トニー」と書いてある。「当時はいまより、家族の絆とか帰属意識とか、人の結びつきとかが強かったんだと思う」。その言葉は、以前オー・ヘンリーの『賢者の贈り物』を読んだときにドレッドが言ったことと似ている。彼はあのとき、「おおげさな愛情の示しかたは中世の騎士道じみている」と発言したのだ。トニーの意見にしたがうなら、どうやら道徳的行為にも流行りすたりがあるらしい。しかし大事なのは、いざだれかの命を助けられる機会が目の前にあらわれたとき、他人がなにをするかではなく、自分がなにをするか、ではないだろうか。とはいえ、刑務所では他人にかかわらないのが身のためだ。だから、この日の読書会に英雄はいないし、おそらくわたしも同じ穴のむじなだろう。はたして自分の家族を危険にさらすことができるかどうか、自信がない。けれども、デレクはこう言った。もしわが家の玄関に、命からがら逃げてきた人が助けを求めて立っていたら、とっさにどんな行動に出るか、それはだれにもわからない、と。

「あのね」とキャロルが言葉をはさんだ。「この本を読みながら、わたしはあなたたちのことを考えていたの。この物語には、家を追われて、少しでも安全な場所を転々とする人たちが出てきたでしょ。あなたたちがここを出たあと、わが家と呼べる場所をちゃんと見つけられるのかどうか、そして、長い服役期間がどう影響するのか……」。その言葉に、わたしはどことなく違和感を抱いたが、その原因がなんなのかはっきりとはわからなかった。もしかしたら、家族や友だちは離れていくかもしれない、という含みが感じられたからかもしれない。

トニーは、自分の居場所はつねにわかっている、と答えた。トロントだ。オイルでなでつけているらしいトニーの頭は、体に比べてずいぶん大きく見えた。「六年ぶりに外に出たとき行ったけど、ずいぶん変わってたよ。商店はシャッターが下りてたし、昔からあったクラブはつぶれてた。でも、人は変わらないはずだ」

しかし、ドレッドのほうはそれほど楽観的ではなかった。「おれたちには前科があるんだぜ。色眼鏡で見られるに決まってるから、そう簡単にはいかない」

それを受けて「子どもや妻の存在によって、わが家がどこか、あるいはどこだったかが決まるんだ」と言ったのがブラッドだ。白人メンバーのなかで髪が長いのは彼だけだ。その声は震えているように聞こえた。もしかしたら、家族のだれかを亡くしたのだろうか。

「この話は、そういうのとはちょっと違うと思うな」と、これにパルバットが反論した。「ここへ来たのはおれたちの勝手だろ。悪いことをして捕まったんだから。でも、ユダヤ人はわが家を追われたんだ」。たしかに、これは重要な違いだ。ただし、彼の主張はそのあと意外な展開をみせた。「わが家といっても、ヤクに溺れて三日に一回メシを食うだけの場所だってやつもいる。

ここにいれば一日三回もメシが食えるんだから、そいつらにとっちゃ、外よりムショのほうこそ居心地のいいわが家かもな」

わたしはメンバーたちに紙とペンをまわし、トロントの女性読書会にあてて本の感想を書いてもらった。二週間後に同じ本で読書会を開く予定なのだ。そのあと、キャロルからびっくりするような知らせがあった。『ポーラ――ドアを開けた女』の著書ロディ・ドイルが、メンバーの質問にEメールで回答してくれたという。キャロルは質問をしたメンバーに、著者からの返事を読み上げるよう頼んだ。ドイルからいちばん興味深い答えが返ってきたのはマイケルの質問だった。「虐待は親から学習し、世代から世代へ受けつがれていくものだと思いますか？　もしかしたら、チャルロ自身も虐待の被害者なのではないでしょうか」。やや舌をもつれさせながら、マイケルは質問を読み上げた。

続いて、著者の回答を読む。

「わかりません」というのがわたしの答えです。「おそらく」とか「たぶん」くらいは言えたとしても、「そうです」とは断言できません。本のなかで、ポーラはたびたび「わからない」と言います。チャルロが暴力的な態度をとる理由は一見きわめて単純でわかりやすいのに、同時にそれは暴力への言いわけにすぎないようにも思えるからなのです。もし、虐待が周囲から学びとるものだとしたら、親から殴られた経験がないのに、自分の子どもを殴る男性や女性については、どう説明すればいいのでしょう。それでも虐待は起きてしまうのです。

ドイルからの答えが心に響いたとみえ、メンバーたちは別れを告げて廊下に出ていくときも、まだその話をしていた。ガストンとピーターがキャロルに引きとめられて、ちょっとのあいだその場に残った。キャロルは教誨師の事務室に行き、セキュリティ検査済みの本を山ほど抱えて出てきた。ダフィー教授の推薦図書リストにある古典作品だ。腕いっぱいの本を、キャロルはそれぞれに渡した。ジョゼフ・コンラッドの『闇の奥』と『秘密の同居人』、H・G・ウェルズのSF小説『モロー博士の島』と『タイム・マシン』、チャールズ・ポーティスのウエスタンもの『トゥルー・グリット』、J・D・サリンジャーの『ライ麦畑でつかまえて』。ピーターは『ライ麦畑でつかまえて』を前に読んだことがあるらしく、二度は読まないと言っていた。それでも、本は全部あげるからと聞いたとたん、嬉しそうな表情になった。「いい蔵書コレクションができると思うよ」。とはいえ、本人によれば、次回の読書会の前後に社会復帰施設へ移ることになりそうだという。ピーターがいなくなるのは読書会にとって損失だし、味のある日記を読めなくなるわたしも残念だ。

アマースト島に戻ったその日の午後遅く、三月としては異例の熱波が襲来し、気温は二八度まで上がった。キャロルとわたしは、食前酒を持って庭に出た。キャロルはマティーニらしきもの、わたしのほうは冷えたピルスナー［ビールの一種］。湖には夏のような靄がかかっているが、例年ならまだ氷が張っているはずだ。芝生もすでに青々としていたが、ふつうなら三〇センチやそこらはまだ雪が積もっているだろう。キャロルは、ルバーブがくすんだピンク色の新芽をのぞかせているのに驚き、来週にはアスパラガスの苗床から雑草を抜こうと決めたらしい。深く息を吸いこむと、土の匂いがした。アマースト島とカナダ本土にはさまれたオンタリオ湖の湖面に、アイサと呼ばれる潜水ガモのつがいが何十羽と浮かんでいて、まるで散歩中の恋人同士のようだ。頭頂部の羽毛を派手に逆立たせたオスが、ひょいと水中に潜って、毎年恒例の求愛の儀式を行なうと、メスのほうは満足したようにガーガーと鳴き声を上げた。コマツグミたちは餌を求めて土をつつくものの、まだ凍っていてうまくいかない。そのそばでは、シラーやクロッカスが太陽に向かって首を伸ばし、ひと月も早く花弁を開かせようとしている。刑務所で何時間かを過ごした日には、こんな風景が心を慰めてくれる。この景色を動物園長夫人のアントニーナが目にしたら、どんなに喜んだだろう。

異常なほど早い春の訪れに、鳥たちはもう庭のあちこちで巣作りを始めている。ナゲキバトが今年も餌台の上に巣をこしらえたため、キャロルも夫のブライアンも、ひなが孵化して巣立つまで、周囲へは近づけなくなった。

ただ、その日の午後だけは周囲の鳥たちがどれほど騒いでも、キャロルの気を引くことはできなかっただろう。彼女は読書会のことで頭がいっぱいだったのだ。できれば、コリンズ・ベイのメンバーから新たに大使を何人か指名し、参加者を勧誘したり、仲間を励まして読了させたりする役目を担ってもらいたいと考えていた。二六人いるメンバーのうち、たった九人しか読書会に来なかったことが、キャロルを失望させたらしい。わたしが彼女から学んだ考えかたのひとつが、ここにもあらわれていた。つまり、少しうまくいったくらいで満足してはいけない、ということだ。刑務所に読書会を設立しただけではじゅうぶんではない。充実した読書会でなければ意味がないし、メンバーはなにがなんでも出席しなければならないのだ。

たしかに、今回きちんと本を読み終えてきたのが、ピーターとパルバットとおそらくマイケルだけだったことには、わたしもがっかりした。ただ、ガストンが一〇〇ページまでしか読めなかった事情はわかる気もする。仮釈放の公聴会に向けて準備しなければならなかったし、大学の通信講座の勉強もあるし、古典作品も読まなければならないし、そのうえ読書会の本まで読むとなれば大変だ。それに、今日の読書会のあとふたりで話したところ、どうやら最近は「前向きな気持ちになれる本」に手が伸びるらしい。戦争や家庭内暴力を扱った本はどうしても気が滅入ってしまうという。わたしは、そういうことも考慮に入れて課題本を選定しようとキャロルに提案した。それにしても、本を開いた形跡すらなかったドレッドはどうなのだろう。本人は弁解すらしなかったが、もしかしたら好敵手だったベンがいなくなり、同じユニットで伴走してくれる熱心な読書家の支えがなくなってしまったせいかもしれない。それから、「アメリカ人の」アルバートは本を読んでこなかったし、本を持ってさえこなかったのだが、その言い訳には恐れ入った。「ユニット4が水浸しになっちまったんだ。朝起きたら、監房の床に一〇センチくらい水がたまってて、大便や小便が浮かんでやがった」。その水たまりに、『ユダヤ人を救った動物園』も浮かんでいたというのだ。「宿題は飼い犬に食べられてしまいました」というよくある言い訳よりは気が利いている、とデレクが言うと、全員がどっと笑った。

この本を読んで園長夫妻に共感してもらいたい、というわたしの願いは、どうやら宙に浮いてしまったようだ。もちろん、ピーターの感想にはそれが感じられたし、マイケルとパルバットの言葉にも、ところどころあらわれていた。しかしこの日、ほかのメンバーからは特別の思いが感じられなかった。女性読書会のメンバーたちが、本の登場人物への共感をつねに思う存分表現するのとはなんという違いだろう。

それから一週間もたたないうちに、キャロルは強引にミーティングを開き、新しい大使を任命した。ピーターとマイケルだ。ふたりには、本を読めそうな受刑者を直感で見つけだす方法が伝授された。本を読める者はすでに読んでいるだろうが、なかには刑務所の孤独をまぎらす手段を必死に探している受刑者もいるはずだ。キャロルの希望としては、毎回一〇人から一五人くらいは参加してもらいたい。以前、仮釈放の公聴会に臨んだメンバーが、読書会で読んだ本のことを話題にしたところ、審査委員と話がはずんでいい結果を出せたという。そんな情報も、キャロルはしっかり伝えていた。

ベテラン大使のドレッドは、本の世界になかなか入っていけないメンバーをどう励ますか、新人大使を相手にみずからの信条を口にした。「本は追いかけてきちゃくれない。こっちから追いかけないと。シドニィ・シェルダンとは違うんだ。シドニィ・シェルダンなら向こうから追いかけてきてくれるけど」。追う者と追われる者。そういえばひと月前にも「襲うほうと襲われるほう」という話を別のメンバーとした。刑務所のなかで、あるいは外に出ても、世界をそんなふうにとらえる受刑者がいるのだ。

大使たちとのミーティングが終わると、わたしはガストンとピーターと個別に面談をした。ガストンはデイ・パロールの許可が下りたので、社会復帰施設に空きができ次第、そちらに移れることになったという。もちろん、ダフィー教授推薦の古典も読んでいて、すでに『ハックルベリー・フィンの冒険』『宝島』『赤い武功章』〔アメリカの作家スティーヴン・クレインによる、南北戦争を舞台にした小説〕、ティモシー・フィンドリー〔カナダの作家・劇作家〕の小説『戦争』を読み終えたという。そういえば、ドレッドは翌月、公聴会が開かれる予定だと言っていた。キャロルに任命された大使のうち、新たにふたりがここを去ろうとしている。

ピーターは誇らしげに、自分の日記をミーティングの席に持参していた。わたしが日記を渡してから、二か月のあいだに九三ページも書きこんであった。とりわけ、『ユダヤ人を救った動物園』について書かれた三月一一日の文章は注目に値する。「動物園、その動物たち。世話をすべき彼らの存在があったからこそ、この家族は立ちなおり、決断し、物資の調達に奔走することができた。動物たちが互いを思いやっているのは実にすばらしい。そんなことがありえるなんて、想像すらしていなかった」。そのあと、ピーターはこの刑務所にやってくる動物たちに注意を向けている。

カモは、ときにおびただしい群れで入ってきては草を食み、芝生に糞をして帰っていく。芝はカモが通ったところだけはげあがり、カモがいなくなるとまた生えてくる。カモメやハトも姿を見せる。それからカラスも来て、大きいものだとハトを襲うこともある。そいつらは、たくらむような目でハトを見ている。二〇一〇年の夏には、タカがあらわれたこともある。そのタカの動きにも、タカに怯える動物たちの反応にも、気高さを感じた。ここで暮らす鳥たちの数に比べれば、ここで暮らす受刑者とここで働く従業員の数など足元にもおよばない。襲うものと襲われるもの、そしておこぼれにあずかるもの。しかし、人間のいる環境では、どちらがどちらか見分けるのは難しい。

ここにも「襲うものと襲われるもの」という言葉があるのに気づいて、わたしは文章を何度も読み返した。彼は日記を書くことで、周囲の自然に目を向けるようになった。そのうえ、作家さながらの深い考えもみせている。わたしからのアドバイスで、刑務所内の匂いにも注意を払い、それを文章にしはじめてもいた。ダイアン・アッカーマンの描写力からも学ぶところがあったようだ。三月二九日の日記にはこんな記述があった。

アンが「刑務所の匂い」に注意を向けてみるよう言っていた。拘置所と刑務所はまったく同じ匂いがするし、その意味で病院とは違う。匂いを表現するのはすごく難しい。ここでいちばん強く感じるのは洗浄剤の匂いだ。床は隅から隅まで一日も欠かさず磨かれているので、目に見えない割れ目にいつのまにか薬品が入りこみ、コンクリートそのものにも染みついてしまっている。刑務所の匂いには、感覚に訴えてくるようなものはない。つまり、ほかの匂いがいっさいしないのだ。木々や花や庭の香りを風が運んでくることもない。キャンドルやポプリの匂いもしない。灰皿や空き瓶や残飯の匂いもしない。香水の匂いもしない。ゴムやアスファルトや排気ガスの匂いもしない。食事が運ばれてくる前のかすかな匂いすらしない。冬が終わったあと大地から立ちのぼる春の香りもしない。夏に海から吹いてくる風の匂いも、秋の落ち葉が発する濃厚な匂いも、その匂いを完全に封印してしまう冬の冷気の匂いもしない。

近くにある重警備刑務所ミルヘイヴンの場合、フェンスが金網なので、受刑者はシカなどの野生動物をたびたび目にすることができるが、コリンズ・ベイは高い塀で遮られているため、外の世界を垣間見ることもできない。ピーターによれば、塀の向こうのようすを受刑者たちが感じとるのは、おもに音を通してなのだ。車の行きかう音、列車の警笛、ときおり聞こえてくるパトカーのサイレン、そしてピーターの表現によれば「バイクのアクセルを吹かすときの爆音」。さまざまな感覚を奪われていくうちに、自分もほかの受刑者たちも、人間から動物に変わってしまう、とピーターは書いていた。

日記には、図書室で借りた『レ・ミゼラブル』についての深い考察も記されている。古典作品のほかに読書会の本も読んで、そのうえそんな長編小説まで読む時間をどうやって捻出(ねんしゅつ)しているのだろう。ヴィクトル・ユーゴーの文章には独特のリズムがあるとピーターは感じたようだ。最初は翻訳のせいかと思ったのだが、読んでいるうちに作者自身の文体だと気づいたらしい。日記にはこうあった。

　この本は、読むというよりだれかから語りかけられている感覚に近い。語り手は、なにが信頼できてなにが疑わしいかを教えてくれる父親のように、読者をやさしく導いてくれる。作者が言いたかったのは、他人を断罪する権利はだれにもないし、どんな人間にでも、思いやりや愛情を人に与えるだけでなく、人から与えられる権利がある、ということではないだろうか。

まさにそれこそ、『ユダヤ人を救った動物園』のテーマだ。

わが女性読書会がイヴリンのマンションで開かれたのは、イースターの四日前だった。マントルピースには、祝祭にふさわしく、美しく彩られた卵や小さなウサギの置物が並んでいる。わたしたちはクッションのきいたソファや椅子に腰を下ろし、『ユダヤ人を救った動物園』について話し合った。最初にメンバーふたりが、著者はところどころで本筋を離れて知識を並べたてている、と難癖をつけた。そのあと、ルースがこの本を擁護し、いままでにない方法で戦争を描きだしていると褒めた。「すごく思い入れを持って読んだのよ。昔のわが家も動物園みたいだったから」。ルースの子どもたち五人がまだ小さかったころ、家族はさまざまな動物――犬二匹、猫、アライグマ、イグアナ、ウサギ――を飼っていたうえ、問題を抱えた一〇代の子ひとりかふたりの面倒も同時にみて、本人や家族の相談にのっていたという。彼女はもともと家族問題を専門とするカウンセラーで、精神的に不安定な青少年の家族向けの組織を一九八〇年代に立ち上げている。なかには、売春や薬物に手を染めている子や、両親からお金をくすねている子もいて、彼らは少年院を出ても居場所がなかったり、両親にさじを投げられたりしていたのだ。「その子たちにとって、わが家はとりあえずの避難場所になっていたから、そのあいだにわたしは両親と話し合ったわ」。彼らと一緒に過ごすのをわが子たちが渋った場合は、極寒地仕様の寝袋を貸し、車の後部座席で寝てもらうようにしたという。夏のあいだは子どもたちと動物すべてを連れて移動し、湖畔のコテージで過ごしたそうだ。「だから、アントニーナのことは気心の知れた妹みたいに感じるの」。そう話すルースは、七〇代になったいまもきれいだ。

ポーランド人がユダヤ人の変装に手を貸し、敵の目を欺くため、顔に包帯を巻いたり髪をブロンドに染めたりする場面が話題になったとき、わたしはコリンズ・ベイ読書会で、ピーターが陰茎の包皮を修復する手術に目をとめていたことを伝えた。

「すごく胸を打たれた箇所を朗読してもいいかしら」とデボラが言った。シルバーにインディアン・ジュエリーの原石をはめこんだネックレスをしている。デボラが読んだのは第二〇章。園長夫妻の隣人である小児科医ヘンリク・ゴルトシュミット（児童文学作家としてのペンネームはヤヌシュ・コルチャック）の英雄的な行動を描いた箇所だ。コルチャックはワルシャワのゲットーにユダヤ人のための孤児院を開き、劇を演じたりいろんな遊びを考案したりして子どもたちの心を慰めた。ゲットーから脱出する機会があってもそうしなかったのは、子どもたちを見捨てることができなかったからだ。そういえば、コリンズ・ベイでも同じ場面が話題になっていた。デボラが読んだのはこんな場面だ。子どもたちが収容所に移送される日、コルチャックは彼らが味わうであろう恐怖を想像し、トレブリンカ行きの列車に、およそ二〇〇人の子どもたちと一緒に乗りこむ。「なぜなら……」デボラは声を震わせ、しばし言葉に詰まったが、涙ぐみながら先を続けた。自分が一緒に行ったほうが子どもたちは安心するだろうから……。そのあと、著者がコルチャックの著作から引用した文章が続く。「病気の子に夜どおし付きそうのと同じように、移送の苦しみを味わう子どもたちに付きそうのは当然のことだ」。デボラは喉元（のどもと）に手を当て、本のページにじっと目を落としていた。そして、懸命に読みつづける。コルチャックは、「集荷場」に向かって子どもたちと手をつないで歩き、そのうしろからほかの子らと一〇人の職員が行進していく。ドイツ兵に監視されながらも、子どもたちのだれひとりとして泣いたり怯えたりしなかったのは、コルチャックがそばにいてくれたからだ。そこまで読むと、デボラはもうそれ以上続けることができなくなった。

わたしはコルチャックとジャビンスキ夫妻に思いを馳せ、彼らの捧げた犠牲にどんな違いがあるかを考えた。コルチャックは自身もユダヤ人で、多くの子どもたちを苦しみから救ったものの、ガス室送りという彼らの運命を変えることはできなかった。それに対し、ジャビンスキ夫妻はユダヤ人ではなかったので、生きのびられる確率は高く、ユダヤ人を救う機会を得たが、その行為は自分たちを含め多くの人命を危険にさらすものだった。それぞれ、危険の度合いはかなり違うものの、どちらもわたしには想像しがたいほど英雄的だったといえる。

女性ばかりの読書会は、男性の読書会に比べて感情がおもてに出ることが多い。ひととおり意見を言い合ったあと、男性たちの感想をみなが知りたがったので、彼らのコメントが書かれた紙を回した。リリアン・ローズが読み上げたのは、ナチスによる「民族純化計画」が動物にまで拡大していたことを初めて知った、というパルバットの感想だ。動物園は、ユダヤ人絶滅計画から命を守るための要塞だったというピーターの感想文には、全員が感心した。そこで、わたしは読書会でのピーターの発言を紹介することにした。動物園は善良さのあらわれる場所であり、善は悪より伝染しやすい、という言葉だ。その言葉の美しさに、女性たちはどこか陶然とした表情でわたしのほうを見ていた。だれもひとことも喋らなかった。

やがてわたしたちは本を閉じ、イヴリンが出してくれた〝ラ・ロッシュ・ノワール〟と呼ばれるケベック産のブルーチーズを味見しながら、キャロルが昔、家で飼っていたというベトナム原産のミニブタを話題に笑い合った。キャロルによれば、このブタはリビングルームの片隅に敷いた新聞紙で用を足し、そのようすが、アントニーナの息子のおまるで用を足したアナグマに似ているという。「ミニブタってね、お腹を掻いてもらいながらテレビを観るのが大好きなのよ」

「あら、まるでだれかのご主人みたいね」とベティが応じる。

わたしたちは頰を寄せ合っておやすみのあいさつをし、それぞれ車や徒歩で家路についた。自宅の玄関を開けると、メインクーン種［アメリカ産で毛足の長い大型種の猫］のジョン・スモールがよろよろと歩いてきて、わたしを出迎えてくれた。もう一八歳なので弱ってはいるが、威厳と温厚さは昔のままだ。愛猫の名はわが先祖にちなんだもので、そちらのジョン・スモールはアッパー・カナダ［現在のオンタリオ州南部にあたる、旧イギリス領植民地］初の下級官吏だったが、初代司法長官と決闘して撃ち殺したため、殺人容疑で裁判にかけられた末、結局は無罪となった。わたしは両腕で猫を抱き上げた。おしっこと年寄りの匂いがする。そして、そのまま椅子に腰を下ろし、愛情を感じてもらえるよう、そっと毛をなでた。こちらを見上げる両目には陰りがあり、痛みに耐えているのがわかる。その痛みをいつ終わらせるか、遠からず決断しなければならない。しかし、それを考えるのはあまりにつらすぎた。

第19章 史実を再構成する

『またの名をグレイス』

五月、コリンズ・ベイ刑務所の駐車場から正門まで歩いていると、行く手に粉塵がもうもうと舞いあがるのが見えた。なにかの工事か、はたまた脱獄か。近づいてみると、建設会社が刑務所の石灰岩の壁を修理しているのだとわかった。足場を組み、壁をネットで覆って、傷んだ石灰岩のブロックをドリルではずしては、近くの採石場から運んできた新しいブロックに取りかえている。ブロックの内部は雨水が染みこんでスカスカになることがあり、傷みの激しい箇所では、三つおきくらいに取りかえなければならない。新しいブロックは、もとの石灰岩とは別の地層から持ってきたようだ。一九三〇年代に受刑者の手でこの刑務所が建てられたとき、切りだした石は明るいグレーだったが、今度のはベージュだ。わたしは正門で足を止めて見上げた。もし壁のてっぺんに有刺鉄線さえなければ、作業員の足場は脱獄にもってこいだろう。

建物に入り、サッチェルバッグがX線検査機に通されるのを見ながら、わたしはピーターのことを考えていた。彼はこの日、社会復帰施設に移る予定になっていたが、もう行ってしまっただろうか。実のところ、ピーターは行くのを渋っていた。というのも仮釈放中の規則を守れない受刑者たちの話を耳にするにつけ、気性の荒い自分が規則にしたがうのは無理だと感じていたからだ。それよりはむしろ、仮釈放なしで刑期をつとめあげるほうがいい。

ピーターはひそかに計画を立て、社会復帰施設に行くふりをしてキングストンの警察署にいわば〝自首する手立て〟を考えた。うまくすれば、キングストン刑務所の未決勾留ユニットに入れられたのち、すぐさまコリンズ・ベイに戻ってこられるというわけだ。仮釈放の前日、彼は一度ここを出たら薬物の入った袋を飲みこんだと言って警察署に出向くことに決め、トイレなし監房（禁制品を飲みこんだ恐れのある容疑者を調べるため、排泄物を二日分検査するための監房）に入れられることを見越して、それらしい〝袋〟を飲みこむ手筈をととのえた。実はその袋はダミーで、なかに入っているのは消しゴムのかすと「こんな辱めを受けるのはつらいわ」と書かれた紙きれだけなのだ。

皮肉なことに、ピーターがキングストン刑務所に送られたと思われるまさに同じ日、読書会ではくだんの刑務所にまつわる作品について語り合うことになっていた。よく晴れた五月のその日の課題本は『またの名をグレイス』だった。カナダの作家マーガレット・アトウッドの手になる、わたしの大好きな小説だ。一八四〇年代に、領主の館で使用人として仕えていた若きアイルランド人女性の声を、アトウッドは生き生きと描きだす。この作品は史実をもとにしたフィクションで、題材に使われたのはある事件だ。一八四三年、トロントの北に位置する農園の館で、主人のトマス・キニアと女中頭のナンシー・モンゴメリーが殺され、殺害に加わったかどで、一六歳のグレイス・マークスというアイルランド移民の女中が有罪判決を受けた。首謀者であるもうひとりの使用人ジェイムズ・マクダーモットは、ふたりを殺した罪で絞首刑になる。逮捕されたとき、グレイスは殺された女中頭の服を着て、マクダーモットとともに逃走していたのだが、それでも自分は殺していないと主張した。物語のなかで、著者はメアリー・ホイットニーという架空の人物をグレイスの友人として登場させ、グレイスは逃走中、メアリーの名を偽名として使うことになる。グレイス本人は絞首刑を免れ、キングストン刑務所とトロントの「精神科病院（ルナティック・アサイラム）」で三〇年近くを過ごした。それ以降、人々は彼女がほんとうに罪を犯したのか、もしかしたら精神を病んでいたのではないか、としばしば話題にしてきたのである。

　加えて、最近グレイスにかかわることがらがニュースで取り上げられた。読書会のちょうど二週間前、キングストン刑務所の閉鎖を連邦政府が発表したのだ。一八三五年に建てられて以来、カナダの有名な殺人犯たちを収監してきたこの重警備刑務所は、閉鎖の発表があった時点で受刑者が三四六人おり、そのほか一三〇床の精神病棟にも受刑者が収容されていた。これら受刑者たちは、コリンズ・ベイをはじめとする刑務所に振り分けられることになるという。地方紙『キングストン・ホイッグ・スタンダード』は、この刑務所にまつわる話題と、ここ数十年でもっとも名の知れた受刑者たちを特集記事として取り上げた。前年に病死した連続少年少女殺人犯クリフォード・オルソンや、連続強姦殺人犯ポール・バーナードなど近年の終身刑囚の写真に混じって、一九世紀の女性受刑者のデッサン画もあった。それがグレイス・マークスだ。キャロルはその記事をメンバーたちに見せた。

紙面に描かれたグレイスの肖像画に全員が目を奪われたが、ブラッドやほかの何人かは、ロジャー・キャロンの写真にもかなり興味を持ったようだ。彼は一九七〇年代の悪名高いカナダ人強盗犯で、一九七一年にキングストン刑務所で起きた暴動を当事者として目撃し、その体験を『ビンゴ！——間近で見た刑務所暴動のすさまじき実態（*Bingo!: The Horrifying Eyewitness Account of a Prison Riot*）』と題する手記として出版した。この事件では、暴徒と化した受刑者が看守六人を人質に取って、〝好ましくない〟受刑者仲間ふたりを殴り殺し、四日にわたって刑務所を支配した。受刑者が殺されるにおよんで、要請を受けた軍が突入し、ようやく秩序が回復したという。わたしはブラッドからこの本を読むよう勧められ、お礼は言ったものの、読むのは刑務所に来るのをやめてからにしようと心中ひそかに思った。

部屋を見まわすと、七人いた大使のうち、今日ここにいるのはたったひとり、ガストンだけだ。ガストンによれば、ピーターはその日の朝、仮釈放になったという。グレアムとフランクはビーバークリークにいるし、ベンは社会復帰施設にいる。ドレッドは参加できず欠席。はたして、彼らのいない読書会で、きらりと光る発言をしてくれるのはだれだろう。

キャロルが会の始まりを告げた。黒いズボン、青いシャツ、ホックで前をとめた黒いベストという その日のいでたちは、周囲の地味な囚人服に溶けこんでいた。ただ、ふだんは「目立つ宝石類は禁止」と宣言している彼女が、珍しくサファイアとダイヤモンドをあしらった結婚指輪をつけている。刑務所に出入りするようになって長いので、だいぶ柔軟になってきたのだろう。「まずみんなが訊きたいのは、『グレイスはほんとうにやったのか』ということじゃないかしら。順番に答えていきましょう」。メンバーたちは犯罪の動機をよく知っているし、当事者として実際の裁判も経験している。彼らがどんなことを言うのか、わたしには興味があった。

最初に発言したのはジョアンだ。やさしげで、ちょっとびっくりしたようなその青い目を見ていると、彼が人を殺したと聞いても容易には信じがたい。「やったと思うよ。昔、おれにはガールフレンドがいたんだけど、彼女はたぶんおれよりワルだった。ムショに入ってた期間もおれより長いんだ」。どうやら、彼は悪事に手を染める女の子たちを見てきただけに、女だからというだけでグレイスを甘くみてはいけない、と言いたいようだ。

ガストンはどちらとも決めかねていた。「最初はマクダーモットがひとりで全部やったと思ってたけど、読んでいくうちに、グレイスのほうがちょっと頭もいいし、悪賢(わるがしこ)いことがわかったよ。彼女はすごく若くて、当時まだ一五か一六だろ。でも、一二歳のときから働いているから、早く大人になっちまったんだな。なんの知識もないまま。知識のない人間は、だれかから言いくるめられれば、たぶんなんでもやろうとする。彼女はどうにかして外の世界に出たがってたし」。ほかのメンバーがいっせいに意見を口にし、わたしには賛成の言葉が多く聞きとれた。

「じゃあ、陪審員たちの判断は間違っていたと思うのね」とキャロル。

「ああ、間違ってた。ただ、どっちの側の言い分もわかるんだ」。ガストンが答えた。

続いて、ブラッドが別の角度から意見を述べると、読みの深いその言葉に、みなが耳を傾けた。

「グレイスには精神疾患を疑わせる行動とか発言とかがかなりある」。ブラッドはブロンドの長い髪を耳のうしろにかけていた。「統合失調症だよ。別の人格があらわれるんだ。おそらく、実際に彼女はやっただろうな。ただ、自分でも全然知らない別の人格がやったんだ。それに、彼女自身は三〇年間もずっと自白してない。本人がやってないと思わなきゃ、そんなに長いあいだ、『覚えていません、わかりません』と言いつづけられるか?」

「たしかにそうだわ」とわたしは言った。「もしかしたら、解離性同一性障害じゃないかしら」

遅れて入ってきたトニーに、キャロルが発言を促した。

「グレイスは間違いなく共犯者だ」。髪をぴったりなでつけたトニーは椅子に前かがみに座り、自信ありげな口調で話しはじめた。「彼女は人を欺くのがすごくうまい、それがひとつ。もうひとつ大事なのは、メアリー・ホイットニーを偽名として利用しただけじゃなく、自分の分身みたいに感じてたことだ。人生を思いきり楽しんでるメアリーを心底うらやんでた。だから、[事件の前に]メアリーが死んだとき、『ああ、わたしはこれからどうしたらいいの?』と言っただろ。心にぽっかり穴が開いたんだ」

　グレイスがメアリーをうらやんでいたことを、わたしは忘れていた。

　トニーはさらにグレイスの胸の内を想像し、初めてキニア邸に着いたとき失望していたことを挙げて、こう結論づけた。「実際のところは、殺害にかなり深くかかわってたと思うな」

　わたしは、二〇〇九年にトロントで起きたある事件のことを口にしてみた。一〇代の女の子が、ボーイフレンドをそそのかしてライバルを殺させ、刑務所送りになったのだ。アトウッドの描くグレイスに、その女の子が重なって見えた。彼女は「人形使い」と報道されて有名になり、実際には手を下していないにもかかわらず、ボーイフレンドよりきびしい判決を受けている。メンバーの何人かが頷（うなず）いてくれた。彼らもこの事件をよく知っていたようだ。

「グレイスはストックホルム症候群「監禁事件などの被害者が犯人と長時間ともに過ごすことで同情心や好意を持ってしまうこと」だったか、少なくとも犯人に共感はしてたはずだ」。パルバットがロサンゼルス・ドジャースの野球帽を手で直しながら言った。その日初めて気づいたのだが、コカイン売買の罪で服役中のパルバットは、周囲にもわかるくらい鼻息が荒く、ジェームズ・ガンドルフィーニ演じるトニー・ソプラノ「アメリカでヒットしたテレビドラマ『ザ・ソプラノズ　哀愁のマフィア』に登場するマフィアの親分」を彷彿（ほうふつ）とさせた。息を吸うたび、かすかにヒューと音がするし、ときおり鼻を鳴らす音も聞こえる。もしかしたら、コカインのせいで、息を吸いこむことに意識が向きすぎているのかもしれない。

「ということは、グレイスが無罪だとみているのはわたしだけなのかしら」とキャロルが問いかけた。みな黙っている。「グレイスはものすごく複雑な人物だと思ったわ。すごく賢くて、人を操るのが上手で。でも、歳とともにそうなっていったのだし、そういう知恵はすべて刑務所で学んだのよ。だれか、無罪に賛同してくれる人はいない？」

グレイスの潔白を支持するメンバーはだれもいなかった。とくにコリンは、服役仲間がのちに冤罪を晴らしたケースをいくつも見てきたが、グレイスの場合は異議の申し立てをしていない、と言って彼女の無実を否定した。

ボランティアのデレクが興味を示したのは、作品に描かれた一九世紀なかばの刑務所と、現代の刑務所との違いだ。たとえば、ひとかけらのチーズをめぐって受刑者同士が争う場面がある。

「こういうことはいまでも起きるのかな？」

デレクも、答えはだいだい想像できていたはずだ。というのも、ちょうどひと月前、トロントのドン拘置所［二〇一三年に閉鎖］で、食べかけのラッフルズ・ポテトチップスを盗まれた受刑者が、相手を殺してしまったからだ。デレクの質問に、読書会メンバー全員が食いつき、そういういざこざはいまでも起こるし、実際こんなことがあったと自分たちの経験を次々に披露してくれた。ジョアンは、コーヒーを飲んでいただけでほかの受刑者に脅されたことがあるという。コリンは、前にいた刑務所で女性看守との仲を噂された経験を打ちあけ、こう話した。「ムショじゃ、ささいなことにこだわるやつがいて、まったく信じがたい。女の看守に話しかけられる回数がほかのやつより多いと、嫉妬されるんだ。ほんと、ボロボロになったぜ」

その口調から、ボロボロになったのはどうやら肉体らしい。

そういうささいな嫉妬心がなぜ大ごとに発展するのか、なんとなくわかる気がする。刑務所では、持ち物を極端に制限されるせいだ。ピーターから以前聞いたところによると、母親が電子キーボードを送ってくれたものの所持を許可されず、しかたなく紙に鍵盤を書いて練習したという。

時間がなくて質問できなかったのだが、わたしには話し合いのあいだずっと気になっていたことがある。グレイスが語ったように、傷害事件の加害者は現場での出来事を詳しく覚えていないというのはほんとうなのか、それとも細かな場面まできちんと頭に残っているのだろうか。この問題は、あとでガストンに訊いてみることにしよう。

読書会のあと、わたしはガストンとチャペルの備品保管室で話をした。前に会ったとき自慢げに見せていた歯が一本欠けている。銀行強盗を何度も経験している彼に、事件のことをはっきり覚えているかどうか、訊ねてみた。ガストンによると、服役中の殺人犯二〇人くらいから話を聞いたことがあるが、事件については全員がすみずみまで鮮やかに記憶していたし、そのことを考えない日は一日もないとだれもが言ったそうだ。ガストン自身、どの銀行で起こした事件も詳細をすべて覚えていて、窓口の行員がなにを言ってどんなようすだったかも再現できるという。とくに、へまをしたときのことは忘れられないらしい。

「たとえばどんな？」

トロントである銀行に押し入ったあと、逃げる際にガストンはしくじった。行員から渡された現金袋のひとつにダイパックが仕込まれていて、相棒と車で逃げる途中で爆発したのだ。赤い煙が充満し、ピンクがかった赤い染料が車内に飛び散った。まだ駐車場を出てさえいないというのに。爆発の強力な勢いで煙が窓の外に漏れだし、五メートルほど先まで漂っていくなか、ガストンは助手席で現金袋を抱えていた。運転手はあらかじめ決めていた逃走路をあきらめ、手近な出口めざして車体を傾がせながら歩行者用通路を走り、車幅ぎりぎりで石の通用門を抜け、通りへ出た。

「おれは残りのカネがだめにならないように、ドアを開けてダイパックを放りだそうとした。そのとき車が柱にぶつかって、その柱がおれの腕を直撃したんだ。間違いなく骨が折れたと思ったね。それでも現ナマ袋を落としたくなかったから、膝で必死に抱えこんだ。歩道を歩いてたやつらが慌てて逃げだすのを見て、『こんなのどうかしてる』と考えてた。この場面は一生忘れないだろうな」。痛くて叫びながら、そして車がスピードを上げて歩道を突進していくなか、なにより記憶に残っているのは、歩道を逃げまどう人たちの怯えた目だったそうだ。

彼が目のことに触れたのはよくわかるし、わたしにも覚えがある。ハムステッドの路地で襲われたとき、こちらに走ってきた強盗の目には、冷酷な意図が見てとれたのだ。そのときのトラウマを克服しようとアートセラピーに通っていたとき、事件のことを絵に描くよう指導された。わたしは、黒っぽい色画用紙を夕闇に見立て、大きく見開いて威嚇してくるふたつの目をクレパスで描いた。「そうね」。セラピストは頷いてくれた。

「わかる気がするわ」と答えて、わたしは頭に浮かんだその絵を追いやった。

　そのとき、ドレッドがドアからひょいと頭をのぞかせ、読書会に参加できなかったことを詫びた。料理当番に当たっていたうえ、穴倉にいる受刑者にも会いにいかなければならなかったらしい。わたしは、グレイスの記憶喪失についてドレッドにも質問してみた。記憶喪失のことはよくわからないけれど、刑務所では血も涙もない人間をおおぜい見てきた、と彼は言った。「ヒトラーより残酷な、悪魔が棲みついてるような」連中で、そういう人間は音もなく熟睡する。「人を殺して、しかもそれを自慢するやつもいる。そんなやつらは、もともと人間味のかけらもない家庭で育ったんだ。父親が殺人犯で兄や弟も同じ。何世代も、そういう血が受けつがれてきたのさ」

　ドレッドはアトウッドの文体について話したがった。そして、この作者はすごくうまい、としきりに褒めた。「物語のなかに読者を連れていってくれるんだ、アバター〔ネットゲームなどで自分の分身となるキャラクター〕みたいにね」。そう言って豪快に笑う。「それと、この作者の文章はヘミングウェイに似てシンプルだ。でも、美しいんだな」。自分はグレイスのことをよく知っているように感じた、とドレッドは続けた。「こういうタイプの人間のことはわかるんだ」。グレイスが愛情深いことも、きょうだいを気にかけていることも、無知ゆえにもっと学びたい気持ちが強いことも。わたしもそうだったが、ドレッドもまたこの作品と会話をかわしたようだ。

　実は七月の初めにここを出る予定だ、とドレッドが教えてくれた。キャロル以外には口外してもらいたくない口ぶりだった。わたしは、てっきり社会復帰施設に移るものとばかり思っていた。けれどもその年の夏、キャロルが教誨師から聞いた話によると、どうやらジャマイカに強制送還されたらしい。新聞の小さな記事にドレッドの本名を見つけて知ったのだが、これまでにもすでに四回カナダから強制送還されている。わたしから見ると、読書会大使のなかでいちばん謎めいていたのがドレッドだ。もしかしたら幽霊だったのかもしれない。

その日の夕方、わたしはキャロルとフェリーでアマースト島へ渡った。驚いたことに、キャロルの別荘はキングストン刑務所と同時代に建てられ、どちらも地元の石灰岩を使っているという。オンタリオ湖の湖畔から三〇メートルしか離れていないため、この春、短期間だが別荘には湖から上がってきたミズヘビが何匹かあらわれた。このあたりのミズヘビは石灰岩の建物を好むので、それも無理はない。キャロルによれば、ヘビは排水ポンプの取水口から家のなかへ入りこんだらしく、給湯器の上で丸まって暖をとっていたという。

今回はいったいどんな動物に挨拶をされるのか、わたしは戦々恐々としていた。二か月前の三月、キャロルと別荘の裏口まで来たとき、石壁のすきまからガーターヘビがするするとなかへ入っていくのが見えた。おそらく、ヘビは壁の内側に隠れるか、地下室へ這いおりていったにちがいないとあたりをつけた。ところが、姿をあらわしたのはキッチンだった。頭をもたげ、周囲を見まわしている。わたしはとっさに一泊旅行用のバッグを手に二階へ上がった。そのあいだに、キャロルがほうきでヘビを追いだしてくれた。

今回、家のなかにヘビはいなかった。しかし、玄関ポーチには薄いグレーのヘビが一匹いた。くすんだ黄色とオレンジの縞模様があり、目はオレンジ色。ガーターヘビを漂白剤につけたみたいだ。のんびりととぐろを巻いていて、家に入ってくるつもりはないらしい。けれども、それを目にしたキャロルは、暖炉の脇からわらぼうきを持ってくると、ポーチからヘビを掃きだそうとした。すると、ヘビはさっとキャロルのほうを向き、挑むように首をもたげた。わたしだったらそこでやめておいただろう。しかし、キャロルはほうきでさらに何度かつつき、すぐ横の化壇に追いやった。ヘビのこととなるとキャロルはいっさい妥協をしない。「先週、ナゲキバトの巣の卵を食べられちゃったのよ」。言い訳がわりに、彼女はそう説明した。

わたしたちは冷えたビールとおつまみを持ってデッキチェアでくつろぎながら、その日の読書会でのやりとりや、翌週、作家のローレンス・ヒルがオンタリオ州唯一の連邦女子刑務所グランド・バレーを訪問することや、読書会の開設を交渉中の刑務所二か所についておしゃべりした。州内の連邦刑務所でまだ読書会がないのはそのふたつ、フェンブルックとワークワースだけで、どちらも中警備の刑務所だ。それにしても、彼女の手腕とエネルギーにはまったく脱帽してしまう。

ちょうどいい機会とばかりに、わたしはこの日の読書会でキャロルがなぜグレイスの無実を主張したのか、その真意を訊ねてみた。議論を盛り上げるためにあえて反対の立場をとったのか、あるいはもっと微妙な点を問題にしたかったのか。つまり、だれかが疑いをかけられた場合、刑務所のなかにいる人間は即座にその人を有罪と決めてかかる傾向があるが、外にいる人間はまず無実ではないかと考えることが多い。それを彼らにわからせたかったのではないか、と感じたのだ。

「刑務所の内側と外側になんとか橋を架けたいといつも考えてるわ」。キャロルはそう答えた。「外の人間すべてが偏見を持っているわけじゃないと知ってもらいたいの。彼らは周囲の目にひときわ敏感だから」。キャロルはかつてビーバークリークで、ある受刑者から言われた言葉が忘れられないという。「なあキャロル、外のやつらはおれたちがみんな化け物だと思ってるんだろ?」

水平線に夕陽が沈みはじめると、わたしたちは夕食の準備に取りかかった。わたしは前日の夜、〈刑務所読書会支援の会〉の理事会で出した料理の残りをテーブルに並べてから、キャロルのあとについて菜園に入った。パープルグレーのアスパラガスが茎を長く伸ばしている。キャロルは腰をかがめて両手いっぱいぶん収穫し、テーブルに飾るラッパズイセンも何本か刈りとった。

軽く蒸したアスパラガスは最高に美味だった。「どう?」ひと口かじったところでキャロルが訊いた。「喋らなくていいわ。目を閉じて」。シャキシャキとした歯ごたえに意識を向けると、春そのものを味わっているように感じられる。

食事をしながら、わたしたちは翌週ビーバークリークでどんな本を推薦すべきか話し合った。前の週、キャロルはキングストンにあるジョイスヴィル刑務所の読書会に参加していたので、そこでヘミングウェイの『老人と海』について議論したようすを教えてくれた。「老人は勝利するの。本人は負けたと思っているんだけど、実は勝っている。メンバーたちはそれが気に入ったみたい。男とはどうあるべきかをみんなで話したの。先住民族のメンバーが、自分とお祖父さんが釣り上げた魚のことを教えてくれたのよ」。そういう本を、つまり古典作品をもっと推薦本リストに入れたい、とキャロルは言った。

食事を終えたとき、キャロルの表情にかすかな陰りがあらわれた。実は、〈刑務所読書会支援の会〉が急速に拡大したため、夏休み明けからは、コリンズ・ベイでの進行役を明けわたさざるをえなくなりそうだという。コリンズ・ベイ読書会は、いわばキャロルの子どもみたいなものだ。なんといっても、あそこからすべてが始まったのだから。キャロルがメンバーの面倒をみるのは本に関してだけではない。私的な時間を使って法定代理人とのやりとりに手を貸したり、結婚の相談にのったり、ほかにもさまざまな力添えをしてきた。しかしいままでは、資金の調達や、支援の会の運営や、ほかの読書会の視察などもあって、時間が足りなくなってしまったのだ。だから、今回新たにコリンズ・ベイ読書会を引っぱっていってくれる人を決めたという。キャロルがどれほどメンバーたちのことを気にかけていたかを思えば、この決断はつらいものだったにちがいない。「どう頑張ってもコリンズ・ベイ読書会に参加できないというのは、ほんとうに、ほんとうに悲しいの。胸がつぶれそうだわ」

胸のつぶれる思いがもう少し続くとこのときわかっていたら、キャロルの感じかたも違ったものになっていたかもしれない。ちょうどそのころ、ピーターはアマースト島の北に位置するキングストン刑務所の監房にいて、『またの名をグレイス』のことを考えながら、日記を書いていたのだ。もしかしたらそこはグレイス・マークスの監房に近かったかもしれない。

二〇一二年五月二日

いま、おれは読み終えたばかりの本に出てくるその刑務所にいる。

柵で囲われた階段を、割りあてられた監房の階まで上がっていくと、細長い通りの片側に、二層になった監房が全部で三六並んでいて、反対側には鉄格子の入った高い窓がある。

ほんの数時間前、おれはティムホートンズ〔カナダの大手ドーナツチェーン〕で紅茶を買おうと列に並んでいた。ここにいるのとは段ちがいで、気分がよかった。

おれのいる監房は狭いけど、ひとりならなんとか過ごせる（自分なりに）。でも、寝台はふたつある。何度もペンキが重ね塗りされたせいで、角という角が全部丸みを帯びてる。監房はいまふうの頑丈なドアじゃなくて鉄格子だから、開放的な気分だし圧迫感は少ない。ただ、まわりの音が聞こえてきてうるさい。

トイレットペーパーが足りない。みんな、紙きれやらなんやらを引きさいて使ってる……運のいいことに、おれの監房にはロールの二五パーセントくらい紙が残っていた。だけど、石鹸のほうはだいぶちびている。

すごく疲れた。

まだ午後五時半にもなっていない。

……ちゃんとした靴もあるし、新しい時計もある……外で煙草も吸った。おふくろにも会った。妹にも会った。

第20章 最後の読書会

『またの名をグレイス』ふたたび

ベッド脇のテーブルに『またの名をグレイス』を置いたままにしているのは、ちょうど一週間後にビーバークリークでもこの本を取り上げるからだ。主人公の人物像に関して、ビーバークリーク読書会のメンバーがコリンズ・ベイのメンバーとは違った解釈をするのかどうか、そして犯罪、良心、刑務所での暮らし、女性差別といったテーマについて、異なる見かたをするのかどうか、わたしには興味があった。

一六年前、わたしが初めてこの小説を読んだとき、ヴィクトリア朝時代のカナダに生きたアイルランド生まれの女中グレイスが、みずからの内面をいかにもそれらしく告白していると感じたものだ。当時は、まさか自分が殺人犯や強盗犯と同じ場に身をおき、彼らがこの忘れがたい主人公を、現実的な世界観と威厳をあわせもち、流れるように語るグレイスをどう解釈するか知りたくてたまらなくなるなどとは、想像もしていなかった。さわやかな五月の朝、わたしにはこの日の話し合いが、必ずや奥の深い、しかも予測のつかないものになるという確信があった。

それと同時に、悲しい思いもあった。というのも、この日が今年度最後の読書会で、ボランティアたちは来月から夏休みに入るのだ。秋に読書会が再開されるときには、フランクはもう仮釈放になってここにはいないし、おそらくグレアムも同じだろう。これまで何度も「職員戒護なし一時帰休」をしているので、翌月の公聴会で許可が下りないとは考えにくい。ふたりともいなくなるのなら、わたしがビーバークリーク読書会に参加するのはたぶんこの日が最後になる。なぜなら、もともとわたしがここに来たいと思ったのは、グレアムとフランクがいたからなのだ。

ちょうど家を出ようとしたとき、携帯電話が鳴った。キャロルからだ。この日、ビーバークリークで、そしておそらくカナダじゅうの連邦刑務所で動揺が起きるかもしれないという。連邦公安大臣ヴィク・テーヴズが刑務所の予算削減案を発表したため、受刑者たちの怒りを招くことになりそうなのだ。その案が実行に移されれば、受刑者が支払っている部屋代と食費は値上がりし、刑務所内の作業所〈CORCAN〉での労働による報奨金は減額され、新たに電話管理費まで徴収される。いまでさえ受刑者は電話を使うたびに使用料を払っているというのに（一分一一セントだとグレアムが教えてくれた）。公安大臣によれば、この措置によって年間一〇〇〇万ドル以上の節税が見こめるうえ、「犯罪者自身に責任を負わせる」目的もかなえられる。それを聞いて思い出したのは、『またの名をグレイス』のなかで、入浴時の規則に関するうわさをグレイスが耳にする場面だ。それまでふたり一組で入浴していた女性受刑者を何人かまとめて入浴させ、水道代や経費を節約しようというのだ。わたしはキャロルと相談し、とりあえずビーバークリークまで行ってようすをみることにした。その後、予算の削減は翌年まで見送られることになり、受刑者にとっても差し迫った問題ではなくなった。

駐車場に到着すると、あたりはなにごともなく平穏に見えた。受付で名前を書いてからチャペルに行き、フランクと会った。フランクによれば、ビーバークリークの受刑者は軽警備の施設で暮らせることにしごく満足しているので、わざわざ騒ぎを起こしてまで規則の変更に抗議することは考えにくいし、フランク自身、報奨金の削減についてはなんとも思っていないらしい。彼の仕事は売店でユニット全員分の食料品を調達してくることだ。「おれの場合は一日六ドル九〇セントだけど、そのことはあんまり心配してない。金額については、おれの知ったことじゃないからな」。ただ、規則が変更されれば、中警備刑務所の受刑者がストを起こすだろうから、政府にとっては余計な出費が増えるはずだという。受刑者が担(にな)っている清掃、料理、電気機器の修理、石工作業、ゴミ処理、作業所での仕事などを、はるかに高額を支払って派遣労働者にやらせなければならなくなるからだ。

それよりもフランクが気にかけているのは、仮釈放委員会の判断によって自分の将来がどうなるかだ。どうやら、五月下旬には仮釈放の許可が出て、家から五キロほどの距離にあるトロントの社会復帰施設に移れるらしい。ほんとうは家族と一緒に暮らすのが希望だったが、それはかなわなかった。自由が制限されるのはさぞつらいだろう。わずかな慰めにしかならないが、コリンズ・ベイ読書会の仲間だったガストンも同じ社会復帰施設へ移ることになりそうだと伝えた。もしかしたら、そちらでふたりのミニ読書会を開くことができるかもしれない。

フランクは、日記の真新しい書きこみを見せてくれた。いじらしいことに、家に戻る日に備えて、親としての心がまえを説いた自己啓発本を読んでいる、とあった。『家庭にはCEOが必要(*Every Family Needs a C.E.O.*)』という本で、著者は精神科医のルーベン・バール・ルバブ。「娘が大きくなってきたからな。もうすぐ一四歳で、男の子の話なんかをするんだ。子どもの年齢に応じて父親は態度を変えなきゃならないし、ささいなことを大げさにとらえちゃいけないと作者は言ってる」。フランクはいい父親になりたいのだ。

「自分の父親は話せる相手だと娘さんに知ってもらうことが大事ね」

その日の読書会には一一人のメンバーが集まった。フランク、アール、ブックマン、ドク、トム、リチャード、ハル、バーン、レイモンド、ジェイソン、ピノ。グレアムが参加できないのは実に残念だ。彼はいま、「職員戒護なし一時帰休」でトロントに帰って、母親と過ごしている。とはいえ、わたしは翌日トロントでグレアムと会う約束をしており、コーヒーを飲みながらこの本について話すつもりでいた。窓が開けてあるため、近くの小さな飛行場から飛行機が飛びたつ音に混じって、アオカケス〔英語名は鳴き声に由来するブルージェイ〕の「ジェイ! ジェイ!」という甲高い声が聞こえてくる。テーブルを囲んだメンバーはみなリラックスしているように見えた。すでに八回も読書会を経験してきたので、互いのことはかなりよくわかっているし、だれがどんな発言をするかもだいたい予測がつくのだろう。

キャロルはその日、翌年度の課題本リストをメンバーに紹介する目的で来ていたので、『またの名をグレイス』の話し合いはこれまでどおりフィービーが先導役をつとめることになった。登場人物をひとりずつ見ていこうというフィービーの提案に対して、それより先に全体的な感想を言いたいとメンバーの何人かから声が上がった。

リチャードは、この本を愛する気持ちをわたしと共有してくれたようだ。「すごく端正な文章だ。読んでいてディケンズを思い出したよ。ほんとうにおもしろかった」

いっぽう、レイモンドは未解決のまま残されるエピソードが多すぎるし、サラ・ポーリー「カナダ人女優で映画監督としても知られる」が映画化する話もあるが、それもたぶん「つまらない」ものになる、と不満をもらした。でも、オペラにすればうまくいくかもしれない、というのが彼の見立てだった。

そのあとトムが口にした、きわめて鋭い直観的な指摘にわたしははっとした。「この本に問題があるとしたら、ほとんどが一人称で書いてあるってことで、おれはそこが気に入らない。おれ自身、有罪判決を受けた囚人として思うんだが、自分でずっと考えてきたことを人からあれこれ決めつけられることがよくあるんだ。『あんな事件を起こした理由はこうだ』とか『おまえがしているのはこういうことだ』とか。でも、それはおれ自身がやってきたことなんだから。『おまえはなんにも知っちゃいないだろ』って言い返してやるんだ」。要するに、グレイスの動機を脚色したり、性格を創作したりする権利が作者のアトウッドにあるのか、と彼は問うているのだ。『『グレイス・マークスを駆りたてたものがなにか、わたしは知っている』なんて考えるのは傲慢だぜ!」歴史上の人物を扱うとき、どこまで想像を膨らませることが許されるか、その限界をトムは鋭く突いた。トム自身がどんな理由で服役しているのか、本人の口から聞いたことはないが、新聞記事によれば、トムとおぼしき人物は第二級殺人罪により終身刑を宣告され、ビーバークリークで服役中。収監期間はすでに一〇年以上だ。

バーンによれば、アトウッドが一人称を使ったのはたしかにちょっとやりすぎかもしれないが、グレイスについて少なくともひとつは正確に言いあてている。それは、彼女がだれも信用していないということで、服役経験のある人間はみなそうだという。

その言葉を受けて、フィービーは次なる登場人物にみなの注意を向けた。みずからも精神的に不安定となるサイモン・ジョーダン医師だ。精神科医である彼は、事件から一六年後のグレイス・マークスに自由連想法〔心に浮かぶ考えを自由に連想させることで、抑圧された記憶を意識化する精神分析の技法〕を用いて記憶をよみがえらせようとする。わたしは作家として、アトウッドが架空のこの人物を創作した理由がよくわかった。グレイスに過去を語らせる役回りとして完璧なのだ。こうして、グレイスはみずからの過去を打ちあけていく。アイルランドから移住してきた経緯、母親が亡くなったときのようす、女中として働きはじめた時期のこと、キニア邸での事件のいきさつ、監獄と精神科病院で過ごした歳月のこと。しかし、作者はジョーダンもまた精神分析が必要な人物として描いている。「こいつは変質者だ」というのがフランクの見かただ。彼は、ジョーダンがグレイスを相手に性的妄想にふける場面を挙げた。「下宿屋の女主人ともそういう関係になるだろ。この女は頭がいかれてて、自分の夫をジョーダンに殺させようとする。こういう立場にある人間なら、警察に知らせるべきだ」

レイモンドは、精神科医がグレイスから聞きとった詳細な記録を活かすこともなく、アメリカに逃げて帰ったのは信じがたいと批判した。グレイスに関する論文を仕上げれば医師としての信用を手に入れて、病院を開くこともできたというのに。そういえば、レイモンドは先々月『ありふれた嵐』を読んだときにも、主人公が仕事への野心や地位への執着をなくしたのはありえないことだと熱弁をふるっていたが、ジョーダンに対しても同じ疑問を抱いたらしい。レイモンドによれば、さらに悪いのは、催眠術をほどこされたグレイスが第二の人格をあらわにしはじめたかに見えた直後、ジョーダンが去っていったことだ。「最高潮に達したときに、あっけなく終わってしまうとはね」

「それほど驚くことじゃないと思うけど」とリチャードが冷静な口調で言った。「おれらは、最高に盛りあがったときにぽしゃっちまったやつらばかりだ。じゃなきゃ、みんなここにはいないはずだろ」。全員が笑った。

「人生そのものだな」とドク。「アトウッドはこういう大きな欠落をわざと作りだしたんだ」。ドクの考えによれば、精神科医にみずからの計画を頓挫させたのはアトウッドの文学的な策略であり、そんなふうにして著者は登場人物に輪郭を与え、読者からなんらかの感情を引きだすことに成功しているという。なるほど、レイモンドはそこに反応したのだ。

「いかにも実際にいそうな人物に思えるもんなあ」とアールが同意する。「ジョーダンは精神科病院を開いて病人を治そうと思ってたし、それは文句なくりっぱなことだけど、結局はどこにでもいるただの人間だったんだ」

「これはヴィクトリア朝時代の話だろ」とリチャードが口をはさむ。「当時の人間がどれほど感情を抑えて禁欲的な行動をしてたか、いまのおれたちには想像もつかない」。ジョーダンが逃げだす決断をしたのは、もしかしたら隠しもっていた衝動を解放させたかったのかもしれない、とリチャードは付け加えた。

その言葉に促されたフィーピーは、作者がヴィクトリア朝時代に関して言いたかったことはなんだろう、と問いかけた。

「作者は［グレイスの友人の］メアリー・ホイットニーの口を借りて、この時代を批判したんだと思う」とトム。メアリーの願望はごくつましいものだった、とトムは続けた。「キルトを縫い上げて、いつか農園持ちのだれかと結婚して女中を雇い、自分がしてきたのとまったく同じことをさせたかっただけだ」

次に、そんなメアリーの身に降りかかった不幸を、ドクがうまくまとめた。「メアリーは金の指輪ひとつのために屋敷の息子と関係を持って妊娠させられ、堕胎手術を受けるが出血死して、墓地の片隅に埋められる」

メアリーとグレイスは、それぞれヴィクトリア朝時代の女性の両極端を体現している、と言ったのはピノで、その意見にはみながじっと耳を傾けた。いつもどおり前かがみの姿勢のまま、ピノは続けた。ふたりがまだ一〇代の若い女中として一緒に働いていたころ、グレイスはおとなしく教養もなかったが、メアリーのほうは奔放で、グレイスが憧れるほどだった。もしかしたら、メアリーはグレイスの内部に存在する第二の人格であって、独立した人物とは違うのではないか、とピノは言う。その説にしたがうのなら、こうした両極端があらわれるのは、ヴィクトリア朝時代の女性たちが自己を否定せざるをえなかった証拠といえるかもしれない。ピノの言葉を聞いて、わたしはメアリーという人物を一から考えなおさざるをえなくなった。それまで、メアリーを独立したひとりの人物としてしかとらえていなかったからだ。「これは典型的な多重人格だよ。メアリーはグレイスのなかにいるもうひとりの人格なんだ。どっちにしてもおれはそう思った」

それはヴィクトリア朝時代の女性に限った話ではない。わが娘は、摂食障害がもっとも重篤だったころ、解離性同一性障害の症状があらわれていた。はた目にはさほどの変化はないものの、ぼんやりとしてまるでなにかに操られているように見えることがあったのだ。本人にとっては、別人格があらわれているというよりは、自分の体に耐えられず茫然としていただけなのだろう。

この作品がヴィクトリア朝時代への批判なのだとしたら、ディケンズに比べて監獄の描きかたが甘いのではないか、と指摘したのはレイモンドだ。もしかしたらそれは、女子刑務所が男子刑務所ほど過酷な場所ではないからかもしれない、とフィービーが言う。それでも、この本に出てくる看守たちの侮辱的な態度は、現在の刑務所でもよく見られる、とメンバーふたりから声が上がった。

しかし、ハルから見ると、たいして変わっていないのは看守の態度だけではないらしい。「犯罪者が生まれつきそういう悪い種というか、毒素みたいなものを持ってるのかどうか、本のなかでずいぶん議論されてただろ。いったん罪を犯すと永遠に罪人のままで、その汚名は一生ついてまわる。そういう考えかたはいまでもまったく変わってないように思えるし、当事者として身に染みてるやつも多いはずだ」。そういえば、ハルは家族を殺した罪ですでに二〇年近く服役している。自分は変わったのだと信じてもらいたいけれど、それをあきらめてもいる心情が、彼の言葉ににじんでいた。

ハルの発言を受けて、ピノはグレイスのもとを訪れる医師たちが彼女の頭蓋骨の形に興味を持つ場面を挙げた。「それはスピノザの説だよ」とリチャードが口をはさみ、ここに出てくる骨相学［頭蓋の大きさや形状で人間の性質や犯罪傾向を判断できるとする学説］は一七世紀のオランダ人哲学者の説からきていると説明した。そのさりげない口ぶりは、いかにも全員がスピノザを知っているかのようだ。あとで調べてみると、たしかにH・S・ハリスという現代の哲学者の著作に、骨相学はスピノザの理論から発展したものだと書かれていた。

次に、殺された女中頭ナンシー・モンゴメリーと、グレイスとともに起訴されたジェイムズ・マクダーモットについて見ていくことになった。マクダーモットを犯罪に駆りたてたのは嫉妬心だというトムの意見には、だれもなにも言わなかった。ただ、ドクがひとつ鋭い指摘をした。マクダーモットがどこまで残酷な行為におよんだのか、いまひとつとらえきれない理由のひとつは、われわれがグレイスの視点を通してしか彼を知ることができないからだ、と。

やがて、待ちかねていたグレイスの話になった。すると、メンバーのほぼ全員が、グレイスは主人キニアと女中頭の殺人については無実だと結論づけた。

「作者はグレイスの潔白を信じてたんだと思うね」。トムはそう言って、アトウッドがグレイスを控えめで内向的で、いくらか打算的なところもある人物として描いていることを示した。その意見にはレイモンドも賛成した。リチャードはグレイスの無実を信じたいと言い、フランクはグレイスを気の毒がり、残りの人生が穏やかなものであったことを願った。

ただ、グレイスの側についたフランクにしても、一抹の疑惑は拭えないようだ。というのも、事件後にふたりで逃走中、マクダーモットはグレイスに密告されることを恐怖とは感じていない。とすると、グレイスはマクダーモットの人質ではないことになり、共犯者と考えざるをえなくなる。つまり、「恐怖心に目を向けろ」［アメリカの俳優デル・クローズの言葉］とフランクは言いたかったのだ。恐怖心こそ、その人物について多くを語るものだから。

小説のなかで、グレイスは何度も事件の語りかたを変えている。メンバーたちの話を聞いているうちに、わたしの心にひとつの考えが浮かんだ。もしかしたら『またの名をグレイス』が言わんとしているのは、物語というものがいかにあてにならないか、ということではないだろうか。そのとき、バーンが二五ページを開いてくれ、と促した。グレイスがインド製のショールに描かれた枝や花の模様を見つめる場面だ。長く見つめているうちに、その枝が風に吹かれてねじまがった蔦のように見えてくる。「この一節は、ちょっとした象徴みたいでおもしろかったよ。一五〇年以上たったいまとなれば、風が蔦をねじまげるみたいに、おれたちはグレイスの物語をどうにでも解釈できるってわけだ」。バーンの口調に奇をてらったところはない。文学の美しさをただ味わっているように聞こえた。

作品のなかに、ほかにも象徴として使われているものがあると気づいたのは、バーンだけではない。トムもすぐその話題に飛びつき、〈隅っこの猫〉〈パンドラの箱〉〈ソロモンの神殿〉といったキルトパターンの名前が各章のタイトルとして使われていることを挙げた。そこからひとしきり会話が生まれそうだったが、結局この点を話題にするメンバーはほかにはいなかった。しかし、どのキルトパターン名が章の内容をわかりやすく象徴しているか、掘り下げてみてもおもしろかったはずだ。

わたしは、コリンズ・ベイでガストンやドレッドにしたのと同じ質問をここでもしてみた。つまり、本ではグレイスが記憶喪失に陥ったように思えるが、実際のところ、加害者は事件の詳細を覚えていないのか、それともはっきり覚えているのか、という問題だ。トムによると、ある服役仲間は妻を殺したあと、頭に霧がかかったようになったらしい。「やつはその霧のことをよく話してたよ。なにが起きたのかわからなくて、気がついたらぼうっとカウチに座ってて、かたわらの妻は死んでたって」。トムの言葉に、その場がしんとなった。

わたしの質問にトムが直接答えてくれたのも嬉しかったが、レイモンドがそれを催眠術の場面に結びつけてくれたのもありがたく感じた。催眠術については、数々の謎にアトウッドが答えていないと彼は指摘したのだ。「なんというか、懸垂分詞〔意味上の主語が文の主語と異なるためあいまいさが残り、非文法的とされる分詞〕みたいな描写が何度も出てきて、それが解決されないままだから、いらいらしてしまう」と言いながらも、レイモンドが笑みを浮かべたところを見ると、どうやら「懸垂分詞」という言葉で宙ぶらりんの状態を表現できたのが満足だったようだ。

「この作品には謎がたくさん残されてるわね」とフィービーも同意し、腑に落ちないエピソードがいくつかあるのは不満だと打ちあけた。

しかし、そういう描きかたもリチャードには気にならないらしい。「人生にだって、答えが出ないことはいっぱいあるだろ」

「わたしもそう思うわ、リチャード」とキャロルが応じる。「作者は史実に忠実であろうとしているんじゃないかしら」

話し合いが終わって事務的な連絡の時間になると、フランクがみなにこう告げた。自分はまもなく仮釈放になるので、今日が最後の読書会だ。ついては、かわりにだれか読書会大使を引き受けてくれないだろうか。すると、アールがみずから手を上げ、秋からフランクの役目を引きつぐことになった。わたしが見たところ、アールはすでにフランクのかわりをつとめつつある。そのあと、フィービーからも告知があった。読書会が再開される秋までにはグレアムもいなくなるだろうから、引きつぐ意志のある人は夏じゅうに本人と話してもらいたい、と。続いて、その年度の初めから読書会に参加しているメンバー全員に参加証明書が手渡された。証明書のコピーは仮釈放委員会に提出する個人ファイルに加えられる。

最後に、メンバーの多くが待ちかねている作業に移った。二〇一二～一三年度の課題図書を決める投票である。われわれ〈図書選定委員会〉が選んだ本にメンバーのリクエストを加えたなかから、キャロルが二〇点に絞ったリストを作成しており、そこからメンバーが読書会八回分の九冊を選ぶ。予備の一冊を選んでおくのは、本が絶版だったり入手しにくかったりする場合に備えてのことだ。SFものを入れてほしいというメンバーの希望を考慮し、わたしはカズオ・イシグロの『わたしを離さないで』とカート・ヴォネガット・ジュニアの『プレイヤー・ピアノ』をリストに入れておいた。古典作品もある。ヘミングウェイの『誰がために鐘は鳴る』、スタインベックの『怒りの葡萄(ぶどう)』と『キャナリー・ロウ』。それに、前回の読書会でだれかが話題にしていたアメリカの小説家E・L・ドクトロウの『ラグタイム』も入っている。投票は全員が無記名で行なう。

読書会が終わると、おおぜいがわたしのところへ来て挨拶をしてくれた。「ありがとう、アン」。リチャードが黒縁（くろぶち）の老眼鏡をはずし、握手を求めてきた。スピノザについての発言に礼を言うと、彼は「やめてくれ」と受け流してちょっと赤くなった。

次に、バーンが来てくれた。目が生き生きと輝いている。彼は、『またの名をグレイス』の冒頭の描写を読んで、自分がキングストン刑務所にいたときの強烈な記憶がよみがえってきたという。「灰色の石塀とか、砂利のあいだから生えてくる植物なんかのくだりを読んでると、あそこで花を摘みながら娘のことを考えてたのを思い出すんだ」。その花はキンポウゲやチコリで、小説のなかでグレイスが目にしたボタンではなかったけれど……。作家も顔負けの観察眼でバーンはその情景をしっかり目に焼きつけ、こうしてわたしに語ってくれている。ほかには、グレイスがはいていた靴のことも知っているという。キングストン刑務所に収監されると、受刑者は靴を支給されることになっていて、当時、彼も新しい靴をもらったらしい。

秋にはまた戻ってきてくれるんだろ、とメンバーの多くから訊かれたわたしは、まだわからないけれど、そう言ってもらえて嬉しいと答えた。

その夜、わたしはフランクの日記を開いた。そこには『またの名をグレイス』の感想が何行にもわたって書かれており、読書会で読んできた本のなかでこれがいちばんよかった、という言葉も含まれていた。

翌日の午前中、わたしはトロントでグレアムとコーヒーを飲む約束をしていた。彼が待ち合わせ場所に挙げたのは、母親の菓子店に近い地元の喫茶店だ。刑務所の外で彼とふたりきりで会うのは初めてなので、少しばかり緊張した。もしかしたら、かつてのギャング仲間を引きつれてこないともかぎらない。わたしが到着すると、グレアムはすでに座って新聞とコーヒーのマグカップをかたわらに置き、窓の外を眺めていた。わたしは手を振り、ミネラルウォーターのボトルを求めて列に並びながら、まわりを見まわした。店内は気取りのないログキャビンふうで、節くれだった松に薄く塗装した家具が置かれ、コーヒーの種類には、たとえば〝グリズリー・ベア〟のようにカナダの森にちなんだ名前がついている。

わたしが腰を下ろすと、グレアムは受刑者の報奨金削減がいかにひどい政策か、滔々と語りはじめた。そのうえ、受刑者が支払う部屋代と食費を値上げするなど、二重取りも同然だという。極端に低い報奨金のせいで、いまでさえ部屋代と食費は負担が重いのだ。

翌月もし仮釈放が許可されれば、本を読む時間はほとんどなくなりそうだ、とグレアムは残念がった。社会復帰施設の場所として希望していた地域のジョン・ハワード協会から、総会への出席を依頼され、連邦刑務所の実態について説明することになったというのだ。現在は、犯罪学を学ぶ学生や連邦刑務所の受刑者に向け、刑務所での身の処しかたを記したマニュアルを執筆中らしい。そのうえ、引っ越し業者で働くことも考えている。

窓の外を警官が通りかかり、グレアムの顔に目を向けてきたのを機に、わたしたちはお喋りを切り上げることにした。どうやら、わたしの怯えが見てとれたらしく、グレアムはこう言った。「警官とはよく顔を合わせるんだ。もう慣れたよ」。わたしは過剰なまでに人目が気になった。ここで警官に会ったのは単なる偶然だったのか、それとも警察は「職員戒護なし」で外泊中の受刑者をつねに見張り、グレアムのような目立つ犯罪者にはことさら目を光らせているのだろうか。もしかしたら、警察のファイルにはすでにわたしの写真も載っているかもしれない。〝謎の女〟として、あるいは〝共犯者〟として。ときには、ヘルズ・エンジェルスのメンバーも、こんなふうにバイクでそばを通りかかったりするのだろうか。あれこれ考えにふけっていると、グレアムが「いま何時？」と訊いてきた。一一時になったら、担当の保護観察官に所在を知らせなければならないのだ。『またの名をグレイス』について話し合う時間はなくなった。別れぎわ、グレアムがぎゅっとハグしてくれた。いまではおなじみの挨拶で、読書会のあとわたしとキャロルを送りだすときにも彼は必ずそうする。わたしの車が停めてある場所までふたりで歩いた。

「じゃあね、グレアム」

「じゃあ、また」

第21章
巣立っていったメンバーたち

仮釈放になったメンバーに会ってみるよう背中を押してくれたのはキャロルだ。彼らのことを、キャロルは冗談まじりに「塀の外の住人」とか「出所仲間」と呼ぶ。そして、信頼を寄せている証しに、「読書会の卒業生」という肩書を与えるのだ。卒業生たちもその信頼に応える。だいたいのところは……。

数か月前、わたしが初めて会った卒業生はヴィンスだった。彼はコリンズ・ベイ読書会で、キャロルのいわば秘蔵っ子だったのだが、わたしが参加したときにはもう出所していた。ヴィンスが社会復帰施設に移り、家具の運搬の仕事を始めたとき、古巣の読書会で読んでいる本をキャロルは何冊か送り、一緒に読むよう勧めた。そのうえ、かつて薬物依存症だった彼のために、友人がボランティアをつとめている〈復帰支援センター〉も紹介した。その種のセンターは、もともと性犯罪者の社会復帰を支援するためのものだったが、連邦矯正保護局の地域教誨師が、ヴィンスのようにほかの犯罪で服役していた元受刑者にもプログラムを適用できるよう力を貸してくれたのだ。その後、ヴィンスが社会復帰施設を出て家を借りるのに苦労していると知るや、キャロルは夫婦で賃貸契約の保証人を引き受けた。もちろん、ほかの卒業生たちにも本を送ったり、配偶者をなだめる手伝いをしたり、教育を受けるよう励ましたりしている。そうした行為は、〈刑務所読書会支援の会〉の活動には含まれていない。どこまでも手を差しのべたいという思いと、卒業生の成功を見届けたいという願いに駆りたてられてのことなのだ。

わたしはキャロルほど勇敢ではないが、メンバーたちが出所したあとも読書を続けているのかどうか、知りたい気持ちは強かった。七月四日、わたしの携帯電話が鳴り、見知らぬ番号が画面に表示された。いったいだれだろう。

「もしもし？」

「やあ、おれだよ、フランク」

「まあ、フランクなの！」そういえば、フランクのいる救世軍の社会復帰施設に、こちらの電話番号を伝えておいたのだった。トロントの中心部にあるその施設は、ヴィクトリア朝時代の屋敷を改装した建物で、四方にはポーチがしつらえられている。門限があり、夜はそこで過ごさなければならないが、デイ・パロールの許可が下りたので、日中は家に帰ることもできる。

「小さなパソコンみたいなので電話してるんだ」

「インターネットを通じて、ということ？」

「いや、電話だよ。ふつうの固定電話がほしかったんだけど、文章も送れるほうがいいって妻が言うもんだから」。刑務所にいた年月があまりにも長かったせいで、携帯電話がこれほど進化し、インターネットもEメールの送受信もできることを知らなかったのだ。

フランクの声が聞けて、わたしはとても嬉しかった。彼はすでに図書館の貸出カードも作ったし、造園作業員としての職も得たという。なんと、貸出カードとは！　それにしても、こんな暑い日に外で働いても大丈夫なのだろうか。その日の気温は三六度、湿度は九五パーセントで空気が澱んでいた。空は光化学スモッグで灰色に曇っている。フランクによれば、熱中症を起こす危険があるため、作業チームは午前中で仕事を終えたようだ。

自分が不在のあいだに、家はとんでもない状態に陥っていたとフランクは言う。義母が家具とともに引っ越してきて、そのうえペットが何匹も家のなかを駆けまわっていたのだ。「犬二匹と猫が追いかけっこをして、鳥たちも勝手に飛びまわってる」。あいつらは永遠に生きていそうな気がする、とフランクは愚痴をもらした。「トゥイーティーとシルベスター［アメリカのテレビアニメに登場するカナリアと猫のキャラクター］みたいだぜ」。けれども、自分が戻ってきたからには、鳥は籠に入れさせるし、義母にはクリスマスまでに出ていってもらうつもりだ、という。

「毎日、夕方には家族に会えるんだからいいわね」

それはそうだが、たとえば今日の夕食には、中華料理の残り物の鴨肉とライスをひとりで食べたらしい。妻は長時間働いているし、息子も娘も放課後の活動で忙しい。家族の多忙な生活に、自分もなんとか溶けこんでいくしかない。

そのあとフランクから聞いた言葉にも、わたしはそれほど驚かなかった。社会復帰施設でスタートしたばかりの読書会に、ガストンと一緒に参加するというのだ。しかも、その読書会はフランク自身が運営するのではない。施設に移ってきたとき、レナータという名の職員がちょうど読書会を立ち上げるべく奔走していた。彼女は、地元図書館が主催する読書会に参加するつもりだったが、順番待ちリストに業を煮やし、上司を説得して、仮釈放者たちと読書会を始めることにしたのだ。キャロルからは、必要な品物を〈刑務所読書会支援の会〉が提供するという申し出があったものの、レナータは独力で立ち上げることを決め、本はできるかぎりスリフトショップ［家電や古着などを寄付によって集めて販売する店で、収益は慈善活動にあてられる］で入手することにしたらしい。

電話を切ったとき、わたしは胸の高まりを感じていた。社会復帰施設にいながら読書の時間を見つけるのは、刑務所にいたときよりもはるかに難しい。仮釈放の身として、彼らには新たな責任がいくつも課せられている。ガストンもフランクも仕事をし、更生プログラムに参加し、門限を守り、保護観察官と面会し、妻子との生活を築きなおさなければならない。そのうえ、ふたりが読書会にも参加しようとしているのをみると、これはどうやらキャロルの大いなる野心が、長い時間をかけて実を結びつつある証拠といえそうだ。

三週間後、わたしはグレアムにふたたび会うため、トロントから車で一時間ほどの場所にある社会復帰施設へ向かった。彼は一週間前にビーバークリークを出所していた。運転中、フランクからメールが来たので、車を路肩にとめて携帯電話を開いてみた。「読書会の打ち合わせがあった。レナータはなかなかのやり手だ。グループはまだ小さくて、メンバーが六人しかいない。レナータが選んだ本は、デニス・ルヘインの『シャッター・アイランド』だ。映画はつまらなかったけど、小説のほうは、読む時間さえあればこれからちゃんと読むつもりだよ」

ふたたび車を走らせていると、道路沿いに青々と茂るウルシの灌木(かんぼく)が見えてきた。赤い実は血が固まったような色だ。刑務所の外でグレアムと会うのは、いまだにちょっと緊張してしまう。昔の仲間が彼に目をつけてきそうな気がするからだ。通りすぎる風景を眺めながらわたしは自分を落ち着かせ、フランクからのメールを思い出して気持ちを奮いたたせた。

グレアムのいる社会復帰施設は、街なかのさびれた住宅街にあり、ヘルズ・エンジェルスのクラブハウスからは五キロしか離れていない。建物は三階建てのレンガ造りで、外壁は青みを帯びたグレーに塗られ、おそらく喫煙者用だろう、外には木のベンチが置いてあった。正面玄関は通りと同じ高さで、ポーチはなく、玄関の上にこぎれいな日よけがあるだけだ。出入り口には監視カメラとおぼしきものが向けられている。グレアムはトレーニングウェアで建物から出てきた。

カメラの向こう側では、おそらく職員が監視の目を光らせていることだろう。

喫茶店へ寄ってから図書館へ行こう、と提案してみた。このところ、彼は図書館で長い時間を過ごしていると聞いたからだ。仮釈放されたばかりの時期は、どこの社会復帰施設でも拘束がきびしいため、グレアムはいったんなかに戻って行き先を報告し、許可をもらわなければならなかった。さて、わたしのほうはまた新たなる勇気を奮う必要があった。ドアのロックを解除してグレアムを乗せ、ふたりきりで図書館までドライブするのだから。グレアムは大きな体をかがめて助手席に乗りこみ、レバーで座席を目いっぱいスライドさせた。

もしかしたら、〈累犯者仮釈放監視班〉に見張られているのだろうか。彼らの監視対象が仮釈放の遵守事項違反者であることは知っていたが、念のため訊ねてみた。「可能性はあるよ」。図書館の向かい側にあるパーキングビルに入る際、うしろを確認したものの、それらしい車は追跡してこなかった。

「実は、ふたりして撃ち殺されるんじゃないかとつまらない心配をしてるの」。わたしは、ギャング団のメンバーが姿をあらわす懸念を打ちあけた。

「その心配はない。いざこざが起きるのは、供述をでっちあげたり、裁判でだれかを売ったりした場合だ。おれは余計なことはひとことも漏らしてないから、秘密は秘密のままだし、やつらもそれを知ってる」。そういえば、グレアムはギャング団とは円満に別れたと言っていた。いずれにせよ、ヘルズ・エンジェルスのクラブハウスがある区域一帯に立ち入ることは、規則で禁じられている。

駐車スペースに入ると体が震えた。おそらく、ロンドンでパーキングビルを怖がっていた名残なのだろうが、グレアムがずっと喋っていてくれたおかげで、気分は落ち着いていた。ふと見ると、グレアムも額に汗を浮かべている。

わたしたちは、図書館にほど近いモールの、明るい喫茶店に入り、グレアムはコーヒーと焼き菓子を、わたしはミネラルウォーターを注文した。サッチェルバッグから、すでに読み終えたコーマック・マッカーシーの『すべての美しい馬』を取りだす。「夫もわたしも読んで、あなたなら気に入ってくれると思ったの」。グレアムは礼を言った。フランクが社会復帰施設で読書会に参加した話をしてみた。「あなたのところでも読書会を立ち上げることはできそう？」

「できると思う。でも、もうちょっと仲間をよく知らないとな。あそこにいる半分は、だれとも交流しようとしないんだ。だから、もう半分の一二人に呼びかけるしかない。フランキーのところはもっと規模が大きいんだと思うよ」。もし自分で立ち上げることができなければ、公立図書館主催の読書会にでも入ってみる、とグレアムは付け加えた。「人と知り合ういい機会になるだろ？」

わたしはミネラルウォーターをひと口飲んだ。「本格的に出所して、いまはどんな気持ち？」

「不安だよ。二〇くらいの方向に頭を向けなきゃいけない。情報が多すぎて溺れそうだ」。意外なことに、「解放された気分だ」などとは言わなかった。「自由」という言葉さえ使わなかった。

「わかるわ。やりたいことはたくさんあるけど、まだまだ制限が多いものね」。グレアムの刑期が満了するまで、あと一〇年ある。一〇年間も仮釈放のままなのだ。当局はこれから先もずっと制限を課してくるだろう。

仕事を探さなければならないことは本人もわかっているし、すでに二件応募していて、そのひとつは出所者に住居を斡旋(あっせん)する仕事だ。就職に必要な身元保証人として、キャロルも協力してくれた。「単調な仕事ならいますぐにでも見つかるだろうけど、おれは自分の好きな仕事をしたいんだ」。履歴書には、服役中であることを包み隠さず書いたという。いまや、それが彼の名刺なのだ。

加えて、地元のジョン・ハワード協会から、〈受刑者の正義デー〉という催しに招かれ、ウェスタンオンタリオ大学の法学部教授からは、この秋に学生の前で話をしてほしいと依頼されていた。グレアムは引っぱりだこなのだ。

喫茶店で話しているあいだ、彼の目はときおりわたしの背後や窓の外に向いた。わたしはだれかに尾行されているような気がして、少し胸がざわついた。もしよかったら、ギャング団を脱退した証拠のタトゥーを見せてくれないかと言ってみた。グレアムがTシャツの首元を引っぱると、そばかすのあるその肌に、ギャング団のロゴが浮きでていた。色は褪(あ)せているものの、はっきりと見てとれるのは、入団した年と脱退した年の数字だ。ギャング団から足を洗ったのは、彼が読書会に参加した年だった。ほかに、腕のタトゥーも見せてくれた。こちらは、薄青い目をした男の絵だ。「殺された相棒だよ」

グレアムがどれほど模範的な市民になろうとも、過去はいつまでも肌に彫りこまれているのだ。

軽食をとったあと、グレアムは中央図書館のお気に入りの場所へ案内してくれた。三階の、ドイツ文学と英文学の書架に近い机だ。前回会ったときは時間がなかったので、『またの名をグレイス』についてもふたりで話した。グレアムによれば、作品自体はおもしろかったけれど、グレイスがメアリー・ホイットニーになりきるとか、そういうひねりがあるともっとよかったという。

図書館のその机で、グレアムは翌月から大学の通信教育の勉強を始める。勉強に使うノートパソコンは、マニトバ州にいる妻が送ってくれたらしい。そして、数か月後には、「生きている本（ヒューマンブック）」のひとりとして、〈ヒューマンライブラリー〉というプロジェクトにも参加する。これは、ひとりの人間を一冊の本に見立て、図書館を訪れた人にひとりひとりの〝本〟と語り合ってもらうことで、外見や肩書への固定観念を取り払おうという試みだ。

グレアムを社会復帰施設まで送っていくあいだ、出発したときよりふたりともずいぶん口数が減っていた。グレアムまでなんだか不安そうだ。どうやら、不安は共有されやすいものらしい。

それから数か月、グレアムは変わらず模範的で、担当の保護観察官や周囲の人たちを感心させていた。しばらく建設業者で働いたあと、兄弟のひとりと塗装会社を立ち上げて成功したようだ。警察からは何度か集会に招かれ、新人警官たちの前で話をした。そして、〈刑務所読書会支援の会〉の募金集めパーティーでは、花形スピーカーとして読書会での経験をみなに伝えるようになった。

スピーチによく取り上げたのは、「暴力防止プログラム」ではなんの効果もなかった殺人犯の参加者が、『月で暮らす少年』を読んで深く心を動かされたという話だ。ユーモアのセンスがあり、統計をうまく使ったグレアムの演説は魅力的で、聴く者を魅了した。規則により、カナダでは前科があると非営利団体の理事にはなれないため、キャロルが支援の会の理事にグレアムを指名することはできないが、それでも影響力のある会員にはなってくれた。

その秋、わたしはガストンがまた塀のなかに戻ったと知って愕然（がくぜん）としてしまった。彼が出所したのは五月一〇日、読書会で『またの名をグレイス』を読んだすぐあとだ。その後、フランクもいる社会復帰施設で読書会に一度参加し、『シャッター・アイランド』を読んでいる。そして八月のなかば、薬物の抜き打ち検査に引っかかって刑務所に連れもどされた。検査でアヘンの痕跡が出たのだ。コリンズ・ベイに戻るまで、トロントのドン拘置所で一四日間過ごしたという。「わが人生最悪の一四日間だったぜ」とガストンは言った。ドン拘置所は受刑者から〝クソ溜め〟と呼ばれる州立の拘置所で、未決囚の裁判が始まるまで、あるいは既決囚の収容先が決まるまでの勾留（こうりゅう）施設として使われている。そこにいたあいだ、ガストンは三日間食べ物をいっさい口にせず、二週間ずっと叫び、わめき、怒鳴り、壁を叩いていたらしい。

ガストンによれば、アヘンの痕跡が出たのは、皮肉なことにトロントの社会復帰施設で朝食に出されたベーグルにケシの実が入っていたからだという。仮釈放委員会の公聴会に提出すべく、彼は似たようなケースが載っている資料を集めた。なかでも証拠として説得力があったのは、米連邦刑務局報告BP－S291（52）で、ケシの実は薬物検査で陽性反応を引き起こす可能性があるため、仮釈放中の受刑者は摂取してはならない、と書かれている。ガストンの釈明はどうやら信用できそうだが、それでも刑務所の中庭では、ほかの受刑者から〝ベーグル野郎〟と容赦なくからかわれるはめになった。

その秋、仮釈放委員会はケシの実に関するガストンの言い分を受け容れ、ただちに釈放を指示した。しかも、今回は社会復帰施設ではなく、自宅に帰れることになった。それからひと月後、わたしはようやくコリンズ・ベイの外で初めてガストンと会うことができた。その日、彼はキャロルに会って、面接用にご主人のスーツを借りてきたところだった。薬物依存症患者の更生施設で働くためだが、その面接自体もキャロルのコネによるものだ。キャロルの寛大さに感じ入ったわたしは、トロント王立音楽院の喫茶店でガストンと待ち合わせ、夫から拝借したシルクのネクタイ三本を持参していった。スーツを着るのはひさしぶりなので、ガストンは確信が持てないようだった。「ジャケットとズボンだけでいいのかな」と言いながら、きれいな青いピンストライプのジャケットとズボンを見せてくれる。近ごろじゃベストは必要ないのよ、とわたしは請け合った。

喫茶店で、わたしはプロシュット・コットのパニーニ〔加熱したハムのサンドウィッチ〕、ガストンはツナのラップサンドを注文したが、彼は喋るのに忙しくて食べるどころではなかった。家に帰れて、ようやくほんとうの自由を感じることができた、とガストンはいつもどおり興奮ぎみの早口でまくしたてる。社会復帰施設にいた三か月間は、かなりの重圧を感じたという。「いまから思えば、まったく、あんなことよくやってたよ」。自分の居場所を常時知らせなければいけなかったし、モールや図書館など公共施設に出かけるときは、入るときにも出るときにも固定電話から施設に連絡しなければならなかった。固定電話を使うのは、電話番号から位置を割りだせるからだが、公衆電話は数がどんどん減っているため、見つけだすのはかなり骨が折れる。造園作業員として働いていたときは、シフトに入るたび、開始時と終了時に電話連絡を求められた。自分が押し入った銀行のそばを作業員たちと車で通ると、決まって心が乱れたという。「当時のことがよみがえっちまうんだ。まいったぜ」。一度、電話連絡が遅れたときには、罰として門限を七時に繰り上げられた。

ガストンは憤慨しながら、社会復帰施設での義務をことごとく挙げてみせた。まずは出席すべき集まりが山ほどある。週一回開かれる「地域支援プログラム」の会合、匿名断酒会（AA）や匿名断薬会（NA）の集まり、再犯防止の講習会、ケースマネジメント［社会復帰を促すため就労、医療などの分野で連携して支援する福祉サービス］のチーム・ミーティング。そして尿検査や、保護観察官との面談。そのうえ、社会復帰施設では掃除と庭仕事もこなさなければならない。「もちろん、妻と四人の子もいるし、仕事も、教会での奉仕活動もある。目が回るよ」

だから、今回コリンズ・ベイを出所し、社会復帰施設ではなくトロントの自宅に帰ったときも、だれかに報告しなければと考えて、つい受話器に手を伸ばしてしまい、それをやめるのにたっぷり二週間かかったという。

ふたりで話している途中で、ガストンの携帯電話が鳴った。面接の連絡だ。相手の質問にガストンは手際よく応じ、キャロルとの関係を訊かれると、刑務所の読書会で一緒だったと答えていた。電話が終わったとき、わたしは正直に話したのはとてもよかったわねと伝えた。

「ほんとは言いたくなかったけど、訊かれたら嘘はつけないもんな」。これはひとつの変化だ。以前、本人から聞いたのだが、ガストンは今年の春にも仕事の面接を受けていた。コリンズ・ベイから初めて出所する数週間前のことだ。保護観察官が同席する刑務所の一室で、採用担当者と電話でやりとりをした際、彼はちょっとした嘘をついた。自分は「オンタリオ州東部での人きなプロジェクト」にかかわっていて、現在の雇用主を見捨てるわけにはいかないので、いますぐには新しい仕事を始められない、と伝えたのだ。そばにいた保護観察官はあきれたように目をぐるりと回したという。

「ねえ、アニー」。ガストンが口にしたその愛称を、わたしは三〇年ぶりに聞いた。「おれとしては、依存症患者の回復支援にかかわる仕事が理想なんだ。手にタコもできないし、ぱりっとしたスーツとネクタイ姿で人助けができる。知ってのとおり、人と話すのも好きだからな」

サンドウィッチを食べ終えて店をあとにすると、わたしたちは施設の読書会で読んだという『シャッター・アイランド』のことや、ガストンが妻と一緒に読めそうな本を探していることなどを話題にした。「おれがクリスマスになにをほしがってるかわかる？」別れの握手をしながら、彼が言った。「妻に読書灯を頼んだんだ。夜でも本が読めるように」

その数か月後、ガストンは大学で依存症とメンタルヘルスに関する二年間の講習に申しこみ、依存症患者の更生施設でボランティアを始めた。造園の仕事は辞めて、看板製作会社で働きはじめ、売りこみの電話をかけたり、トラックを運転したり、倉庫の管理をしたりしている。出所者にはよくあることだが、彼もいまだ警察の監視下に置かれているため、あのあとさらに二度、短期間だが収監されるはめになった。しかし、わたしの知るかぎり、罪を犯すようなことは一度もしていない。

フランクは出所後てんてこ舞いの日々を過ごしていたため、きちんと話ができたのは、九か月ほどたってからだった。夫婦で息子のアイスホッケーの試合を見にいった際、会場から電話をくれたのだ。息子のチームは試合には勝ったものの、マルコム・グラッドウェルが『天才！　成功する人々の法則』で主張していたことは正しいとフランクは話した。つまり、早い月に生まれたアイスホッケー選手は、同じ年のもっと遅い月に生まれたチームメイトより有利だという説だ。一一月生まれの息子は、二月生まれの親友より、またたく間に一五センチも身長で差をつけられたという。「あいつにとっちゃ不利な状況なんだ」

フランクにはいろいろな変化があった。いまは建設作業員として、市内北部の屋敷で六台収容のガレージを客間に改装するプロジェクトに携わっている。正真正銘の力仕事だが、手のこんだ改装作業もしなければならない。フランクはかつて指名手配中にトロント中央図書館でほぼ一日じゅう過ごしていたのだが、そのとき建築の工法や資材について詳しく学んだらしい。

生活の拠点はいまも社会復帰施設にあって、そこでの読書会も楽しんでいるという。コリンズ・ベイやビーバークリークのときと同じで、会はだいたい月に一度だ。水曜日の夜、仕事が終わったあとで開かれ、どこの読書会でも定番となるような本を取り上げている。たとえば、ヤン・マーテルの『パイの物語』やアン・マイクルズの小説『儚い光』などだ。読書会は施設の外で行ない、タピオカティーの店やドーナツショップを利用する。メンバーは通常八人くらいしかいないので、たいていは店の片隅でじゅうぶん話し合えるという。「日常から離れられるし、ほかのやつらの話を聞くのもおもしろいんだ」。いまはメンバーを勧誘する任務も負っていない。そういうことはレナータが一手に引き受け、成果も上げているらしい。読書会のたびに前もって告知ポスターを施設内に貼り、その本を読んだことのある仲間からの推薦文も添えておくのだ。内々で一冊の本を宣伝する方法としては、きわめて効果的なやりかたといえる。アマゾンや『ニューヨーク・タイムズ』の書評からの引用ではなく、自分たちで書いた文章なのだから。また、『パイの物語』のように、映画化〔『ライフ・オブ・パイ／トラと漂流した227日』二〇一二年〕された本を取り上げた場合は、読書会のあとしばらくしてから、みなで映画を観にいくこともあるという。

「いまはダイアン・セッターフィールドの『13番目の物語』を読んでる。なかなかいい小説だよ。

主人公の女性は本の虫でね。古本屋で育ったんだ。で、イギリスの有名な女流作家が、死を前にして彼女に伝記を書いてもらいたいと頼んでくる。問題は、それまでも何人かに伝記を書かせたんだが、どれも中身が嘘っぱちだったってこと。だから、今度こそ真実を話したいと言うんだ」。フランクのミニ・レビューを聞いて、わたしもその本を読みたくなった。

「いまの読書会はコリンズ・ベイと比べてどう？」

「規模が小さいな。たぶん、ビーバークリークの読書会がいちばんよかったよ。みんな読書量が多いから深く読みこんでたし」。コリンズ・ベイについてはこう答えた。「読書会のおかげで楽しみができたんだ。あそこじゃ死ぬほど退屈だったからな。少なくとも月に一度は、犯罪者じゃなくて、外から来るふつうの人間と話すことができるだろ」。そういえば、いつだったか彼はこんなことも言っていた。会話といえば犯罪自慢ばかりの刑務所の世界から、読書会はいっときなりとも逃避させてくれる、と。

ベンとは四、五回会ったのだが、そのうちの一回は彼がコリンズ・ベイを出所して二年後の四月の寒い日だった。わたしたちは、ベンが暮らすトロントの社会復帰施設に近い喫茶店で待ち合わせた。ドアから入ってきたときは本人だとわからなかったほどで、見慣れたドレッドヘアは短くカットされ、額があらわになっていた。カールした口ひげとやぎひげを新たにたくわえ、こちらに近づきながら微笑んだ口元からは真っ白な歯がのぞいた。フードつきのパーカーは、袖の部分が黒い革になっている。ミラーサングラスをはずすと、見慣れたたれ目と重たげなまぶたがあらわれ、ようやくベンだと確信できた。

ふたりともしっかりジャケットを着こんでいたので、陽のあたる外でコーヒーを飲むことにした。ベンはコリンズ・ベイを出所して以来、小売店の倉庫などで切れ目なく働いてきた。ときおり、かなり手間のかかる家具の塗装なども手がけ、こちらは時給一一ドルもらえたという。キャロルによると、一時期〈キャッシュ・フォー・ゴールド〉のチェーン店を運営していたこともあるが、にせのダイヤモンドを持ちこんだ客に七〇〇〇ドル払ってしまい、店をたたんだらしい。その春、彼はオークションで安い車を手に入れ、補修して販売し、一台につき二、三〇〇〇ドルの利益を上げた。いま計画しているのは、ジャマイカのコーヒー業者と手を組み、カナダでコーヒー豆を販売するベンチャービジネスだ。

「ねえ、ベン。さっきから向こう側に並んでいるお店を見ているんだけど、こういう場所にブックカフェがあったらいいなと思うの」。少し前から、わたしは読書会メンバーのだれかが書店を開いてくれないものか、と考えていた。店内でコーヒーも飲めれば最高だ。ベンはあいまいな表情を浮かべて、通りの向こうに並ぶレンガ造りの二階建ての店舗を眺めたあと、自分にできるのはせいぜいコーヒー豆の売買くらいだと答えた。店を持つだけの準備資金がないし、かなり高額の税金を先に支払う必要もあるからだ。ベンはモカコーヒーをひと口飲み、ひげについたホイップクリームとチョコレートシロップをぬぐった。

ベンの日記には、一か月ほどのあいだ、友人や家族と再会した喜びがその都度書きこまれていた。しかし、ときおり社会復帰施設の環境の悪さを嘆く記述もあった。最初のルームメイトはひとりごとを言う男で、タトゥーがびっしりと彫りこまれ、白い靴下は汚れて黒い靴下になっていたという。施設に不潔な同居人が何人かいるせいで、キッチンや浴室を使う際は丹念に点検せざるをえない。「なにを使うにも、まず拭いて、こすって、漂白して、洗ってからでないと始まらない」と日記には書いてあった。その結果、シャワーは家族や友人の家で浴びることにしたらしい。

本の話題になると、ベンは施設に移ってきたばかりのころ、キャロルが『またの名をグレイス』を送ってくれたことや、いまはカーレド・ホッセイニの小説『そして山々はこだました』を読んでいることを話した。アフガニスタン人の父親が三歳の娘をカブールの養子先に連れていくため、兄のアブドゥラから引きはなす。ベンはその場面がいつまでも頭から消えないと言った。わたしも、その場面はずっと心に残っているし、読んだときには強い喪失感ととまどいを覚えた、と答えた。そして、バッグから彼に渡そうと準備していた本を取りだした。コロンビアの作家ファン・ガブリエル・バスケスの『物が落ちる音』で、これは女性読書会で読んだ小説だ。「読み終わったら話をしましょうね。女性読書会で、あるメンバーがこの小説のなかに象徴的なものを見つけだしたのだけど、ほかにはだれも気づかなかったの。その洞察力は感動ものよ」

最後に、ベンがコリンズ・ベイに来てキャロルの読書会に参加することになったそもそもの理由、つまり殺人事件の経緯を教えてほしいと頼んだ。すると、彼は自分の目から見た事件のいきさつを語りだした。ある日、宅配業者の制服を着た男たちがテラスハウスにやってきた。荷物を受けとる予定がなかったので怪しいと感じ、ドアをノックされても応えなかったが、そのあとベルを二回も鳴らされて、しかたなくドアを開けた。そこで配送員が電子サイン用のペンを持っていないのを見て、なにかが変だと思った。家のなかに戻ろうとすると、ひとりの男が38口径の拳銃を手に、走りこんできた。「ドアを開けっぱなしにしてたのがまずかったんだ。もう撃つしかなかったよ」。家にあった〝グロック〟の半自動式拳銃を使って相手を撃った。強盗はベンが薬物にかかわっているのを知っていて、家に大金や麻薬があると踏んだらしい。検察側も、この事件には正当防衛の要素があると認めたものの、結局は故殺の有罪判決が下された。

わたしはドレッドの消息を訊ねてみた。「ジャマイカに強制送還されたことしかわからないんだけど」。ベンが聞いたところによると、ドレッドは向こうに家を建てているところで、子どもたちもジャマイカに引っ越して学校に通うことになっているらしい。そういえば、ドレッドは以前、いつか建てる夢の家には主人用に「王様の寝室」を、妻用には「女王様の寝室」を作りたいと話していた。

「奥さんは？」

ベンは知らなかった。

「ドレッドはいまでも本を読んでいるかしら」

それも知らなかった。やがて帰る時間になり、わたしたちは握手をした。いつものように、わたしは元気でねと言い、バスケスの本を読み終えたら電話して、と念を押した。

ピーターから初めて連絡があったのはその数か月後だ。社会復帰施設から二度ほど電話をくれた。そのあと、本人いわく「卑劣な小便検査」に引っかかってしばらく刑務所に戻っていて、ふたたび出てくると、キャロルとわたしにぜひ会いたいから、地元の喫茶店に来てくれと言ってきた。ふたりとも承諾したが、直前になってキャロルが急用で行けなくなった。わたしはきっかり二日で読了したリサ・ムーアの小説『捕えられて（*Caught*）』とマーガレット・ワイズ・ブラウンの絵本『おやすみなさいおつきさま』をバッグに入れた。こちらは、ピーターの友人の子が本好きだと聞いたからだ。ピーターに会うべく、わたしはひとりで市外へと車を走らせた。コリンズ・ベイの一室で最後にピーターと会ったときのことが頭に浮かんでくる。その部屋を作家の視点で描写してみて、と頼んだのだ。そこは、いつも使うのとは別の備品保管室で、ギターや椅子や譜面台があるのは同じだが、外に面した窓がなかった。ピーターはこう言った。「物はあるけどからっぽだ。この部屋は牢獄だから」。彼には作家の感性があった。

喫茶店に先に到着したわたしは、窓際の席に腰を下ろした。店に入ってきたピーターは、三八歳という実年齢より一〇歳ほども老けてしまったように見えた。髪は肩に届くほど伸び、白髪がかなり目立つ。もじゃもじゃのもみあげは髪の毛と一体化していた。持病である乾癬（かんせん）のせいか、顔がまだらになっていて、ちょっと困ったような表情を浮かべている。午前一一時だったので、わたしはピーターにターキーサンドウィッチを、自分にはベーコンエッグのベーグルサンドを注文した。わたしが半分しか食べずにいると、彼は残りを食べてもいいかと訊いてきた。

「もちろん」

ピーターは現在働いておらず、機械工としての腕を持ちながら、仕事を探す気はないようだ。住む場所もきちんと決まっていない。そして読書もしていない。わたしがコリンズ・ベイ読書会への参加をやめたあとも、キングストン刑務所から戻った彼は数か月のあいだ有能な大使だったというのに。コリンズ・ベイにいたときの反動で、いまは夜起きて昼間寝る生活になっているらしく、こうして昼間会うのは、リズムを乱すことになるかもしれない。わたしが刑務所で出会ったメンバーのなかで、ピーターはだれより作家の才能があり、洞察力が鋭かったのだが、いまはなんだか自暴自棄になっているように思える。興味があるのは音楽だけで、地元では何度かギターを演奏したという。彼は携帯電話を開いて、いま夢中になっている曲をいくつか聴かせてくれた。画面をのぞきこむその姿は、いかにも繊細で無邪気に見えた。それから数か月後、ピーターが逮捕され、第一級殺人の容疑で告訴されたことを知って、わたしはひどく落ちこんだ。保釈請求は却下されたという。これを書いている時点で、彼は裁判を待っている状態だ。

キャロルのほうは、相変わらず読書会の普及にエネルギーをそそいでいる。〈ファーストブック・

カナダ〉という慈善団体と組めば本をより安く購入できることがわかり、刑務所で読書会を立ち上げやすくなったという。それが二〇一二年のことだ。フェンブルック刑務所での読書会設立の手続きが遅れている、と不平を漏らしていたが、その秋にはようやく立ち上げることができた。続いて、ワークワース刑務所でも同じ時期に読書会を開設できたことで、キャロルはついにオンタリオ州の連邦刑務所すべてで読書会を運営するという偉業を達成した。そして、翌年にはマニトバ州ウィニペグのストーニー・マウンテン刑務所と、アルバータ州のボウデン刑務所でも読書会を立ち上げた。「マダム・ジャスティス」と呼ばれたオンタリオ州元判事ジョーン・ラックスが急逝し、追悼の寄付金が寄せられたおかげで、カナダの連邦女子刑務所すべてで読書会を設立することもできそうだ。そのなかには、フランス語での初開催となるケベック州のジョリエット刑務所も含まれている。二〇一五年の春には、すでに一四の刑務所で一七の読書会が運営されており、秋にはさらに何か所かで立ち上げる予定だ［二〇一六年七月現在、カナダの七州の一七の刑務所で二六の読書会が開かれている］。新しくできた読書会のメンバーには、グアンタナモ収容所［キューバ南東部に位置する米軍基地内施設で、テロ容疑者を収容し、拷問を行なっていたことで批判を招いた］にいた経験のある受刑者もいる。キャロルはニューヨークやカリフォルニアのボランティアにも運営方法を指導し、地元の刑務所で読書会を開けるよう力を貸している。その熱意と意気ごみを感じるにつけ、ちょっとやそっとの成功で彼女が満足することはなさそうだ。

キャロルの読書会が受刑者の更生を目的としたものではないにせよ、文学作品を読むことが他者への共感につながるという調査結果は、これまで何度も報告されている。ニューヨーク市にある〈ニュースクール・フォー・ソーシャル・リサーチ〉［私立総合大学。現ニュースクール大学］の研究グループが二〇一三年、『サイエンス』に発表した報告によると、実験への参加者のうち、文学作品をよく読む人は、ノンフィクションの読者や、あるいはなにも読まない人に比べて、共感力や社会適応力がすぐれていたという。ひとつの仮説として挙げられるのは、文学作品の登場人物はわかりやすく描かれていなかったり、ステレオタイプではなかったりするため、読者は彼らの考えを自分で想像することを求められ、その結果として共感力が育まれるというものだ。

イギリスの〈刑務所読書グループ〉による調査でも、小説を読むことによって受刑者の共感力が高まるという結果が出た。また、読んだ本について話し合えば、おのずとそれが学習になるし、向社会的行動［人を助けるなどして、他者と積極的にかかわろうとすること］にも結びつくという。だからこそ、二〇一三年一一月にイギリスで新たな法律が施行され、受刑者の家族や友人が刑務所に書籍を送れなくなったときには驚いたものだ。けれども、イギリスの著名な作家をはじめ言論の自由を訴える人たちが粘り強く抗議した結果、翌年この法律は高等法院において無効となった。いっぽう、ブラジルやイタリアでは読書プログラムを用意している刑務所もあり、認可された図書を一定冊数以上読むと減刑されるらしい。

わたしがふたつの刑務所を訪れていたのは二〇一一年から一二年にかけてだが、そのときからコリンズ・ベイもビーバークリークもだいぶ変わった。当時、コリンズ・ベイは中警備刑務所だったが、現在は重警備ユニットも併設されているし、近隣のフロンテナック軽警備刑務所もこちらに統合されている。同じように、軽警備のビーバークリークには近隣のフェンブルック刑務所が統合された。こうした変化はあるものの、読書会は現在も活発に活動している。

　刑務所読書会に通っていたころに読んだ大量の本が、いまではわが仕事部屋の一角を占有している。書棚の一段ぶんを使って手前と奥の二列に置き、それから横長の書類整理棚——整理棚は五段あり、一段の高さは三〇センチ以上ある——にも並べている。書棚のほうを見ると、〈ダイアルプレス〉版の『ガーンジー島の読書会』が目に入ってくる。表紙にはガーンジー島の消印がある色褪せた絵葉書の絵。そして、〈ペンギン〉のペーパーバック版『怒りの葡萄』の表紙は、荷物があふれたトラックのエッチング。もちろん『またの名をグレイス』もある。古いハードカバー版で、表紙はダンテ・ガブリエル・ロセッティが描いたエリザベス・シダル〔ラファエル前派の画家たちのモデルをつとめ、ロセッティと結婚するがアヘンチンキの大量摂取により若くして亡くなる〕の肖像画の上に鉄格子が重なったデザインだ。ここにある本もいつかは手放すことになるのだろうが、しばらくは全部まとめてそばに置いておきたい。本を見るたび、二〇一一年と一二年の日々がよみがえり、メンバーたちと何月にあの本を読み、翌月にはこの本を読んだ、と思い出させてくれるから。

　受刑者たちやキャロルとともに、本をめぐる旅を始めたとき、わたしは「人の善を信じれば、相手は必ず応えてくれるものだよ」という父の声に何度も励まされた。いまは、こうして本を眺めているだけで、メンバーたちのさまざまな声が聞こえてくる。なかには、はっとするほど鋭い洞察や、笑いを誘う言葉もあった。『ユダヤ人を救った動物園』に目を向けると、「善は悪より伝染しやすい」というピーターの言葉が思い出される。『怒りの葡萄』を棚から抜きとると、ローズ・オブ・シャロンが赤ん坊を死産したあと、餓死寸前の男にお乳を与える場面で、「この娘はやるべきことをやったんだ」と言ったベンのやさしい口調がよみがえってくる。フランクの場合は、本の登場人物たちを自分のなかに取りこんでしまう。たとえば『絶妙なバランス』に出てくる〝物乞いの親分〟とか、『アンジェラの灰』の父親とか、『エンデュアランス号漂流』に登場するシャクルトン隊の乗組員とか。フランクのおかげで、わたしも刑務所読書会で出会った登場人物がいつもそばにいるようになった。血の気の多いトム・ジョード、とらえどころのないグレイス・マークス、読書家のドージー・アダムズ……。そして、『第三帝国の愛人』のカバーを見るたび、大局より些事(さじ)に固執するアメリカ大使ウィリアム・ドッドと、巧みに手を抜くドイツ人執事のフリッツを皮肉って、グレアムが「フリッツ、ナイフとフォークの数を確かめなさい」と真似てみせたその口調を思い出さずにはいられない。

これからも歴史小説を読むときには、ビーバークリーク読書会でトムが熱弁をふるったときのことを考えるだろう。グレイス・マークスの思いを小説家が勝手に創作するのは傲慢(ごうまん)ではないのか、と彼は訴えたのだ。それから、バーンがキングストン刑務所の話をしてくれたことも忘れないだろう。中庭を歩いていたとき、砂利の隙間にキンポウゲとチコリを見つけて娘を思ったこと、そして『またの名をグレイス』の冒頭がそのときの情景にそっくりだったこと。

あるとき、こんなふうに訊ねられた。もしどちらかひとつの読書会に参加するとしたら、トロントの女性読書会を選ぶか、それともコリンズ・ベイあるいはビーバークリークを選ぶか、と。あえて言うなら、わたしは刑務所の読書会を選ぶ。ワインもビールも、洋梨とリンゴのクランブルケーキも、珍しいチーズもあきらめて、刑務所の一室に受刑者たちとともに集うだろう。なぜなら、彼らの読書会には切実な思いが詰まっているし、あの場では、彼ら自身の人生やわたしの人生を変えるようなことさえ起こりうるからだ。彼らの言葉の少なくともひとつは、これから先もずっとわたしとともにあるにちがいない。

エピローグ

読書会の本をまとめた書棚から近い場所に、父が持っていた詩集の一冊で、古びた赤い布装の『イェイツ詩集』が置いてある。これは二〇一四年の終わりごろ、母の書棚を整理したときにわたしが譲りうけたものだ。昨年の春、わたしは初めてこの本を開いて、一九五〇年にロンドンで出版されたものであることを知った。おそらく父はその年にイギリスを旅行して初めてリトル・ギディングを訪れ、旅の途中で詩集を買ったのだろう。角に折り目のついたページがいくつかあり、導かれるままに開いてみると、父がよく口ずさんでいた「ベン・ブルベンの麓(ふもと)」という詩の一節が目に飛びこんできた。

生にも死にも
冷めた視線を投げよ
馬上の者よ、立ち去れ

この三行はイェイツの墓碑銘として刻まれたもので、父が亡くなってすぐのころ、家族じょく話題にもした。思えば、刑務所読書会というわたしの旅が始まったのは、墓石を待つばかりの父の墓所からだった。エリオットの「リトル・ギディング」にもこの詩にも、死と旅とが深くかかわっている。このときまで、わたしは〝馬上の者〟というのは死を象徴する〝第四の騎士〟〔聖書の「ヨハネの黙示録」に記された「第四の封印」が解かれたときにあらわれる騎士で、蒼ざめた馬に乗り、死をもたらす〕のことで、詩人は騎士に命乞いをしているのだと考えていたが、その日、ふと別の解釈を思いついた。もしかしたら、馬上の者とは恐怖心そのものではないか。父はわたしに勇気を持てと願い、わたしはその勇気をいくぶんなりと持つことができた。恐怖のまさに対象であった受刑者たちとともに、意義深い時間を過ごせたのだから。そして、不思議なことだが、彼らのおかげでわたしはあらためて父を深く知ることができたのだ。

謝辞

まずは、わたしを温かく迎えいれ、緊張をほぐしてくれたコリンズ・ベイ刑務所とビーバークリーク刑務所の読書会メンバーたちに感謝を捧げる。彼らと同じときを過ごせたのは貴重な経験だった。わたしを信頼しインタビューに応じてくれたメンバー、そして本の感想を日記に書いてくれたメンバーに心からお礼を言いたい。とくに、ドレッド、ベン、フランク、グレアム、ガストン、ピーターには感謝している。これからも、本をめぐる旅を一緒に続けていけたらと願わずにいられない。

本書を執筆することができたのは、カナダ連邦矯正保護局の寛大な計らいのおかげである。さまざまな許可を与えてくれたコリンズ・ベイの所長ケヴィン・スネッドンとビーバークリークの所長チャールズ・スティッケル、そして州政府、連邦政府の職員たちにも深く感謝したい。どちらの施設でも、教誨師は事務仕事が増えるのもいとわず、インタビューのための場所を喜んで提供してくれたし、コリンズ・

べイ刑務所の司書は、刑務所内の読書事情を教えてくれた。ほんとうにありがたく思う。

トロントのわが女性読書会は、コリンズ・べイ読書会と同じ本を取り上げた三回の話し合いについて、本書に記すことを許可してくれた。

結成一〇周年を迎えた創作家グループ〈峰の会〉のブリジッド・ヒギンス、ペギー・ランポタン、マイク・マコーネル、スーザン・ノークスからは多くの助言をもらった。彼らは、ひと月に四章というわたしの執筆ペースに合わせて原稿を読み、さまざまなコメントをくれた。おかげで、フィクションの創作方法をノンフィクションに応用することができた。

エージェントであるウエストウッド・クリエイティブ・アーティスツのきわめて有能なヒラリー・マクマホンがわたしを導いてくれたことは、実に幸運だった。早い段階からこの企画をサポートし、わたしがジャーナリストの枠を超えられるよう、刑務所での経験を自分の視点で語ることや、わたし自身の回想を交えることを提案してくれた。リアン・ド・ニルはフランクフルト・ブックフェアのあと、こごえるほど寒いなかを版権の交渉にあたってくれた。ふたりには、何度礼を言っても足りないくらいだ。

ペンギン・カナダとイギリスのワンワールドという偉大な出版チームと仕事ができたことも、心躍る経験となった。ペンギンの優秀な編集者ダイアン・ターバイドは、初期の段階から編集上の貴重なアドバイスをくれ、最後まできめ細かくサポートを続けてくれた。ワンワールドの代表ジュリエット・マベイも早くからこの企画に興味を持ち、本書のイギリスに関する部分をもっと増やすようアドバイスしてくれた。校正のチャンドラ・ホルバーのていねいな仕事にはどれほど助けられたかわからない。ペンギン・カナダでは、代表ニコル・ウィンスタンリー、広報のエマ・イングラム、編集主任サンドラ・トゥーズはじめ多くのスタッフにお世話になった。ワンワールドでは、広報担当で生まれながらの詩人でもあるラモーナ・エルマーをはじめとするスタッフが力を貸してくれた。

『ポーラ――ドアを開けた女』の著者ロディ・ドイルは、読書会メンバーからの質問に対するEメールの答えを、本書に引用する許可をくれた。ローレンス・ヒルは、コリンズ・ベイ読書会への訪問のようすを取材させてくれたばかりか、訪問後のインタビューにも応じてくれた。ふたりに心から感謝を申し上げる。

みずからが主催するコリンズ・ベイとビーバークリークの刑務所読書会に誘ってくれたキャロル・フィンレイには深く感謝している。本書の執筆にあたって、読書会後にメンバーやキャロル本人へのインタビューがしやすいよう、ご主人のブライアンとともに、アマースト島の自宅で何度も温かくもてなしてくれた。

両親はわたしが文章を書くことをあと押しし、書物や自然への愛情を育んでくれた。そして、人を信頼するという、なにより大切なことを教えてくれた。本書の執筆にかかりきりになっていたあいだ、わたしのぶんまで家族の義務を引き受けてくれたきょうだいにもお礼を言いたい。

子どもたちはわたしに元気を与えてくれる存在であり、彼らのおかげで、本書の普遍的なテーマについて深く考えることもできた。いつもわたしを励ましてくれる彼らに感謝し、心からの愛情を伝えたい。

愛するわが夫ブルースは、原稿を読みながら何か所もアドバイスをくれた。夫はわたしの最初の読者であり、だれよりも熱心な読み手だった。校閲の最終段階では、ダイニングルームのテーブルにふたりで向きあって座り、一章ごとに読み上げ、一行一行点検していった。つねに変わらない愛情と応援のおかげで、わたしは取材や執筆に時間を割くことができた。夫がいなければ本書が完成することはなかったと思う。

訳者あとがき

「刑務所」と「読書会」。一見ちぐはぐに思えるこのふたつだが、考えてみれば、だれよりも本を必要としているのは、人生のぎりぎりのところにいる人たちではないだろうか。たとえば、重い病に苦しむ人、家族を亡くした人、そして罪を償うべく刑に服している人……。

本書は、カナダで雑誌記者をしている著者が友人から誘われ、刑務所の読書会に一年間ボランティアとして参加した記録である。著者は以前、ロンドンで強盗に襲われ、長くトラウマに苦しんだ経験があるため、最初は刑務所に足を踏み入れることをためらっていた。しかし、自身も本が大好きで、女性ばかりの読書会に所属していることもあって、受刑者たちがどんな本を読み、どんな話し合いをしているのか、実際に見てみたいという好奇心と、その経験をジャーナリストとして記録したいという思いがまさり、月に一度の読書会に参加するようになる。最初は恐怖心から緊張していたものの、メンバーひとりひとりの経験から発せられる言葉の重みを知るにつれ、徐々にのめりこんでいく。親しくなったメンバーと本の感想を語り合ったり、それぞれの過去を聞き出したりしているうちに、彼らと気持ちが通じ合っていき、一年が終わるころには、仮釈放されたメンバーたちのその後の状況を案じるまでになる。

本を愛する受刑者たちは、長編小説や少し取っつきにくい作品でもきちんと読み終えてくる。彼らの発言はときに驚くほど思慮深く、ときにユーモラスだ。難しい小説に最初は四苦八苦していたメンバーも、やがてこんな言葉を口にするようになる。「その場しのぎの、ただおもしろいだけの小説にはもう興味がない。著者がなにを考えてるか、どんな言葉を使ってるか、どんな語り口で表現してるかを知りたいんだ。おれがこれまで読んだシドニィ・シェルダンとか、ファンタジーとか、おとぎ話とか、そういうふつうじゃない人間の話でなくてもいい。現実的な人生の話でいいんだ」

ふつうの読書会とは違い、刑務所では、思いがけない刺傷事件やストライキが起きて会が延期になることもあれば、メンバーがほかの施設に移ったり仮釈放になったりして抜けていくこともある。なかには、二回目からぱったり来なくなる参加者や、クッキーだけを目当てにやってくる者もいる。きちんと読んでこないメンバーにどう対処するか、少しずつ減っていく人数をどう回復するか。これが、刑務所読書会の大きな課題だ。かくして「読書会大使」が任命される。大使の使命は、有望な読み手を勧誘してくること、そして、読むのが遅いメンバーを励まして読了させること。彼らはさまざまな提案をして手腕を発揮し、読書会を盛り上げていく。

本が好きな人間はどんな世界にもいるし、それは刑務所でも変わりがない。一冊の本をめぐって話し合う読書会のおもしろさを一度知ってしまった者は、もうそこからは抜け出せない。仮釈放までのあいだにもっと本を読んで成長したいと訴えるメンバーがいる。ほかの施設に移っても、またそこで読書会を立ち上げて進行役をつとめるメンバーもいる。そんなひたむきな姿には、読んでいるこちらも思わず胸が熱くなるほどだ。メンバーのひとりが言っていたように、読書会でなら、それぞれの人種も刑務所内での派閥もやすやすと越えられる。受刑者である彼らにとって唯一、現実から逃避できる場所なのだ。

原書を一読して大好きになったわたしは、日本の読者にもぜひ読んでもらいたいと感じた。まずなんといっても、本好きにはたまらない作品なのである。各章で一冊ないし二冊が読書会の課題本として取り上げられ、そのほかにも、メンバーや著者の読んだ本などが何冊も紹介されていて、どれも全部読んでみたくなる。なにより、ここには読書会の熱気あふれるやりとりが生き生きと描き出されている。録音された会話をもとにしているのだから当然だが、これほどの臨場感で読書会のようすが描かれた本を、わたしはこれまで読んだことがなかった。受刑者たちはみずからの経験を背負いつつ、さまざまな意見を率直にぶつけていく。ときにはメンバー同士で気持ちを分かち合い、ときには、あやうく殴り合いそうになりながら……。

この本をぜひ翻訳したいと思ったのには、もうひとつ理由がある。わたし自身も、ある読書会に参加しているのだ。

来年でなんと三〇周年を迎えるその読書会は、「『チボー家の人々』（ロジェ・マルタン・デュ・ガール）を読む」という市民講座から始まった。最初の何章かだけを読んで講座が終了したあとも、有志が残って最後まで読みつづけたのだ。その後も月に一度、一〇人ほどが公会堂の一室に集まって、フランス文学を中心とする外国小説の翻訳書を読んできた。バルザックの作品ばかり取り上げていた時期もあれば、三年近くドストエフスキーに集中していたこともある。『失われた時を求めて』（マルセル・プルースト）は二年半かけて読了したし、トルストイの作品は二年がかりで執筆年代順に読んでいった。ときには趣向を変えてノンフィクションに手を伸ばすこともあり、『夜と霧』（ヴィクトール・E・フランクル）、『自由からの逃走』（エーリッヒ・フロム）、『悲しき熱帯』（レヴィ＝ストロース）なども読んだ。個人的には、『レ・ミゼラブル』（ヴィクトル・ユーゴー）や『危険な関係』（ラクロ）、『フランス組曲』（イレーヌ・ネミロフスキー）といった作品が、いまも深く心に残っている。そして、一昨年は読書会の原点である『チボー家の人々』に戻り、一年半かけてふたたび読みとおした。

わたしが読書会に参加しはじめたのは、会が始まって六年ほどたったころ、翻訳の師匠である東江一紀先生に誘っていただいたのがきっかけだった。いまでは、この読書会がわたしの人生の大きな柱のひとつになっている。毎年、一月には新年会を開き、メンバーのだれかが亡くなったときには、読書会の初めに全員で黙祷を捧げる。一昨年は、思いもかけず東江先生に黙祷を捧げることになってしまい、みなで悲しみを共有しつつ、思い出を語り合った。そもそも先生がわたしを誘ってくださったのは、「メンバーが高齢化してきたので、若い世代を入れたい」というのが理由だったらしい。その結果、一〇代から八〇代まですべての年代が揃うことになった。五〇歳以上も年上の人と、たとえば『テレーズ・デスケルウ』（フランソワ・モーリアック）を読んで「女性の幸福とはなにか」、「信仰とはなにか」をテーマに意見を交わせたのはほんとうに嬉しいことだったし、そんな機会は読書会でなければまずありえないだろう。

読書会の醍醐味は、ほかにもたくさんある。自分では手を出さない種類の本や、ひとりでは挫折してしまうような本でも、みなと一緒であればいつのまにか読めてしまう。また、宗教や死や生きる意味など、ふだんの会話ではまず出てこない話題でも、本のテーマに沿ってであれば語ることができる。本を読むことは、ただその世界に没頭して楽しむだけが目的ではない。わたしたち自身の人生に引き寄せて考えなければあまり意味がない。作品を語ることが自分たちの人生を語ることにつながるからこそおもしろいのだ。

だからというべきか、わが読書会でも話題が本の内容からそれてどんどん脇道へ入りこみ、井戸端会議のようになってしまうことが多い。それでも最後には、これまで読んだどれかの本の一節に行きつくのである。本書でも、著者が受刑者ふたりと本の話をする場面で、こんな感想をもらしていた。「話はしょっちゅう脱線したが、どんな話題になっても、これまで読んできた本のどれかに結びついた。自分たちのなかにしっかりと根を下ろした本の数々が、まるで過去の経験のように、記憶として、あるいはものごとの判断基準として立ち上がってくるのだ」

読書会経験者として、深く頷いた言葉はほかにもたくさんある。「一緒に読んでくれる仲間がいないと、気力が出ない」「自分では気づきもしなかった点をほかのやつらが掘り起こしてくれる」「本は追いかけてきちゃくれない。こちらから追いかけないと」

そして、ボランティアとして刑務所読書会を主宰するキャロルの信条がこれだ。「読書の楽しみの半分は、ひとりですること、つまり本を読むことよ。あとの半分は、みんなで集まって話し合うこと」。カナダの刑務所に次々と読書会を開設していくキャロルという女性は、実に魅力的だ。著者のアンが感受性の強い繊細な女性であるのと対照的に、キャロルは行動的で押しが強い。敬虔なクリスチャンでもある彼女は、困っている人を助けるすばらしさにメンバーたちの目を向けさせようとする。しかし、受刑者たちはそう単純ではない。面と向かってキャロルに反発する場面などもあり、この駆け引きはなんとも興味深い。ただの読書会ではなく、あくまでも〝充実した読書会〟をめざすキャロルは、次々にユニークな企画をしかけていく。著者を刑務所読書会に招いたり、受刑者からの質問にメールで答えてもらったり、自分の所属する塀の外の女性読書会と刑務所読書会とで同じ本を読んで感想を交換したり……。

彼女が立ち上げた〈刑務所読書会支援の会〉のホームページ（http://www.bookclubsforinmates.com/）を開くと、腕にタトゥーのある受刑者たちが本を手に話し合っているようすとともに、キャロルの写真も見ることができる。訳者の想像どおり、溌剌（はつらつ）とした美しい女性だった。

実は、わたしがかかわっている読書会がもうひとつある。わたしは翻訳業のほかに、非常勤で中高一貫校の図書館司書の仕事もしているのだが、その学校は生徒の図書委員活動が非常にさかんで、活動のひとつに読書会があるのだ。学期ごとに一回開催するその会には、「読書会係」と有志の生徒合わせて八人ほどが集まり、わたしもオブザーバーとして参加する。

これまでに取り上げた本は、『沈黙』（村上春樹）、『黄色い目の魚』（佐藤多佳子）、『首飾り』（モーパッサン）などだ。高校生が興味を持ってくれるよう、恋愛や親子関係やいじめなどを題材にした短編小説を選ぶようにしている。ほんとうは生徒同士で自発的に意見交換してくれるのが理想的なのだが、それではすぐに話のネタがつきてしまうことがわかった。そこで、司会進行役を決め、その生徒にあらかじめ本を読んで議論のポイントをいくつか挙げてきてもらい、それをたたき台にして話し合わせることにした。生徒の「読み」があまりにも浅いと、わたしはついもどかしくなってひとりで喋ってしまい、あとで反省することもしばしばだ。

ほとんどの生徒は読書会というものに慣れていないため、最初はどんな発言をしてよいのかわからず戸惑っているものの、慣れるにしたがって少しずつ本の世界に入っていき、自分の経験なども交えて話すことができるようになる。もちろん、ほとんど発言できない生徒もいるが、それも無理はない。一冊の本を読んで、自分の心に響く一節をうまく切り取ってきて、なにがどう心に響いたのかを言葉にするには、ある程度の読書量と人生経験が必要だからだ。

それでも、参加した生徒の多くが、「充実した時間だった」「ほかの生徒の感想を聞くのが新鮮だった」と言ってくれる。ささやかな「読書会の伝道師」たるわたしとしては、若い彼らに読書会の楽しさを知ってもらい、これから先の人生でそうした機会に出会ったときにはぜひ参加してほしいと願っている。
「向井さんにぴったりの原書があるのですが、読んでみませんか」と編集者からメールが届いたのは、月に一度の読書会を終えて帰る電車のなかだった。まさしく、「わたしにぴったり」の本を紹介してくださった紀伊國屋書店出版部の大井出紀子さんには、心から感謝している。刑務所の読書会にわたしも参加するつもりで、一章ごとに受刑者たちと同じ本を読みながら翻訳していた時間は、まさに至福のときであった。

二〇一六年七月　向井　和美

＊本書に取り上げられている作品で、邦訳のあるものについては一部、内容に相違する箇所があります。
翻訳にあたっては訳本を参考にしながら、基本的には原書の記述にしたがいました。
また、本書の性格上、取り上げられた作品の結末に触れている部分もありますが、
これからその本を手に取るかたにとって読書の面白みをそぐものではありません。
興味を持たれたかたは、ぜひそれぞれの作品のほうも楽しんでいただきたいと思います。

●フーコー，ミシェル『監獄の誕生——監視と処罰』田村俶訳，新潮社［Foucault, Michael. *Discipline and Punish: The Birth of the Prison*. Toronto: Knopf Doubleday Publishing Group, 1995］． →第5章

●ブラウン，イアン，未邦訳［Brown, Ian. *The Boy in the Moon: A Father's Search for His Disabled Son*. Toronto: Random House Publishing Group, 2010］． →第3章・第21章

●マコート，フランク『アンジェラの灰』上下巻，土屋政雄訳，新潮文庫［McCourt, Frank. *Angela's Ashes: A Memoir*. New York: Scribner, 1999］． →第1章・第2章・第6章・第10章・第21章

●ムヌーキン，セス，未邦訳［Mnookin, Seth. *The Panic Virus: The True Story Behind the Vaccine-Autism Controversy*. New York: Simon & Schuster, Incorporated, 2012］． →第10章

●モーテンソン，グレッグ&レーリン，デイヴィッド・オリヴァー『スリー・カップス・オブ・ティー——1杯目はよそ者、2杯目はお客、3杯目は家族』藤村奈緒美訳，サンクチュアリ出版［Mortenson, Greg, & David Oliver Relin. *Three Cups of Tea: One Man's Mission to Promote Peace…One School at a Time*. New York: Penguin Books, 2007］． →第2章・第4章・第10章

●モーテンソン，グレッグ，未邦訳［Mortenson, Greg. *Stones into Schools: Promoting Peace with Books, Not Bombs, in Afghanistan and Pakistan*. New York: Penguin Books, 2009］． →第2章

●ライス，コニー，未邦訳［Rice, Connie. *Power Concedes Nothing*. New York: Scribner, 2014］． →第15章

●ラーソン，エリック『悪魔と博覧会』野中邦子訳，文藝春秋［Larson, Erik. *Devil in the White City*. Toronto: Knopf Doubleday Publishing Group, 2004］． →第15章

●ラーソン，エリック『第三帝国の愛人——ヒトラーと対峙したアメリカ大使一家』佐久間みかよ訳，岩波書店［Larson, Erik. *In the Garden of Beasts: Love, Terror, and an American Family in Hitler's Berlin*. New York: Crown Publishing Group, 2012］． →第13章・第21章

●ラム，チャールズ『完訳 エリア随筆』南條竹則訳，藤巻明註釈，国書刊行会ほか［Lamb, Charles. *Essays of Elia*. London: Hesperus Press, 2009］． →第7章

●ランシング，アルフレッド『エンデュアランス号漂流』山本光伸訳，新潮文庫［Lansing, Alfred. *Endurance: Shackleton's Incredible Voyage*. New York: Basic Books, 1999］． →第3章・第21章

●ローズ，ルイス・E，未邦訳［Lawes, Lewis E. *Twenty Thousand Years in Sing Sing*. London: Constable & Co., 1932］． →第13章

●ロビンス，ハロルド『無頼の青春』広瀬順弘訳，角川書店［Robbins, Harold. *A Stone for Danny Fisher*. New York: Touchstone, 2007］． →第5章

●ワーツェル，エリザベス，未邦訳［Wurtzel, Elizabeth. *Bitch: In Praise of Difficult Women*. Toronto: Knopf Doubleday Publishing Group, 1999］． →第10章

下巻, 鈴木主税訳, 角川文庫[Greene, Robert. *The 48 Laws of Power*. London: Profile Books, 2002]. →第6章

●ゴア, アル『理性の奪還——もうひとつの「不都合な真実」』竹林卓訳, ランダムハウス講談社[Gore, Al. *The Assault on Reason*. New York: Penguin Publishing Group, 2008]. →第13章・第15章

●ゴダード, ドナルド, 未邦訳[Goddard, Donald. *Best American Crime Reporting 2009*. New York: HarperCollins Publishers, 2009]. →第10章

●ゴダード, ドナルド, 未邦訳[Goddard, Donald. *Joey*. New York: Harper & Row, 1974]. →第10章・第13章

●ジャンガー, セバスティアン, 未邦訳[Junger, Sebastian. *War*. New York: HarperCollins Publishers Limited, 2010]. →第9章・第12章・第16章

●スタインバーグ, アヴィ『刑務所図書館の人びと——ハーバードを出て司書になった男の日記』金原瑞人・野沢佳織訳, 柏書房[Steinberg, Avi. *Running the Books: The Adventures of an Accidental Prison Librarian*. Toronto: Knopf Doubleday Publishing Group, 2010]. →第6章

●チャップマン, ゲーリー『愛を伝える5つの方法』ディフォーレスト千恵訳, いのちのことば社[Chapman, Gary D. *The Five Love Languages*. Chicago: Moody Publishers, 2009]. →第16章

●ナフィーシー, アーザル『語れなかった物語——ある家族のイラン現代史』矢倉尚子訳, 白水社[Nafisi, Azar. *Things I've Been Silent About*. New York: Random House Publishing Group, 2010]. →第14章

●ナフィーシー, アーザル『テヘランでロリータを読む』市川恵里訳, 白水社[Nafisi, Azar. *Reading Lolita in Tehran: A Memoir in Books*. New York: Random House Publishing Group, 2003]. →第14章

●バール・ルバブ, ルーベン, 未邦訳[Bar-Levav, Reuven. *Every Family Needs a C.E.O.: What Mothers and Fathers Can Do About Our Deteriorating Families and Values*. New York: Fathering, Inc. Press, 1995]. →第20章

●ヒル, ローレンス, 未邦訳[Hill, Lawrence. *Black Berry, Sweet Juice: On Being Black and White in Canada*. Toronto: HarperCollins Canada, 2001]. →第4章

●ヒル, ローレンス, 未邦訳[Hill, Lawrence. *Dear Sir, I Intend to Burn Your Book: Anatomy of a Book Burning*. Edmonton: University of Alberta Press, 2013]. →第4章

●ヒルシ・アリ, アヤーン『もう、服従しない——イスラムに背いて、私は人生を自分の手に取り戻した』矢羽野薫訳, エクスナレッジ[Hirsi Ali, Ayaan. *Infidel*. New York: Simon & Schuster, 2008]. →第13章・第14章・第15章

●ヒルシ・アリ, アヤーン, 未邦訳[Hirsi Ali, Ayaan. *Nomad*. Toronto: Knopf Canada, 2011]. →第13章・第15章

●フカ, バーバラ&ムーア, ロビン『マフィア・ワイフ』野中重雄訳, 講談社文庫[Moore, Robin. *Mafia Wife*. London: Macmillan Pub Co., 1977]. →第10章・第13章

Publishing Group, 2009]. →第12章・第14章

〈ノンフィクション〉

●アーヴィング，アベラ&トロパー，ハロルド，未邦訳[Abella, Irving; Troper, Harold. *None is too Many: Canada and the Jews of Europe, 1933-1948*. Toronto: University of Toronto Press, 2012]. →第13章

●アッカーマン，ダイアン『ユダヤ人を救った動物園――ヤンとアントニーナの物語』青木玲訳，亜紀書房[Ackerman, Diane. *The Zookeeper's Wife*. London: Headline, 2013]. →第11章・第18章・第21章

●アレクサンドラ，フラー，未邦訳[Fuller, Alexandra. *Don't Let's Go to the Dogs Tonight*. New York: Random House Publishing Group, 2003]. →第2章

●インウッド，ブラッド編，未邦訳[Inwood, Brad. *Seneca: Selected Philosophical Letters*. Oxford: Oxford University Press, 2010]. →第7章

●ウォールズ，ジャネット『ガラスの城の子どもたち』古草秀子訳，河出書房新社[Walls, Jeannette. *The Glass Castle: A Memoir*. New York: Scribner, 2006]. →第2章・第8章・第10章・第13章・第16章

●エガース，デイヴ，未邦訳[Eggers, Dave. *Zeitoun*. Toronto: Knopf Canada, 2010]. →第2章・第6章

●オバマ，バラク『マイ・ドリーム――バラク・オバマ自伝』白倉三紀子・木内裕也訳，ダイヤモンド社[Obama, Barack. *Dreams from My Father*. New York: Crown Publishing Group, 2004]. →第1章・第6章

●カーショー，イアン，未邦訳[Kershaw, Ian. *The End: The Defiance and Destruction of Hitler's Germany, 1944-1945*. New York: Penguin Publishing Group, 2012]. →第12章

●キャロン，ロジャー，未邦訳[Caron, Roger. *Bingo!: The Horrifying Eyewitness Account of a Prison Riot*. York: Methuen, 1985]. →第19章

●クラカワー，ジョン，未邦訳[Krakauer, Jon. *Three Cups of Deceit: How Greg Mortenson, Humanitarian Hero, Lost His Way*. Toronto: Knopf Doubleday Publishing Group, 2011]. →第2章

●グラッドウェル，マルコム『急に売れ始めるにはワケがある――ネットワーク理論が明らかにする口コミの法則』高橋啓訳，ソフトバンククリエイティブ[Gladwell, Malcolm. *The Tipping Point*. New York: Little Brown & Company, 2002]. →第2章・第13章

●グラッドウェル，マルコム『第1感――「最初の2秒」の「なんとなく」が正しい』沢田博・阿部尚美訳，光文社[Gladwell, Malcolm. *Blink: The Power of Thinking Without Thinking*. New York: Little Brown & Company, 2007]. →第6章・第13章

●グラッドウェル，マルコム『天才！ 成功する人々の法則』勝間和代訳，講談社[Gladwell, Malcolm. *Outliers: The Story of Success*. New York: Little Brown & Company, 2008]. →第12章・第13章・第15章・第21章

●グリーン，ロバート&エルファーズ，ユースト『権力（パワー）に翻弄されないための48の法則』上

●マイクルズ，アン『儚い光』黒原敏行訳，早川書房．→第21章

●マキューアン，イアン『土曜日』小山太一訳，新潮社［McEwan, Ian. *Saturday*. Toronto: Knopf Canada, 2006］．→第12章

●マッカーシー，コーマック『ザ・ロード』黒原敏行訳，ハヤカワepi文庫［McCarthy, Cormac. *The Road*. Toronto: Knopf Doubleday Publishing Group, 2007］．→第1章・第9章

●マッカーシー，コーマック『すべての美しい馬』黒原敏行訳，ハヤカワepi文庫［McCarthy, Cormac. *All the Pretty Horses*. Toronto: Knopf Doubleday Publishing Group, 1993］．→第6章・第21章

●マーテル，ヤン『パイの物語』上下巻，唐沢則幸訳，竹書房文庫［Martel, Yann. *Life of Pi*. Toronto: Knopf Canada, 2002］．→第15章・第21章

●ミストリー，ロヒントン『かくも長き旅』小川高義訳，文藝春秋［Mistry, Rohinton. *Such a Long Journey*. Toronto: McClelland & Stewart, 1997］．→第4章・第5章・第7章・第12章

●ミストリー，ロヒントン，未邦訳［Mistry, Rohinton. *A Fine Balance*. Toronto: McClelland & Stewart, 1997］．→第5章・第6章・第10章・第21章

●ムーア，リサ，未邦訳［Moore, Lisa. *Caught*. Toronto: House of Anansi Press, 2013］．→第21章

●モンテフォスキー，ジョルジョ，未邦訳［Montefocchi, Giorgio. *Lo Sguardo del Cacciatore*. New York: Rizzoli, 1987］．→第10章

●ヤンソン，トーベ『少女ソフィアの夏』渡部翠訳，講談社［Jansson, Tove. *The Summer Book*. Toronto: Knopf Doubleday Publishing Group, 1988］．→第6章

●ユーゴー，ヴィクトル『レ・ミゼラブル』全5巻，佐藤朔訳，新潮文庫ほか［Hugo, Victor. *Les Miserables*. New York: Penguin Books Limited, 1982］．→第8章・第18章

●ラーソン，スティーグ『ミレニアム１ドラゴン・タトゥーの女』ヘレンハルメ美穂・岩澤雅利訳，ハヤカワ・ミステリ文庫［Larsson, Stieg. *The Girl with the Dragon Tattoo*. Toronto: Penguin Group Canada, 2011］．→第6章・第7章

●ラドヤード，キプリング，未邦訳［Kipling, Rudyard. “My Boy Jack.” *100 Poems: Old and New*. Selected and edited by Thomas Pinney. Cambridge: Cambridge University Press, 2013］．→第7章

●ラヒリ，ジュンパ『その名にちなんで』小川高義訳，新潮社．→第15章

●リー，ハーパー『アラバマ物語』菊池重三郎訳，暮しの手帖社［Lee, Harper. *To Kill a Mockingbird*. New York: Grand Central Publishing, 1988］．→第5章

●ルヘイン，デニス『シャッター・アイランド』賀山卓朗訳，ハヤカワ・ミステリ文庫［Lehane, Dennis. *Shutter Island*. New York: HarperCollins Publishers, 2009］．→第21章

●レヴィ，アンドレア，未邦訳［Levy, Andrea. *The Long Song*. New York: Penguin Publishing Group Canada, 2011］．→第14章

●レヴィ，アンドレア，未邦訳［Levy, Andrea. *Small Island*. New York: Headline

Group Canada, 2005]. → 第18章

●ブラウン, マーガレット・ワイズ『おやすみなさいおつきさま』瀬田貞二訳, 評論社[Brown, Margaret Wise. *Goodnight Moon*. New York: HarperCollins, 1991]. → 第21章

●ブロンテ, エミリー『嵐が丘』上下巻, 河島弘美訳, 岩波文庫ほか[Bronte, Emily. *Wuthering Heights*. London: Michael O'Mara Books, Limited, 2011]. → 第15章

●ブロンテ, シャーロット『ジェーン・エア』上下巻, 大久保康雄訳, 新潮文庫ほか[Bronte, Charlotte. *Jane Eyre*. New York: Dover Publications, Incorporated, 2003]. → 第14章

●ベニオフ, デイヴィッド『卵をめぐる祖父の戦争』田口俊樹訳, ハヤカワ文庫[Benioff, David. *City of Thieves*. New York: Penguin Publishing Group, 2009]. → 第13章

●ヘミングウェイ, アーネスト『移動祝祭日』高見浩訳, 新潮文庫ほか[Hemingway, Ernest. *A Moveable Feast: The Restored Edition*. New York: Scribner, 2010]. → 第6章

●ヘミングウェイ, アーネスト『誰がために鐘は鳴る』上下巻, 大久保康雄訳, 新潮文庫ほか[Hemingway, Ernest. *For Whom the Bell Tolls*. New York: Scribner, 1995]. → 第20章

●ヘミングウェイ, アーネスト『老人と海』福田恆存訳, 新潮文庫ほか[Hemingway, Ernst. *The Old Man and the Sea*. New York: Scribner, 1995]. → 第19章

●ヘンリー, オー「警官と讃美歌」『オー・ヘンリー傑作選』所収, 大津栄一郎訳, 岩波文庫ほか[Henry, O. "The Cop and the Anthem." *The Best Short Stories of O. Henry*. Selected and with an introduction by Bennett A. Cerf and Van H. Cartmell. New York: The Modern Library, 1994]. → 第12章

●ヘンリー, オー「賢者の贈り物」『最後のひと葉』金原瑞人訳, 岩波少年文庫ほか[Henry, O. "The Gift of the Magi." *The Best Short Stories of O. Henry*]. → 第12章・第18章

●ボイデン, ジョゼフ, 未邦訳[Boyden, Joseph. *Three Day Road*. Toronto: Penguin Group Canada, 2008]. → 第1章・第6章

●ボイド, ウィリアム『アイスクリーム戦争』小野寺健訳, 早稲田出版[Boyd, William. *An Ice-Cream War*. New York: Penguin Publishing Group, 2011]. → 第17章

●ボイド, ウィリアム, 未邦訳[Boyd, William. *Ordinary Thunderstorms*. Toronto: Random House of Canada, 2011]. → 第17章・第20章

●ホッセイニ, カーレド『そして山々はこだました』上下巻, 佐々田雅子訳, 早川書房[Hosseini, Khaled. *And the Mountains Echoed*. Toronto: Penguin Group Canada, 2013]. → 第21章

●ポーティス, チャールズ『トゥルー・グリット』漆原敦子訳, ハヤカワ文庫[Portis, Charles. *True Grit*. New York: The Overlook Press, 2012]. → 第18章

●ホメロス『イリアス』上下巻, 松平千秋訳, 岩波文庫ほか[Homer. *The Iliad*. New York: Penguin Classics, 1998][Homer. *Classics Illustrated No.77 The Iliad*. Illustration by Alex Anthony Blum. New York: Gilberton Co., 1952]. → 第5章

Diane. *The Thirteenth Tale*. Toronto: Doubleday Canada, 2013]. →第21章

●セルバンテス, ミゲル・デ『ドン・キホーテ』全6巻, 牛島信明訳, 岩波文庫ほか[Cervantes, Miguel de. *Don Quixote, The ingenious hidalgo Don Quixote of La Mancha*. New York: Penguin Books, 2000]. →第8章

●ドイル, ロディ『ポーラ——ドアを開けた女』実川元子訳, キネマ旬報社[Doyle, Roddy. *The Woman Who Walked Into Doors*. New York: Random House, 1997]. →第2章・第11章・第13章・第16章・第18章

●トウェイン, マーク『ハックルベリー・フィンの冒険』上下巻, 西田実訳, 岩波文庫ほか[Twain, Mark. *Adventures of Huckleberry Finn*. New York: Penguin Classics, 2002]. →第4章・第9章・第15章・第18章

●ドクトロウ, E・L『ラグタイム』邦高忠二訳, ハヤカワ文庫[Doctorow, E.L. *Ragtime*. New York: Random House Publishing Group, 2007]. →第20章

●トールキン, J・R・R『ホビットの冒険』瀬田貞二訳, 岩波書店ほか[Tolkien, J.R.R. *The Hobbit*. New York: HarperCollins, 1991]. →第5章

●ノードホフ, チャールズ&ノーマン・ホール, ジェイムズ, 未邦訳[Nordhoff, Charles, and James Norman Hall, adapted by Kenneth W. Fitch. *Classics Illustrated No.100, Mutiny on the Bounty*. Illustration by Henry C. Kiefer and Morris Waldinger. New York: Gilberton Co., 1950]. →第5章

●バスケス, フアン・ガブリエル『物が落ちる音』原孝敦訳, 松籟社[Vasquez, Juan Gabriel. *The Sound of Things Falling*. London: Bloomsbury Publishing, 2013]. →第21章

●ハッドン, マーク『夜中に犬に起こった奇妙な事件』小尾芙佐訳, ハヤカワepi文庫[Haddon, Mark. *The Curious Incident of the Dog in the Night-Time*. Toronto: Doubleday Canada, 2004]. →第2章・第3章・第6章

●バルベリ, ミュリエル『優雅なハリネズミ』河村真紀子訳, 早川書房[Barbery, Muriel. *The Elegance of the Hedgehog*. New York: Europa Editions Incorporated, 2008]. →第15章

●ヒル, ローレンス, 未邦訳[Hill, Lawrence. *Some Great Thing*. Toronto, HarperCollins Canada, Limited, 2009]. →第4章

●ヒル, ローレンス, 未邦訳[Hill, Lawrence. *Someone Knows My Name*. New York: W.W. Norton & Company, Inc., 2008]. →第4章

●ヒル, ローレンス, 未邦訳[Hill, Lawrence. *The Book of Negroes*. New York: HarperCollins, 2007]. →第4章・第5章・第6章・第7章・第16章

●ファージョン, エリナー『ムギと王さま』石井桃子訳, 岩波少年文庫ほか[Farjeon, Eleanor. *The Little Bookroom*. Toronto: Oxford University Press, 2011]. →第7章

●ファラダ, ハンス『ベルリンに一人死す』赤根洋子訳, みすず書房[Fallada, Hans. *Every Man Dies Alone*. Brooklyn: Melville House Publishing, 2010]. →第13章

●フィンドリー, ティモシー「戦争」『カナダの文学』第4巻所収, 宮澤淳一訳, 彩流社[Findley, Timothy. *The Wars*. Toronto: Penguin

Red Badge of Courage. New York: Penguin Books, Limited, 2009]. →第18章

●ゴールディング，ウィリアム『蠅の王』平井正穂訳，集英社文庫[Golding, William. *Lord of the Flies*. London: Faber & Faber, Limited, 1958]. →第5章

●コンラッド，ジョゼフ「秘密の同居人」『コンラッド短篇集』所収，井上義夫編訳，ちくま文庫[Conrad, Joseph. *The Secret Sharer*. New York: Penguin Publishing Group, 1960]. →第18章

●コンラッド，ジョゼフ『闇の奥』黒原敏行訳，光文社古典新訳文庫[Conrad, Joseph. *The Heart of Darkness*. New York: Penguin Books Limited, 2007]. →第18章

●サリンジャー，J·D『ライ麦畑でつかまえて』野崎孝訳，白水Uブックス[Salinger, J.D. *The Catcher in the Rye*. New York: Little Brown & Company, 1991]. →第5章·第7章·第18章

●シェイファー，メアリー·アン&バロウズ，アニー『ガーンジー島の読書会』上下巻，木村博江訳，イースト·プレス[Shaffer, Mary Ann, & Annie Barrows. *The Guernsey Literary and Potato Peel Pie Society*. New York: Random House Publishing Group, 2009]. →第7章·第18章·第21章

●スウィフト，ジョナサン『ガリヴァー旅行記』平井正穂訳，岩波文庫ほか[Swift, Jonathan. *Gulliver's Travels*. New York: Penguin Publishing Group, 2003]. →第6章·第7章

●スタインベック，ジョン『怒りの葡萄』上下巻，伏見威蕃訳，新潮文庫[Steinbeck, John. *The Grapes of Wrath*. New York: Penguin Publishing Group, 2006]. →第6章·第11章·第12章·第20章·第21章

●スタインベック，ジョン「キャナリー·ロー」『スタインベック全集』第9巻所収，井上謙治訳，大阪教育図書ほか[Steinbeck, John. *Cannery Row*. Penguin Publishing Group, 1993]. →第20章

●スタインベック，ジョン『二十日鼠と人間』大門一男訳，新潮文庫[Steinbeck, John. *Of Mice and Men*. New York: Penguin Books, 1993]. →第6章

●スティーヴンスン，ロバート·ルイス『ジーキル博士とハイド氏』海保真夫訳，岩波文庫ほか[Stevenson, Robert Louis. *Dr. Jekyll and Mr. Hyde*. New York: Penguin Books, 2012]. →第15章

●スティーヴンスン，ロバート·ルイス『宝島』阿部知二訳，岩波文庫ほか[Stevenson, Robert Louis. *Treasure Island*. New York: Penguin Publishing Group, 1994]. →第12章·第18章

●ステグナー，ウォーレス，未邦訳[Stegner, Wallace. *Crossing to Safety*. New York: Random House Publishing Group, 2002]. →第7章

●スワループ，ヴィカース『ぼくと1ルピーの神様』子安亜弥訳，ランダムハウス講談社[Swarup, Vikas. *Slumdog Millionaire*. New York: HarperCollins, 2008]. →第6章·第17章

●スワループ，ヴィカース『6人の容疑者』上下巻，子安亜弥訳，武田ランダムハウスジャパン[Swarup, Vikas. *Six Suspects*. New York: HarperCollins, 2011]. →第6章·第17章

●セッターフィールド，ダイアン『13番目の物語』上下巻，鈴木彩織訳，日本放送出版協会[Setterfield,

ブックリスト

〈フィクション・詩〉

●アディガ，アラヴィンド，『グローバリズム出づる処の殺人者より』鈴木恵訳，文藝春秋［Adiga, Aravind. *White Tiger: A Novel*. Toronto: Simon & Schuster Canada, 2008］．　→本文・第5章

●アトウッド，マーガレット『またの名をグレイス』上下巻，佐藤アヤ子訳，岩波書店［Atwood, Margaret. *Alias Grace*. Toronto: Doubleday Canada, 2000］．　→第2章・第19章・第20章・第21章

●イェイツ「ベン・ブルベンの麓」『世界名詩集』第3巻所収，安藤一郎訳，平凡社ほか［Yeats, W.B. "Under Ben Bulben." *The Collected Poems of W.B. Yeats*. London: Macmillan and Co., Limited, 1950］．　→エピローグ

●イシグロ，カズオ『わたしを離さないで』土屋政雄訳，ハヤカワepi文庫［Ishiguro, Kazuo. *Never Let Me Go*. Toronto: Knopf Canada, 2010］．　→第20章

●イーストン・エリス，ブレット『レス・ザン・ゼロ』中江昌彦訳，ハヤカワepi文庫［Ellis, Bret Easton. *Less Than Zero*. Toronto: Knopf Doubleday Publishing Group, 1998］．　→第6章

●ウェルズ，H・G『タイム・マシン 他9編』橋本槙矩訳，岩波文庫ほか［Wells, H.G. *The Time Machine*. Eastford: Martino Fine Books, 2011］．　→第18章

●ウェルズ，H・G『モロー博士の島 他9編』橋本槙矩・鈴木万里訳，岩波文庫ほか［Wells, H.G. *The Island of Dr. Moreau*. New York: Dover Publications, 1996］．　→第18章

●ヴォネガット，カート・ジュニア『プレイヤー・ピアノ』浅倉久志訳，ハヤカワ文庫［Vonnegut, Kurt. *Player Piano*. New York: Random House Publishing Group, 1999］．　→第20章

●エリオット，T・S『四つの四重奏』岩崎宗治訳，岩波文庫ほか［Eliot, T.S. *Four Quartets*. Boston: Houghton Mifflin Harcourt, 1968］．　→第12章

●エリオット，T・S，未邦訳［Eliot, T.S. "Journey of the Magi." *The Norton Anthology of English Literature, Revised, Vol.2*. Ed. M.H. Abrams et al. New York: W.W. Norton & Company, Inc., 1968］．　→第12章

●オーウェル，ジョージ『一九八四年』新装版，高橋和久訳，ハヤカワepi文庫ほか．　→第7章

●オーウェル，ジョージ『動物農場』開高健訳，ちくま文庫ほか［Orwell, George. *Animal Farm*. New York: Penguin Books, 2008］．　→第5章

●オースティン，ジェーン『エマ』上下巻，工藤政司訳，岩波文庫ほか．　→第7章

●ガルシア＝マルケス，ガブリエル『百年の孤独』鼓直訳，新潮社［Garcia Marquez, Gabriel. *One Hundred Years of Solitude*. New York: HarperCollins Publishers, 2006］．　→第7章

●ギャロウェイ，スティーヴン『サラエボのチェリスト』佐々木信雄訳，ランダムハウス講談社［Galloway, Steven. *The Cellist of Sarajevo*. Toronto: Vintage Canada, 2009］．　→第6章・第8章・第17章

●クレイン，スティーヴン『赤い武功章 他3編』西田実訳，岩波文庫ほか［Crane, Stephen. *The*

アン・ウォームズリー　Ann Walmsley

「グローブ&メール」「マクレアンズ」などに執筆するジャーナリスト。
全米雑誌賞を四度受賞したほか、カナダ・ビジネス・ジャーナリズム賞、および
インターナショナル・リージョナル・マガジン賞を二度受賞している。
初めて読書会を作ったのは九歳のとき。現在は家族とともにトロント在住。

向井和美　むかい・かずみ

京都府出身。早稲田大学第一文学部卒業。翻訳家。

訳書に『100の思考実験』『学校に通わず12歳までに6人が大学に入ったハーディング家の子育て』『アウシュヴィッツの歯科医』『実存主義者のカフェにて』(以上、紀伊國屋書店)、『哲学の女王たち』(晶文社)ほかがある。

外国文学を読む読書会に20年ほど前から参加、司書をつとめる中高一貫校では高校生たちの読書会のオブザーバーもつとめており、著書に『読書会という幸福』(岩波新書)がある。

プリズン・ブック・クラブ

コリンズ・ベイ刑務所読書会の一年

2016年 9 月16日　第 1 刷発行

2024年12月25日　第 9 刷発行

著者　アン・ウォームズリー

訳者　向井和美

発行所　株式会社 紀伊國屋書店

東京都新宿区新宿3-17-7

出版部（編集）電話03（6910）0508

ホールセール部（営業）電話03（6910）0519

〒153-8504

東京都目黒区下目黒3-7-10

組版　明昌堂

印刷・製本　シナノ パブリッシング プレス

ISBN978-4-314-01142-6 C0098

Printed in Japan

定価は外装に表示してあります